金 學 叢 書
第二輯 4

吳 敢

胡衍南 霍現俊

主編

周中明《金瓶梅》研究精選集

周中明 著

臺灣 學生書局 印行

金學叢書第二輯序

2013 年 5 月第九屆（五蓮）國際《金瓶梅》學術討論會期間，胡衍南、霍現俊忙裏偷閒，時而小聚，漢書下酒，就中便有本叢書編輯出版一事。當時即擬與吳敢商談，以期盡快成議。只是吳敢當時會務繁多，此議終未提及。2013 年 7 月 3 日，胡衍南到徐州公幹，當晚至吳敢舍下小酌，此事即進入操作程序。此後電郵往來，徐州、臺北、石家莊三方輾轉，叢書編撰框架日漸明朗。2013 年 11 月 23 日，胡衍南再度到徐州公幹，代表臺灣學生書局與吳敢詳盡商談編輯出版事宜，本叢書遂成定案。

此「金學叢書」之由來也。

中國古代小說研究，重大課題眾多。近代以降，紅學捷足先登。20 世紀 80 年代，金學亦成顯學。明代長篇白話小說《金瓶梅》是中國文學史上一部里程碑式的重要作品，其橫空出世，破天荒打破以帝王將相、英雄豪傑、妖魔神怪為主體的敘事內容，以家庭為社會單元，以百姓為描摹對象，極盡渲染之能事，從平常中見真奇，被譽為明代社會的眾生相、世情圖與百科全書。幾乎在其出現同時，即被馮夢龍連同《三國演義》《水滸傳》《西遊記》一起稱為「四大奇書」。不久，又被張竹坡譽為「第一奇書」。《紅樓夢》庚辰本第十三回脂評：「深得《金瓶》壼奧」。魯迅《中國小說史略》認為「同時說部，無以上之」。

自有《金瓶梅》小說，便有《金瓶梅》研究。明清兩代的筆記叢談，便已帶有研究《金瓶梅》的意味。如明代關於《金瓶梅》抄本的記載，雖然大多是隻言片語的傳聞、實錄或點評，但已經涉及到《金瓶梅》研究課題的思想、藝術、成書、版本、作者、傳播等諸多方向，並頗有真知灼見。在《金瓶梅》古代評點史上，繡像本評點者、張竹坡、文龍，前後紹繼，彼此觀照，相互依連，貫穿有清一朝，形成筆架式三座高峰。繡像本評點拈出世情，規理路數，為《金瓶梅》評點高格立標；文龍評點引申發揚，撥亂反正，為《金瓶梅》評點補訂收結；而尤其是張竹坡評點，躡武金聖歎、毛宗崗，承前啟後，成為中國古代小說評點最具成效的代表，開啟了近代小說理論的先聲。明清時期的《金瓶梅》研究，具有發凡起例、啟導引進之功。

20 世紀是人類歷史上可足稱道的一個百年。對中國人來說，世紀伊始，產生了驚天動地的兩件大事：1911 年封建王朝的終結，1919 年「五四」新文化運動的興起。中國人

心裏承接有豐富的傳統，中國人肩上也負荷著厚重的擔當。揚棄傳統文化，呼喚當代文明，這一除舊佈新的文化使命，在中國用了大半個世紀的時間。觀念形態的更新、研究方法的轉變、思維體式的超越、科學格局的營設一旦萌發生成，便產生無量的影響，具有劃時代的意義。《金瓶梅》研究即為其中一例。

以 1924 年魯迅《中國小說史略》出版，標誌著《金瓶梅》研究古典階段的結束和現代階段的開始；以 1933 年北京古佚小說刊行會影印發行《金瓶梅詞話》，預示著《金瓶梅》研究現代階段的全面推進；以 30 年代鄭振鐸、吳晗等系列論文的發表，開拓著《金瓶梅》研究的學術層面；以中國大陸、臺港、日韓、歐美（美蘇法英）四大研究圈的形成，顯現著《金瓶梅》研究的強大陣容；以版本、寫作年代、成書過程、作者、思想內容、藝術特色、人物形象、語言風格、文學地位、理論批評、資料彙編、翻譯出版、藝術製作、文化傳播等課題的形成與展開，揭示著《金瓶梅》的研究方向。一門新的顯學——金學，已經赫然出現在世界文壇。

20 世紀 70 年代以來的當代金學，中國的吳曉鈴、王利器、魏子雲、朱星、徐朔方、梅節、孫述宇、蔡國梁、甯宗一、陳詔、盧興基、傅憎享、杜維沫、葉朗、陳遼、劉輝、黃霖、王汝梅、周中明、王啟忠、張遠芬、周鈞韜、孫遜、吳敢、石昌渝、白維國、陳昌恆、葉桂桐、張鴻魁、鮑延毅、馮子禮、田秉鍔、羅德榮、李申、魯歌、馬征、鄭慶山、鄭培凱、卜鍵、李時人、陳東有、徐志平、陳益源、趙興勤、王平、石鐘揚、孟昭連、何香久、許建平、張進德、霍現俊、陳維昭、孫秋克、曾慶雨、胡衍南、李志宏、潘承玉、洪濤、楊國玉、譚楚子等老中青三代，辨章學術，考鏡源流，營造了一座輝煌的金學寶塔。其考證、新證、考論、新探、探索、揭秘、解讀、探秘、溯源、解析、解說、評析、評注、匯釋、新解、索引、發微、解詁、論要、話說、新論等，蘊含宏富，立論精深，使得金學園林花團錦簇，美不勝收，可謂源淵流長，方興未艾。中國的《金瓶梅》研究，經過 80 年漫長的歷程，終於在 20 世紀的最後 20 年登堂入室，當仁不讓也當之無愧地走在了國際金學的前列。

此「金學叢書」之要義也。

本叢書暫分兩輯，第一輯為臺灣學人的金學著述，由魏子雲領銜，包括胡衍南、李志宏、李梁淑、鄭媛元、林偉淑、傅想容、林玉惠、曾鈺婷、李欣倫、李曉萍、張金蘭、沈心潔、鄭淑梅，可說是以老帶青；第二輯為中國大陸 20 世紀 80 年代以來學人的《金瓶梅》研究精選集，計由徐朔方、甯宗一、傅憎享、周中明、王汝梅、劉輝、張遠芬、周鈞韜、魯歌、馮子禮、黃霖、吳敢、葉桂桐、張鴻魁、陳昌恆、石鐘揚、王平、李時人、趙興勤、孟昭連、陳東有、孫秋克、卜鍵、何香久、許建平、張進德、霍現俊、曾慶雨、楊國玉、潘承玉、洪濤諸位先生的大作組成，凡 31 人 30 冊（其中徐朔方、孫秋克，

傅憎享、楊國玉，王平、趙興勤，因字數兩人合裝一冊），每冊 25 萬字左右。

　　天津師範學院（今天津師範大學）朱星是中國大陸金學新時期名符其實的一顆啟明星，他在 1979 年、1980 年連續發表多篇論文，並於 1980 年 10 月由百花文藝出版社結集出版了中國大陸新時期《金瓶梅》研究的第一部專著《金瓶梅考證》。朱星的研究結論不一定都能經得住學術的檢驗，但朱星繼魯迅、吳晗、鄭振鐸、李長之等人之後，重新點燃並高舉起這一支學術火炬，結束了沉寂 15 年之久的局面，這一歷史功績，應載入金學史冊。遺憾的是，朱星先生 1982 年逝世，後人查訪困難，只能闕如。

　　香港夢梅館主梅節可謂《金瓶梅》校注出版的大家，1988 年由香港星海文化出版有限公司出版《全校本金瓶梅詞話》；1993 年由梅節校訂，陳詔、黃霖注釋，香港夢梅館出版《重校本金瓶梅詞話》（該本後由臺灣里仁書局 2007 年 11 月初版，2009 年 2 月修訂一版，2013 年 2 月修訂一版八刷）；1998 年梅節再為校訂，陳少卿抄寫，香港夢梅館出版《夢梅館校定本金瓶梅詞話》。前後三次合共校正詞話原本訛錯衍奪七千多處，成為可讀性較好的一個本子。梅節由校書而研究，關於《金瓶梅》作者、傳播、成書、故事發生地等問題的認識，亦時有新見。可惜的是，梅節先生的論文集《瓶梅閒筆硯——梅節金學文存》2008 年 2 月由北京圖書館出版社出版，版權協商匪易，未能入選。

　　上海音樂學院蔡國梁 20 世紀 50 年代末即開始研習《金瓶梅》，寫下不少筆記，1980 年前後即依據筆記整理成文，1981 年開始發表金學論文，1984 年出版第一部專著[1]，累計出版金學專著 3 部[2]、編著 1 部[3]，發表論文多篇，內容涉及《金瓶梅》的思想、源流、人物、作者、評點、文化等諸多研究方向，是早期《金瓶梅》研究的主力成員。無奈聯繫不上，不得已而割愛。

　　國人研究《金瓶梅》的論著，最早是闞鐸的《紅樓夢抉微》[4]，但其只是一個讀書筆記。天津書局 1940 年 8 月出版之姚靈犀《瓶外卮言》，嚴格說也只是一個資料彙編。香港大源書局 1961 年出版之南宮生著《金瓶梅》簡說，算得上是一個原著導讀。臺北時報文化出版公司 1978 年 2 月出版之孫述宇著《金瓶梅的藝術》，可說是第一部文本研究的學術著作。該書全文收入石昌渝、尹恭弘編選的《臺港金瓶梅研究論文選》[5]。2011 年 3 月上海古籍出版社再版，增加了一篇作者自序，更名為《金瓶梅：平凡人的宗教劇》。

1　《金瓶梅考證與研究》，西安：陝西人民出版社，1984 年。

2　另兩部為：《明清小說探幽——明人、清人、今人評金瓶梅》，杭州：浙江文藝出版社，1985 年；《金瓶梅社會風俗》，天津：百花文藝出版社，2002 年。

3　《金瓶梅評注》，桂林：灕江出版社，1986 年。

4　天津大公報館 1925 年 4 月鉛印。

5　南京：江蘇古籍出版社，1986 年。

孫述宇先生本已與上海古籍出版社洽商同意編入金學叢書，並授權主編代理，忽中途撤稿，原因還是版權問題。

還有其他一些因故未能入選的師友：或已作仙遊[6]，或礙於本輯叢書的體例[7]，或因為版權期限，或失去聯繫等。凡此種種，均為缺憾。

儘管如此，第二輯連同第一輯 14 人 16 冊總計所入選的此 45 人 46 冊，已經是中國當代金學隊伍的主力陣容，反映著當代金學的全面風貌，涵蓋了金學的所有課題方向，代表了當代金學的最高水準。

此「金學叢書」之大略也。

臺灣學生書局高瞻遠矚，運籌帷幄，以戰略家的大眼光，以謀略家的大手筆，決計編撰出版「金學叢書」，實金學之幸，學術之福。主編同仁視本叢書為金學史長編，精心策劃，傾心編審。各位入選師友打造精品，共襄盛舉。《金瓶梅》研究關聯到中國小說批評史、中國小說史、中國文學史、中國文學評點史、中國文學批評史等諸多學科，是一個應該也已經做出大學問的領域。為彌補本叢書因為容量所限有很多師友未能入選的不足，特附設一冊《金學索引》[8]，廣輯金學專著、編著、單篇論文與博碩士論文，臚列學會、學刊與所舉辦之金學會議，立此存照，用供備覽。本叢書的編選，既是對過往的總結，也是對未來的期盼。本叢書諸體皆備，雅俗共賞，可以預測，將為金學做出新的貢獻。

此「金學叢書」之宗旨也。

金學已經不是一座象牙塔，而是一處公眾遊樂的園林。三百多部論著，四千多篇學術論文，二百多篇博碩士論文，既有挺拔的大樹，也有似錦的繁花，吸引著越來越多的研究者與愛好者探幽尋奇。不容置疑，傳統的金學，加上以文化與傳播為標誌的、以經典現代解讀為旗幟的新金學，必然展示著甯宗一先生的經典命題：說不盡的《金瓶梅》。

此「金學叢書」之感言也。

吳敢、胡衍南、霍現俊（吳敢執筆）

2014 年元旦

6　如王啟忠、鮑延毅、孔繁華、許志強諸先生等，駕鶴西去的徐朔方先生的精選集由其高足孫秋克代為編選，劉輝先生的精選集由其摯友吳敢代為編選。

7　本輯叢書乃論文精選集，字典、詞典與小塊文章結集便未能入選，《金瓶梅》語言研究的幾位專家如白維國、李申、張惠英、許仰民等因此失選。

8　吳敢編著，分上下兩編。

周中明《金瓶梅》研究精選集

目　次

論《金瓶梅》[*]對《水滸傳》的傳承和另闢蹊徑

眾所周知,《金瓶梅》主要是根據《水滸傳》第 23 回至第 27 回西門慶和潘金蓮的故事創作的。從第 1 回至第 10 回基本上是《水滸傳》原文的迻錄,只是第 10 回把武松鬥殺西門慶改成武松誤打李外傳,讓李外傳做了替死鬼,使西門慶得以繼續作惡,並在政治上、經濟上成為暴發戶,一直到第 87 回西門慶死後,才重新回到《水滸傳》第 27 回,寫了武松殺嫂祭兄。因此,《金瓶梅》從故事情節的框架到主要人物的性格特徵,從揭露、批判社會現實的主旨到某些具體文字描寫,都是跟《水滸傳》一脈相承的。

我們不僅要看到《金瓶梅》上承《水滸傳》的一面,更重要的是要指出其另闢蹊徑的一面。為了闡述的方便,我們從《金瓶梅》對武松形象的改塑談起。因為筆者認為,把握了《金瓶梅》對武松形象的改塑,我們就有了打開《金瓶梅》這座藝術殿堂的一把鑰匙。

一、《金瓶梅》對《水滸傳》中武松形象的改塑

《金瓶梅》中的武松形象,就其主要的方面來看,顯然是跟《水滸傳》中的武松形象血脈貫通的。如景陽崗打虎,寫出武松的英雄膽力;怒斥金蓮調情,寫出武松的人倫品德;告別武大時的殷殷囑咐,寫出武松的手足情深;殺嫂祭兄,寫出武松的報仇雪恨。《金瓶梅》中有關武松的這些情節,都是從《水滸傳》中來的,有不少甚至基本上是原文照抄。但是,《金瓶梅》中的武松形象,是不是《水滸傳》中武松形象的簡單重複呢?是不是如有的研究者所說,「作者仍然本著《水滸》中的寫法,沒有作如何的發展」,[1]

---

[*] 本書所稱《金瓶梅》除另作說明者外,皆指《金瓶梅詞話》。

[1] 任訪秋:〈略論《金瓶梅》中的人物形象及其藝術成就〉,《開封師院學報》1962 年第 2 期。

或者說，它即使有所發展，也「簡直是敗筆」[2]呢？

事實勝於雄辯。《金瓶梅》中的武松跟《水滸傳》中的武松是個既有蹈襲而又作了重要改塑的兩個不同的藝術形象。其具體表現：

對武松的介紹。一是醉酒討嫌；一是好漢可愛。《水滸傳》中的武松，作者渲染他「吃醉了酒性氣剛，莊客有些顧不到處，他便要下拳打他們。因此，滿莊里莊客沒一個道他好。眾人只是嫌他，都去柴進面前告訴他許多不是處。柴進雖然不趕他，只是相待得他慢了。」（第 23 回）在《金瓶梅》中則刪去了上述描寫，而逕直寫「招攬天下英雄豪傑，仗義疏財」的柴進，「因見武松是一條好漢，收攬在莊上。」（第 1 回）這種對於武松形象的改塑，難道不是使他增輝而是有什麼遜色麼？

對武松的心理描寫。一是寫他誤入虎山，怕「須吃他恥笑」，「難以轉去」；一是寫他明知山有虎，偏向虎山行。《水滸傳》作者寫武松事先不知道景陽崗有虎，只因醉酒不聽勸阻，先是懷疑酒家「留我在家裏歇，莫不半夜三更要謀我財，害我性命，卻把鳥大蟲唬嚇我」，認為「這是酒家詭詐。」待到山神廟，看見門上貼的官府榜文，「方知端的有虎。」此時他「尋思道：『我回去時，須吃他恥笑，不是好漢，難以轉去。』」《水滸傳》作者是寫武松在這種怕人恥笑的思想支配下，被迫冒險上山的；在「有詩為證」中，作者又強調他是「醉來打殺山中虎。」《金瓶梅》作者則寫武松一到山東界上就聽說景陽崗有虎傷人，「崗子路上，兩邊都有榜文，可教過往經商，結夥成群，於巳、午、未三個時辰過崗，其餘不許過崗。這武松聽了，呵呵大笑，就在路旁酒店內，吃了幾碗酒，壯著膽，橫拖著防身哨棒，浪浪滄滄，大扠步走上崗來」。在山神廟親眼看到印信榜文後，《金瓶梅》中的武松也不是像《水滸傳》中的武松那樣尋思怕人恥笑，難以轉去，而是毫不猶豫地「喝道：『怕甚麼鳥！且只顧上崗去，看有甚大蟲？』」這種對於武松形象的改塑，難道不是提高而是貶低麼？

對武松打虎經過的描寫。一是僅由作者和武松加以敘述；一是由兩位獵人親眼目睹。《水滸傳》中的兩個獵人是在武松打虎之後才從武松口中聽說的，他們聽了，還不大相信，說：「怕沒這話」。連後來的批評家也指出：「況打虎時，是何等時候，乃一拳一腳都能記算清白，即使武松自己，恐用力後亦不能向人如何細說也。」[3]這就使人不能不對其真實性發生懷疑，《金瓶梅》作者則改寫為兩個獵人埋伏「在此觀看多時」，親眼目睹了武松打虎的經過，當他剛把虎打死，兩個獵人就出來對武松「倒頭便拜」。由於作者

2　宋謀瑒：〈略論《金瓶梅》評論中的溢美傾向〉，《金瓶梅論集》（北京：人民文學出版社，1986年）。

3　張竹坡：「第一奇書」本《金瓶梅》第 1 回批語。

的視角由單一變為多樣，即由作者或當事人，變為從第三者——獵人的角度來審視，寫出現場有兩個獵人作證，這就使武松打虎的真實性，更加無可置疑。

對武松打虎的評價。一是驚訝、懷疑；一是欽佩、讚嘆！《水滸傳》作者由於寫兩個獵人未親眼目睹武松打虎，只是寫他們「見了武松，吃一驚道：『你那人吃了㤢狸心，豹子肝，獅子腿，膽倒包著身軀！如何敢獨自一個，昏黑將夜，又沒器械，走過崗子來，不知你是人？是鬼？』」（第 23 回）由於《金瓶梅》作者寫兩個獵人目睹了武松打虎的經過，因此寫他們「見了武松倒頭便拜，說道：『壯士，你是人也，神也？端的吃了㤢狸心，豹子肝，獅子腿，膽倒包了身軀。不然，如何獨自一個，天色漸晚，又沒器械，打死這個傷人大蟲。我們在此觀看多時了。端的壯士！高姓大名？』武松道：『我行不更名，坐不改姓，自我便是陽穀縣人氏，姓武名松，排行第二。』」（第 1 回）兩相對比，前者只是驚疑武松隻身上山，如人鬼難辨；後者則是滿腔熱情地欽佩武松隻身打虎，如人神難分，衷心讚美他「端的壯士」。後者與前者相比，豈不更加情真意切，令人感奮麼？

武松對潘金蓮的態度。一是起初猥瑣曖昧；一是始終高風亮節。《水滸傳》寫武松一見到潘金蓮，就「當下推金山，倒玉柱，納頭便拜。」（第 24 回）顯得過分熱情，反而給人以輕薄之嫌。《金瓶梅》改成「武松施禮，倒身下拜。」（第 1 回）既以禮相待，又比較適度、得體。《水滸傳》寫武松看那婦人時，但見：

> 眉似初春柳葉，常含著兩恨雲愁；臉如三月桃花，暗藏著風情月意。纖腰裊娜，
> 拘束的燕懶鶯慵；檀口輕盈，勾引得蜂狂蝶亂。玉貌妖嬈花解語，芳容窈窕玉生
> 香。（第 24 回）

從武松的眼中，如此細膩地描繪潘金蓮那種「勾引得蜂狂蝶亂」的色相，這豈不意味著武松已經被她的色相吸引住，甚至看得入了迷，大有春心騷動，按捺不住之勢麼？否則，一個青年男子對嫂嫂的眉、臉、腰、口等各個部位，如此細看、細想、細描，究竟又居心何在呢？讀者不能不發出這個疑問。頗有藝術鑑賞力的金聖歎，在他評點的貫華堂本《水滸傳》中，便把武松眼中對潘金蓮的這段色相描寫刪去了。《金瓶梅》則把這段色相描寫，移到了第九回，西門慶將潘金蓮娶到家時，從吳月娘的眼中看出她的風流，「怪不的俺那強人愛他」。而寫武松眼中的潘金蓮，僅寫「武松見婦人十分妖嬈，只把頭來低著。」他連看一眼都感到羞答答的，不堪入目。這顯示出武松的思想境界，是多麼冰清玉潔，容不得半點「妖嬈」之氣！當潘金蓮「包藏淫行蕩春心」，著意要勾引武松，寫到「那婦人常把些言語來撩撥他」時，《水滸傳》接著寫「武松是個硬心直漢，卻不見怪」。《金瓶梅》便把這「卻不見怪」四個字刪了。寫到潘金蓮在雪天要陪武松飲酒，

並故意用手「去武松肩胛上只一捏，說道：『叔叔只穿這些衣裳，不冷？』」對於這種公然挑逗、恣意調情的行徑，《水滸傳》只是寫「武松已有五分不快意，也不應他。」（第 24 回）《金瓶梅》則改成：「武松已有五七分不自在，也不理他。」（第 1 回）改動的字數雖然很少，但是武松的反感態度則較《水滸傳》所寫明朗得多。雖然兩書的結果都是寫「潘金蓮勾搭武松不動，反被搶白一場」，但是由於《水滸傳》前面寫武松對潘金蓮的態度有點曖昧，在客觀上便有助長潘金蓮對他大膽調情之嫌，如《水滸傳》中「有詩為證」所寫的：「武松儀表甚溫柔，阿嫂淫心不可收。」《金瓶梅》作者便把「溫柔」二字改為「搊搜」，意謂鹵莽、雄壯。《金瓶梅》的改寫，使武松一貫態度鮮明，潘金蓮仍然執意要勾引他，那她最後遭到武松義正詞嚴的搶白，就純屬咎由自取，而絲毫不能歸咎於武松的「儀表甚溫柔」了。

　　武松對毒殺武大的西門慶等人的認識。一是就事論事；一是就事論人。《水滸傳》中對武松為此事向知縣告狀，寫道：

> 武松告說：「小人親兄武大，被西門慶與嫂通姦，下毒藥謀殺性命。這兩個（指何九叔與鄆哥——引者註）便是證見。要相公做主則個。」（第 26 回）

《金瓶梅》改為：

> 武二告道：「小人哥哥武大，被豪惡西門慶與嫂潘氏通姦，踢中心窩；王婆主謀，陷害性命；何九朦朧入殮，燒毀屍傷。見今西門慶霸占嫂在家為妾。見有這個小廝鄆哥是證見，望相公做主則個。」（第 9 回）

兩相對比，《金瓶梅》中的武松有三點不同：(1)對事實經過的敘述比較具體、確鑿。前者只是一句「下毒藥謀殺性命」，後者則從「通姦」，「踢中心窩」，「陷害性命」到「燒毀屍傷」，「霸占為妾」，概括了全部事實經過，使人一看就感到武松已經作了深入調查，掌握了西門慶等人的全部犯罪事實，罪證確鑿，不容置疑；(2)《水滸傳》中武松所告的只是一個「西門慶與嫂通姦，下毒藥謀殺性命」的問題，《金瓶梅》中的武松除告西門慶外，還有西門慶的幫凶「王婆主謀」，在西門慶的權勢威嚇和金錢收買之下，驗屍的「何九朦朧入殮」。這就是說，《金瓶梅》中的武松所要懲辦的不只是西門慶一個人作惡的問題，而是以西門慶為代表的那個社會上的一股惡勢力，統統皆應受到懲治；(3)武松對西門慶的本質認識更為深刻、明確。《水滸傳》中的武松只是就事論事地說「西門慶與嫂通姦，下毒藥謀殺性命」，如此說來，這只能算是個男女通姦的「情殺案」。而《金瓶梅》中的武松，則特地在西門慶頭上加了「豪惡」二字，並舉出他對武大「踢中心窩」，勾結王婆、何九叔殺人、毀屍，以及「霸占嫂在家為妾」等一系列「豪惡」

的事實。以「豪惡」來給西門慶其人定性，顯然就不是侷限於一般的「情殺案」，而是「豪惡」公然欺壓、虐殺小民的社會政治黑暗的問題。因此，《水滸傳》寫西門慶，「滿縣都饒讓他些個」，《金瓶梅》中則改「饒讓」為「懼怕」，滿縣人都懼怕西門慶，可見其豪惡的勢焰！《水滸傳》中的西門慶說何九「不肯違我的言語」，《金瓶梅》中改「不肯」為「不敢」。《水滸傳》中寫「這條街上遠近人家，無有一人不知此事（指武大被害死——引者註），卻都懼怕西門慶那廝是個刁徒潑皮，誰肯來多管！」《金瓶梅》中除改「肯」為「敢」字以外，還在「刁徒潑皮」後面，加了「有錢有勢」四個字。「刁徒潑皮」，只是個人的屬性，而「有錢有勢」，則是整個反動統治階級共有的階級特徵。因此，街坊人家不是主觀上不肯來多管，而是客觀上反動統治勢力的凶惡，迫使他們不敢來多管。向官府告狀不管用，《水滸傳》中的武松是先殺潘金蓮，然後再去殺西門慶；《金瓶梅》中的武松則首先去殺豪惡西門慶，結果因西門慶逃脫而誤打死了給西門慶通風報信的縣中皂隸李外傳，被銀鐺入獄。這樣改寫，在表現武松痛快淋漓地報仇雪恨上，是不及《水滸傳》；在認識和揭露社會現實的殘暴性和深刻性上，卻比《水滸傳》前進了一步。

武松對待封建官府的態度。一個是始終抱有幻想；一個則是幻想被現實擊得粉碎。雖然在告狀時，《水滸傳》和《金瓶梅》中的武松都是把希望建立在請知縣「相公做主」上，但是在告狀不成、自己動手殺人之後，《水滸傳》中的武松是主動到縣衙投案自首，承認自己「犯罪正當其理」；《金瓶梅》中的武松是被地方保甲押送縣衙，為兄報仇雪恨的一口惡氣未出，卻身陷囹圄，而作惡多端的西門慶因為有錢有勢，買通官府，卻照樣逍遙法外。作者由此得出的結論是：「誰人受用，誰人吃官司，有這等事！有詩為證：英雄雪恨被刑纏，天公何事黑漫漫？……」（第9回）《水滸傳》中的縣官，「念武松那廝是個有義的漢子」，「一心要周全他，又尋思他的好處」，不惜「把這人的招狀重新做過」，以減輕武松的罪名；《金瓶梅》中的縣官，則因「西門慶一面差心腹家人來旺兒，餽送了知縣一副金銀酒器，五十兩雪花銀；上下吏典也使了許多錢，只要休輕勘了武二。」知縣便「喝令左右：『與我加起刑來！人是苦蟲，不打不成！』兩邊閃三四個皂隸，役卒抱許多刑具，把武松拖翻，雨點般篦板子打將下來。須臾打了二十板，打得武二口口聲聲叫冤，說道：『小人平日也有與相公用力效勞之處，相公豈不憫念？相公休要苦刑小人！』知縣聽了此言，越發惱了：『你這廝親手打死了人，尚還口強，抵賴那個？』喝令：『與我好生拶起來！』當下拶了武松一拶，敲了五十杖子，教取面長枷帶了，收在監內。」你看，一個是自認「犯罪正當其理」，一個則「口口聲聲叫冤」；一個是縣官主動尋思武松的好處，「一心要周全他」，一個則是武松要求縣官想到「小人平日也有與相公用力效勞之處」，卻反遭知縣施以更重的刑罰。這兩種寫法，豈不是

塑造了兩個不同的武松形象？——《水滸傳》中的武松，誓死為兄報仇雪恨，有敢作敢當的英雄氣概，但在思想上仍尊重封建王法的合法性，承認自己「犯罪正當其理」，跟知縣相公都同屬「有義的漢子」；《金瓶梅》中的武松，則在保留其鋤奸除惡的英雄性格的同時，被慘遭迫害的嚴酷的社會現實，打破了他本來對官府所抱的幻想，而與官府處在勢不兩立的對立地位，因為殘酷的現實終於使他看清，封建官吏根本不講仁義，他們所代表的完全是西門慶等豪惡勢力的利益和旨意。《金瓶梅》中武松形象的這種發展，難道不是值得我們歡迎的，而能統統斥之為「敗筆」麼？

敗筆確實也是有的。如《金瓶梅》作者寫陳府尹審問武松：「你如何打死這李外傳」時，寫「那武松只是朝上磕頭，告道：『青天老爺，小的到案下得見天日，容小的說，小的敢說』。」前面既然寫武松是個「口口聲聲叫冤」的烈性漢子，這時在「青天老爺」面前，卻怎麼不叫冤，而要老爺「容小的說」才敢說呢？這未免把武松性格寫得有點走了樣，委實太奴才相了。此外，在時間和地點等細節上，也改得有自相矛盾之處。

不過，從總的方面來看，上述一系列的事實證明，《金瓶梅》作者對武松形象的塑造，絕不是「仍然本著《水滸》中的寫法，沒有作如何的發展」，而是根據《金瓶梅》的需要，作了許多重要的改動；這些改動，基本上是成功的，不應簡單地統統斥之為「敗筆」。對於我們來說，更為重要的還應由此進一步地研究和分析：《金瓶梅》作者究竟為什麼要對武松形象作種種改塑？它所反映出來的《金瓶梅》作者在上承《水滸傳》的基礎上，又是怎麼樣在藝術上另闢蹊徑的？這些正是我們下面接著所要探討的問題。

二、《金瓶梅》對《水滸傳》的另闢蹊徑

《金瓶梅》作者為什麼要對武松形象的塑造作上述種種改動呢？文學作品中的人物形象，既是社會現實的反映，又是經過作家的頭腦加工創造出來的。我們必須看到，《金瓶梅》與《水滸傳》不僅有繼承的一面，更重要的是它無論在作家的創作思想、作品的題材內容、思想主旨和人物形象等方面，都是另闢蹊徑的。

在作家的創作思想和作品的題材內容上，《水滸傳》側重於歌頌水滸英雄，而《金瓶梅》則著眼於揭露黑暗的社會現實。

在《水滸傳》作者看來，像武松這樣的江湖好漢，嗜酒如命，正是突出其江湖好漢的本色。因此他大寫特寫武松在柴進處如何常常醉酒惹嫌，在上景陽崗前，酒家以「三碗不過崗」來標榜其酒性之烈，而武松卻「前後共吃了十八碗」，仍未醉倒，依然照樣過崗。正如金聖歎在《水滸傳》寫武松飲酒的批語所指出的：「寫酒量，兼寫食量，總

表武松神威。」⁴王望如的評語也盛贊：「先飲酒，後打虎，雄哉松也！」⁵可見在《水滸傳》中渲染武松對酒的豪飲和海量，是對武松打虎的英雄形象的一種有力的鋪墊，是對「總表武松神威」的藝術誇張，這對於《水滸傳》中武松這個英雄形象的塑造是完全必要的。

《金瓶梅》作者的創作思想跟《水滸傳》作者不同。他在《金瓶梅》開卷前就寫了〈四貪詞〉，把貪圖酒、色、財、氣，視為人性的弱點和社會的病根。因此，揭露酒、色、財、氣對人生、家庭、社會和國家的危害，成了《金瓶梅》全書突出的題材內容。如在〈四貪詞·酒〉中，他寫道：「酒損精神破喪家，語言無狀鬧喧嘩。疏親慢友多由你，背義忘恩盡是他。」酒對人生和社會既然有如此大的危害，《金瓶梅》作者自然要把武松身上嗜酒豪飲的特徵予以淡化。

由於兩書作者的創作思想和題材內容不同，因此，兩書在主題思想和人物形象塑造等方面也有別。《水滸傳》的主題思想是要歌頌「替天行道」的水滸英雄，因此它就要把這些英雄加以理想化，誇大他們的神威。如它寫武松：「胸脯橫闊，有萬夫難敵之威風；說話軒昂，吐千丈凌雲之志氣。心雄膽大，似撼天獅子下雲端；骨健筋強，如搖地貔貅臨座上。如同天上降魔王，真是人間太歲神。」（第 23 回）《金瓶梅》的主題思想不是為了歌頌水滸英雄，而是要揭露社會現實的腐朽、黑暗，因此它對人物形象塑造不是要使它理想化、神奇化，而是要力求使它現實化、平凡化，為揭露社會現實的作品主旨服務。拿對武松形象的改塑來說，它不只是作了某些字句的修改，更重要的是在作品總的創作傾向和創作道路上作出了一系列新的開拓。

第一，它以武松的英雄膽力，足以赤手空拳打死山中老虎，卻無法打死社會上的「老虎」——豪惡西門慶之流，來襯托和揭露社會的黑暗。《金瓶梅》為什麼要從武松打虎寫起，其創作意圖就在於此。在《水滸傳》中，西門慶是 28 歲，《金瓶梅》作者把他改為 27 歲。為什麼特地要減少一歲呢？意在指出他是「屬虎的」。（第 4 回）這是作者的點睛之筆。其寓意很明顯：西門慶便是社會上吃人的老虎。至於潘金蓮，作者在第一回即明確指出，她「乃虎中美女」。這些都是《水滸傳》中所未寫的。《金瓶梅》作者加上這些描寫，就是為了使之與武松景陽崗打虎相呼應，作反襯。西門慶一類在社會上吃人的「老虎」，為什麼比山崗上的老虎更難打呢？《金瓶梅》中也寫得很清楚，這並不是由於西門慶有什麼了不起的本領，而是只因為他「有錢有勢」，他可以用金錢收買王婆、何九等社會渣滓充當他的幫凶，可以用金錢賄賂各級官吏，使國家機器成為迫害敢

4　見《水滸傳會評本》（北京：北京大學出版社，1981 年），第 22 回。
5　同註 4。

於作反抗鬥爭的武松等人的工具，而他儘管恣意行凶作惡，卻照樣逍遙法外，享盡榮華
富貴、嬌妻美妾、山珍海味。英雄如打虎的武松，不但奈何他不得，報仇雪恨不成，卻
反而慘遭酷刑，刺配充軍。它使人看了不能不驚嘆：這樣的社會現實，該是何等的暗無
天日啊！正如清人文龍在《金瓶梅》的批語中所指出的：「夫以潘金蓮之狠，西門慶之
凶，王婆子之毒，凡有血氣者，讀至此未有不怒髮衝冠，切齒拍案，放僻邪侈，無所不
為，無所不至，快快活活，偷生五、六、七年。惡人富而淫人昌。作者豈真有深仇大恨，
橫亙於心胸間，鬱結於肚腹內乎？而故為此一部不平之書，使天下後世之人，咸有牢騷
之色，憤激之情乎？」[6]「獨是武松一口惡氣，未能出得，看者能勿快快乎？惟其快快，
方可與看《金瓶梅》。必須快快到底，方知《金瓶梅》不是淫書也。」[7]儘管《金瓶梅》
中確有相當突出的淫穢描寫，但從總體上看，它是部揭露社會罪惡黑暗之書；《金瓶梅》
中的武松形象，是為該書這個總的創作意圖服務的。上述文龍的批語，證明它已收到了
預期的藝術效果。

　　第二，它以武松與武大真兄弟之間的手足情深，來反襯花二與花大、花三、花四叔
伯兄弟之間為爭家財，而打官司，反目成仇，西門慶與花子虛、應伯爵等假兄弟之間，
表面上稱兄道弟，親愛之至，而實則虛情假意，狠毒至極。武松之所以冒著被老虎吃掉
的危險翻越景陽崗，就是為了「因思想哥哥武大」，而特地來看望他的。後武松奉命出
差，又特地買了酒菜，來與哥哥話別。「臨行，武松又分付道：『哥哥，我的言語休要
忘了，在家仔細門戶。』」（第2回）這最後一句是《金瓶梅》作者新加的。它既說明武
松對潘金蓮的不軌行為早已提請哥哥警惕在先，又為武大後因門戶不慎而被人害死，埋
下了伏筆。對此，張竹坡的批語指出：「寫武二、武大分手，只平平數語，何以便使我
再不敢讀，再忍不住哭也？文字至此，真化工矣！」[8]可見作者寫武二、武大的兄弟情誼，
感人之深。值得注意的是，張竹坡在這段短短的批語中，用了兩個「再」字。據筆者的
感受和推測，他之所以「再不敢讀，再忍不住哭」，是跟他在讀了後文花家兄弟以及西
門慶的結拜兄弟之間的骯髒勾當之後，再來讀「寫武二、武大分手」的文字，所產生的
對比、反差效應，分不開的。如果說《金瓶梅》中所寫的武二、武大兄弟情誼，主要還
是從《水滸傳》繼承得來的話，那麼，以武二、武大的真兄弟情誼，來反襯花家叔伯兄
弟的爭奪家財，西門慶與花子虛、應伯爵等假兄弟的爾虞我詐，則完全是《金瓶梅》作
者的獨特創造和發展了。你看，西門慶對他跟花子虛的關係，說得多麼動聽：「論起哥

6　　文龍：《金瓶梅》第6回批語。

7　　文龍：《金瓶梅》第9回批語。

8　　張竹坡：「第一奇書」本《金瓶梅》第2回批語。

來，仁義上也好，……」「嫂子沒的說，我與哥那樣相交。」（第13回）可是實際上他卻安心設計，既奪取他的家財，又霸占他的妻子，使花子虛迅即「因氣喪身」。（第14回）正如文龍的批語所指出的：「果何氣乎？為乃兄乃弟耶？官司雖未贏，卻亦未輸，然則為其妻所氣也，氣其妻為友所騙也，其友固所稱如兄如弟者也。」[9]張竹坡也指出：「天下最真者莫若倫常，最假者莫若財色。然而倫常之中，如君臣朋友夫婦，可合而成；若夫父子兄弟，如水同源，如木同本，流分枝引，莫不天成。乃竟有假父假子假兄假弟之輩。噫！此而可假，孰不可假？……悲夫！本以嗜欲故，遂迷財色，因迷財色，遂成冷熱，因冷熱故，遂亂真假。因彼之假者欲肆其趨承，使我之真者皆遭其荼毒，所以此書獨罪財色也。嗟嗟！假者一人死而百人來，真者一或傷百難贖。世即有假聚為樂者，亦何必生死人之真骨肉以為樂也哉？作者不幸，身遭其難，吐之不能，吞之不可，搔抓不得，悲號無益，借此以自洩，其志可悲，其心可憫矣。」[10]說明《金瓶梅》的獨創，是以作者對社會生活獨特的體驗和感受為基礎的；他之所以以武二、武大真兄弟情誼，來反襯西門慶與花子虛等人假兄弟的狠毒，目的還在於揭露那個社會的世情——「此書獨罪財色也。」這是很有見地的。

第三，它以武松不受女色的誘惑，痛斥潘金蓮的調情，來襯托和揭露西門慶、潘金蓮之流熱衷於追求淫欲，以致貽害無窮。《金瓶梅》作者在開卷前寫的〈四貪詞·色〉中即指出：「休愛綠鬢美朱顏，少貪紅粉翠花鈿。損身害命多嬌態，傾國傾城色更鮮。莫愁此，養丹田。人能寡欲壽長年。從今罷卻閒風月，紙帳梅花獨自眠。」欣欣子的《金瓶梅詞話·序》也說：「吾友笑笑生為此」書的創作目的，「無非明人倫，戒淫奔，分淑慝，化善惡。」那麼，在此書中又究竟是以誰為「人倫」的代表，「淑」「善」的化身呢？無疑地，《金瓶梅》作者是首先把武松這個人物形象樹為楷模。當潘金蓮以自己喝剩的半盞酒，「看著武松道：『你若有心，吃我這半杯兒殘酒。』乞武松匹手奪過來，潑在地下，說道：『嫂嫂，不要恁的不識羞恥！』把手只一推，爭些兒把婦人推了一交。武松睜起眼來說道：『武二是個頂天立地的噙齒戴髮的男子漢！不是那等敗壞風俗傷人倫的豬狗！嫂嫂休要這般不識羞恥，為此等的勾當。倘有些風吹草動，我武二眼裏認的是嫂嫂，拳頭卻不認的是嫂嫂。』」（第1回）崇禎本《金瓶梅》對此有句批語：「打虎手段，幾乎出來。」確實，武松既是打虎的英雄，又是不受「虎中美女」淫欲誘惑的好漢。

與武松相對照的是西門慶。《水滸傳》寫西門慶一見到潘金蓮，「那一雙眼，都只在這婦人身上。」（第24回）《金瓶梅》改為：「那一雙積年招花惹草、慣戲風情的賊

9　文龍：《金瓶梅》第14回批語。

10　張竹坡：〈竹坡閒話〉，「第一奇書」本《金瓶梅》卷首。

眼，不離這婦人身上。」（第2回）並增寫了西門慶「從小兒也是個好浮浪子弟，……新近又娶了清河左衛吳千戶之女，填房為繼室。房中也有四五個丫鬟婦女。又常與勾欄裏的李嬌兒打熱，今也娶在家裏。南街子又占著窠子卓二姐，名卓丟兒，包了些時，也娶來家居住。專一飄風戲月，調占良人婦女，娶到家中，稍不中意，就令媒人賣了，一個月倒在媒人家去二十餘遍。人多不敢惹他。這西門大官人自從簾下見了那婦人一面，到家尋思道：『好一個雌兒，怎能勾得手？』猛然想起那間壁賣茶王婆子來，『堪可如此如此，這般這般。撮合得此事成，我破幾兩銀子謝他，也不值甚的。』於是連飯也不吃，走出街上閒遊，一直徑踅入王婆茶坊裏來……」你看，經《金瓶梅》作者這一改寫，武松與西門慶對待女色的態度，形成多麼鮮明、強烈的對照：一個如錚錚鐵漢，絲毫不為女色所動；一個則如嗜血蒼蠅，拼命緊緊叮住不放。作者的目的，恰如清人文龍的批語所說的：「人皆當以武松為法，而以西門慶為戒。人鬼關頭，人禽交界，讀者若不省悟，豈不負作者苦心乎？」[11]

第四，反對所謂「氣」，也是《金瓶梅》作者對武松形象改塑的重要目的之一。在《水滸傳》作者看來，水滸英雄的反抗鬥爭精神，是被統治階級「逼」出來的，是「亂自上作」，「逼上梁山」；天子既然自己不能行道，那就只有指望這些水滸英雄來「替天行道」。因此，《水滸傳》作者認為，只要不根本推翻「天子」的統治，對水滸英雄的反抗鬥爭精神是應予熱烈歌頌的。而《金瓶梅》作者只是對現實社會的黑暗、腐朽，世俗人心的淫蕩、邪惡，極為不滿，他雖然深為同情，但卻並不十分贊成水滸英雄如武松那樣血與火的反抗鬥爭。因此，他在《金瓶梅》開卷前的〈四貪詞·氣〉中寫道：「莫使強梁逞技能，揮拳裸袖弄精神。一時怒髮無明穴，到後憂煎禍及身。莫太過，免災迍。勸君凡事放寬情。合撒手時須撒手，得饒人處且饒人。」作者在這首〈四貪詞·氣〉中所表白的反對尚氣弄性的主張，顯然也包括對武松的勸戒在內。因此，當武松未找到西門慶報仇而誤打死李外傳，被地方保甲扭送縣衙時，作者一方面對「英雄雪恨被刑纏」，極表同情，另一方面卻又認為：「經咒本無心，冤結如何究？地獄與天堂，作者還自受。」（第10回）尤為明顯的是《金瓶梅》第87回，「武都頭殺嫂祭兄」，作者一方面肯定武松為兄報仇的正義性，稱讚這是「世間一命還一命，報應分明在眼前」；另一方面卻又「堪悼金蓮誠可憐，衣服脫去跪靈前」，責怪「武松這漢子，端的好狠也！」可見《金瓶梅》作者對武松的反抗鬥爭，既是同情的，又是持保留態度，頗有微詞的。它既反映了作家創作思想上的矛盾，也表現了《金瓶梅》中的人物形象塑造的特色，無論是像武松這樣的正面人物，或者如西門慶那樣的反面人物，作者皆不是只寫出其好或壞的一面，

11　文龍：《金瓶梅》第1回批語。

而是進一步寫出了人物性格的多面性和複雜性。這也正是《金瓶梅》在人物形象塑造上所開拓的新蹊徑。

因此，《金瓶梅》中的武松形象已經不只是《水滸傳》中武松形象的再現，而是賦予了新的藝術生命。《水滸傳》中的武松是全書著力歌頌的主要英雄形象之一；《金瓶梅》中的武松作為正面人物形象，只是放在全書的開頭，對全書所揭露、控訴的醜角、醜相、醜事，起個襯托、對照的作用，已由在《水滸傳》中的主角之一，到《金瓶梅》中改變為次要的配角之一。如張竹坡所說：「《水滸》本意在武松，故寫金蓮是賓，寫武松是主。《金瓶梅》本意寫金蓮，故寫金蓮是主，寫武松是賓。」[12]「敘金蓮之筆，武大、武二之筆，皆放在客位內，依舊現出西門慶是正經香火，不是《水滸》中為武松寫出金蓮，為金蓮寫出西門，卻明明是為西門方寫金蓮，為金蓮方寫武松。」[13]

有的同志之所以感到《金瓶梅》中的武松形象不及《水滸傳》中的武松形象光輝燦爛，其根本原因就在於不了解這是兩個不同的藝術形象，它們反映了兩書作者不同的創作思想、創作意圖和創作方法。《水滸傳》中的武松形象是帶有幾分理想化的，即使他醉酒惹嫌，不先去殺罪魁禍首西門慶，而是先殺嫂祭兄，不是跟官府對抗到底，而是主動投案自首，自認「犯罪正當其理，雖死而無怨」，這些本來是帶有武松自身思想上某種侷限性的表現，作者卻也是把它作為酒量過人，豪放不羈，大丈夫敢作敢當，為兄報仇雪恨，犯罪也在所不惜等英雄本色，來毫無保留地予以歌頌的。《金瓶梅》作者卻不是把武松形象盡量理想化，而是要力求使他現實化，在對他以頌揚為主的同時，也寫了他身上存在的某些缺點。如他未找到西門慶，竟把李外傳誤打死了；他「把刀子去婦人白馥馥心窩內只一剜，剜了個血窟窿」，「雙手去斡開他胸脯，扑挖的一聲，把心肝五臟生扯下來，血瀝瀝供養在靈前」，（第 87 回）這種殺嫂祭兄的手段也未免太殘暴了；武松的反抗鬥爭精神，顯然也不符合作者在〈四貪詞・氣〉中所鼓吹的「合撒手時須撒手，得饒人處且饒人」的人生哲學。因此，《金瓶梅》作者對武松形象絕不是一味地頌揚，而是在頌揚的同時又有所批判的。儘管這種批判未必完全正確，有的則明顯地反映了作者自身的階級侷限性，需要給予批判的批判，但是就《金瓶梅》所獨創的人物形象的真實性、多面性和複雜性來看，它對武松形象的改塑無疑地又具有不可忽視的某些可貴之處。何況兩書中的武松形象在兩書中的地位和作用也根本不同，一個是主角，一個是配角，一個肩負「替天行道」的歷史重任，一個只是為全書揭露現實黑暗起襯托、映照作用，兩者怎麼能相提並論、等量齊觀呢？人們既然不應要求紅玫瑰和紫羅蘭發出同

12　張竹坡：「第一奇書」本《金瓶梅》第 2 回批語。
13　張竹坡：「第一奇書」本《金瓶梅》第 3 回批語。

樣的芳香,那麼,又怎麼能要求《金瓶梅》中的武松形象跟《水滸傳》中的武松形象發出同樣的光輝呢?藝術貴在獨創。《金瓶梅》的另闢蹊徑,儘管還存在著種種瑕疵,但是它的可貴之處就在於它畢竟為我國小說藝術的發展開闢了一條新的蹊徑。

三、《金瓶梅》與《水滸傳》的不同筆法和風格

《金瓶梅》的另闢蹊徑,還表現在它跟《水滸傳》用了不同的筆法,創造了不同的藝術風格。我們的任務,不是要強求《金瓶梅》和《水滸傳》中的武松形象,只准發出同樣的光輝,或者只准有同一種色彩,而是要幫助人們進一步認識清楚,兩書中的武松形象的不同,究竟反映了兩書各有什麼不同的藝術特色,以利於提高我們的藝術鑑賞和藝術創造的能力。

《水滸傳》多正筆,《金瓶梅》多側筆。如對武松打虎之後,受到知縣賞識、重用的一段描寫,在《水滸傳》中是這樣寫的:

> 知縣見他忠厚仁德,有心要抬舉他,便道:「雖你原是清河縣人氏,與我這陽穀縣只在咫尺。我今日就參你在本縣做個都頭,如何?」武松跪謝道:「若蒙恩相抬舉,小人終身受賜。」知縣隨即喚押司立了文案,當日便參武松做了步兵都頭。(第 23 回)

《金瓶梅》把這段文字改成:

> 知縣見他仁德忠厚,又是一條好漢,有心要抬舉他,便道:「雖是陽穀縣的人氏,與我這清河縣只在咫尺。我今日就參你,在我這縣裏做個巡捕的都頭,專一河東水西擒拿盜賊。你意下如何?」武松跪謝道:「若蒙恩相抬舉,小人終身受賜。」知縣隨即喚押司立了文案,當日便參武松做了巡捕都頭。(第 1 回)

兩者相比較,在文字上的改動不大。但就從這不大的改動之中,我們發現兩者的筆法卻是大相逕庭的。《水滸傳》的筆法,是正面描寫知縣對武松的賞識、重用和武松對知縣的感恩戴德,人人一看就明,除此以外,別無他意。《金瓶梅》的筆法,卻由此從側面暗示了許多極為發人深省的意蘊。如把知縣所任職的縣名由陽穀改為清河,既然名為清河知縣,理應把政治治理得清明如河水,可是這個知縣卻接受豪惡西門慶的賄賂,是個貪贓枉法的贓官,使武松遭受不白之冤,這豈不使「清河」變成了「濁水」,成了對知縣的嘲諷?又如把武松的任職,由「步兵都頭」改為「巡捕都頭」,並明確指出他是「專一河東水西擒拿盜賊」的,到第 87 回武松殺嫂之後,作者又特地寫武松「上梁山為盜去

了」，這兩者顯然是前呼後應的，它以側筆寫出了：一個對知縣跪謝感恩，表示「終身受賜」，「專一」「擒拿盜賊」的「巡捕都頭」，卻被逼不得不自己去「為盜」。它說明那個社會已經多麼黑暗透頂、眾叛親離！武松的思想性格又是經歷了多麼巨大的發展！難怪知縣也早就看出，武松不僅「仁德忠厚」，還「又是一條好漢」，這後一句是《金瓶梅》新加的，它既表明那個知縣並不是個毫無眼力的笨蛋，更重要的又為武松後來性格的發展埋下了伏筆。

這兩種不同的筆法，反映了兩種不同的藝術風格。《水滸傳》多正筆，表現了民間創作的特點，其風格是清新質樸，明白如話，一說就明，一聽就懂。《金瓶梅》多側筆，則體現了文人創作的特色，其風格是渾厚深沉，隱晦曲折，精心結撰，蘊藉含蓄，耐人咀嚼。兩者主要是寫作手法、藝術風格之別，而很難說有高下、優劣之分。

《水滸傳》多明寫，《金瓶梅》多暗刺。如武松因打死老虎，受到知縣的賞賜，《水滸傳》是這樣寫的：

> 武松稟道：「小人托賴相公的福蔭，偶然僥幸，打死了這個大蟲。非小人之能，如何敢受賞賜。小人聞知這眾獵戶因這個大蟲受了相公責罰。何不就把一千貫給散與眾人去用？」（第 23 回）

《金瓶梅》中把這段文字改成：

> 武松稟道：「小人托賴相公的福蔭，偶然僥幸，打死了這個大蟲。非小人之能，如何敢受這三十兩賞賜。眾獵戶因這畜生，受了相公許多責罰。何不就把這賞，給散與眾人去？也顯相公恩露，小人義氣。」（第 1 回）

武松的本意，自然只是要說服知縣相公，同意把賞銀散給眾獵戶去用，而在《金瓶梅》中作者特地加上一筆，以武松的義氣，來「顯相公的恩露」，與「受了相公許多責罰」形成鮮明對照，這在客觀上豈不是暗藏著對知縣相公的辛辣諷刺麼？

又如在武松充配孟州道之前，《水滸傳》和《金瓶梅》都寫處理武松一案的東平府府尹陳文昭是有名的清官。《水滸傳》寫他「慷慨文章欺李、杜，賢良方正勝龔、黃」。「陳府尹哀憐武松是個有義的烈漢，如常差人看覷他，因此節級牢子都不要他一文錢，倒把酒食與他吃。陳府尹把這招稿卷宗都改得輕了，申去省院詳審議罪；卻使個心腹人，賷了一封緊要密書，星夜投京師來替他干辦」。（第 27 回）這不僅分明是對清官陳文昭的讚美，而且是對英雄武松的神化。說明他這個「有義的烈漢」感人之深，竟使陳府尹都為之「哀憐」，不惜篡改「招稿卷宗」來減輕其罪名。這一切都屬於「明寫」。

《金瓶梅》則一方面寫陳文昭是「正直清廉民父母，賢良方正號青天」。經過審理案

情，他「向佐貳官說道：『此人為兄報仇，誤打死這李外傳，也是個有義的烈漢，比故殺平人不同』。」為此，他下令「添提豪惡西門慶，並嫂潘氏，王婆，小廝鄆哥，仵作何九，一同從公根勘明白，奏請施行」。擺出了一副大有要秉公辦案的架勢。可是，另一方面則因西門慶「央求親家陳宅心腹，並使家人來旺，星夜往東京，下書與楊提督。提督轉央內閣蔡太師；太師又恐怕傷了李知縣名節，連忙賫了一封緊要密書帖兒，特來東平府，下書與陳文昭，免提西門慶、潘氏。這陳文昭原係大理寺寺正，升東平府府尹，又係蔡太師門生，又見楊提督乃是朝廷面前說得話的官，以此人情兩盡了，只把武松免死，問了個脊杖四十，刺配二千里充軍。」（第10回）這裏，好一個「以此人情兩盡了！」豈不是對號稱「正直清廉民父母，賢良方正號青天」的莫大諷刺麼？這是屬於「暗刺」，如魯迅所說是「或幽伏而含譏，或一時並寫兩面」。[14]其深刻性在於：他不僅名實相悖，而且暗示出造成陳府尹徇情枉法的根本原因，並非出於他個人秉性的清或貪，而是由於上面有西門慶的強大保護傘，有迫使陳府尹不得不就範的「關係網」。因此，它暗刺的矛頭就不僅是指向陳府尹個人，更重要的它還刺中了那個以內閣蔡太師、楊提督等上層統治者為代表的整個黑暗統治。

明寫和暗寫這兩種筆法，也反映了兩書不同的特色。《水滸傳》的特色是清新透明，熱情奔放，在歌頌武松等水滸英雄的同時，雖然也有正面的揭露，但揭露的對象很明確：只反貪官，不反清官；揭露的目的，主要也是為了渲染和烘托水滸英雄的神威。《金瓶梅》的特色則是「幽伏而含譏」。它主要不是歌頌，而是揭露。揭露的對象，不限於個別的貪官污吏，而是在對現實生活的客觀描寫中，剝去美麗的偽裝，露出醜惡的原形，揭示出整個社會政治的黑暗，世情的險惡。即使有所歌頌，也是為反襯和揭露醜惡服務的。兩相比較，前者帶有現實主義與浪漫主義相結合或早期現實主義的特點，後者則帶有嚴格的現實主義或批判現實主義的特色。

《水滸傳》多快語，抱奇憤，《金瓶梅》多痛語，抱奇冤。如《水滸傳》中的武松在殺死潘金蓮、西門慶之後，主動向官府投案自首，作者寫武松說道：

> 小人因與哥哥報仇雪恨，犯罪正當其理，雖死而不怨。（第27回）

金聖歎在武松這句話後面批道：「天在上，地在下，日月在明，鬼神在幽，一齊灑淚，聽公此言。」它表現了武松那種敢作敢當，痛快淋漓的大丈夫氣概和剛烈、豪爽的英雄性格。這種人物性格的出現，是由於作者的無限悲憤：官府既不能為平民報仇雪恨，那麼就只有寄希望於武松這樣的英雄人物來「替天行道」，自己動手來鋤奸除惡！因此我

14　魯迅：《中國小說史略》。見《魯迅全集》第8冊（北京：人民文學出版社，1957年）。

們說這是《水滸傳》作者抱奇憤而創造出來的英雄形象。

《金瓶梅》中則把《水滸傳》中武松說的那段話改成：

> 「小的本為哥哥報仇，因尋西門慶，誤打死此人。」把前情告訴了一遍，「委是小
> 的負屈銜冤，西門慶錢大，禁他不得。但只是個小人哥哥武大，含冤地下，枉了
> 性命。」（第 10 回）

《金瓶梅》作者使武松在與西門慶的鬥爭中遭受如此嚴重的挫折，寫出西門慶不只是孤立
的一個人，更重要的他是那個社會上惡勢力的代表，所謂「西門慶錢大，禁他不得」。
不僅懦弱的武大，「含冤地下，枉了性命」，勇敢剛強如打虎英雄武松，也不得不「負
屈銜冤」。因此，《金瓶梅》中的武松性格，不只有英勇無畏、堂皇正大、剛烈豪爽的
一面，還有憤不得洩、冤不可解、鬱悶淒惻的一面。這是作者對那個社會現實的腐朽黑
暗，感到痛極恨絕，抱著奇冤而創造出來的塗抹上濃烈悲劇色彩的英雄形象。

因此，《水滸傳》和《金瓶梅》作者雖然同樣都對那個社會現實極為不滿，同樣都
把武松作為正面英雄形象來塑造，但是由於兩書作者對那個社會現實的認識和所抱的感
情態度不同，寫作手法和藝術風格不一，因而不只是所用的筆調有快語和痛語之別，即
使對同一個武松形象的塑造，其性格色調也有單一與複合、透明與隱晦、豪放與抑鬱、
悲憤與悲痛之殊；《水滸傳》中的英雄形象令人崇敬和喜愛，有強大的鼓舞作用，《金
瓶梅》中的人物形象則令人深思和悲痛，有強烈的驚醒作用。

上述事實清楚地說明，《水滸傳》和《金瓶梅》都各有自己鮮明的藝術創造和藝術
特色。如果說《水滸傳》的基本色調是紫紅色，那麼，《金瓶梅》的基本色調則是青黑
色。《金瓶梅》的歷史性貢獻，不只在於它繼承了《水滸傳》對社會現實的批判精神，
更重要的是在於它從創作思想到創作方法，從題材內容到藝術風格，從人物形象到語言
筆調等等各個方面，皆另闢蹊徑，把我國小說創作上的現實主義大大深化和向前推進了
一大步。

論《金瓶梅》作者的藝術構思

《金瓶梅》被稱為「第一奇書」。[1]它既不是奇在故事情節的緊張曲折、荒誕離奇上，也不是奇在藝術形象為英雄豪傑、神魔鬼怪上，而是奇在作家對當時的社會現實生活有自己的獨特發現，奇在它以逼真的寫實手法，寫出了以新興市民為主體的新的人物和新的生活。《金瓶梅》不愧為我國小說史上傑出的藝術創新之作。古人說：「行成於思。」[2]這種藝術創新，在某種意義上不能不首先歸功於作家的藝術構思能敏銳地順應當時時代的呼喚，實現觀念的更新。

一、打破傳統的價值觀念，
對社會現實作如實的客觀的審視

「每一部有才能而且能很好地展開的小說，永遠是、而且只能是從對世界某種環境的觀察中獲得自己的構思。」[3]《金瓶梅》作者正是以急劇變異的社會生活本身為原動力，突破封建傳統思想觀念的桎梏，從現實生活的底層去吸取新思想，不是停留於人物外在的行動，而是向人物內在的靈魂深處發掘，寫出具有某種新思想的新人物。這是《金瓶梅》作者藝術構思的一個獨特的創造。

從《金瓶梅》中我們不難看出，作者蘭陵笑笑生的思想如同溫度表一樣，是很敏感的。他及時地發現了生活中正在滋長著的市井細民的新思想，已經在日益嚴重地侵蝕和動搖著封建主義的統治。儘管他對這種新思想還很不理解，儘管這種新思想本身還處於朦朧的萌芽的狀態，打上了嚴重的封建腐朽思想的胎記，但是他畢竟及時地抓住，並作了客觀的審視和如實的描寫。

文學作為一種滿足人的精神需要而創造出來的精神產品，它本身是一個價值系統，是受作家的價值觀念支配的。《金瓶梅》在題材、主題、人物、情節、結構、語言等等

1　清初張竹坡評點的《金瓶梅》，稱為《皋鶴堂批評第一奇書金瓶梅》，有謝頤的〈第一奇書序〉。
2　唐・韓愈：〈進學解〉。見《韓愈選集》（北京：人民文學出版社，2001 年）。
3　波蘭・奧洛什科娃：〈論葉什的小說並泛論一般的小說〉，見《古典文藝理論譯叢》第 4 冊。

方面所作的新開拓和新創造，都是跟作者的藝術構思從當時現實生活中吸取了新的價值觀念分不開的。

政治價值。《金瓶梅》以前的我國古典小說，幾乎無不以「忠」和「奸」作為政治上褒貶的最高標準。《三國演義》中的正面人物和反面人物之分，就是以「忠」和「奸」劃線的。其社會效果，正如前人所說：「蓋自《三國演義》盛行，又復演為戲劇，而婦人孺子，牧豎販夫，無不知曹操之為奸，關、張、孔明之為忠，其潛移默化之功，關係世道人心，實非淺鮮。」[4]《水滸傳》的題材雖然是描寫水滸義軍的形成、發展和最後慘遭失敗的全過程，但是作者卻偏要把皇帝說成是「至聖至明」的，把武裝造反的革命英雄寫成不是為了推翻封建統治，而是懷著忠於天子的思想「替天行道」。所謂「亂自上作」「逼上梁山」，其矛頭所指，只不過是「蒙蔽聖聰」，為非作歹的高俅、蔡京、童貫等少數幾個奸臣。因此，水滸英雄被描繪成是只反貪官，不反皇帝的，是忠義的化身，所以書名也叫《忠義水滸傳》。實際上反映了作者的藝術構思，是要把歷史上宋江農民起義的題材加以改造，力圖納入封建主義思想體系內部忠奸鬥爭的軌道。水滸英雄之所以在兩贏童貫、三敗高俅，取得節節勝利的大好形勢之下，走上接受招安的道路，陷入參與鎮壓敢於稱王的方臘等農民義軍的罪惡深淵，其內因正是由於以封建忠君思想為最高的價值觀念所致。

在《金瓶梅》中，忠君的價值觀念不僅等於零，而且成了人們隨意嘲諷的對象。宋徽宗皇帝的形象，不再像《水滸傳》作者所描寫的那樣成為「至聖至明」的偶像，而是被描繪成「朝歡暮樂，依稀似劍閣孟商王；愛色貪杯，仿佛如金陵陳後主。」（第71回）至於徽宗皇帝究竟如何「朝歡暮樂」「愛色貪杯」，書中雖然未作具體描寫，只是著重描繪了一個由「朝歡暮樂」「愛色貪杯」到自我毀滅的典型人物西門慶。但是值得注意的是，作者幾次在書中把西門慶罵作「恁沒道理的昏君行貨」（第25回），「恁賊沒廉恥的昏君強盜！」（第34回）這些比喻，如果不是都反映了作者有意識地要使讀者由西門慶而聯想到當時的最高統治者——皇帝，那麼至少也說明忠君的思想已不再是至高無上的價值觀念，人們在日常生活中隨時可以指桑說槐地罵皇帝。貪贓枉法的奸臣蔡京，因為善於在皇帝面前吹牛拍馬，便被徽宗皇帝褒揚為「賢卿獻頌，益見忠誠，朕心嘉悅。」（第71回）蔡京為答謝西門慶的厚禮，而回贈給他的山東提刑所理刑副千戶的官職，就是用的「朝廷欽賜」給蔡京的「幾張空名告身劄付」（第30回）。皇帝和奸臣豈不是一丘之貉？既然他們皆能把官職當作禮物送人，西門慶自然也能夠用禮物買到官職。這說明

4　清·顧家相：〈五餘讀書廛隨筆〉，見孔另境輯錄《中國小說史料》（上海：古典文學出版社，1957年）。

封建的官職已經商品化，商品交換的原則已經滲透進封建的朝廷。在這種情況下，人們的價值觀念怎麼能不由對封建君王的崇拜，對皇帝的效忠，轉化為商品拜物教呢？如果《金瓶梅》作者仍然死抱住封建傳統的忠君的價值觀念，他怎麼可能作出這種藝術構思呢？又怎麼可能在他的筆下把代表「天子」主宰人類命運的神聖的封建皇帝如此加以褻瀆和唾罵呢？不是像《三國演義》《水滸傳》作者那樣從忠君的價值觀念出發，把人們的幸福寄託在聖君賢相、忠臣義士身上，而是從實際生活出發，敢於正視封建統治已經腐朽、衰落的社會現實，赤裸裸地撕下了聖君賢相的假面具，還其醜惡、卑劣的真面目，這正是《金瓶梅》作者在藝術構思上的一個新特點和新貢獻。

道德價值。這是中國傳統的價值觀念的一個最重要的尺度。所謂「百行以德為首」。「德者，本也；財者，末也」。「罪莫大於無道，怨莫深於無德。」在道德價值中，一個重要的價值取向就是「重義輕利」。孔子說：「君子喻於義，小人喻於利。」[5]「君子義以為上。君子有勇而無義為亂，小人有勇而無義為盜。」[6]這就是說，義和利是評價人格高低的重要標準。孟子尚義輕利，更甚於孔子。他對梁惠王說：「王何必曰利，亦有仁義而已矣。」[7]王子墊問「曰：何謂尚志？曰：仁義而已矣。」[8]又說：「大人者，言不必信，行不必果，惟義所在。」[9]簡直把義看成是至尊至貴的最高準則。墨子雖重利，但他也認為：「萬事莫貴於義。」[10]把義看成是高於一切的。在《金瓶梅》以前的我國古典小說中，正是按照這種傳統的價值觀念來構思情節、描繪人物的。如《三國演義》中的「桃園結義」：「念劉備、關羽、張飛雖然異姓，結為兄弟，同心協力，救困扶危，上報國家，下安黎庶，不求同年同月同日生，只願同年同月同日死。皇天后土，以鑑此心，背義忘恩，天人共戮！」這是該書從第一回起貫穿全書的一個基本思想，如李贄的批語所指出的：「三分事業實基於此。」[11]《水滸傳》儘管在「義」的具體內涵上跟《三國演義》中的「義」有所不同，但是以「義」為最重要的價值觀念，同樣也是其貫穿於全書的一個基本思想。如李贄在《出像評點忠義水滸全傳·發凡》中所說：「忠義者，事君處友之善物也。不忠不義，其生已朽，而其言雖美弗傳。此一百八人者，忠義之聚

5　《論語·里仁》，見《十三經注疏》（北京：中華書局，1975 年）。

6　《論語·陽貨》，見《十三經注疏》（北京：中華書局，1975 年）。

7　《孟子·梁惠王章句上》，見《十三經注疏》（北京：中華書局，1975 年）。

8　《孟子·盡心章句上》，見《十三經注疏》（北京：中華書局，1975 年）。

9　《孟子·離婁章句下》，見《十三經注疏》（北京：中華書局，1975 年）。

10　《墨子》卷 12〈貴義〉，見《二十二子》（上海：上海古籍出版社，1985 年）。

11　見《三國演義會評本》（北京：北京大學出版社，1986 年），第一回回末總評。

於山林者也；此百二十回者，忠義之見於筆墨者也。」[12]

《金瓶梅》作者也寫了西門慶與應伯爵、花子虛等十人結義為兄弟。可是他們既不像《三國演義》中的桃園結義那樣，以姓劉的皇族劉備為兄長，也不同於《水滸傳》中的梁山泊，以眾望所歸、人稱「呼保義」的宋江為大哥，而是「眾人見西門慶有些錢鈔，讓西門慶做了大哥，每月輪流會茶擺酒。」（第11回）誰有錢鈔，誰才有資格做大哥，這就是《金瓶梅》所表現的新的價值觀。至於「義」，那只不過是為達到某種目的而加以利用的幌子罷了。西門慶便利用他與花子虛為結義兄弟的關係，而「安心設計，圖謀」他的妻子李瓶兒，「屢屢安下應伯爵、謝希大這夥人，把子虛掛住在院裏，飲酒過夜。他便脫身來家」，將李瓶兒勾引為他的外室，使「花子虛因氣喪身」。這樣的兄弟朋友之義，如同文龍所評論的：「友則要我命而致我死，劫我財又將占我妻。子虛身死，而心能死乎？」[13]西門慶在世時，應伯爵與西門慶親如手足，竭盡諂媚、奉迎、湊趣、討歡之能事；西門慶一死，應伯爵便立即投靠張二官，幫助他霸占了西門慶的妾李嬌兒，又圖謀幫他娶潘金蓮為妾。應伯爵「本為酒食而脅肩，原因財物而諂笑，此小人之常也。如果所求不遂，所願未償，反而噬臍，轉為翻臉，此猶小人之常也，均不足為怪。若西門慶之待伯爵，糊其口，果其腹，飽暖其身，安頓其家，亦可謂至矣盡矣。不知感恩，亦何至負義；不知報德，亦何至成仇，今觀送上李嬌兒，又謀及潘金蓮，直若與西門慶義不同生，仇結隔世者，此非小人之常，實小人之變矣。」[14]無論是西門慶或應伯爵的形象，都可謂是對封建傳統的「義」的價值觀念的背叛，是《金瓶梅》作者的獨特創造。

不是如《三國演義》《水滸傳》作者那樣，把人與人之間的關係用封建倫理道德的「義」來加以理想化，而是面對嚴酷的社會現實，揭露「義」的神聖理想已被踐踏在利己主義的污泥濁水之中。不僅西門慶與花子虛、應伯爵等結義兄弟的關係是如此，西門慶拜蔡京為義父，認李桂姐為義女、王三官為義子，亦毫無例外。義者，利也。「義」，不過成了掩蓋人倫顛倒、唯利是圖的遮羞布。義的神聖價值已為利的實用價值所取代。這正是一種嶄新的藝術構思。它極為敏銳而真實地反映了一種新的社會現實——封建的倫理道德已經墮敗，新興市民的道德觀念正在崛起！

婦女價值。馬克思在致路德維希·庫格曼的信中寫道：「每個了解一點歷史的人也都知道，沒有婦女的酵素，就不可能有偉大的社會變革。社會的進步可以用女性（醜的也

12 見《水滸傳會評本》（北京：北京大學出版社，1981年）。
13 文龍：《金瓶梅》第14回批語。
14 文龍：《金瓶梅》第80回批語。

包括在內）的社會地位來精確地衡量。」[15]封建社會對人的尊嚴、人的價值的蔑視，首先在婦女身上表現得最為突出。如《三國演義》作者寫曹豹與呂布裏應外合，夜襲徐州，使劉備失了城池，又陷了夫人；張飛「惶恐無地，掣劍遂欲自刎。」「玄德向前抱住，奪劍擲地曰：『古人云，兄弟如手足，妻子如衣服。衣服破，尚可縫，手足斷，安可續？』」（第15回）不把婦女當人看待，妻子的價值只能等同於衣服，這就是封建的婦女價值觀念的反映。

《金瓶梅》作者雖然仍抱有「女人是禍水」的封建觀念，但他畢竟已把眾多的婦女置於作品主人公的地位。《金瓶梅》的書名以書中三個女主人公——潘金蓮、李瓶兒、龐春梅——的名字簡化而成，便是作者特別重視婦女形象的鐵證。在對眾多婦女形象的描繪上，作者也不只是一味地寫出她們貪淫的一面，而是同時寫出了她們對婦女自身價值的覺醒和追求。如潘金蓮之所以對她與武大的封建包辦婚姻不滿，就是因為她認為自己是「鸞鳳」「真金子」「羊脂玉體」「靈芝」，而武大不過是「烏鴉」「高號銅」「頑石」「糞土」（第1回），兩個人的自身價值不相等。這跟封建婦女強調門當戶對的門第價值，顯然是屬於兩種不同的價值觀念。在嫁給西門慶為妾之後，她也從不遵守「三從四德」的封建婦德。如當她發現西門慶與李瓶兒的姦情之後，作者寫她「跳起來坐著，一手撮著他耳朵，罵道：『好負心的賊！……到明日你前腳兒但過那邊去了，後腳我這邊就吆喝起來，教你負心的囚根子，死無葬身之地。你安下人摽住他漢子在院裏過夜，卻這裏要他老婆。我教你吃不了包著走！……』這西門慶不聽便罷，聽了此言，慌的妝矮子，只跌腳跪在地下，笑嘻嘻央及說道：『怪小油嘴兒，禁聲些。……』」（第13回）請看，「一手撮著他耳朵」痛罵的潘金蓮，豈不是在放肆地追求自身的價值麼？「跪在地下」的西門慶，豈不是封建夫權的威風掃地麼？如果作者不具有新的婦女價值觀念，能夠構思並寫出潘金蓮這樣潑辣的婦女形象來麼？

孟玉樓的形象也反映了新的婦女價值觀念。她本是販布楊家的正頭娘子，丈夫販布死在外邊一年多，她就想改嫁。在她看來，「青春年少，守他甚麼！」（第7回）封建的貞節觀念，已經被她珍惜「青春年少」的自身價值觀念所取代。至於改嫁給什麼人，她母舅張四要她「還依我嫁尚推官兒子尚舉人。他又是斯文詩禮人家，又有莊田地土，頗過得日子，強如嫁西門慶。」（第7回）論封建的門第，嫁給尚推官兒子尚舉人，當然比嫁給商人西門慶高貴。可是，她卻執意要嫁給西門慶，說：「常言道，世上錢財倘來物，那是長貧久富家？緊著起來，朝廷爺一時沒錢使，還向太僕寺借馬價銀子支來使。休說買賣的人家，誰肯把錢放在家裏！各人裙帶上衣食，老人家倒不消這樣費心。」接著作

---

15   見《馬克思恩格斯全集》，第32卷（北京：人民出版社，1977年）。

者在「有詩為證」中寫道:「佳人心愛西門慶,說破咽喉總是閒。」(第7回)不是追求封建的門第等級,不是以嫁給「斯文詩禮人家」為榮,而是以自己的「心愛」,追求實現自身的價值,這豈不是反映了一種嶄新的婚姻觀念和婦女價值觀念麼?儘管西門慶娶她為妾,主要是看中了她的家產,她跟西門慶的婚姻,並沒有給她帶來幸福,但是我們絕不能因此而否定她的新的婚姻觀念和婦女價值觀念的歷史進步性,如同我們不能因為資本「從頭到腳,每個毛孔都滴著血和骯髒的東西」,[16]便否定資本主義的歷史進步作用一樣。

「中國數千年來,在禮法上向採性欲否定之態度。」[17]李瓶兒之所以一心一意要嫁給西門慶,卻是赤裸裸地為了追求自己性欲的滿足。她竟公然嫌蔣竹山:「你本蝦鱔,腰裏無力」,「是個中看不中吃,蠟槍頭,死王八。」而西門慶呢,她說:「你是醫奴的藥一般,一經你手,教奴沒日沒夜只是想你。」(第19回)從封建的觀點來看,這是將「廉恥盡忘」的「淫婦」的「心事和盤托出。」[18]然而平心而論,追求性欲的滿足,本是人的自然本性之一,是實現人的自我價值的一個方面,有什麼可禁錮、掩飾或害羞的呢?李瓶兒不以此為恥,反而敢於把這種見不得人的「心事和盤托出」,正說明了她的價值觀念的變化,這是對「採性欲否定之態度」的封建禮法的挑戰。我們當然絕不贊成李瓶兒的性欲至上,如同我們堅決反對通姦和賣淫,但卻不能不承認「以通姦和賣淫為補充的一夫一妻制是與文明時代相適應的。」[19]

春梅的個性特徵是有股傲氣。吳神仙給她相命,說她「必得貴夫而生子」,「必戴珠冠。」吳月娘說:「我只不信說他春梅後來戴珠冠,有夫人之分。端的咱家又沒官,那討珠冠來?就有珠冠,也輪不到他頭上。」可是春梅卻有自己的主見,她說:「常言道:凡人不可貌相,海水不可斗量。從來旋的不圓砍的圓。各人裙帶上衣食,怎麼料得定?莫不長遠只在你家做奴才罷!」(第29回)當西門慶死後,吳月娘要把她賣出去,並且吩咐:「休教帶衣裳去」。「那春梅在旁,聽見打發他,一點眼淚也沒有。見婦人哭,說道:『娘,你哭怎的?奴去了,你耐心兒過,休要思慮壞了。你思慮出病來,沒人知你疼熱的。等奴出去,不與衣裳也罷,自古好男不吃分時飯,好女不穿嫁時衣。』」「臨出門,婦人還要他拜辭拜辭月娘眾人。」「這春梅跟定薛嫂,頭也不回,揚長決裂,出大門去了。」(第85回)她這種傲氣,正是她認識到自我價值的一種表現。而她的自

---

16 馬克思:《資本論》,第1卷(北京:人民出版社,1963年)。

17 陳頤遠:《中國婚姻史》(上海:商務印書館,1936年)。

18 文龍:《金瓶梅》第19回批語。

19 恩格斯:〈家庭、私有制和國家的起源〉,見《馬克斯恩格斯文選》,第2卷(北京:人民出版社,1961年)。

我價值之所以能夠實現，就是因為那個社會已經拋棄「尊卑不婚」的傳統價值觀念，不再把封建的門第出身和貞節操守作為決定婦女地位的價值取向。她憑著自己生來一副「好模樣兒」，又有唱小曲的才能，便能做周守備的貴夫人。儘管這種價值觀念距離現代的性愛還很遠很遠，但她畢竟是以自身的價值和赤裸裸的人身買賣作為婚姻的基礎，而不是以封建的門第等級和貞節操守等附加物作為婚姻的先決條件。她的這種價值觀念，正是封建禮教趨向沒落時期的產物。她在做了周守備的夫人之後，淫蕩的行為恣意發展，實際上是對封建傳統的價值觀念的公然背叛和惡性破壞，儘管這種背叛和破壞的方式，是我們所必須批判的，但它對封建社會的腐敗、墮落未嘗沒有暴露的作用。

審美價值。生活中美的事物，作為藝術表現的內容，構成為藝術形象，成為審美的對象，具有審美的價值，這是為人們所一貫公認的。作為美的對立面的醜的事物，是否也能成為藝術描寫的對象，產生藝術美，具有審美價值呢？對於這個問題，人們並不是一開始就有明確的認識的。古希臘的詩人和學者安提阿庫斯在提到一個奇醜的人時說道：「既然沒有人願意看你，誰願意來畫你呢？」[20]他就公然把醜的人物排斥在藝術殿堂之外。法國著名作家雨果說：「醜就在美的旁邊，畸形靠近著優美，醜怪藏在崇高的背後，美與惡並存，光明與黑暗相共。」[21]他的小說《巴黎聖母院》中的加莫多就是個外形雖醜，而卻心地善良具有自我犧牲精神的人，副主教克羅德則是個外表道貌岸然而心靈卻十分醜惡的人。這種「醜就在美的旁邊」的審美價值觀念，使藝術形象增添了豐富性和複雜性，但是其目的只是以醜來襯托美，也就是說，只有在從屬和襯托美的前提下，才允許醜進入藝術的領域。在《金瓶梅》以前的我國古典小說中，也是或則把美和醜對立起來，「凡寫奸人則鼠耳鷹腮等語」，[22]或則寫醜惡的人物，也總是為了襯托美好的人物。《三國演義》就是以曹操的醜來襯托劉備的美的，如劉備所說：「操以急，吾以寬；操以暴，吾以仁；操以譎，吾以忠。每與操相反，事乃可成。」《水滸傳》中的高俅、蔡京、童貫等醜惡人物，也是作為襯托晁蓋、宋江等美好人物，才有其存在價值的。而對於劉備、晁蓋、宋江等正面人物的刻畫，都明顯地帶有理想化的成分。在作者看來，仿佛在正面人物身上一寫到其還有醜的方面，就會玷污正面人物聖潔而光輝的形象。

小說藝術究竟是以善為美還是以真為美？醜究竟是否具有獨立的審美價值？這個問題無論在理論上或在創作實踐上，都是人類歷史在進入資本主義時代以後才得以解決

---

20 轉引自萊辛：《拉奧孔》（北京：人民文學出版社，1979 年）。

21 雨果：《論文學》（上海：上海譯文出版社，1980 年）。

22 《脂硯齋重評石頭記》甲戌本第 1 回眉批。在這句批語之前，還有「最可笑世之小說中」一句。

的。西方近代現實主義小說才顯示了高度的真實性，而這種高度的真實性往往離不開以醜為審美的對象。如巴爾札克的《驢皮記》和果戈理的《死魂靈》，就是以專寫醜惡人物著稱的。這是那個時代的反映。正如巴爾札克在他的〈《驢皮記》初版序言〉中所說的：「現在我們只能冷嘲熱諷。嘲笑，這是垂死的社會的文學。」[23]中國的封建社會在人類歷史上是最漫長的。中國古典小說的繁榮和發展，曾經走在西方小說的前頭。《金瓶梅》便是世界文學史上第一部以「曲盡人間醜態」[24]為特徵，專寫反面人物的長篇小說。《金瓶梅》作者最懂得醜的審美價值。他認為通過揭露醜，既可以對於「懲戒善惡，滌慮洗心，無不小補」，又「使觀者庶幾可以一哂而忘憂也。」[25]這對傳統的審美價值觀念是個重大的突破。正是在這種新的審美價值觀念的指導之下，《金瓶梅》作者才能以西門慶、潘金蓮等反面人物為主人公，創造了富有封建統治腐朽時代特色的各種人物形象，為豐富人類的藝術畫廊作出了不朽的貢獻。如清代文龍所指出的：「《水滸傳》出，西門慶始在人口中，《金瓶梅》作，西門慶乃在人心中。《金瓶梅》盛行時，遂無人不有一西門慶在目中、意中焉。其為人不足道也，其事蹟不足傳也，而其名遂與日月同不朽。……西門慶何幸，而得作者之形容，而得批者之唾罵。世界上恆河沙數之人，皆不知其誰，反不如西門慶之在人口中、目中、心意中，是西門慶未死之時便該死，既死之後轉不死，西門慶亦幸矣哉！」[26]為什麼西門慶這個反面人物形象能夠世世代代活「在人口中、目中、心意中」，而「與日月同不朽」呢？這絕不是由於西門慶個人的幸運，更不是因為作家對這個人間的醜類進行了美化，而恰恰是由於作家把醜列為審美對象，引入小說藝術的殿堂，對他的種種醜態作了淋漓盡致的揭露，使之成為作家「藝術才能的一種憑證，居然能把你這樣的怪物摹仿得那麼唯妙唯肖」，[27]使讀者能夠從中「了解醜之為醜，那是一種愉快的事情。我們既然嘲笑醜態，就比它高明。」[28]這跟欣欣子所說的「人有七情，憂鬱為甚」，而讀《金瓶梅》之「曲盡人間醜態」，則「可以一哂而忘憂」，是多麼共同的審美感受啊！

　　《金瓶梅》作者對上述種種傳統的價值觀念的突破，一方面為我國的小說藝術開拓了一個嶄新的領域，創造了一個嶄新的藝術境界，即不受封建傳統觀念羈絆的「俗人生，俗社會」的境界，它的真正意義是對「存天理，滅人欲」的「脫俗」的「雅文化正宗」

23　見《古典文藝理論譯叢》第 10 冊（北京：人民文學出版社，1965 年）。

24　廿公：〈金瓶梅跋〉，見《金瓶梅詞話》（北京：人民文學出版社，1985 年），卷首。

25　欣欣子：〈金瓶梅詞話序〉，學術界有人認為，欣欣子是《金瓶梅》作者笑笑生的化名。

26　文龍：《金瓶梅》第 79 回批語。

27　萊辛：《拉奧孔》。

28　車爾尼雪夫斯基：《美學論文選》（北京：人民文學出版社，1957 年）。

的一種反撥和反叛，其歷史性的貢獻確實不可磨滅；另一方面，由於作者受封建傳統思想的侷限，雖然從現實生活中吸取了種種新的價值觀念，但是他對這些新的價值觀念卻缺乏正確的理解，更非自覺地站在頌揚新的價值觀念一邊，因此《金瓶梅》的藝術構思只是突出了新的價值觀念對封建傳統價值觀念具有破壞性的一面，而未寫出其本身的歷史進步性及其戰勝封建傳統價值觀念的歷史必然性。再加上對什麼是醜以及如何以醜為審美對象等方面，沒有前人成熟的藝術經驗可資借鑑，而不必要地在讀者面前展示了那些不堪入目的「淫人妻子、妻子淫人」[29]的糜爛的性生活，以致出現了作家主觀動機要「戒淫奔」，而作品的客觀效果卻未免誨淫的尖銳矛盾，使這本具有獨特的歷史價值和藝術價值的小說，遭到了長期的禁錮。因此，如何徹底打破傳統的價值觀念，真正全面地實行價值觀念的更新，如何以醜為審美對象，通過描寫醜，來達到真正揭露醜、批判醜、否定醜的客觀社會效果，《金瓶梅》為我們所提供的經驗教訓，是極為豐富、深刻而值得我們予以認真記取的。

二、著眼於揭露世情，寫出「典型環境中的典型性格」[30]

魯迅說：「諸『世情書』中，《金瓶梅》最有名。」[31]如同花卉離不開土壤一樣，人也絕不可能脫離一定的社會環境而生活。著眼於揭露世情，而不只是揭露個別壞人，把典型人物和典型環境緊密聯繫起來，這是《金瓶梅》作者藝術構思的又一基本特點。

政治性強，以重大的政治、軍事鬥爭為題材，刻畫非凡的英雄群像和展現廣闊的歷史場景，這是《三國演義》《水滸傳》等我國古典小說所開創的優良傳統。《金瓶梅》對我國古典小說的這個傳統作了重大的突破。它是以市井商人西門慶的日常家庭生活瑣事為題材，所描寫的是「市井之常談，閨房之碎語」，甚至「其中未免語涉俚俗，氣含脂粉」。[32]跟《三國演義》《水滸傳》相比，《金瓶梅》可以說確實是開拓了一個嶄新的小說藝術天地，標誌著我國古典小說藝術的重大發展。但是，我們既不能以《三國演義》《水滸傳》的藝術傳統，來貶低或否定《金瓶梅》，也不應以《金瓶梅》的藝術創新，來貶低在它以前產生的優秀作品。因為事實上，《金瓶梅》的藝術創新跟《三國演義》《水滸傳》的藝術傳統並不是對立的，不僅《金瓶梅》的題材本身就是直接從《水

29　同註 25。

30　恩格斯：〈致哈克納斯〉，見《馬克思恩格斯列寧斯大林論文藝》（北京：人民文學出版社，1959 年）。

31　魯迅：《中國小說史略》。見《魯迅全集》第 8 冊（北京：人民文學出版社，1957 年）。

32　同註 25。

滸傳》中的西門慶和潘金蓮的故事因襲過來的,而且它也繼承了《三國演義》《水滸傳》政治性強的優良傳統。不同的只不過它不是直接以政治軍事鬥爭為題材,不是著眼於揭露某些奸臣、貪官的罪孽,而是把描寫日常家庭生活瑣事與揭露封建道德的淪喪、政治的腐敗、世情的險惡結合起來,既使文筆更加細膩入微,更加貼近生活的真實,又使整個作品具有更加冷峻、嚴酷,更加廣泛、深邃的政治傾向性。

《金瓶梅》這種對我國小說傳統既有繼承又有重大的發展,突出地表現在對《水滸傳》中武松與西門慶的故事作了獨特的藝術構思和藝術處理,即增加了個李外傳為替死鬼,讓西門慶從武松的鐵拳下死裏逃生。文龍說:「《水滸傳》已死之西門慶,而《金瓶梅》活之;不但活之,而且富之貴之,有財以肆其淫,有勢以助其淫,有色以供其淫,雖非令終,卻是樂死;雖生前喪子,卻死後有兒。作者豈有愛於西門慶乎?是殆嫉世病俗之心,意有所激、有所觸而為此書也。」[33]不是看重於懲罰西門慶這一個壞人,而是著眼於「嫉世病俗」,使人們從西門慶的興衰史中「有所激,有所觸」,並進而「知盛衰消長之機」,[34]使之足以「為世戒」。[35]這確實是《金瓶梅》作者藝術構思的又一個獨特創造。

《金瓶梅》作者讓李外傳代替西門慶被武松打死,這個關鍵性情節的改變,反映作者在藝術構思上有一系列的新變化和新特點:

首先,藝術構思是從作家的理想出發,還是從現實出發?讓武松把西門慶一拳打死,既使武松能夠報仇雪恨,又使壞人迅即得到應得的懲罰。這當然是最符合理想的藝術處理。然而這並不符合現實生活中的常規。在那個時代,現實生活中普遍的必然的規律,是好人欲報仇雪恨不得,遭到無辜的打擊和陷害,受盡無窮的苦難和折磨,而壞人儘管作惡多端,卻依然飛黃騰達,享盡榮華富貴。《金瓶梅》作者以這種嚴格忠於現實生活的藝術構思,來改變武松和西門慶的命運,既使故事情節的發展更加現實化和真實化了,又使其所反映的社會典型意義也更加豐富化和深刻化了,從現實出發,嚴格忠於現實生活,這便是《金瓶梅》整個藝術構思的基本走向。

其次,藝術構思是著眼於懲治個別壞人,還是著眼於揭露整個社會?《水滸傳》中武松在報仇殺人之後,作者說:「縣官念武松是個義氣烈漢,又想他上京去了這一遭,一心要周全他」,並主動在上報的文書上減輕他的罪名;東平府尹陳文昭也「哀憐武松是個有義的烈漢,如常差人看覷他,因此節級牢子都不要他一文錢,倒把酒食與他吃。」

33　文龍:《金瓶梅》第 72 回批語。

34　同註 25。

35　東吳弄珠客:〈金瓶梅序〉,見《金瓶梅詞話》(北京:人民文學出版社,1985 年),卷首。

（第 27 回）仿佛這些官吏都不是站在西門慶一邊，而是統統為武松這個「有義的烈漢」所感化了。這不僅把屬於封建倫理道德範疇的「義」加以理想化了，而且使西門慶成為孤立的個別壞人，仿佛只要打死一個西門慶，就真的能報仇雪恨了。《金瓶梅》把西門慶寫成事先就得到縣衙皂隸李外傳的通風報信，使他得以逃脫武松的懲罰。由於「知縣受了西門慶賄賂」，對待武松便「一夜把臉翻了」，「喝令左右：『與我加起刑來！』」（第 10 回）寥寥幾筆，把這個縣官充當西門慶幫凶的醜惡嘴臉，活現在讀者的眼前。在《金瓶梅》中雖然也稱東平府尹陳文昭「極是個清廉的官」，明知「此人為兄報仇，誤打死這李外傳，也是個有義的烈漢，比故殺平人不同」，但由於西門慶在朝廷裏有靠山，陳府尹便只得「當堂讀了朝廷明降」，將武松「免不得脊杖四十，取一具七斤半鐵葉團頭枷釘了，臉上刺了兩行金字，迭配孟州牢域」了事。這就進一步揭示出，無論是贓官或清官，在那個黑暗的時代，他們都必然是跟有錢有勢的西門慶站在一起，充當鎮壓武松等被壓迫者的專政工具；西門慶絕不是孤立的一個惡豪，他是跟上上下下的封建統治勢力勾結在一起的，因此，武松與西門慶的鬥爭，絕不只是個人之間報仇雪恨的問題，而是在實質上反映了兩個階級之間嚴重的階級鬥爭。儘管作者不可能自覺地明確認識到這一點，但他著眼於對整個社會黑暗政治的揭露，就必然使他的藝術構思的視野如海洋一般遼闊、深邃，不是侷限於筆下的一、二個人物，而是把典型人物置於深廣的典型社會環境之中。

再次，藝術構思是著力於塑造理想的高大的英雄人物，還是著力於刻畫真實的普通的人物？這兩者之間的區別，反映了作家不同的氣質和不同的創作方法，頗為類似於法國十九世紀傑出的現實主義小說家福樓拜致法國浪漫主義小說家喬治·桑的信中所說的：「你，事無巨細，一下子就升到天空，再從上空降到地面。你由先見、原理、理想出發。這就是你對人生寬厚的原因、你心平氣和的原因，正確些說，是你偉大之處。——我呀，可憐的東西，膠著在地面上，好像穿的是鉛底鞋；一切刺激我、撕裂我、蹂躪我；我上去要費老大的力氣。假如我用你的方式來看整個人世，我會變成可笑的了，如此而已。因為你白向我傳道，我不能另來一個我的氣質以外的氣質，或是另來一套不是根據我的氣質發展起來的美學。」[36]因此，《金瓶梅》作者的藝術構思就仿佛如喬治·桑，他力求要使武松、西門慶等人物形象現實化、真實化。在《金瓶梅》作者看來，西門慶既然不是孤立的一個壞人，而是與整個封建統治勢力勾結在一起的，那麼，武松跟西門慶的鬥爭，走個人復仇的道路就必然是行不通的。不但復仇不成，而且勢必遭到封

---

36 福樓拜：〈致喬治·桑〉（1876 年 2 月 16 日），見《文藝理論譯叢》第 3 冊（北京：人民文學出版社，1985 年）。

建政權的殘酷鎮壓，最後只有「上梁山為盜去」（第 87 回），走集體武裝反抗的道路，才是唯一的出路。《金瓶梅》作者的這種藝術構思和藝術處理，是建立在對現實的社會關係具有極為清醒的認識和深刻的理解的基礎之上的；它不是要以理想的高大的英雄形象來感染人、鼓舞人，而是要以逼真的平凡的普通人的形象來驚醒人、教育人。

文龍還指出：「李外傳之傳，讀作去聲，方合本旨，故用之以脫卸西門慶。《水滸》為裏傳，此書為外傳也。」[37]所謂「裏傳」，是指《水滸傳》直接為水滸英雄作傳，而《金瓶梅》作為《水滸傳》的「外傳」，則是側重揭露整個封建統治的腐朽、黑暗，為武松等水滸英雄之所以走上造反的道路，描繪出一幅人心隳敗、世道衰微的社會生活畫卷。兩書藝術構思的側重點，雖有理想與現實、歌頌與暴露、「裏傳」與「外傳」之別，但在對封建統治的態度上，卻同樣採取了進行揭露、批判的政治傾向。

如果說《水滸傳》是「裏傳」，其中心人物是武松等水滸英雄的話，那麼《金瓶梅》作為「外傳」，則是以西門慶等丑角為中心人物。在家庭內部西門慶與眾妻妾之間的關係，由於一夫多妻制和西門慶的濫施淫欲，而引起夫與妻、妻與妾、妾與妾之間的種種矛盾；西門慶與眾夥計、奴婢之間的關係，由於殘酷的奴役和剝削，而引起來旺夫婦遭迫害和最後韓道國、來保捲款潛逃等階級矛盾；西門慶與應伯爵等幫閒的關係，由於經濟地位的懸殊而引起世情冷暖的矛盾；西門慶與李桂姐、王六兒、林太太等妓女、姘婦的關係，由於性生活上的腐化墮落，不僅引起道德淪喪，而且導致西門慶本人的髓竭人亡；西門慶與蔡京、蔡狀元、宋巡按等官場人物的關係，由於西門慶能為他們提供金錢美女、珍饈佳餚，便得到他們的庇護和提拔，不管西門慶如何不斷地猖狂作惡，他都能夠化險為夷，為所欲為，不但逍遙法外，而且還加官進祿，而敢於跟西門慶作鬥爭的武松、來旺、宋仁等等則一個個皆慘遭迫害。《金瓶梅》中的西門慶與《水滸傳》中的西門慶最根本的區別，不僅在於有主角和配角之分，《金瓶梅》作者是把他置於封建沒落社會上下左右全部複雜的關係網之中的，更重要的，他不只是個淫棍，還是個極為豐富複雜、具有多方面性格特徵的活生生的藝術形象。他既有新興市民暴發戶的進取性和冒險性，更有垂死的封建階級的專制性和腐朽性，具有極為深廣的社會典型意義。正如魯迅所指出的：「至謂此書之作，專以寫市井間淫夫蕩婦，則與本文殊不符，緣西門慶故稱世家，為搢紳，不惟交通權貴，即士類亦與周旋，著此一家，即罵盡諸色，蓋非獨摹下流言行，加以筆伐而已。」[38]「著此一家，即罵盡諸色」，這正是《金瓶梅》作者藝術構思的獨到和深刻之處——賦予普通人的形象以極為深廣的社會典型意義。

37　文龍：《金瓶梅》第 9 回批語。

38　魯迅：《中國小說史略》。見《魯迅全集》第 8 冊（北京：人民文學出版社，1957 年）。

正因為《金瓶梅》作者的藝術構思是著力於刻畫真實的普通人,賦予普通人的形象以深廣的社會典型意義,因此,他就不是把他筆下的人物加以神化,不是把目光集中在西門慶一個人身上,而是力求面對現實,使他的目光四射,左顧右盼,由此及彼,由小見大,在廣泛的社會關係之中,既突出了西門慶這一個主人公,又通過再現環繞西門慶的眾生相,揭露了整個封建社會。如張竹坡在〈金瓶梅讀法〉中所指出的:

> 《金瓶梅》因西門慶一分人家,寫好幾分人家,如武大一家,花子虛一家,喬大戶一家,陳洪一家,吳大舅一家,張大戶一家,王招宣一家,應伯爵一家,周守備一家,何千戶一家,夏提刑一家,他如翟雲峰在東京不算,夥計家以及女眷不往來者不算。凡這幾家,大約清河縣官員大戶,屈指已遍;而因一人寫及一縣。[39]

《金瓶梅》不僅「因一人寫及一縣」,而且還因「一家」寫及了「天下國家」。如張竹坡在第 70 回回評中所指出的:「甚矣,夫作書者必大不得於時勢,方作寓言以垂世。今止言一家,不及天下國家,何以見怨之深而不能忘哉。故此回歷敘運艮峰之賞無謂,諸奸臣之貪位慕祿,以一發胸中之恨也。」[40]

「因一人寫及一縣」,因「一家」寫及「天下國家」,不只是從《金瓶梅》作者藝術構思的廣泛性的角度來看是如此,更重要的,還由此反映出了《金瓶梅》作者藝術構思的深刻性。如張竹坡在〈金瓶梅讀法〉中所指出的:

> 文章有加一倍寫法。此書則善於加倍寫也。如寫西門之熱,更寫蔡、宋二御史,更寫六黃太尉,更寫蔡太師,更寫朝房,此加一倍熱也。如寫西門之冷,則更寫一敬濟在冷鋪中,更寫蔡太師充軍,更寫徽、欽北狩,真是加一倍冷。要之加一倍熱,更欲寫西門之熱者何限,而西門獨倚財肆惡;加一倍冷者,正欲寫如西門之冷者何窮,而西門乃不早見機也。[41]

《金瓶梅》之所以採用這種「加一倍寫法」,乃因為作者在藝術構思上「欲寫如西門之熱者何限」,「欲寫如西門之冷者何窮」。這種藝術構思的特點是由此及彼,由小及大,寓深刻性於廣泛性之中。最突出的事例,如殺人犯苗青,作者不是孤立地揭露苗青如何謀財害命,西門慶如何貪贓枉法,而是由此寫出:苗青如何通過王六兒的鄰居樂三嫂用銀子買通西門慶的姘婦王六兒,通過王六兒向西門慶走後門,西門慶得了一千兩銀子的

---

[39] 見齊魯書社 1987 年出版的《金瓶梅》。
[40] 同註 39。
[41] 同註 39。

賄賂，又以其中的五百兩買通同僚夏提刑，使苗青得以逃脫法辦。接著作者又寫出由於這椿人命案發展為受賄案，西門慶受到山東巡按御史曾孝序的彈劾。按照通常的藝術構思，以揭露西門慶等人的貪贓枉法，來歌頌曾孝序為「極是個清廉正氣的官」（第48回），也就大功告成了。可是《金瓶梅》作者卻打破這種揭露貪官、頌揚清官的俗套，而寫曾孝序因為參劾西門慶的罪行，卻遭到了朝廷給予罷官流放的處分；西門慶則因給朝廷太師蔡京送了大量珍貴禮品，不但沒有受到應有的懲辦，相反卻由理刑副千戶晉升為正千戶。《宋史》第218卷有曾孝序的傳記，記載他因與蔡京政見不合，而一度被革職流放，歷史上的曾孝序既未擔任過巡按御史，更無因參劾過下級官吏而受處分的記載。《金瓶梅》作者移花接木，把曾孝序的革職流放和他參劾西門慶聯繫起來，顯然是要著意說明：在那個黑暗的時代，已經使清官不但無能為力，無濟於事，而且連清官本人也都難以有容身之地了。因為不只是有一個西門慶，而且上上下下都有「又一西門慶」，如文龍的批語所指出的：「苗青，弒主之奴，為天地之所不容，鬼神之所不佑，王法之所不宥。而西門慶容之、佑之、宥之，是欺天地，侮鬼神，廢王法，此等人尚可留於人世間乎？人皆欲殺，此猶是公道還存，良心不泯。而竟有容之、佑之、宥之，是又一西門慶矣。」[42]作者的這種藝術構思，該是多麼新穎、獨到而發人深省啊！

由表及裏，追根溯源，這也是《金瓶梅》的藝術構思具有深刻性的一個重要特色。如濫施淫欲，荒淫不堪，這是西門慶性格的顯著特徵。可是作者即使對於西門慶荒淫無恥的私生活的描寫，也不是只寫西門慶個人的本性嗜淫，而是揭示出這種無恥淫蕩的風氣，首先是由上層封建貴族帶頭濫觴的。如作者介紹李瓶兒的身世，特意指出她以前在「大名府梁中書家為妾」，而據《水滸傳》對梁中書的介紹，卻從未提到他有妾。後來李瓶兒改嫁給花子虛為妻，作者又特意寫她的公公是「由御前班直升廣南鎮守」的花太監，西門慶與潘金蓮的無恥荒淫行徑，就是從李瓶兒老公公花太監傳下的內府春宮畫上學來的（第13回）。貴為王招宣府的林太太，卻「是個綺閣中好色的嬌娘，深閨內合毑的菩薩」（第69回），西門慶初次登門，即跟她姦淫上了。使西門慶淫欲過度，置於死地的春藥，「乃老君煉就，王母傳方」，由胡僧送給他的。連徽宗皇帝都「愛色貪杯」（第71回）。這一切說明，絕不僅僅只是西門慶個人荒淫墮落的問題，更重要的是「實亦時尚」，[43]由此反映了整個封建統治階級的腐朽墮落。

西門慶在經濟上成為暴發戶，由開一爿生藥鋪，發展到又開緞子鋪、綢絨鋪、絨線鋪、典當鋪，到他臨死前，資產總數當在十萬兩銀以上，不啻為一巨富之家。他是怎麼

42　文龍：《金瓶梅》第47回批語。
43　魯迅：《中國小說史略》。見《魯迅全集》第8冊（北京：人民文學出版社，1957年）。

暴發起來的呢？是跟他依仗封建勢力，進行投機倒把，偷稅漏稅，貪污受賄，分不開的。如西門慶的夥計韓道國為西門慶販運的「十車貨少使了許多稅錢」，原因就是憑錢老爹的一封信，西門慶「少不的重重買一分禮，謝那錢老爹。」（第 59 回）西門慶的貨物能靠行賄逃稅的辦法牟取暴利，這顯然也是封建政權腐敗的反映，西門慶不是通過正常的商業競爭，而是採取封建惡霸的手段，來把對手打垮，求得自身的發展。如蔣竹山被李瓶兒招贅為夫後，開了爿生藥鋪，作者不是寫西門慶為自己的情婦李瓶兒被他占有而嫉妒，而是突出他認為蔣竹山「在我眼皮子根前開鋪子，要撑我的買賣。」（第 19 回）便用「四五兩碎銀子」，收買兩個流氓，偽造蔣竹山欠債銀三十兩，去搗毀他的生藥鋪。蔣竹山不承認借債，西門慶又買通官府，把蔣竹山「打的皮開肉綻，鮮血淋漓。」（第 19 回）逼著他只有白白地出三十兩銀子，把生藥鋪關閉才完事。可見西門慶絕不是一般的市井商人，而是帶有嚴重的封建性的；作者寫他成為暴發戶的過程，也就是揭露他與封建勢力狼狽為奸、封建統治腐朽的過程。

統治階級中個別人物的腐朽，絕不等於整個統治階級的腐朽；腐朽的實質，也絕不只是個人道德品質惡劣的問題。《金瓶梅》作者藝術構思的獨特和可貴之處，就在於他能面向現實，具有當時的時代特色。那是個資本主義經濟萌芽的時代，金錢的力量無限膨脹，使得政治的、道德的、宗教的一切形形色色的封建覊絆，都被破壞了，使人與人之間的關係赤裸裸地變成金錢關係，不顧一切地拼命追求財和色。為了滿足自己對財和色的私欲，不管什麼卑鄙無恥、傷天害理的勾當，都能幹得出來。這正是資本主義經濟還處於萌芽的階段，新的市民力量雖然已經崛起，但依然帶有嚴重的封建腐朽性，新的民主主義思想尚處於朦朧的幼稚的狀態；舊的封建主義的思想體系雖然已經腐朽，封建統治階級傳統的思想道德觀念已經趨於瓦解，失去繼續統治的力量，但它們卻依然還頑固地占據著統治的地位，社會正處於最腐朽、黑暗的歷史時期。不管《金瓶梅》作者是否明確地認識到這一點，但他的藝術構思是反映了那個時代特色的。

他能夠看到，在那個時代，現金交易的原則已經滲透到封建朝廷之中。如「因北虜犯邊，搶過雄州地界，兵部王尚書不發人馬，失誤軍機」，引起「聖旨惱怒，拿下南牢監禁，會同三法司審問」，連累及西門慶和他在朝中做官的親家陳洪，被彈劾為「皆鷹犬之徒，狐假虎威之輩」，要「置之典刑，以正國法，不可一日使之留於世也。」這麼嚴重的罪名，可是當西門慶派人給「當朝右相、資政殿大學士兼禮部尚書」李邦彥送上五百兩銀子後，他的罪名即被一筆勾銷。堂堂的朝廷簡直成了行賄受賄的交易所，不僅罪名可以「賣」，官職也可以「買」。西門慶的山東理刑所副千戶的官職，就是通過他給朝廷蔡太師送禮「買」來的。作者寫道：「正是：富貴必因奸巧得，功名全仗鄧通成。」（第 30 回）

　　他還能夠看到，在那個時代，金錢的地位已經置於封建的尊卑等級之上。貴為朝廷太師蔡京，只因西門慶有錢給他送厚禮，不但被授予官職，而且接受西門慶這個市井惡棍為義子。只因西門慶有錢有勢，貴如王招宣的後裔王三官，竟拜西門慶為義父；賤如妓女李桂姐，也拜吳月娘為義母。潘金蓮不但與奴才琴童私通，而且還與西門慶的女婿陳經濟打情罵俏，荒淫亂倫。西門慶本人為了滿足自己的淫欲，更是不管什麼女人他都要姦淫，甚至連男小廝書童，他也要雞姦。更值得注意的是，他撕下了男女關係上溫情脈脈的面紗，把這種關係變成了純粹的金錢關係。如西門慶店鋪裏的夥計韓道國的妻子王六兒，被西門慶用金錢收買，成為他的情婦之後，韓道國知道了不但不生氣，相反還囑咐他妻子：「等我明日往鋪子裏去了，他若來時，你只推我不知道，休要怠慢了他，凡事奉他些兒。如今好容易撰錢，怎麼趕的這個道路！」（第 38 回）為了「撰錢」，竟不惜慫恿妻子賣淫！金錢對於人的靈魂的腐蝕，世俗人心的卑鄙無恥，該是達到了何等怵目驚心的地步！

　　《金瓶梅》作者藝術構思的特色，之所以不是著力歌頌理想的英雄人物，而是著力描繪現實生活中普通的小人物，不是著眼於揭露個別壞人，而是著眼於揭露那整個社會政治的腐朽，世情的險惡，人心的卑劣，正因為在他看來，不能寄希望於英雄造時勢；西門慶這樣的人物的出現，既不是孤立的，也不是偶然的，而是那個歷史時代的必然產物。只要那個時代整個的社會環境不改變，即使死了一個西門慶，還會有蔡京、宋巡按等「又一西門慶」，又會有「儼然又一西門」的張二官。至於西門慶的女婿陳敬濟，「又儼然一小西門慶，寫敬濟之淫，正是寫西門慶衣鉢得傳人。」[44]因此，人們在看了《金瓶梅》以後，絕不會像看了《金瓶梅》以前的其他古典小說那樣，認為只要出幾個英雄豪傑，把幾個無惡不作的奸臣、贓官、惡霸除掉就好了，而是會感到出幾個英雄豪傑，除掉幾個壞人，仍無濟於世，非徹底改造產生壞人的那整個社會環境不可。「像這樣的墮落的古老的社會，實在不值得再生存下去了。難道便不會有一個時候的到來，用青年們的紅血把那些最醜齪的陳年的積垢，洗滌得乾乾淨淨？」[45]這種感慨絕不是憑空而發。能夠把讀者的視野和思路，由幻想引向現實，由真實的典型人物擴大到產生典型人物的整個社會環境——上自最高的封建朝廷政治，下至小人物的心靈深處，啟示讀者認識那整個社會的腐朽，激起改造那整個社會的強烈欲望和激情，這正是《金瓶梅》把我國古典小說的現實主義推向近代批判現實主義，而達到前所未有的廣度和深度的重要標誌。

44　文龍：《金瓶梅》第 98 回批語。

45　鄭振鐸：〈談《金瓶梅詞話》〉，《金瓶梅論集》（北京：人民文學出版社，1986 年）。

三、既是作品的嚴重缺陷，也是作者的最大不幸

人們說，讀了《金瓶梅》，渴望「用青年們的紅血把那些最齷齪的陳年的積垢，洗滌得乾乾淨淨」。我認為這只是作品的客觀效果之一，並不是《金瓶梅》作者的主觀創作意圖。《金瓶梅》的藝術構思，也不能不受到作者封建的立場、觀點的侷限。

首先，作者的基本立場絕不是要推翻封建統治，而是從維護傳統的封建統治秩序出發的，明顯地帶有封建階級內部自我批判的性質。如西門慶霸占夥計來旺的妻子宋蕙蓮，這本是對西門慶罪惡本質的揭露，可是作者的構想卻是要借此勸戒：「凡家主切不可與奴僕並家人之婦苟且私狎，久後必紊亂上下，竊弄奸欺，敗壞風俗，歹不可制！」（第22回）這說明作者揭露西門慶腐化墮落，目的還是為了反對「紊亂上下」，維護封建的等級制度。為此，作者在寫西門慶霸占宋蕙蓮的同時，又寫了來旺與西門慶的妾孫雪娥私通。從《金瓶梅》故事的編年上，也可看出作者的這個創作意圖。《金瓶梅》全書所寫的故事是發生在宋代政和二年至南宋建炎元年（公元 1112-1127），共計 16 年間。其中主要故事，即到李瓶兒、西門慶、潘金蓮等主要人物先後皆死了之後的第 88 回，只有七年時間，其餘第 88-100 回，共計 13 回的篇幅卻占據了九年的時間。作品的結尾之所以要拉這麼長的時間，顯然是旨在說明：這樣腐朽的社會，雖然必定遭致異族入侵，人民受國破家亡之苦，但最終仍然使「梁山泊賊王宋江，三十六人，萬餘草寇，都受了招安，地方平復」（第 98 回），大宋江山，南北「分為兩朝，天下太平，人民復業。」（第 100回）為了遷就這個結局，作者不得不把故事結尾的年代拉長。這個事實本身表明，《金瓶梅》作者是非常強烈地希望封建統治能夠長治久安，或轉危為安的。正因為如此，在他的作品中，我們很難看到人民的力量，正義的力量，美好的力量；看到的幾乎全是罪惡和腐朽，黑暗和卑劣。這是那個封建統治已經腐敗，而能夠代替封建統治的新興的階級力量又尚未形成的歷史時代的反映。列寧曾經指出：「赫爾岑不能在四十年代的俄國內部看見革命的人民，這並不是他的過錯，而是他的不幸。」[46]對於《金瓶梅》作者蘭陵笑笑生，我們豈不也可作如是觀？

其次，作者一方面對和尚、道士、尼姑進行了辛辣的諷刺，揭露他們貪婪、好色，說：「此輩若皆成佛道，西方依舊黑漫漫。」（第 40 回）另一方面又非常強調宿命論，宣揚「萬事不由人計較，一生都是命安排。」（第 46 回）「得失榮枯命裏該，皆因年月日時栽。」（第 95 回）「痴聾喑啞家豪富，伶俐聰明卻受貧。年月日時該載定，算來由命不由人。」（第 94 回）這種宿命論，不只表現在作者的說教中，而且體現在作者藝術

46　列寧：〈紀念赫爾岑〉，見列寧《論文學與藝術》（北京：人民文學出版社，1960 年）。

構思的框架上。如以第 39、74、88 等回的說經、化緣為線索，以最後一回「普靜師荐拔群冤」為總結，把全部故事還原為一場因果報應。這就勢必嚴重地削弱了作品的批判意義。

再次，作者受封建傳統文化思想的影響，錯誤地把社會的病根歸結為人性的弱點——對酒、色、財、氣的貪婪，把情和淫、美和醜往往混為一談。如作者把奴才來旺對主子西門慶的反抗，寫成是「醉謗」；把西門慶的貪淫好色，歸罪為女人是「禍水」；把婦女被迫賣身，說成是「以色圖財」；把武松、來旺因反抗鬥爭而慘遭迫害，歸咎於他們本人的尚氣使性，勸戒人們「為了苟全痴性命，也甘飢餓過平生」；把潘金蓮與陳經濟喪倫敗俗的姦淫活動，與《西廂記》中張君瑞與崔鶯鶯的美好愛情相提並論，並一字不改地照抄了《西廂記》中的四句詩（第 82 回），以月下玉人、迎風花影——詩情畫意般美的詩、美的景、美的情、美的人，來與姦夫淫婦「赤身露體，席地交歡」（第 82 回），相提並論，叫人看了多麼噁心！這裏不僅造成藝術性與道德性的矛盾，而且就藝術性本身來看，也純屬以效顰續貂，媚世悅俗。

好在《金瓶梅》作者的藝術構思是以現實生活為源泉和範本的。生活既是文藝創作的源泉，也是作家最好的導師。只要忠實於生活，就會使作家主觀思想上的許多偏頗在很大程度上得到端正。上述陳腐的思想觀點和低下的藝術趣味，只是給《金瓶梅》的思想性和藝術性帶來了一定程度的損傷。我們既不必把它誇大，也不應無視或掩飾它的存在，重要的是要從中吸取經驗教訓。

綜上所述，實現藝術的創新，有賴於作家觀念的更新；而這兩者都必須通過面向現實，以忠實地描寫自己時代的現實生活為途徑。這便是《金瓶梅》作者藝術構思的可貴而頗有現實意義之處。

論《金瓶梅》的近代現實主義特色

在中國小說史上，「近代現實主義的曙光」是由誰升起的？是哪一部小說在這方面取得了「歷史性進展」，成為有劃時代意義的代表作？這不僅關係到對某個作家作品的歷史評價，而且是涉及到對整個中國小說發展歷史面貌的正確認識問題。特別是在有人提出我國「近代現實主義的曙光」，是由《儒林外史》「展露」的，是「《儒林外史》的歷史性進展」[1]的情況下，我們弄清這個問題，就顯得更有其必要性了。

一、《金瓶梅》的近代現實主義所取得的歷史性進展

歷史事實，不容篡改，也不容抹煞。在中國小說史上，近代現實主義的曙光，早在明代中葉後的《金瓶梅》即已升起，而絕不是在晚於《金瓶梅》問世約一個半世紀的《儒林外史》才「展露」的。《金瓶梅》在跨向近代現實主義方面所取得的歷史性進展，主要表現在以下十個轉變上：

由反映古老的歷史時代，轉變為直接反映當時的現實生活。高爾基說：「現實主義到底是甚麼呢？簡略地說，是客觀地描寫現實。」[2]可見強烈的現實性，是近代現實主義的首要特徵。而在《金瓶梅》以前的我國小說，所寫的幾乎都是以古老的歷史故事或民間傳說為基礎的。它們所反映的時代範圍比較古老和寬泛，漢魏六朝、唐宋元明，幾乎都可以適用，在現實性上，跟當時特定的社會生活總還存在著一定的距離，人們很難看出作者創作時特定的時代特色。《金瓶梅》雖然名義上也說故事發生在宋代，但是它所反映的實際生活，卻道道地地是明代中葉的。欣欣子的〈金瓶梅詞話序〉中明確宣告，該書「寄意於時俗」。[3]明史專家吳晗也作過翔實的考證，說：「它所寫的是萬曆中年的社會情形」，「是作者所處時代的市井社會的侈靡淫蕩的生活」。[4]明代沈德符的《萬曆

1　李漢秋：〈近代現實主義的曙光——《儒林外史》的歷史性進展〉，《安徽大學學報》，1987 年第 1 期。以下本篇再引此文，不另註。

2　高爾基：《俄國文學史》（上海：上海譯文出版社，1979 年）。

3　見 1985 年人民文學出版社出版的《金瓶梅詞話》卷首。

4　吳晗：〈《金瓶梅》的著作時代及其社會背景〉，《文學季刊》創刊號，1934 年 1 月出版。

野獲編》也記載：「聞此為嘉靖間大名士手筆，指斥時事，如蔡京父子則指分宜，林靈素則指陶仲文，朱勔則指陸炳，其他各有所屬云。」[5]還有人說：「書中西門慶，即世蕃之化身。世蕃小名慶，西門亦名慶；世蕃號東樓，此書即以西門對之。」[6]儘管「××則指××」的說法很可能是穿鑿附會，但是由此卻可以證明它的現實性是很強的，從當時的現實生活中，是不難找到作品中所描寫的人物的影子的。

　　由帶有理想化的傾向，轉變為不加粉飾的赤裸裸的真實描寫。近代現實主義，要求「對於人和人的生活環境作真實的、不加粉飾的描寫」，[7]要求「毫無假借的直率，生活表現得赤裸裸到令人害羞的程度，把全部可怕的醜惡和全部莊嚴的美一起揭發出來，好像用解剖刀切開一樣。」[8]而在《金瓶梅》以前的我國小說中，在揭露奸臣、贓官的同時，總是伴隨著對聖君賢相、忠臣清官的美化和頌揚，把現實剪裁得有幾分由乎作者的理想。《金瓶梅》則不然。它從地方惡霸西門慶，直到最高統治者皇帝，作者以前所未有的魄力，寫出了封建社會的罪惡整體，使人們清楚地看出，社會的黑暗，不只是少數壞人作惡的結果，更重要的是當時的腐敗政治、勢利人心和惡劣世俗，必然使西門慶之流加官進爵，步步高升，必然使一批婦女被金錢勢力和享樂思想所支配，必然會出現應伯爵那樣一群幫閒者。它所描寫的已經絲毫不帶理想化的色彩，而是完全的寫實；所揭露的已經不再是社會上某一類或某幾種壞人，而是那整個罪惡的封建社會。

　　由著力追求故事情節離奇曲折的傳奇手法，轉變為著力表現普通的、日常的生活真實的寫實手法。近代現實主義，要求「按生活的本來面目描寫生活」。[9]而在《金瓶梅》以前的我國長篇小說，所寫的一般都是重大的政治、軍事鬥爭，追求的是故事情節的傳奇性、曲折性和緊張性。《金瓶梅》所寫的則完全是家庭的日常生活，故事情節也與家庭日常生活一樣平淡無奇。它不是靠故事情節的傳奇性吸引人，而是靠日常生活的真實描寫打動人。這不僅是作品題材和寫作手法的變化，更重要的是反映了長篇小說藝術描寫日常生活的能力有了長足的進步，使小說與世俗人生更加貼近了，表現了現實主義的發展和深化。

　　由以帝王將相、英雄豪傑、神仙鬼怪為長篇小說的主人公，轉變為以日常生活中的

5　明·沈德符：《萬曆野獲編》卷25《詞曲·金瓶梅》，1959年中華書局印《元明史料筆記叢刊》本。

6　見《寒花盦隨筆》，據蔣瑞藻《小說考證》轉錄，民國24年商務印書館印本。

7　高爾基：〈談談我怎樣學習寫作〉，見《論文學》（北京：人民文學出版社，1978年）。

8　別林斯基：〈論俄國中篇小說和果戈理君的中篇小說〉，見滿濤譯《別林斯基選集》第1卷（上海：上海譯文出版社，1979年）。

9　契訶夫，汝龍譯：〈致基塞列娃〉，《論文學》（北京：人民文學出版社，1958年）。

普通人為作品主人公。如同近代現實主義者所宣稱的：「不要妖怪！不要英雄！」[10]《金瓶梅》所寫的，恰是「自尋常之夫妻、和尚、道士、姑子、拉麻、命相士、卜卦、方士、樂工、優人、妓女、雜戲、商賈，以至水陸雜物、衣用器具、嘻戲之言、俚曲，無不包羅萬象，敘述詳盡，栩栩如生，如躍眼前。」[11]

由輕視、排斥婦女在長篇小說中的地位，轉變為以婦女為作品的主人公。封建社會是以男子為中心的，男尊女卑，是根深蒂固的封建傳統觀念。這種傳統觀念反映在我國長篇小說的創作上，自然不可能給予婦女形象以應有的重視。在《三國演義》中，只有一個貂蟬，可算是比較成功的婦女形象。在《水滸傳》108 位水滸英雄中，也只有扈三娘、顧大嫂、孫二娘三位女將。從全書來看，這些婦女形象皆處於從屬的地位，根本算不上主角。只有《金瓶梅》，才在我國長篇小說史上第一次以潘金蓮、李瓶兒、龐春梅等婦女形象，作為書中的主角之一。婦女形象不僅在《金瓶梅》中占居了極為突出的地位，而且它的作者以細膩入微的筆墨，寫出了婦女所獨有的性格——她們的理想和追求，苦惱和悲傷，美貌和才情，長處和短處，其描寫婦女形象之眾多和生動，可以說是空前未有的。

由描寫和歌頌正面人物為主，轉變為「曲盡人間醜態」，[12]以揭露和批判反面人物為主。《金瓶梅》可謂是中國小說史上第一部以寫反面人物為主的長篇小說，並且為在我國長篇小說中運用諷刺的筆法開了先河。向來的小說皆以美為審美的對象，而《金瓶梅》卻能化醜為美。以「醜」為審美的對象，使讀者從作品對種種醜惡人物和醜惡現象的嬉笑怒罵之中，能夠收到「一哂而忘憂」[13]的審美效果。這不僅為長篇小說的人物畫廊和現實主義的發展開闢了新的天地，而且在美學觀念上也是個巨大的突破。

由類型化的性格描寫，轉變為個性化的性格描寫。恩格斯在給拉薩爾的信中指出：「古人的性格描繪在我們時代是不夠用的，而且在這點上我認為你原可以毫無害處地更多多注意莎士比亞在戲劇發展上的意義。」[14]莎士比亞的人物性格描寫的特點，就在於它的充分個性化。這是近代現實主義才可能做到的。用黑格爾的話來說：「只有當著非神的、專門屬於人的東西獲得自己充分的重要性的時候，才能夠出現性格的獨立自主。莎

10　福樓拜：〈致喬治·桑〉，見《文藝理論譯叢》，1958 年第 3 期。

11　〈滿文譯本金瓶梅序〉，見朱一玄編《金瓶梅資料彙編》（天津：南開大學出版社，1985 年）。

12　廿公：〈金瓶梅跋〉，見《金瓶梅詞話》（北京：人民文學出版社，1985 年），卷首。

13　欣欣子：〈金瓶梅詞話序〉，見《金瓶梅詞話》（北京：人民文學出版社，1985 年），卷首。

14　見《馬恩列斯論文藝》（北京：人民文學出版社，1953 年）。

士比亞的人物主要就是這種性格。」[15]《金瓶梅》中的人物性格描寫也是個性化的。潘金蓮與李瓶兒同為淫婦,同為西門慶的妾,而作者卻寫出了她倆個性上的重大差別。在《金瓶梅》中,不僅故事本身完全服從於人物性格的需要,而且連作家的筆調也力求適應人物個性的要求。如張竹坡所說:「《金瓶梅》於西門慶不作一文筆,於月娘不作一顯筆,於玉樓則純用俏筆,於金蓮不作一鈍筆,於瓶兒不作一深筆,於春梅純用傲筆,於敬濟不作一韻筆,於大姐不作一秀筆,於伯爵不作一呆筆,於玳安兒不著一蠢筆,此所以各各皆到也。」[16]

由誇張的、粗略的細節描寫,轉變為逼真的、瑣屑的細節描寫。近代現實主義者是特別重視細節的真實和細節的描寫的,如同巴爾札克所說的:「小說在細節上不真實的話,它就毫無足取了。」[17]別林斯基也特別讚賞果戈理的中篇小說:「一切都摹寫得驚人的逼真,從原型人物的表情直到他臉上的雀斑;從伊凡·尼基弗洛維奇的全部服裝直到穿長統皮靴、身上沾著石灰、在涅瓦大街上走著的俄國農民,從嘴銜烟斗、手執軍刀、世間什麼也不怕的勇士布爾巴的巨大的面孔,直到嘴銜烟斗、手執酒杯、世間什麼也不怕、甚至連鬼怪和巫女也不怕的監忍派哲學家霍馬。」[18]而在《金瓶梅》以前的我國小說,恰如曹雪芹在《紅樓夢》第一回所指出的:「不過傳其大概,以及詩詞篇章而已;至家庭閨閣中一飲一食,總未述記。」《金瓶梅》則扭轉了「傳其大概」,不重視細節描寫的現象。它使人「讀之,似有一人親曾執筆在清河縣前西門家,大大小小,前前後後,碟兒碗兒,一一記之,似真有其事,不敢謂為操筆伸紙做出來的。」[19]

由相沿加工民間的集體創作,轉變為作家的個人創作。以前在民間集體創作基礎上,由作家加工創作的長篇小說,總不免「有不少牽合、增補的顯然痕跡。」[20]而《金瓶梅》儘管還有少量因襲《水滸傳》和其他話本、戲曲的成分,但從總體上看,它是我國第一部由作家個人獨創的長篇小說。全書結構之宏偉、完整,風格之新穎、統一,在我國小說史上,可說是展開了前所未有的新的一頁。

由作家以說書人的身分公然出現在作品中對人物和事件加以介紹、評述,轉變為由作家和作品中的人物多視角地展開描寫。在《金瓶梅》以前的我國長篇小說中,作家描

---

15 《黑格爾全集》俄文本(社會經濟書籍國家出版社,1940 年),第 8 卷,轉引自布·布爾索夫等著:《現實主義問題討論集》(上海:新文藝出版社,1958 年)。

16 張竹坡:〈金瓶梅讀法〉,見《金瓶梅》(濟南:齊魯書社,1987 年),卷首。

17 巴爾札克:〈《人間喜劇》前言〉,見《西方文論選》下冊(北京:人民文學出版社,1964 年)。

18 《別林斯基論文學》(上海:新文藝出版社,1958 年)。

19 同註 16。

20 葉德均:〈《水滸傳》和宋元風習〉,見《戲曲小說叢考》(北京:中華書局,1979 年)。

寫的視角比較單一，在作品中的人物和讀者之間，往往橫亙著一個說書人，要靠說書人
不時出來作「看官聽說」之類的介紹和評述。在《金瓶梅》中這種影響雖然還存在著，
但是作家描寫的視角已經由單一轉變為多樣。如當潘金蓮嫁到西門慶家時，就不是由作
家直接出面介紹潘金蓮給眾人的觀感如何，而是從吳月娘的視角和心理感受寫道：「吳
月娘（對潘金蓮——引者註）從頭看到腳，風流往下跑；從腳看到頭，風流往上流。論風流，
如水晶盤內走明珠；語態度，似紅杏枝頭籠曉日。看了一回，口中不言，心內暗道：『小
廝每家來，只說武大怎樣一個老婆，不曾看見，今日果然生的標致，怪不的俺那強人愛
他。』」（第9回）張竹坡於此處夾批道：「蓋是把一向的月娘點出，非單描金蓮也。」
崇禎本《金瓶梅》於此處的眉批指出：「此一想，若驚若妒，不獨寫月娘心事，畫金蓮
美貌，而無意化作有意，且包盡從前之漏。」這種寫法的好處，不僅以極為省簡的筆墨，
起到了多方面的作用，而且大大縮短了小說形象與讀者之間的距離。不用作者另作介紹，
就使我們透過吳月娘的視角，既感受到了潘金蓮的風流無比，美麗動人，又看到了吳月
娘那微妙複雜的心理。這不能不說是小說藝術的發展和進步。

　　上述十個轉變，是《金瓶梅》由古典現實主義跨向近代現實主義的主要標誌。它們
使《金瓶梅》在我國小說史上開闢了一個新的藝術時代，給我國小說藝術的發展帶來了
頗為巨大而深遠的影響。其歷史貢獻，如黎明的曙光，光采炫目，為大家所有目共睹。
如《醒世姻緣傳》被稱為「仿佛得其筆意」。[21]「《儒林外史》也是這一流派的嫡傳。
不過技術上是更凝練，更精簡了。」[22]參與曹雪芹創作《紅樓夢》的脂硯齋也指出，《紅
樓夢》的創作是「深得《金瓶》壺〔壼〕奧。」[23]因此，在我國小說史上，升起近代現
實主義的曙光、取得「歷史性進展」的劃時代的代表作，無疑地絕不是《儒林外史》，
而是《金瓶梅》。這不只是筆者個人的看法，也是學術界不少知名學者的共識。如鄭振
鐸的《插圖本中國文學史》即指出：「只有《金瓶梅》卻徹頭徹尾是一部近代期的產品，
不論其思想，其事實，以及描寫方法，全都是近代的。在始終未盡脫過古舊的中世紀傳
奇式的許多小說中，《金瓶梅》實是一部可詫異的偉大的寫實小說。她不是一部傳奇，
實是一部名不愧實的最合於現代意義的小說。」著名中國文學史家李長之也認定：「狹
義的現實主義，在中國是始於《金瓶梅》。」「《金瓶梅》是嚴格的現實主義出現的標
誌」，「是現實主義在中國質變的標誌」。它「更具有鮮明的近代味」，「具有近代現

21　鄧之誠：《骨董瑣記全編·茶餘客話》，「金瓶梅」條。
22　李長之：〈現實主義和中國現實主義的形成〉，《文藝報》，1957年第3期。
23　《脂硯齋重評石頭記》甲戌本第13回眉批。

實主義特徵。」[24]至於在《金瓶梅》問世約一個半世紀之後才出現的《儒林外史》，只不過是在《金瓶梅》的近代現實主義的曙光照耀下，作為「這一流派的嫡傳」，繼續有所前進和發展罷了，怎麼能把它說成是「展露了近代現實主義的曙光」和取得了「歷史性進展」的代表作呢？這豈不是數典忘祖、公然顛倒歷史麼？

二、《金瓶梅》的近代現實主義所存在的缺陷和不足

我們說《金瓶梅》是我國小說跨向近代現實主義的標誌，是取得歷史性進展，具有劃時代意義的代表作，這絕不意味著我們把對《金瓶梅》的評價，抬高到在它之前產生的《三國演義》《水滸傳》《西遊記》和在它之後出現的《儒林外史》《紅樓夢》等偉大作品之上；事實上它們是各有千秋的，都是我國小說史上不可多得的、堪與世界傑作媲美的偉大作品。這裏我們強調指出的只是現實主義在我國小說中的歷史發展——《金瓶梅》創造了在它以前的作品裏所未能創造的許多新東西、新特色，而並不是對這些作品的思想和藝術成就作全面的評價。

當然，我門還必須看到，《金瓶梅》的近代現實主義，只是個朦朧的「曙光」，還存在著古典現實主義甚至非現實主義的某些濃重的陰影，還存在著一些缺陷和不足。

第一，作者在實際反映明代中葉的現實生活的同時，卻未擺脫假借歷史的舊套，仍然把他所描寫的時代背景，放在「話說宋徽宗皇帝政和年間」如何如何。這一點我們既要看到其是個缺陷，又不應加以苛求。連《儒林外史》也是以假借寫明代的歷史來寫清代的現實的。直到《紅樓夢》的作者曹雪芹才明確提出：「何必拘拘於朝代年紀哉！」反對「歷來野史，皆蹈一轍。」——「竟假借漢唐等年紀添綴。」[25]

第二，在對現實作赤裸裸的揭露的同時，缺乏必要的崇高理想的成分。近代現實主義雖然強調「極度忠實於生活。在他寫來，生活是一幅真正的肖像畫。」[26]但是它並不排斥理想。如同巴爾札克所指出的：「只有遵照了理想的法則和形式的法則，才能永垂不朽。」[27]他還批評浦萊渥的長篇小說《季勒林司祭長》「拘泥事實」，寫得太沉悶，以致讓人讀不下去。[28]我們讀《金瓶梅》，豈不是也有這種沉悶、窒息，甚至讀不下去

24 同註 22。
25 見《紅樓夢》第 1 回。
26 《別林斯基選集》第 1 卷（上海：上海譯文出版社，1979 年）。
27 段寶林編：《西方古典作家談文藝創作》（瀋陽：春風文藝出版社，1980 年）。
28 巴爾札克：〈致《星期報》編輯意保利特·卡斯狄葉先生書〉，《文藝理論譯叢》，1957 年第 2 冊。

的感覺麼？

第三，在運用寫實手法對生活作逼真的描寫的同時，缺乏必要的藝術提煉和加工。如情節的重複、疏漏和自相矛盾之處，比比皆是；細節描寫過於瑣碎，令人不免生厭；對許多次要人物皆缺乏典型化，全書所寫的人物多達 827 人，其中除了幾個主要人物有相當的典型性之外，其餘眾多的人物性格很不鮮明，難以給人留下深刻的印象。

第四，以日常生活中的普通人為作品的主人公，這是應該肯定的，但是作者卻把那些日常生活中的普通人全部描寫得太卑劣、懦弱、渺小了。如秋菊、迎兒，簡直成了潘金蓮的出氣筒，百般受其無端的折磨，卻毫無反抗的表示。蔣太醫遭西門慶收買的搗子凌辱、敲詐，有冤無處訴，反被官吏「打的皮開肉綻，鮮血淋漓」（第 19 回）。回到家中，又被李瓶兒攆出家門，像煞是個頗為令人同情的形象。然而作者卻又說他「極是個輕浮狂詐的人」（第 17 回）。真叫人哭笑不得。宋蕙蓮分明認為西門慶「是個弄人的劊子手，把人活埋慣了。害死人，還看出殯的！」（第 26 回）而含憤自縊的，可是作者卻寫她是「含羞自縊」。其父宋仁為「女兒死的不明」，「進本告狀」，本屬理所當然。然而作者卻寫宋仁「口稱西門慶因倚強姦要他，我家女兒貞節不從，威逼身死。」（第 26 回）這又顯與實情不符，給官府「反問他打網詐財，倚屍圖賴」（第 27 回）以口實。總之，我們在《金瓶梅》描寫的幾乎所有的人物身上，看到的都是或可憎可恨，或可悲可憐，或可氣可惱的醜態，似乎很難看到人間希望和光明之所在。

第五，它寫出了人物性格的多面性、複雜性和流動性，然而卻沒有充分地寫出其所以如此的主客觀根據和個性的統一性。如李瓶兒在氣死其親夫花子虛，攆走其招贅的後夫蔣竹山時，所表現出來的是那樣一種凶狠無情、潑辣恣肆的性格，然而她在跟西門慶為妾之後，卻又表現得那樣仁慈善良、忍辱退讓、委曲求全，前後性格確實「判若兩人」。[29]她的性格究竟怎麼會有這樣巨大的變化和發展的呢？她的個性的統一性又究竟表現在哪裏呢？儘管有的學者對此作了辯解，[30]但終不能令人信服。比較合理的解釋，只能說是反映了作者在人物複雜性格的描寫上還存在著不成熟性。

第六，重視了對世俗人生的忠實描寫，卻又陷入了頗為淫穢、庸俗、低級的自然主義傾向。如揭露西門慶荒淫無恥的醜態是必要的，但是應該側重於揭示其卑劣的靈魂和醜惡的性格，而不應赤裸裸地展覽其玩弄女性的性生活的具體過程。近代現實主義絕不是要求照相式的複製生活，絕不是要把生活中所有的東西都隨意拉入藝術的領域。誠如魯迅所指出的：「世間實在還有寫不進小說裏去的人。倘寫進去，而又逼真，這小說便

29　中國科學院文學研究所編：《中國文學史》第 3 冊（北京：人民文學出版社，1962 年）。

30　見徐朔方等編：《金瓶梅論集》（北京：人民文學出版社，1986 年）。

被毀滅。」[31]「選材要嚴,開掘要深,不可將一點瑣屑的沒有意思的事故,便填成一篇,以創作豐富自樂。」[32]《金瓶梅》中對性生活具體過程的淫穢描寫,使藝術性與道德性發生不可調和的矛盾,便是這部小說長期遭禁錮,幾乎「便被毀滅」的根本原因。這說明早期的近代現實主義,尚沒有和自然主義劃清界限,中國如此,外國亦如此。

第七,《金瓶梅》雖然在主題、人物、情節、結構、語言和風格等方面,皆表現了作家個人創作的特色,在早期的《金瓶梅》版本和欣欣子的〈金瓶梅詞話序〉中,也明確記載它是蘭陵笑笑生的個人創作,然而它受說書藝人傳統影響的痕跡仍然是很多、很深的。如書中的主要人物西門慶和潘金蓮,是從《水滸傳》中移植過來的;在某些故事情節乃至語言文字上,甚至基本上原封不動地借用了〈刎頸鴛鴦會〉〈五戒禪師私紅蓮記〉等話本小說;「看官聽說」之類的說教多達 47 處;至於把當時流行的詩、詞、曲,照抄進書中的就更多了。這一切雖然是為了模仿話本的俗套,迎合聽慣說書的讀者的嗜好,但卻損害了寫實小說敘述結構的獨創性和完整性。

《金瓶梅》存在的上述缺陷和不足,是近代現實主義處於早期所難以完全避免的弱點和稚氣的必然反映。我們當然必須予以正視,但也不應完全把它歸咎於作家作品自身的過錯,要看到一切都是特定的歷史條件的產物。正像我們不能要求嬰兒一呱呱墜地就非常清潔、成熟一樣,我們又怎麼能向剛剛跨入近代現實主義的《金瓶梅》提出完美無缺的苛求呢?對於我們來說,「判斷歷史的功績,不是根據歷史活動家沒有提供現代要求的東西,而是根據他們比他們的前輩提供了新東西。」[33]作為歷史唯物主義者,我們如同絕不能把嬰兒和污水一起潑掉一樣,也絕不能因為《金瓶梅》存在著種種缺陷和不足之處,就把它在跨向近代現實主義方面所取得的歷史性進展,也一筆抹煞,而移花接木地把它說成是《儒林外史》取得的歷史性進展。

三、產生《金瓶梅》的近代現實主義的社會歷史根源

《金瓶梅》在跨向近代現實主義方面,之所以取得了歷史性的進展,又帶有嚴重的缺陷和不足,這一切都絕不是偶然的,而是有其複雜的深刻的社會歷史根源的。

首先,它是我國在明代中葉出現資本主義萌芽的時代的產物。恩格斯說:「政治、

31　魯迅:〈半夏小集〉,《魯迅全集》第 6 卷(北京:人民文學出版社,1981 年)。

32　魯迅:〈關於小說題材的通信〉,《魯迅全集》第 4 卷。

33　《列寧全集》第 2 卷。

法律、哲學、宗教、文學、藝術等的發展，是以經濟發展為基礎的。」[34]近代現實主義，在西方也是伴隨著資本主義的產生而出現的。因為它不僅需要印刷等物質條件，需要社會生活的複雜化和階級關係的兩極化等社會條件，還需要作家思想觀念的解放，眼界的開闊，對社會環境和人的力量有較深刻的認識，自然科學的發達，使作家有可能用自然科學的態度和方法來從事寫作，等等。因此，只有當社會取得歷史性進展，才有可能出現取得歷史性進展的作家作品。明代中葉資本主義萌芽的興起，市民階層的壯大，封建社會腐朽性的充分暴露，李贄等進步思想家的出現及其影響，諸如此類的社會歷史條件，就使明代中葉以後不僅有可能而且必然會出現帶有近代現實主義新特徵的《金瓶梅》。這是歷史的必然。

　　當然我們還應看到，中國封建社會的歷史特點，封建專制主義特別根深蒂固，資本主義萌芽與封建勢力糾集在一起，帶有很大的封建性，始終未能發展到資本主義社會。因此，在《金瓶梅》這樣最早展露近代現實主義曙光的作品中，還帶有陳舊的甚至封建腐朽的嚴重陰影，這也是有其歷史的必然性，一點也不足為奇的。

　　其次，《金瓶梅》之所以能夠跨入近代現實主義，我認為還跟它繼承和發展了我國瓦舍說書的市民藝術傳統有直接的關係。我國白話小說的發展，和瓦舍說書結下了不解之緣。在宋代興起的瓦舍說書，本身就是以城市經濟的發達和市民階層的壯大為基礎的。說書藝人和聽眾，主要是城市市民。因此，在話本基礎上加工創作的小說，也就不能不反映城市市民的觀念和愛好，城市市民的思想方法和創作方法。如《三言》中的〈賣油郎獨占花魁〉〈杜十娘怒沉百寶箱〉等作品，不僅鮮明地反映了市民意識，而且皆直接以普通市民為主人公，側重於日常生活和細節的真實描繪。在瓦舍說書基礎上加工創作的《水滸傳》，已明顯地實現由故事型小說向性格型小說的轉變。儘管《水滸傳》的故事性也很強，但它並不是以故事為中心，而是以人物性格為主軸，諸如「武十回」「魯十回」之類，分別集中刻畫武松、魯智深的性格。恰如我國文學史上最著名的小說批評家金聖歎所指出的：「《水滸傳》一個人出來，分明便是一篇列傳。」「《水滸》所敘，敘一百八人，人有其性情，人有其氣質，人有其形狀，人有其聲口。」「別一部書，看過一遍即休，獨有《水滸傳》，只是看不厭，無非為他把一百八個人性格，都寫出來。」[35]陳獨秀也說：「《水滸傳》的長處，乃是描寫個性十分深刻，這正是文學上重要的。」[36]可見人物的性格化、個性化，已成為《水滸傳》最突出的藝術成就。《水滸

34　恩格斯：〈致海·施塔爾根堡〉，《馬克思恩格斯書信選集》。
35　見《水滸傳會評本》（北京：北京大學出版社，1981年），卷首。
36　陳獨秀：〈水滸新敘〉，見《水滸》（上海：亞東圖書館，1928年），卷首。

傳》所寫的宋江、林沖、楊志等人物性格，也都是很複雜的，他們被逼上梁山的過程，也是他們的性格經過了質的變化和發展的過程。因此，那種把《水滸傳》歸結為「故事小說型」，而排斥於「性格小說型」之外，指責《水滸傳》的人物性格特徵單一化、類型化，而否定其豐富性、複雜性和流動性，這顯然是不公道的。《水滸傳》雖然以歌頌英雄人物為主，但它同時也寫了如武大郎、西門慶、潘金蓮、何九叔、王婆、鄆哥、閻婆惜、李達、李固、董超、薛霸、富安、陸謙等等，許多平凡的小人物。他們也是從當時的現實生活中來的。早在明代《李卓吾先生批評忠義水滸傳》中，就有人明確指出：「如世上先有淫婦人，然後以楊雄之妻、武松之嫂實之；世上先有馬泊六，然後以王婆實之；世上先有家奴與主母通姦，然後以盧俊義之賈氏李固實之。若管營，若差撥，若董超，若薛霸，若富安，若陸謙，情狀逼真，笑語欲活，非世上先有是事，即令文人面壁九年，嘔血十石，亦何能至此哉？亦何能至此哉？」[37]所有這一切，我認為都說明，近代現實主義的曙光，在《三言》和《水滸傳》中已透露出幾縷光束。到了《金瓶梅》，可謂已曙光高照。而《金瓶梅》之所以能實現由古典現實主義跨向近代現實主義的轉變，正是由於明代中葉資本主義的萌芽和《三言》《水滸傳》等市民小說哺育的結果。《金瓶梅》的主要人物和故事，直接從《水滸傳》中的西門慶和潘金蓮的故事生發開來，並因襲了不少話本、戲曲中的文字，這個事實本身就是個有力的佐證。

37　見《李卓吾先生批評忠義水滸傳》，明容與堂本卷首〈水滸傳一百回文字優劣〉。

評《金瓶梅》是「自然主義的標本」說

《金瓶梅》的創作方法究竟是自然主義的，還是現實主義的？有人認為，它「在中國文學史上」是「一個自然主義的標本」，[1]「自然主義的傾向貫穿於全書，並非次要的方面。」[2]有人則肯定：「《金瓶梅》是一部現實主義作品。」[3]「是一部很偉大的寫實小說。」[4]「它顯示出現實主義在我國小說創作中的進一步發展，標誌著我國小說史上的一個新階段的開始。」[5]弄清這個問題，不僅關係到對《金瓶梅》歷史地位的正確評價，而且對於我們劃清現實主義和自然主義的界限，正確地繼承和發揚現實主義的優良傳統，克服自然主義的消極影響，也有著現實的意義。

一、劃清客觀描寫與客觀主義的界限，
認識《金瓶梅》的傾向性

「《金瓶梅》自然主義傾向的主要表現是它的客觀主義，即由於過分重視細節描寫而忽視了作品的傾向性。」[6]這是「標本論」的首要論據。

現實主義創作方法的特點，用高爾基的話來說，就是「對於人和人的生活環境作真實的、不加粉飾的描寫」。[7]因此，它很注重客觀性。俄國現實主義文藝理論家別林斯基曾經強調地指出：「客觀性是詩的條件，沒有客觀性就沒有詩；沒有客觀性，一切作品無論怎樣美，都會有死亡的萌芽。」[8]「詩人所創造的一切人物形象對於他應該是一種完

1 徐朔方：〈《金瓶梅》的成書以及對它的評價〉，見徐朔方、劉輝編《金瓶梅論集》（北京：人民文學出版社，1986年）。

2 許可：〈中國古代文學研究一瞥（上）〉，《山西師院學報》1981年第4期。

3 吳晗：〈《金瓶梅》的著作時代及其社會背景〉，《文學季刊》創刊號（1934年1月）。

4 鄭振鐸：〈談《金瓶梅詞話》〉，《文學》第1卷第1期（1933年7月）。

5 章培恆：〈論《金瓶梅詞話》〉，《復旦學報》1983年第4期。

6 同註1。

7 高爾基：〈談談怎樣學習寫作〉，《論文學》（北京：人民文學出版社，1978年）。

8 俄文版《別林斯基全集》第2卷。譯文見朱光潛《西方美學史》（北京：人民文學出版社，1964年），第十六章。以下凡引自該《全集》者皆如此。

全外在於他的對象,作者的任務就在於把這個對象表現得盡可能地忠實,和它一致,這就叫做客觀的描寫。」[9]

但是,這種「客觀的描寫」,絕不能流於客觀主義。還是這個別林斯基,他又指出俄國批判現實主義的傑作「《死魂靈》裏到處滲透著他的主觀性。」「這種主觀性顯示出藝術家是一個具有熱烈心腸,同情心和精神性格的獨特性的人,——它不容許藝術家以冷漠無情的態度去對他所描寫的外在世界,逼使他把外在世界現象引導到他自己的活的心靈裏走一過,從而把這活的心靈灌注到那些現象裏去。」[10]他要求現實主義的作家,要有「植根於占優勢的時代精神中的強烈的主觀動機」,[11]要有「熱烈的充滿著愛和恨的思想」,[12]並認為這是「一切真正詩的生命」。[13]

因此,我們有必要劃清現實主義「客觀的描寫」和自然主義的客觀主義的界限。而劃清這個界限的關鍵,看來就在於作品的「客觀的描寫」之中,有沒有滲透著當時「占優勢的時代精神」,有沒有體現出作家「熱烈的充滿著愛和恨的思想」,也就是說,《金瓶梅》究竟是不是「忽視了作品的傾向性」。

拿對西門慶與王招宣府林太太通姦的描寫來說,如果作者只是一味地渲染他們的姦淫活動,那可謂是客觀主義;而實際上作者卻是先客觀地寫出他倆會面如何彬彬有禮,林太太要求西門慶懲辦日逐引誘她兒子王三官在外嫖妓飲酒的奸詐之徒,說:「幾次欲待要往公門訴狀,爭奈妾身未曾出閨門,誠恐拋頭露面,有失先夫名節。今日敢請大人至寒家訴其衷曲,就如遞狀一般。望乞大人千萬留情,把這干人怎生處斷開了,使小兒改過自新,專習功名,以承先業,實出大人再造之恩,妾身感激不淺,自當重謝。」西門慶也一本正經地答道:「老太太怎生這般說,言謝之一字。尊家乃世代簪纓,先朝將相,何等人家!令郎既入武學,正當努力功名,承其祖武,不意聽信遊食所哄,留連花酒,實出少年所為。太太既分付,學生到衙門裏,即時把這干人處分懲治;亦可戒諭令郎,再不可蹈此故轍;庶可杜絕將來。」這些話說得是多麼言之有理、冠冕堂皇啊!可是作者緊接著卻寫他們「說話之間,彼此言來語去,眉目顧盼留情。」不久那林太太即主動「自掩房門」,跟西門慶「相挨玉體,抱摟酥胸。」(第 69 回)口口聲聲惟恐「有失先夫名節」,要「戒諭」後生「以承先業」的人,原來自身卻是姦淫狗盜之徒!這種言行對照、前後映襯、表裏不一的客觀描寫,其揭露封建禮教虛偽、墮落的傾向性,難

9　俄文版《別林斯基全集》第 3 卷。

10　俄文版《別林斯基全集》第 6 卷。

11　俄文版《別林斯基全集》第 6 卷。

12　俄文版《別林斯基全集》第 7 卷。

13　同註 12。

道還不昭然若揭麼？誠如戴不凡所指出的，他倆「若無衣冠，便是禽獸。放下房帷，『節義』全無。作者不贅一詞，而『結論』自顯。此其筆墨高超處，亦明社會之最深刻揭露。」[14]

有的學者雖然也說傾向性不是看作者的「道德教訓」，而是「要看它的具體描寫」，可是卻又撇開上述具體描寫揭露封建的節義已經徒具虛名，成為對他們卑鄙行為的辛辣諷刺的傾向於不顧，而孤立地摘出其中的四句「有詩為證」：「面膩雲濃眉又彎，蓮步輕移實匪凡。醉後情深歸帳內，始知太太不尋常。」據此指責：「作者往往不是使人對它所描寫的醜惡現象引起反感，而是津津樂道，仿佛要讀者和他一起欣賞。」[15]其實，這四句詩是作者客觀地描寫西門慶對林太太的感受，讀者從中看到的是西門慶那好色的卑劣靈魂，是林太太那「不尋常」的節義全無。如果誰要把自己置於西門慶或林太太同一角色，那就正如前人早就指出的：「生歡喜心者，小人也；生效法心者，乃禽獸耳。」[16]因此，與其指責這種客觀描寫缺乏傾向性，不如說這是對作品本身的曲解或誤解。

事實上不是《金瓶梅》作者「忽視了作品的傾向性」，而是我們有的批評家忽視了《金瓶梅》作為現實主義作品的傾向性有其自身的特點：它不是側重於歌頌理想和光明，而是著力於揭露現實的醜惡和黑暗；不是塑造和謳歌高大的英雄形象，而是冷峻刻畫日常生活中平凡的小人物；不是讓傾向直接通過作家或人物的口說出來，而是「通過對現實關係的真實描寫」，「從場面和情節中自然而然地流露出來。」[17]這就是現實主義的發展和深化。

有的學者之所以批評《金瓶梅》是自然主義、客觀主義的標本，就是由於忽視了《金瓶梅》對於現實主義的發展和深化，而按照《水滸傳》等經典作品的傳統模式來要求《金瓶梅》。因此，他一方面不得不承認：「純客觀的描寫或敘述是不可能的。要在《金瓶梅》那樣洋洋七八十萬言的作品中掩蔽作者的觀點更是難以想像。」而另一方面，卻又以《水滸傳》為範本，指責《金瓶梅》的客觀主義還表現在：「應該歌頌的沒有歌頌或歌頌不夠，應該否定的沒有否定或者否定不夠。」[18]所舉的具體例證，就是：「在《金瓶梅》裏提到的如宋江、武松等人物，除照抄不改的部分外都已經走樣了。例如第 84 回，宋江在清風山，『看見月娘（西門慶的正妻）頭戴孝髻，身穿縞素衣服，舉止端莊，儀容秀麗，斷非常人妻子，定是富家貴眷。』又見她『詞氣哀婉動人，便有幾分慈憐之

14　戴不凡：《小說見聞錄》（杭州：浙江人民出版社，1980 年）。

15　同註 1。

16　東吳弄珠客：〈金瓶梅序〉，見《金瓶梅詞話》卷首。

17　恩格斯：〈致敏·考茨基〉，見《馬克斯恩格斯全集》第 36 卷。

18　同註 1。

意』，於是就假托是自己『同僚正官之妻』，要釋放她回去，並且決心為這個惡霸的妻子報仇，這哪裏還有一點點水滸英雄的氣味呢？這個故事是《水滸傳》第三十二回的翻版。《水滸傳》釋放的是官府劉知寨的夫人，《金瓶梅》換成了西門慶的正妻。也許有人問：官僚同惡霸，半斤八兩，到底有什麼區別呢？《水滸傳》寫宋江的心理活動，起先是『我正來投奔花榮寨，莫不是花榮之妻？我如何不救？』當他知道是劉知寨夫人之後，他又想：『他（她）丈夫既是花榮同僚，我不救時，明日到那裏須不好看。』他想到的只是江湖義氣，哪裏像《金瓶梅》那樣見一個『富家貴眷』，就不惜捏造關係為她求情，一副無原則的奴才相呢？兩部書對武松殺嫂的不同寫法也是一個絕好的對照。在《水滸傳》中武松借亡兄斷七為名，請來了前後鄰舍，關緊門戶，迫得潘金蓮與王婆一一招認明白，一個叫胡正卿的人從頭寫下，四家鄰舍都畫了名畫了字，然後把潘金蓮殺了。光明磊落，理直氣壯，不失封建時代大丈夫本色。《金瓶梅》所寫卻是武松假意與潘金蓮成親，騙入新房，雖然仇是報了，尷尬畏葸，昔日景陽崗打虎的豪氣如今何在呢？」[19]

這種以《水滸傳》為典範和模式，來要求和批評《金瓶梅》，難道是公正的、實事求是的麼？

讓我們先看兩書對宋江救婦人的描寫。宋江救婦人的原因和動機是什麼？在《水滸傳》中寫「那婦人含羞向前，深深地道了三個萬福，便答道：『侍兒是清風寨的渾家。為因母親棄世，今得小祥，特來墳前化紙。那裏敢無事出來閒走。告大王垂救性命！』」這是由於「母親棄世」等個人偶然的原因。又寫「宋江尋思道：『他丈夫既是知寨花榮同僚，我不救時，明日到那裏，須不好看。』這是從個人情面觀點出發。《金瓶梅》寫宋江因「月娘向前道了萬福，『大王，妾身吳氏之女，千戶西門慶之妻，守節孤孀。因為夫主病重，許下泰山香願。先在山上，被殷天錫所趕，走了一日一夜，要回家去。不想天晚，誤從大王山下所過。行李馱垛都不敢要，只是乞饒性命還家，萬幸矣。』宋江因見月娘詞氣哀婉動人，便有幾分慈憐之意。」這分明是出於反對官僚惡霸殷天錫的政治原因和對受欺壓的孤孀的同情。宋江根本不知道西門慶是個惡霸，怎麼能說宋江要救月娘，就是「決心為這個惡霸的妻子報仇」呢？宋江提出要求釋放婦人的理由是什麼？在《水滸傳》中寫道：「但凡好漢，犯了『溜骨髓』三個字的，好生惹人恥笑。我看這娘子說來，是個朝廷命官的恭人。怎生看在下薄面，並江湖上『大義』兩字，放他下山回去，教他夫妻完聚，如何？」這是以江湖義氣來為「朝廷命官的恭人」說情。在《金瓶梅》中寫宋江「乃便欠身道：『這位娘子，乃是我同僚正官之妻，有一面之識。為夫主到此進香，因被殷天錫所趕，誤到此山所過，有犯賢弟清蹕。也是個烈婦，看我宋江

19　同註1。

的薄面,放他回去,以全他名節罷。』」又說:「不爭你今日要了這個婦人,惹江湖上好漢恥笑。殷天錫那廝,我不上梁山便罷,若上梁山,決替這個婦人報了仇。」接著作者寫道:「看官聽說:後宋江到梁山做了寨主,因為殷天錫奪了柴皇城花園,使黑旋風李逵殺了殷天錫,大鬧了高唐州。此事表過不題。」這裏《金瓶梅》作者顯然是把殷天錫作為梁山農民革命的對象來描寫的,宋江是從反對殷天錫迫害烈婦的正義立場出發的。這樣的宋江形象不是比鼓吹江湖義氣的理想更真實,更具有社會典型意義麼?怎麼能說他是「一副無原則的奴才相」呢?

再讓我們來看兩書對武松殺嫂的描寫。武松殺嫂的原因,是為了替哥哥武大報仇雪恨。那麼,誰是害死武大的罪魁禍首呢?當然首先是勾引潘金蓮,並向潘金蓮提供毒藥的惡霸西門慶。因此,在《金瓶梅》中是寫武松首先要殺西門慶,而在《水滸傳》中卻寫武松首先殺嫂,然後再去殺西門慶,「將兩顆人頭供養在靈前」,以突出他對淫婦和姦夫的憎恨。《水滸傳》的這個描寫,實際上是宋元話本〈刎頸鴛鴦會〉的翻版。不過〈刎頸鴛鴦會〉是寫淫婦被丈夫捉姦,當場「則見刀過處:一對人頭落地,兩腔鮮血衝天。」而《水滸傳》則是寫武松為兄報仇。兩者情節雖有差異,但以「鴛鴦」被「刎頸」,來懲罰姦夫淫婦的思想傾向則是一致的。《金瓶梅》作者雖然也未擺脫反對姦夫淫婦的傳統思想影響,但是他卻在「西門慶」的名字上特地戴了頂「豪惡」的帽子,灌注並拓展了更為廣闊的社會內容。武松殺嫂的方式,在《水滸傳》中是借祭祀亡兄斷七,在《金瓶梅》中是武松假意與潘金蓮成親,騙入新房。這兩種寫法,實際上是反映了兩種不同的思想傾向:前者是為了突出武松的兄弟之義;後者是為了深刻揭示和鞭撻潘金蓮為情欲所迷的醜惡靈魂。因為作者早已經寫明,潘金蓮第一次見到武松時就心想:「這段姻緣卻在這裏」;在武松仇恨未報成卻身陷囹圄,六七年之後遇赦歸來,假意要娶潘金蓮時,她卻仍然「舊心不改,心下暗道:『這段姻緣,還落在他家手裏。』」連吳月娘聽了,都「暗中跌腳,常言仇人見仇人,分外眼睛明。與孟玉樓說:『往後死在他小叔子手裏罷了。』」而潘金蓮竟欲令智昏到這種地步!作者把人物性格刻畫得真是入骨三分,令人感到既可笑,又可悲,可以說作者是把反對濫施情欲的思想傾向,溶化到潘金蓮這個人物的血液之中去了。至於說到武松採用了「騙」的方式,就說他是「尷尬畏葸」,那麼,在《水滸傳》中武松對潘金蓮說:「明日是亡兄斷七。你前日惱了眾鄰舍街坊,我今日特來把杯酒,替嫂嫂相謝眾鄰。」他不僅騙了潘金蓮,而且還騙了眾鄰舍街坊。兩者同樣是「騙」,又有什麼本質區別呢?在《水滸傳》中,武松殺嫂之後是主動向官府投案自首,而在《金瓶梅》中,武松殺嫂之後是「上梁山為盜去了」。對比這兩種寫法,我們能說後者缺乏「打虎的豪氣」麼?不,它缺乏的只是在《水滸傳》中過於濃重渲染的江湖義氣,而奮不顧身的「打虎的豪氣」,則被帶到那個現實社會梁山農民革命

的正道上去了。當然,我們也承認,從總體上來看,《金瓶梅》中武松的形象,確實不及《水滸傳》中的武松那樣「打虎的豪氣」光彩逼人,但這不是由於《金瓶梅》的寫法自然主義、客觀主義,或傾向性有問題,而是因為兩書的題材內容、思想傾向和藝術方法有所不同。《水滸傳》是旨在歌頌武松等水滸英雄,而《金瓶梅》卻是要揭露社會的黑暗,尤其是財和色的罪惡。恰如文龍所指出的:「《水滸》以武松為主,此則以西門慶為主,故不能不換面,此題旨使然耳。」[20]正是這種不同,我們才說它是創造性地繼承和發展,如果是完全雷同,那就成為毫無可取的因循抄襲了。

二、劃清典型化與非典型化的界限,認識《金瓶梅》的理想性

典型化,是現實主義創作方法的核心。如同俄國現實主義文藝批評家別林斯基所指出的:「典型化是創作的一條基本法則,沒有典型化,就沒有創作。」[21]恩格斯也說:「現實主義的意思是,除細節的真實外,還要真實地再現典型環境中的典型人物。」[22]

《金瓶梅》所反映的是明代中葉以後的社會現實。那時雖然已經有資本主義的萌芽,但是整個社會是處於日趨腐朽、墮落的黑暗時期。而《金瓶梅》作者所採用的創作方法,暨不是以浪漫主義,也不是以現實主義與浪漫主義相結合,來描繪和歌頌理想的英雄形象,而是要用嚴格的現實主義來刻畫那個時代「典型環境中的典型人物」。這種創作方法是跟那個失去理想主義光輝的黑暗時代相適應的,是那個時代的產物,也是再現那個時代的需要。

「缺乏先進的理想就不可能有真正的現實主義,而只能降低為庸俗的消極的現實主義,即現在所通稱的自然主義。」[23]這是持「標本」論的學者指責《金瓶梅》是自然主義的又一重要論據。

現實主義當然需要有先進的理想。但是,我們應當區分兩種不同創作方法的理想。一種是浪漫主義主觀性的理想。「浪漫主義最突出的而且也是最本質的特徵是它的主觀性。」「積極的浪漫主義派多半幻想到未來的理想世界,例如雪萊的《普洛米修斯的解放》;消極的浪漫主義派則幻想過去的『黃金時代』,例如梯克的仿歌德的《威廉·邁

20　文龍《金瓶梅》第 5 回批語。
21　別林斯基:〈評《同時代人》〉(1839 年)。
22　恩格斯:〈致瑪·哈克奈斯〉,見《馬克斯恩格斯全集》第 4 卷。
23　同註 1。

斯特》而作的《弗蘭茨・希特巴爾德的漫遊記》。」[24]另一種是現實主義客觀性的理想。它不是以主觀想像、虛構的方式，直接描繪「理想世界」，而是按照生活的本來面目，再現現實世界上的「典型環境中的典型人物」，把作家的理想灌注和熔化在藝術創作的典型之中。我們不能以浪漫主義或帶有浪漫主義因素的理想模式，來作為對現實主義作品要求和評價的唯一標準，而應該把對客觀現實的描寫是不是加以典型化，作為區分現實主義和自然主義的一個重要界限。

　　自然主義的創作方法是排斥典型化的。左拉說：「自然主義小說不插手對於現實的增、刪，也不服從一個先入觀念的需要，從一塊整布上再製成一件東西。自然就是我們的全部需要——我們就從這個觀念開始；必須如實地接受自然，不從任何一點來變化它或削弱它。」[25]高爾基也指出：「自然主義這個手法，並不是同那應該消滅的現實進行鬥爭的手法。自然主義從技巧上指出事實——給事實『定影』；自然主義是照相師的手藝，而照相師只能夠複製，例如，一個只帶淒慘微笑的人的臉龐，為了照出這個臉龐帶有嘲諷微笑或歡樂微笑的相片，他就得一次又一次地拍攝。所有這些相片或多或少都是『真實』，然而是一個人淒慘地、或者憤怒地、或者歡樂地生活著的那一分鐘的『真實』。但是對於一個人的全部複雜的真實，照相師和自然主義者是沒有能力去描繪的。」[26]

　　現實主義的創作方法是既反對浪漫主義的理想化，又不贊成自然主義小說「不插手對於現實的增、刪」，而主張忠實於現實，寓理想於藝術的典型化之中的。「典型」這個名詞源於希臘文 Tupos，「由這個詞派生出來的 Ideal 就是『理想』。所以從字源看，『典型』與『理想』是密切相關的。在西方文藝理論著作裏，『典型』這個詞在近代才比較流行，過去比較流行的是『理想』；即使在近代，這兩個詞也常被互換使用，例如在別林斯基的著作裏。」[27]正因為現實主義的創作方法要求忠於現實，理想完全服從於刻畫「典型環境中的典型人物」的需要，所以恩格斯才強調：「作家不必要把他所描寫的社會衝突的歷史的未來的解決辦法硬塞給讀者。」[28]「作者的見解愈隱蔽，對藝術作品來說就愈好。我所指的現實主義甚至可以違背作者的見解而表露出來。」[29]

　　《金瓶梅》絕非自然主義的照相式的反映生活。從它對一些話本題材的加工、改寫之中，我們可以清楚地看出，無論在社會環境或人物形象描寫方面，它都是力求做到充分

24　朱光潛：《西方美學史》下卷（北京：人民文學出版社，1964 年）。

25　左拉：〈戲劇上的自然主義〉，《西方文論選》下冊（北京：人民文學出版社，1964 年）。

26　高爾基：〈給・華・謝・格羅斯曼〉，《文學書簡》下冊（北京：人民文學出版社，1965 年）。

27　同註 24。

28　同註 17。

29　同註 22。

地典型化的。如《金瓶梅》第 47、48 回關於「西門慶受贓枉法」「曾御史參劾提刑官」的故事，是根據《百家公案全集·港口漁翁》的故事改寫的。這本書又稱為《龍圖公案》或《包公案》。是以歷史上著名的清官包拯為主人公的。包公的形象實際上跟北宋名臣包拯已經面目全非，而是成為人民群眾理想的化身——箭垛式的人物。原故事是說揚州一位有錢的善人，姓蔣名奇來，號天秀。因撞見家僕董某與一個丫頭調情，而嚴厲地懲治了董某，以致董某懷恨在心。一個多月後，蔣天秀帶董某和一個琴童雇船赴京，途中，董某便與艄公合謀，殺死蔣天秀，並把琴童扔到河裏。不料琴童沒有淹死，被一個老漁翁搭救。蔣的屍體漂流到清河縣慈惠寺附近，被和尚埋在河灘上。一天，包拯騎馬路過清河，一股旋風把他引到埋屍的地方，發現了蔣的屍體。當地官員便武斷地認定殺人兇手是慈惠寺的和尚，使和尚蒙受冤獄。後來琴童偶然遇見參與謀殺蔣天秀的艄公，向包公告發，才使真正的殺人兇手艄公正法，和尚被無罪開釋。另一個殺人兇手董某，以謀得的不義之財經商，成了一個大富商。雖然他逃脫了法律的懲罰，但幾年後卻被海盜殺害，得到了應得的報應。這個故事被移植到《金瓶梅》中，不只是把蔣天秀改成苗天秀，董某改為苗青，琴童沿用了《金瓶梅》原有的人物安童，更重要的是把苗青調情的對象，從丫鬟改為苗天秀的小妾，使主僕間的怨恨顯得更加真實、合理，有典型性；又把苗青之所以得逃脫法律的懲罰，改成是由於理刑副千戶西門慶和夏提刑接受了他一千兩銀子的賄賂；同時又把理想化的箭垛式的清官包拯刪去，改為小說所寫的歷史上實有其人的曾孝序，而這個曾御史對西門慶等受贓枉法的參劾，又由於西門慶給朝廷太師蔡京送了大量禮品，而得到了蔡京的庇護，結果西門慶不但沒有得到應得的懲處，反而被提拔為理刑正千戶，參劾西門慶的清官曾御史，反而遭到了革職流放的處分。經過《金瓶梅》這樣的改寫，就從根本上改變了原小說〈港口漁翁〉歌頌清官包公、美化封建統治的主旨，而使西門慶的形象更加富有「典型環境中的典型人物」的特色。因為：

第一，原故事中的董某得以逃脫法網，是帶有偶然性的，沒有多大典型意義的。《金瓶梅》改成苗青用行賄的辦法，得到了提刑官西門慶的庇護，這是帶有必然性的，具有社會典型意義的，從中寄寓了作家對社會政治黑暗進行揭露批判的崇高理想。

第二，清官在歷史上雖然確實存在，也起過一定的進步作用，但從根本上來說，清官個人也不能不受到整個封建統治階級和封建統治制度的制約，特別是到了封建統治腐朽沒落的時代，即使有清官也無能為力。原故事中把包公作為理想化的清官來歌頌，既有反映人民理想的一面，也有美化封建官吏，散布對於封建統治階級寄予幻想的一面。《金瓶梅》改成曾孝序參劾西門慶反而遭到革職流放的處分，這就更加真實、更加深刻，因而也更加典型地揭露了那個社會環境的黑暗和險惡。

第三，《金瓶梅》把〈港口漁翁〉的故事，不僅用來為刻畫西門慶這個典型環境中

的典型人物服務，而且它不只是鞭撻了苗青、西門慶等個別壞人，更重要的是揭露了那整個腐朽、黑暗、沒落的封建時代。正如清代張竹坡的批語所指出的：「平插曾公一人，特為後文宋巡按對照，且見西門慶之惡，純是太師之惡也。夫太師之下，何止百千萬西門，而一西門之惡已如此，其一太師之惡為何如也？」[30]這裏面所具有的社會典型意義，其揭露的廣泛性和深刻性，該是多麼令人震驚啊！

從《金瓶梅》對〈港口漁翁〉故事的改寫之中，我們可以清楚地看出：它既摒棄了包公式的浪漫主義理想化的描寫，又改變了傳統的公案小說就事論事的自然主義的寫法，而是把個人的偶然的原因，改為社會的必然的原因，把個別的特殊的人物和事件，上升到具有社會普遍意義的典型的高度，如張竹坡所說的，從「一西門之惡」，使讀者可以看到「何止百千萬西門」。這種典型化的寫法，既反映了作者對當時社會現實和人物性格具有真切的本質的認識，又寄託了作者對醜惡的社會現實給予無情地揭露和鞭撻的先進理想和強烈感情。

「藝術家的使命就是創造偉大的典型。」[31]創造了西門慶、潘金蓮、李瓶兒、應伯爵等一系列典型環境中的典型人物，這是《金瓶梅》現實主義藝術成就的集中表現。「它的若干主要人物形象在某些方面已經達到高度現實主義成就。」[32]這是連把《金瓶梅》指責為「自然主義的標本」的學者也不得不承認的客觀事實。可是「標本」論者一方面承認《金瓶梅》在人物形象塑造上「高度現實主義成就」，另一方面，又無視典型化本身就是理想，把這部「長篇小說完全寫反面人物」，作為它缺乏理想的論據之一，說《金瓶梅》作者既沒有「真正忠實地反映一個時代的面貌，……在生活中發現令人鼓舞的樂觀的人和事」，又不會「憑自己的主觀創造出一些積極的東西，這也是我們通常所說的作家理想的一個組成部分。」[33]

要求作家「憑自己的主觀創造出一些積極的東西」，這是浪漫主義的創作特色。用它來要求《金瓶梅》，如同要求男人生孩子，實在是看錯了對象。

指責《金瓶梅》作者「完全寫反面人物」，沒有「在生活中發現令人鼓舞的樂觀的人和事」，這也未免言過其實。對此，張竹坡早就批駁過。他說：「《金瓶》內有一李安是個孝子，卻還有一個王杏庵是個義士，安童是個義僕，黃通判是個益友，曾御史是個忠臣，武二郎是個豪傑悌弟，誰謂一片淫欲世界中，天命民彝為盡滅絕也哉！」[34]

30　張竹坡「第一奇書」本《金瓶梅》第 48 回批語。
31　達文：巴爾札克《十九世紀風俗研究》序言，見《古典文藝理論譯叢》第 3 冊。
32　同註 1。
33　同註 1。
34　張竹坡：〈金瓶梅讀法〉之 89。見「第一奇書」本《金瓶梅》卷首。

　　再說，批判現實主義的特色本來就不是要寫「令人鼓舞的樂觀的人和事」。不僅《金瓶梅》是這樣，西方許多傑出的批判現實主義作品也大多如此。茅盾就說過：「十九世紀的批判現實主義只能算是半面的現實主義，因為它反映了資產階級沒有前途、資本主義社會制度必然要改革的一面，但沒有反映出資本主義的掘墓人——工人階級力量的壯大，及其必將創造歷史新頁的一面。如果說巴爾札克在他的《人間喜劇》中所反映的他那時代的現實可以說是比較全面的，那麼，晚於巴爾札克幾十年的批判現實主義者就沒有在他們的作品中反映出他們那時代的全貌。」[35]可見，以沒有寫出「令人鼓舞的樂觀的人和事」，沒有反映「時代的全貌」，來指責《金瓶梅》是自然主義的作品，也是站不住腳的。

　　值得注意的是，《金瓶梅》第98、99回寫韓愛姐跟陳經濟成為情人，與《古今小說》第三卷〈新橋市韓五賣春情〉從情節到語句都很相似。〈新橋市韓五賣春情〉全文近一萬字，《金瓶梅》第98、99回與其文字相似的達七千字，除了前面的入話和後面胖大和尚的三次托夢外，大部被借入《金瓶梅》所用。《古今小說》的出版，雖然略遲於《金瓶梅》成書，但在《寶文堂書目》中著錄有宋元話本〈三夢僧記〉，可見它是宋元舊篇。頗有意思的是，《金瓶梅》作者並不是簡單的抄襲，也不只是將人物的姓名和故事發生的地點變了一下，重要的是他把人物性格和作家所寄託的理想完全顛倒了過來。原小說中的吳山，是個「生來聰俊，粗知禮義，幹事樸實，不好花哄」的商人子弟，而小婦人金奴則是個好色的私娼，「不止陷了一個漢子」，吳山就是其中之一，「只因不把色欲警戒，去戀著一個婦人，險些兒壞了堂堂六尺之軀，丟了潑天的家計，驚動新橋市上，變成一本風流說話。」後來吳山在和尚托夢的教育下，才「從此改過前非，再不在金奴家去。」《金瓶梅》作者則把吳山改為腐化墮落成性的浪蕩子陳經濟，成為與原小說中的吳山有天壤之別的人物，而好淫的韓金奴也改成了堅守貞節的韓愛姐，成為截然相反的形象。在陳經濟與龐春梅私淫被人殺害後，韓愛姐竟一往情深，說：「奴和他恩情一場，活是他妻小，死傍他魂靈。」「雖剜目斷鼻，也當守節，誓不再配他人。」原小說中吳山與韓金奴的關係，體現了話本作者把女人視為禍水，宣揚戒色欲的封建理想。經過《金瓶梅》作者的改寫，則成了針砭男子的腐化墮落，不可救藥，自取滅亡，歌頌女子的愛情，信誓旦旦，矢志不渝。如果《金瓶梅》作者沒有理想，他怎麼會對吳山、韓金奴這兩個人物形象作如此相反的大幅度的改塑呢？

　　指責《金瓶梅》為「自然主義的標本」論者，還提出了另一個重要的論據：「《紅樓夢》同《金瓶梅》都是封建時代的產物，都是愁雲慘霧、黯無天日的景象，但是在曹

35　茅盾：《夜讀偶記》（天津：百花文藝出版社，1958年）。

雪芹那裏儘管伸手不見五指，卻使人想起雲層之外太陽仍然在那裏運行，不管多麼長久我們還是會見到它的；在《金瓶梅》中，雖然黑暗似乎並不加深，但是太陽是永遠沉沒了，或者是它雖然會重新升起，但是人們卻已經對它不再有所期待了。所以批評一個作品缺乏理想，不一定嫌它沒有正面人物，像《死魂靈》那樣雖然沒有正面人物也不使人感到有所缺欠。」[36]

這種說法，未免自相矛盾。既然「不一定嫌它沒有正面人物」，為什麼又要以「完全寫反面人物」來責備《金瓶梅》為「缺乏理想」的「自然主義的標本」呢？至於拿《金瓶梅》和《紅樓夢》相比，《紅樓夢》的思想和藝術成就都遠遠高於《金瓶梅》，這是確鑿無疑的；可是沒有《金瓶梅》，也就很難想像會有《紅樓夢》，《紅樓夢》是對《金瓶梅》的繼承和發展，這也是眾所周知的。如果以《紅樓夢》的水平來要求《金瓶梅》，那就如同以壯年人的成熟來責難青少年人的幼稚一樣，只不過暴露了責難者本身不看客觀對象、不顧歷史條件而已。我們評價任何一部作品，必須從該作品本身的實際出發。再偉大的作品，都不能作為要求和批評其他作品的唯一範本。否則，就勢必導致千篇一律，把文藝創作引入狹窄的死胡同。何況《紅樓夢》的創作方法與其說是現實主義的，不如說是現實主義與浪漫主義相結合的。它所創造的賈寶玉、林黛玉等主要人物，顯然都帶有浪漫主義的理想成分，「大觀園」更屬「太虛幻境」式的「理想世界」。而《金瓶梅》的創作方法則是嚴格的現實主義，或者說是批判現實主義。它的特色和任務，不是要描繪和歌頌「雲層之外的太陽」，而是要「曲盡人間醜態」，[37]要無情地赤裸裸地再現「一片淫欲世界」。[38]

這是不是就證明它「缺乏理想」呢？我們姑且不說《金瓶梅》中絕不是太陽「永遠沉沒了」，人們「已經對它不再有所期待了」，它還寫了武松、宋江等是投奔梁山造反的英雄，來旺、宋惠蓮是有一定反抗性的奴僕，曾孝序是跟貪官作鬥爭的忠臣，周秀是抗擊敵人入侵、為國捐軀的將領，王杏庵是慨慷助人的義士，李安是不受春梅財色引誘的好漢，即便從它對反面人物的描寫和醜惡事物的揭露中，難道不也寄託了美好的理想麼？問題在於理想的表達，不是只有一種途徑，而是可以多種多樣的。世界文學發展的歷史經驗證明：「現實主義的最大貢獻之一在於它擴大了文藝題材的範圍。由於它在十九世紀主要是批判性或揭露性的，它拋棄了過去古典主義和浪漫主義都遵守的避免醜惡的戒律。現實主義派所描繪的無寧說絕大部分都是社會醜惡現象。法國美學家塞阿依甚

---

36 同註 1。

37 廿公：〈金瓶梅跋〉，見《金瓶梅詞話》，卷首。

38 同註 34。

至把現實主義叫做『醜惡的理想主義』，這就是說，把醜惡提升到理想。」[39]什麼叫「把醜惡提升到理想」呢？對此，果戈理說得更清楚：「如果你表現不出一代人的所有卑鄙齷齪的全部深度，那時你就不能把社會以及整個一代人引向美。」[40]我們可以批評《金瓶梅》對表現「一代人的所有卑鄙齷齪的全部深度」，還有這樣或那樣的不足，但卻不能因為它寫了「一代人的所有卑鄙齷齪」，就說它「缺乏理想」。因為這不僅是對《金瓶梅》這一部作品的評價問題，而且涉及到文學創作能否打破「避免醜惡的戒律」，能否百花齊放的重大原則問題。

三、劃清細節描寫的本質精確性與現象精確性的界限，認識《金瓶梅》的寫實性

重視日常生活中細節的真實描寫，這也是現實主義創作方法的一個重要特點。世界現實主義的文學大師巴爾札克說：「只有細節才形成小說的優點。」[41]達文在巴爾札克的《十九世紀風俗研究》序言中說：「在他以前從來還沒有過小說家這樣深入地觀察過細節和瑣碎的事情，而這些，解釋和選擇得恰到好處，用老剪嵌工的藝術和卓越的耐心加以組織，就構成一個統一的、有創造性的和新的整體。」[42]在為巴爾札克寫的《哲學研究》導言中，達文又強調地指出：「他所寫的真實乍看起來甚為卑微，但這一點無關緊要，只要作品的整體構成一個巍然壯觀的整體就行了。」[43]恩格斯也把「細節的真實」，列為現實主義必備的條件，並且對巴爾札克的作品「甚至在經濟細節方面」，都提供了極為真實、豐富的內容，而大加讚賞。[44]

但是現實主義作家所重視的細節真實，絕不是羅列現象，把自然或生活中的細節原封不動地搬到作品中來，而是要經過作家的典型化或理想化的。如巴爾札克所指出的：「在現實裏一切都是細小的，瑣屑的；在理想的崇高境界裏一切都變大了。」[45]這種「變大」，也就是要由小見大，通過細節描寫，反映出生活的本質和人物的性格，而不是使細節描寫游離於作品的主題和人物形象之外。如左拉的《盧貢家族的家運》，其中有一

39　同註 24。

40　見《果戈理及其諷刺藝術》。

41　轉引自維亞爾和丹尼斯：《十九世紀文論選》。

42　同註 31。

43　見《古典文藝理論譯叢》第 10 冊。

44　同註 22。

45　巴爾札克：〈給伊波立特・卡斯提爾的信〉，見《十九世紀文論選》。

處作者離開主題和人物性格,寫了長達一百四十三頁的插曲,對普拉桑鎮市和盧貢家族的起源作了極其煩瑣的描述。這種長篇累牘的細節堆砌,才是自然主義創作方法的特色。

因此,雖然現實主義作家和自然主義作家都同樣重視細節描寫,但他們對待細節描寫的態度和寫法,是有原則區別的。如同朱光潛所指出的,「現象的精確性和本質的精確性是兩回事,自然主義所看重的是前者,而真正的現實主義者所看重的卻是後者。這是現實主義與自然主義的基本分野所在。」[46]

大家對於這個原則,也許都是同意的,問題是如何用來評價具體作品。批評《金瓶梅》為「自然主義的標本」的學者便認為:「《金瓶梅》的這些描寫多半是家庭陰司、官場內幕的醜事、笑料,算得上社會病態和怪現象的羅列,卻不能算是本質的揭露。」[47]他所舉的唯一例證,現照錄如下:

> 伯爵道:「……他胸中才學,果然班、馬之上;就是他人品,也孔、孟之流。他和小弟通家兄弟,極有情分的。曾記他十年前應舉,兩道策,那一科試官極口贊他好。卻不想又有一個賽過他的,便不中了。後來連走了幾科不中,禁不的髮白鬢斑。如今他雖是飄零書劍,家裏也還有一百畝田,三四帶房子,整的潔淨住著。」西門慶道:「他家幾口兒也夠用了,卻怎的肯來人家坐館?」應伯爵道:「當先有的田房,都被那些大戶人家買去了,如今只剩得雙手皮哩!」西門慶道:「原來是賣過的田,算什麼數!」伯爵道:「這果是算不的數了。只他一個渾家,年紀只好二十左右,生的十分美貌,又有兩個孩子,纔三四歲。」西門慶道:「他家有了美貌渾家,那肯出來!」伯爵道:「喜的是兩年前渾家專要偷漢,跟了個人上東京去了。兩個孩子又出痘死了。如今止存他一口,定然肯出來。」(第 56 回)

論者由此得出的結論是:「細節描寫本身不是目的。」「這個有趣的故事會博得讀者一笑,但是一笑之餘,剩下來的東西怕就不多了。像應伯爵說的水秀才的故事也許有助於刻劃敘說者——幫閒清客逢迎湊趣的嘴臉,可是同類的描寫多了,思想意義卻還在原地停留不前,那還有什麼意思呢!《金瓶梅》很多故事雷同重複(色情描寫也如此),好像一個拙劣的演員,接連扮演許多不同人物,臉譜和戲裝雖然極盡變化之能事,但是一開口,卻還是同一副嗓門。」

事實果真如此嗎?

46　同註 24。
47　同註 1。

「細節描寫本身不是目的。」這個論點無疑是正確的。問題是我們不能把作品中的細節孤立地看，而應該如達文對待巴爾札克的作品那樣，把細節放在作品的整體之中來看待。只要從作品的整體所描寫的實際出發，我們就不難發現上述例證絕非沒有什麼意思，絕非「同一副嗓門」的重複。事實上是：

首先，作者由此所刻畫的應伯爵這個「幫閒清客」的性格，不只是擅長變換嘴臉，逢迎湊趣，還更深一層地揭示了應伯爵和水秀才同樣處於「飄零書劍」的沒落地位。但他在心理上又不甘心沒落，極力用吹噓的手法來掩飾和美化自己。水秀才應舉，明明考不中，他卻強調「試官極口贊他好。卻不想又有一個賽過他的，便不中了。」所謂「胸中才學，果然班、馬之上」，這不只是對水秀才的吹捧，更重要的也是對他自己的美化。在上面抄錄的原文之後，作者便寫應伯爵對西門慶介紹說，他和水秀才從小到大都「是一個人一般，極好兄弟。」他倆一起「上學堂讀書寫字，先生也道：『應二學生子，和水學生子一般的聰明伶俐，後來已定長進。』」他倆「後來已定長進」在哪兒呢？只不過「長進」在以擅長變換嘴臉，逢迎湊趣來謀生罷了。這種性格所具有的典型意義，所反映的社會內容和時代特徵，難道只「會博得讀者一笑」了之，而不引起我們的深思猛省麼？

其次，它對西門慶的性格也是一種強烈的映照和辛辣的諷刺。像西門慶那樣淺薄無知、腐化墮落、道德敗壞、品質惡劣至極的人，他卻有臉嫌棄水秀才「才學荒疏，人品散彈。」應伯爵強調水秀才的「人品比才學又高」，而所用的例證卻是「前年他在一個李侍郎府裏坐館，那李家有幾十個丫頭，一個個都是美貌俊俏的；又有幾個伏侍的小廝，也一個個都標致龍陽的。那水秀才連住了四五年，再不起一些邪念。後來不想被幾個壞事的丫頭、小廝，見是一個聖人一般，反去日夜括他。那水秀才又極好慈悲的人，便口軟勾搭上了，因此被主人逐出門外。哄動街坊，人人都說他無行。其實水秀才原是坐懷不亂的。若哥請他來家，憑你許多丫頭、小廝，同眠同宿，你看水秀才亂麼？再不亂的！」明明是品德「無行」，卻要用「聖人一般」「坐懷不亂」「極好慈悲」來百般美化。崇禎本《金瓶梅》在這段話上眉批曰：「今人實有類此而大言不慚者。」可見其確有經久不衰的廣泛的社會典型意義。儘管應伯爵說得天花亂墜，儘管西門慶本人品行的惡劣勝過水秀才百倍，可是西門慶卻一口拒絕應伯爵的舉荐，說：「二哥雖與我相厚，那樁事不敢領教。」對人是「不敢領教」，而對己呢？卻是連身邊的丫鬟、小廝皆不放過，那樣肆無忌憚地沉湎於荒淫無恥的糜爛生活之中，這豈不是對極端虛偽、卑劣的西門慶性格的強烈映照和辛辣諷刺麼？

再次，應伯爵為向西門慶證明水秀才「胸中才學，果然班、馬之上」，還特地唸了水秀才作的〈哀頭巾詩〉和〈祭頭巾文〉。那既是對封建科舉制度的血淚控訴，又為水

秀才這類人物的出現,描繪了一個典型的社會環境。請看水秀才的〈哀頭巾詩〉:

> 一戴頭巾心甚歡,豈知今日誤儒冠。
>
> 別人戴你三五載,偏戀我頭三十年。
>
> 要戴烏紗求閣下,做篇詩句別尊前。
>
> 此番非是吾情薄,白髮臨期太不堪。
>
> 今秋若不登高第,踹碎冤家學種田。

在〈祭頭巾文〉中,水秀才又慨嘆道:「你看我兩隻皂靴穿到底,一領藍衫剩布筋。埋頭有年,說不盡艱難淒楚;出身何日,空歷過冷淡酸辛。賺盡英雄,一生不得文章力;未霑恩命,數載猶懷霄漢心。嗟乎哀哉!哀此頭巾。」封建科舉制度把一個文人折磨到如此不堪的地步,這該是令人多麼可悲可憤可憎可恨啊!在那個時代,讀書人是如此窮困潦倒,而不學無術、無惡不作的市井惡棍西門慶,卻能青雲直上,官運亨通,無論在政治上或經濟上都成為暴發戶。他竟然對水秀才的才學和人品都看不上眼,連應伯爵舉薦他充當替西門慶寫寫書柬的差使,西門慶都加以嫌棄。而後來西門慶所啟用的溫秀才,其才學和人品則比水秀才更為惡劣。可見在那個時代封建文人的墮落已絕不是個別的;在封建科舉制度的毒害下,所謂:「班、馬之才」「孔、孟人品」,只不過純屬自欺欺人的吹噓,而在實際上已不復存在了。

因此,《金瓶梅》作者寫「應伯爵舉薦水秀才」,絕不是細節的堆砌,現象的羅列,而是在作品的整體上加深和拓寬了思想容量,構成了「一個巍然壯觀的整體」,使作品所描寫的社會環境和人物形象,都增強了典型性。

退一步說,即使這一段的細節描寫有值得非議之處,它也不足以代表《金瓶梅》全書。因為明代沈德符的《萬曆野獲編》即已指出:「原本實少五十三回至五十七回」,是「陋儒補以入刻」的「贗作」。上述例證為第五十六回,屬贗作之列。

在《金瓶梅》中確實存在著某些故事雷同重複和細節描寫過於瑣碎、庸俗等缺陷。但與其說這是因為自然主義創作方法的過錯,不如說是由於作家對反映豐富而平凡的日常生活,在藝術描寫上還缺乏足夠的經驗和必要的創作才能,在思想感情上對那些庸俗低級的情趣又缺乏強烈的憎恨,甚至未免臭味相投。現實主義的創作方法未必就不會造成這些缺陷。如果我們不分青紅皂白,把《金瓶梅》中一切缺陷都推到自然主義頭上,這不利於我們認清現實主義本身有個不斷成熟、發展和提高的過程。

四、《金瓶梅》中確實存在某些自然主義的傾向

我們肯定《金瓶梅》是現實主義的作品，這是就其基本的方面來說的，絕不意味著它絲毫沒有自然主義的傾向。必須指出，《金瓶梅》中的自然主義傾向還是相當嚴重和比較突出的。我們跟一些學者的分歧，不是在《金瓶梅》有沒有自然主義的傾向。而是在《金瓶梅》究竟是現實主義的作品，還是「自然主義的標本」？我們只是反對把《金瓶梅》中現實主義的描寫也當成是自然主義的表現加以排斥，而絕非要為《金瓶梅》中真正屬於自然主義的傾向作辯護。因為只有這樣，才能正確劃清現實主義和自然主義的界限，為我們今天的文學創作提供有益的歷史經驗。

在確認《金瓶梅》為現實主義作品的同時，我們認為它還存在著哪些嚴重的自然主義傾向呢？

首先，它過分地渲染了人的動物性的自然本能，在某種程度上用人生悲劇沖淡了社會悲劇。周揚指出：「用生物主義的觀點來看社會和人，是自然主義的一個最重要的特點。在許多自然主義者的作品中，人物不是社會的人，而是生物學的或病理學的人。他們把人寫成脫離社會的動物，把人的生活和行為都歸結為生物學的現象。」[48]《金瓶梅》雖然與這類自然主義的作品有本質的不同，也就是說，它把人基本上還是寫成社會的人，而不是只寫人的動物性本能。如潘金蓮的本性並不是生來就好淫，《金瓶梅》作者在移植《水滸傳》中潘金蓮與西門慶的故事時，特地加了一段關於潘金蓮小時候的社會經歷：「從九歲賣在王招宣府裏，習學彈唱，就會描眉畫眼，傅粉施朱，梳一個纏髻兒，著一件扣身衫子，做張做勢，喬模喬樣。」而在第 69、72、78 回又再次寫到那個王招宣府實是個腐化墮落的黑窩，不但女主人林太太「是個綺閣中好色的嬌娘」，公子王三官更是個嫖妓宿娼的惡棍，潘金蓮的淫蕩性格正是從小在這樣的社會環境中養成的。可見《金瓶梅》作者加上潘金蓮「從九歲賣在王招宣府裏」這一筆，是畫龍點睛之筆，把養成潘金蓮淫蕩性格的社會階級根源揭示出來了。但是，在《金瓶梅》中也確實有把人的動物性本能渲染得過分之處。如「潘金蓮醉鬧葡萄架」，竟然寫她在光天化日之下，「早在架兒底下鋪設涼簟枕衾停當，脫的上下沒條絲，仰臥於衽席之上，腳下穿著大紅鞋兒，手弄白紗扇兒搖涼。西門慶走來看見，怎不觸動淫心，於是乘著酒興，亦脫去上下衣，坐在一涼墩上。」並對潘金蓮的好淫進行刁鑽下流的戲弄。原始人尚且知道用樹葉子遮羞，潘金蓮和西門慶怎麼竟荒淫無恥到這般地步呢？難道他們連一點人間的羞恥之心都沒有麼？又如最後潘金蓮因私通陳經濟，被吳月娘攆出家門，潘金蓮剛剛大哭大鬧，被迫暫

48　周揚：〈建設社會主義文學的任務〉，《文藝報》1956 年第 56 期。

住到王婆家裏等候發賣。在這種情況下，作者寫她竟然會有那份閒情，剛到王婆家即又跟她的兒子「王潮兒刮刺上了。」把潘金蓮的好淫說成「狗改不了吃屎」的，寫得如此絲毫不顧羞恥，不問場合，不看對象，仿佛與禽獸無異，叫人實在難以置信。

在《金瓶梅》中為什麼會出現對人物的性生活作動物性的自然主義描寫呢？這跟作者存在自然主義的人性觀是分不開的。他看不清封建階級腐朽沒落的階級根源和社會根源，而錯誤地把它看成是人性的普遍弱點，認為「富與貴，人之所慕也，鮮有不至於淫者；哀與怨，人之所惡也，鮮有不至於傷者。」「房中之事，人皆好之，人皆惡之。人非堯舜聖賢，鮮不為所耽。」因此他企圖通過寫「淫人妻子，妻子淫人，禍因惡積，福緣善慶，種種皆不出循環之機」，來達到「明人倫，戒淫奔，分淑慝，化善惡」，使人們「滌慮洗心」[49]的目的。在這種自然主義的人性觀和唯心主義的歷史觀的指導和影響之下，他就必然把淫欲過度寫成是人生的最大悲劇。西門慶的滅亡，本來是封建統治階級的腐朽墮落所必然造成的社會悲劇，可是《金瓶梅》作者卻偏偏要突出他是「貪欲得病」，「玉山自倒非人力，總是盧醫怎奈何！」以自然主義的人性悲劇，沖淡了社會悲劇。

其次，《金瓶梅》的嚴重自然主義傾向還表現在對猥小、庸俗的東西，缺乏必要的藝術提煉，而過分地繪聲繪色，津津樂道，以致顯得格調低下，缺乏高尚的美感情趣。如在一次酒席上，應伯爵與謝希大打雙陸，西門慶與李桂姐便離席到後花園藏春塢雪洞裏性交去了。應伯爵發覺他倆離席不歸，便到花園裏四處找尋。這時作者寫道：

> 不想應伯爵到各亭兒上尋了遭，尋不著，打滴翠嚴小洞兒裏穿過去，到了木香棚，抹轉葡萄架，到松竹深處藏春塢邊，隱隱聽見有人笑聲，又不知在何處。這伯爵慢慢躡足潛踪，掀開簾兒，見兩扇洞門兒虛掩，在外面只顧聽覷，聽見桂姐顫著聲兒，將身子只顧迎播著西門慶，叫：「達達，快些了事罷，只怕有人來。」被應伯爵猛然大叫一聲，推開門進來，看見西門慶把桂姐扛著腿子在椅兒上，正幹得好，說道：「快取水來，潑潑兩個攪心的，攪到一答裏了。」李桂姐道：「怪攪刀子，猛的進來，唬了我一跳。」伯爵道：「快些兒了事？好容易！也得值那些數兒。是的怕有人來看見，我就來了。且過來，等我抽個頭兒著。」西門慶便道：「怪狗材，快出去罷了，休鬼混我，只怕小廝來看見。」那應伯爵道：「小淫婦兒，你央及我央及兒。不然，我就吆喝起來，連後邊嫂子們都嚷的知道。你既認做乾女兒了，好意交你躲住兩日兒，你又偷漢子，交你了不成。」桂姐道：

49　欣欣子：〈金瓶梅詞話序〉。

「去罷，應怪花子！」伯爵道：「我去罷，我且親個嘴著。」於是按著桂姐，親訖一嘴，纔走出來。西門慶道：「怪狗材，還不帶上門哩！」伯爵一面走來把門帶上，說道：「我兒，兩個盡著搗盡著搗，搗吊底子，不關我事。」纔走到那個松樹兒底下，又回來說道：「你頭裏許我的香茶在哪裏？」西門慶道：「怪狗材，等住會我與你就是了，又來纏人。」那伯爵方纔一直笑的去了。桂姐道：「好個不得人意的攮刀子的！」這西門慶和桂姐兩個，在雪洞內足幹勾約一個時辰，吃了一枚紅棗兒，纔得了事，雨散雲收。有詩為證：

> 海棠枝上鶯梭急，綠竹陰中燕語頻；
>
> 閒來付與丹青手，一段春嬌畫不成。（第52回）

作者如此津津樂道的「應伯爵山洞戲春嬌」，就是這般庸俗、低級、下流！把男女性交混同於動物的獸性發作，說成如狗的雌雄交配一般，要「快取水來，潑潑兩個攮心的，攮到一答裏了」。一般人見到男女同房，迴避尚唯恐不及，而應伯爵竟然還故意找上門來插科打諢，如賭棍一般，要「抽個頭兒著」，如流氓一樣，要「親個嘴著」。如果說應伯爵本來就是個醜死人的小丑，還情有可原，問題在於作者也並不感到其醜無比，卻反而把它當作一幅其美無窮的「春嬌畫」，在作繪聲繪色的描畫。這種寫法，未免把現實主義引上庸俗化，而滑向了自然主義的歧途。

再次，《金瓶梅》的嚴重自然主義傾向，還表現在有時是機械地、照相式地記錄事實，熱衷於對瑣屑的、外表的、偶然的現象作煩瑣描繪，而顯得藝術的提煉、加工、概括和典型化的程度不夠。如第39回下半回「吳月娘聽尼僧說經」，便原原本本地記錄了尼僧說經的全文及全過程。其中有一段是說五祖投胎在腹中十個月的經歷：

> 千金說，在繡房，成其身孕；心中悔，無可奈，忍氣吞聲。
>
> 一個月，懷胎著，如同露水；兩個月，懷胎著，纔卻朦朧。
>
> 三個月，懷胎著，纔成血餅；四個月，懷胎著，骨節纔成。
>
> 五個月，懷胎著，纔分男女；六個月，懷胎著，長出六根。
>
> 七個月，懷胎著，生長七竅；八個月，懷胎著，著相成人。
>
> 九個月，懷胎著，看看大滿；十個月，母腹中，准備降生。

這顯然純屬十月懷胎過程的自然主義描寫，毫無典型意義可言，成為節外生枝，令人厭煩的贅疣。因此《金瓶梅詞話》中關於這段「尼僧說經」的描寫長達三千字左右，到了「第一奇書」本《金瓶梅》便刪去三分之二，只剩下一千字左右，包括上述對十月懷胎過程的描寫全刪去了。如此大砍大削，對於全書的故事情節和人物形象塑造不但毫無損傷，

而且使之顯得更加精煉和突出了。

我們既肯定《金瓶梅》是傑出的現實主義作品，又指出它存在著嚴重的自然主義傾向。這兩者是不是矛盾呢？不。因為：第一，現實主義和自然主義之間，本來就沒有不可逾越的鴻溝。「法國現實主義一開始就有自然主義的傾向。過去法國人一般都把現實主義看作自然主義。朗生在《法國文學史》裏就把福洛貝爾歸到〈自然主義〉卷裏，他根本不曾用過『現實主義』這個名詞。夏萊伊在《藝術與美》裏介紹現實主義時劈頭一句話就是：『現實主義，有時也叫做自然主義，主張藝術以摹仿自然為目的。』」[50]自然主義的創始人左拉本身就是個現實主義的作家，儘管他散布了不少自然主義的謬論，在創作上也確有不少自然主義的傾向。自然主義理論和創作方法的消極有害的一面，發展成為作家創作流派的主導特徵──只醉心於對生活中個別的表面的現象作記錄式的描繪，不表現這些現象的內在意義，不作本質的、典型的、合乎規律的藝術概括，甚至美醜顛倒，錯誤地作出社會政治的、道德的和美學的評價。這種反現實主義的自然主義，是在後來資產階級文藝墮落時期才出現的。我們所說的《金瓶梅》中有嚴重的自然主義傾向，是從前一種現實主義和自然主義尚未劃清界限的意義上說的。它跟自然主義的「標本」，雖有某些現象的相似，但卻有質的區別。第二，我們認為《金瓶梅》的自然主義傾向儘管相當嚴重和突出，但從全書來看，它的現實主義成就還是主要的。在藝術上它的積極影響也是主要的，無論是《紅樓夢》的寫實藝術，或《儒林外史》的諷刺藝術，都跟《金瓶梅》的影響是分不開的。消極影響是次要的，主要表現為《續金瓶梅》《肉蒲團》的宣揚因果報應和專寫性交。而「標本」論者則認為《金瓶梅》的自然主義傾向是占主導地位的，說：「要在中國文學史上找一個自然主義的標本卻只得首推《金瓶梅》了。」「由於《金瓶梅》的影響，自然主義的消極影響後來擴大了一些。」「單就藝術而論，它不同《紅樓夢》接近，而同《官場現形記》之類的譴責小說類似而稍勝，不過在內容上卻不及後者可取。」[51]可見這兩種看法，涉及到對於《金瓶梅》的藝術成就及其在中國文學史上的地位和影響等一系列根本性的分歧。因此，我們有必要通過學術討論，求得更加切合實際的科學認識。

50　同註 24。

51　同註 1。

論《金瓶梅》的諷刺藝術

　　《金瓶梅》具有諷刺藝術的特色，這是前人早已說過的。如明代萬曆本《金瓶梅詞話》前面廿公寫的〈跋〉中，說它「曲盡人間醜態」，「蓋有所刺也」。魯迅也說它「幽伏而含譏」。[1]香港有的研究者稱：《金瓶梅》的諷刺藝術為「《儒林外史》的先河」。[2]可惜，他們皆語焉不詳。《金瓶梅》的諷刺筆法究竟表現在哪裏？它有哪些特色？具有哪些優點和缺陷？認清《金瓶梅》的諷刺藝術，對於我們有著什麼意義？它對於《儒林外史》的諷刺藝術又有什麼影響？對於這些問題，我們有必要作深入的探討。

一、《金瓶梅》諷刺筆法的具體表現

　　《金瓶梅》的諷刺筆法具體表現在哪裏呢？

　　(一)**前後映照**。如西門慶聽說潘金蓮與奴僕琴童有姦情，便怒氣沖沖地「取了一根馬鞭子拿在手裏，喝令：『淫婦脫了衣裳跪著！』那婦人自知理虧，不敢不跪，倒是真個脫去了上下衣服，跪在面前，低垂粉面，不敢出一聲兒。」作者說這是「潘金蓮私僕受辱。」（第 12 回）可是緊接著下一回，作者就寫潘金蓮發現西門慶私姦李瓶兒，她便「一手撮著他耳朵，罵道：『好負心的賊！你昨日端的那去來？把老娘氣了一夜！又說沒曾揸住你，你原先幹的那齣兒，我已是曉的不耐煩了。趁早實說，從前已往，與隔壁花家那淫婦，得手偷了幾遭？一一說出來，我便罷休。但瞞著一字兒，到明日你前腳兒但過那邊去了，後腳我這邊就吆喝起來，教你負心的囚根子，死無葬身之地。……』這西門慶不聽便罷，聽了此言，慌的妝矮子，只跌腳跪在地下。笑嘻嘻央及說道……」兩者都因偷情而受責備，兩人都跪在地下。一對姦夫淫婦，既然本是一路貨，他們又有什麼理由互相斥責，有什麼權利要求對方忠貞不二呢？可是他們卻說得振振有詞，做得煞有介事。兩者前後映照，更顯出了他們那恬不知恥的卑劣靈魂，毫無人的尊嚴的醜惡形骸，叫人感到實在可鄙而又可笑！

1　魯迅：《中國小說史略》第 19 篇。

2　孫述宇：《金瓶梅的藝術》（臺北：時報文化出版公司）。

前後映照，既不是兩個相似的故事情節簡單並立，也不是兩個相類的人物形象機械重複，而是既要揭示出故事情節的必然發展，又要進一步豐富人物的典型性格，使作品的思想意義得到深化，在藝術上也更富有魅力。如西門慶對潘金蓮與琴童的姦情的審問，儘管凶神惡煞，氣勢逼人，但最終卻被潘金蓮的花言巧語蒙混過去了。而潘金蓮對西門慶與李瓶兒的姦情的審問，卻輕而易舉地就迫使西門慶供認不諱。因此這兩者的前後映照，給人毫無重複累贅之感。它既反映了故事情節的進一步發展，又活畫出各自不同的典型性格——潘金蓮的偷情似乎理應受辱，而西門慶的偷情卻可滿不在乎；潘金蓮的下跪是畏懼、無奈、可憐，西門慶的下跪則是裝佯、撒嬌、可鄙。它使讀者在對這一對姦夫淫婦感到可恥可笑的同時，不能不進而深切地感受到：在舊社會，婦女的命運實在是尤為悲慘的。

類似這種前後映照的筆法，在《金瓶梅》中是屢見不鮮的。如潘金蓮和李瓶兒先後皆遭西門慶用馬鞭子毒打；宋惠蓮的金蓮贈送給西門慶，潘金蓮的金蓮則遺失給陳經濟；有個潘六兒，又有個王六兒，李桂姐拜西門慶為乾女兒，西門慶又拜蔡太師為乾兒子，這些加以前後映照，都無不具有諷刺的意味。它使對象既豐富化，又深刻化，使那些本來易於被忽略而溜過去的東西，變得惹人注目和發人深思起來。誠如張竹坡在第五十五回批語中所指出的：「寫桂姐假女之事方完，而西門假子之事乃出，遞映醜絕。吾不知作者有何深惡於太師之假子而作此以醜其人，下同娼妓之流。文筆亦太刻矣。」這種「下同娼妓之流」，顯然是由前後映照所生發出來的意蘊，這種文筆的「太刻」，也正是前後映照所產生的諷刺效應。

(二)**是非顛倒**。如巡按山東監察御史曾孝序，經過一年的調查訪問，在給皇帝的參本中指出：「理刑副千戶西門慶：本係市井棍徒，夤緣升職，濫冒武功，菽麥不知，一丁不識。縱妻妾嬉遊街巷，而帷薄為之不清；攜樂婦而酣飲市樓，官箴為之有玷。至於包養韓氏之婦，恣其歡淫，而行檢不修；受苗青夜賄之金，曲為掩飾，而贓蹟顯著。」是「貪鄙不職，久乖清議，一刻不可居任者也。」（第 48 回）儘管曾孝序的參本「頗得其實」，但是經過西門慶向蔡太師行賄後，不但曾孝序被撤職「除名」（第 49 回），而且在兵部的考察官員照會中，名為「尊明旨，嚴考核，以昭勸懲，以光聖治事」，實則竟頌揚「理刑副千戶西門慶，才幹有為，英偉素著，家稱殷實而在任不貪，國事克勤而台工有績，翌神運而分毫不索，司法令而齊民果仰，宜加轉正，以掌刑名者也。」（第70 回）「菽麥不知，一丁不識」，被稱為「才幹有為」；「濫冒武功」，被頌揚為「英偉素著」；「贓蹟顯著」，被說成是「在任不貪」；「貪鄙不職」，被描繪成「台工有績」；「一刻不可居任者」，頃刻變為「宜加轉正」，提拔重用的對象。混淆黑白到如此地步，顛倒是非至這般程度，不僅對那個封建黑暗統治是個莫大的諷刺，而且它以鮮

明的對比，有力的反襯，足以引起讀者心靈的震驚，激起憤怒的火焰，起到振聾發聵的作用。

好在作者還用顛倒是非的諷刺筆法，生動地刻畫出了被諷刺者的形象。如西門慶在獲悉曾孝序的參本而派人赴京行賄後，跟西門慶狼狽為奸的夏提刑，特地前來感謝西門慶的「活命之恩」，說：「不是托賴長官餘光，這等大力量，如何了得！」而西門慶竟笑著說：「長官放心。料著你我沒曾過為，隨他說去便了，老爺那裏自有個明見。」（第49回）分明是因貪贓枉法、胡作非為被彈劾而去行賄的，而西門慶卻裝得很坦然地說：「你我沒曾過為，隨他說去便了」；事實是因受賄而蓄意庇護，而西門慶卻稱頌為這是老爺自有「明見」。如此顛倒是非，而又泰然自若，它不僅對那個腐朽黑暗的社會是個有力的諷刺，而且以西門慶本人的寥寥數語，就把他那個無恥之徒的卑鄙靈魂和有恃無恐的醜惡嘴臉，都惟妙惟肖地刻畫出來了。

因此，這種是非顛倒，絕不是作者任意顛之倒之，故作驚人之筆，而是看似荒謬透頂，實則適度得體。因為它文筆透骨地活現了作者所要刻畫的那種醜惡的人物性格，洞隱燭微地再現了作者所要反映的那個黑暗的時代，所以它能夠在激起我們的憤慨之餘，以一種極其真實、強大的力量叩動我們的心弦，似乎在從一個最黑暗、最可怕的幽靈身上，要把人類的本性和良知召喚回來。

（三）表裏不一。如西門慶到王招宣府去勾搭林太太，作者特地寫了那個王招宣府外表如何標榜節義：「正面供養著他祖爺太原節度邠陽郡王王景崇的影身圖，穿著大紅團袖蟒衣玉帶，虎皮校椅坐著觀看兵書，有若關王之像，只是髯鬚短些。傍邊列著槍刀弓矢。迎門硃紅匾上『節義堂』三字；兩壁書畫丹青，琴書瀟灑；左右泥金隸書一聯：『傳家節操同松竹；報國勳功並斗山。』」（第69回）住在這個王招宣府的女主人林太太，「誠恐拋頭露面，有失先夫名節」，而實際上卻「是個綺閣中好色的嬌娘，深閨內合毑的菩薩。」她通過媒婆文嫂牽線搭橋，濫肆淫欲。明知西門慶「是個富而多詐奸邪輩，壓善欺良酒色徒」，她卻「一見滿心歡喜」，頃刻勾搭成姦，還教其子王三官拜西門慶做了義父，要西門慶凡事指教他「為個好人」。作者隨即作詩感歎道：「三官不解其中意，饒貼親娘還磕頭。」「不但悖得家聲喪，有愧當時節義堂。」（第72回）這種表裏不一的鮮明對照，把封建禮教的虛偽、墮落，諷刺得該是多麼剝膚見骨啊！把西門慶和林太太那種臭味相投，表面上極力打扮成正人君子，實際上卻是徹頭徹尾的男盜女娼，揶揄得該是多麼妍媸畢見、令人瞠目啊！

這種表裏不一的諷刺筆法，不是停留在對社會醜惡現象的譴責上，不是滿足於個人憤怒情緒的發洩，而是揭露了那個時代禮教已經虛偽的通病，從被諷刺者身上反映了那個社會腐朽的階級根源，給人以一種深廣而真實的歷史感。如林太太之所以那麼淫蕩無

度,西門慶那樣的淫棍所以能橫行無忌,作者都不只是停留在對他們個人的譴責上,而是與《金瓶梅》開卷第一回所寫的潘金蓮的出身經歷相呼應的。潘金蓮「從九歲賣在王招宣府裏,習學彈唱,就會描眉畫眼,傳粉施朱,梳一個纏髻兒,著一件扣身衫子,做張做勢,喬模喬樣。」潘金蓮的淫蕩性格,可以說就是王招宣府培養出來的。張竹坡在〈金瓶梅讀法〉中便指出:「王招宣府內,固金蓮舊時賣入學歌學舞之處也。今看其一腔機詐,喪廉寡恥,若云本自天生,則良心為不可必,而性善為不可據也。吾知其自二、三歲時,未必便如此淫蕩也。使當日王招宣家,男敦禮義,女尚貞廉,淫聲不出於口,淫色不見於目,金蓮雖淫蕩,亦必化而為貞女。奈何堂堂招宣,不為天子招服遠人,宣揚威德,而一裁縫家九歲女孩至其家,即費許多閒情教其描眉畫眼,弄粉塗朱,且教其做張做致,喬模喬樣。其待小使女如此,則其儀型妻子可知矣。宜乎三官之不肖荒淫,林氏之蕩閒踰矩也。招宣實教之,夫復何尤。」可見這種表裏不一,道德敗壞,實肇始於王招宣本人,而不只是其遺孀和兒子;罪魁禍根是在於王招宣為代表的封建統治階級本身已經腐朽潰爛,以致流毒四溢,貽害無窮。

(四)**言行相悖**。西門慶有六個妻妾,還到處姦人妻女,先後被他淫過的婦女多達二十人。妓女李桂姐被他每月三十兩銀子包著。誠如妓院李虔婆所說的:「你若不來,我接下別的,一家兒指望他為活計。吃飯穿衣,全憑他供些糶米。」可是當李桂姐接了客人丁二官,西門慶便「大鬧麗春院」,「一手把吃酒桌子掀倒,碟兒盞兒打的粉碎,喝令跟馬的平安、玳安、畫童、琴童四個小廝上來,不由分說,把李家門窗戶壁床帳都打碎了。」(第20回)後來獲悉王三官一夥人又與李桂姐鬼混,西門慶更進一步利用職權,捉拿王三官的同夥,說:「你這起光棍,設騙良家子弟,白手要錢,深為可惡!既不肯實供,都與我帶了衙門裏收監,明日嚴審取供,枷號示眾。」回家後,西門慶與吳月娘談起王三官嫖妓女李桂姐一事,還一本正經地議論:「人家倒運,偏生出這樣不肖子弟出來。你家父祖何等根基,又做招宣,你又見入武學,放著那名兒不幹,家中丟著花枝般媳婦兒,──自東京六黃太尉姪女兒。──不去理論,白日黑夜,只跟著這夥光棍在院裏嫖弄,把他娘子頭面都拿出來使了。今年不上二十歲,年小小兒的,通不成器。」月娘當場就揭穿他:「你不曾潛胞尿看看自家,乳兒老鴉笑話豬兒足,原來燈台不照自。你自道成器的,你也吃這井裏水,無所不為,清潔了些甚麼兒?還要禁的人!」以西門慶本人的行為,揭穿他的本性「原來燈台不照自」,──自己同樣嫖妓女,不僅有臉禁別人,還有臉擺出一副「自道成器的」架勢。這把西門慶的恬不知恥,諷刺得簡直無地自容!難怪作者寫道:月娘「幾句說的西門慶不言語了。」(第69回)

好在這種言行相悖的諷刺筆法,並不是徑直讓被諷刺者誇誇其談,撒謊吹牛,而是傳神入化地刻畫出那自身遍體瘡痍,而又指責別人嗜痂逐臭的被諷刺者的形象。

作者為了催人以他所塑造的被諷刺者作為一面鏡子，照照自己，特地安排了個「磨鏡老叟」來西門家磨鏡的情節，還生動地刻畫了又一個「燈台不照自」的陶扒灰的形象。當眾人都在圍觀韓道國婦人與小叔因通姦而被人拴做一處時，有個老者「便問左右站的人：『此是為什麼事的？』旁邊有多口的道：『你老人家不知，此是小叔姦嫂子的。』那老者點了點頭兒，說道：『可傷！原來小叔兒要嫂子的，到官，叔嫂通姦，兩個都是絞罪。』那旁多口的，認的他有名叫做陶扒灰，一連娶三個媳婦，都吃他扒了，因此插口說道：『你老人家深通條律，想這小叔養嫂子的便是絞罪，若是公公養媳婦的卻論什麼罪？』那老者見不是話，低著頭，一聲兒沒言語走了。」（第 33 回）可見「燈台不照自」的，絕不只是西門慶一個人，而是在那個社會帶有一定普遍性的病症。陶扒灰之被羞得低頭無言，赧然而去，對於某些人來說，猶如當頭棒喝，使其不能不猛醒；猶如一架明鏡，使其不能不照一照自己的原形。

以上幾種諷刺筆法的共同特質，皆不是簡單地膚淺地羅列一些可笑的怪現狀，加以斥責或謾罵，而是利用現象和本質、理想和現實、真理和謬誤、對人和對己等等社會生活中固有的矛盾，以這一思想和那一思想的脫節，這一感情和那一感情的衝突，這一表現方式和那一表現方式的雷同，來達到使其曲盡醜態、原形畢露的諷刺效果。因此，這種諷刺筆法能夠極其清醒、深刻、準確、犀利地揭穿被諷刺者的本質，既不同於辭氣浮露、筆無藏鋒的嬉笑怒罵，又有別於居高臨下、莊嚴肅穆的揭露、批判。它是憤怒和輕蔑的結合體，在鄙視中進行憤怒的撻伐，在撻伐時又給人以幽伏含譏、不屑於顧的輕鬆之感。

二、《金瓶梅》諷刺藝術的鮮明特色

由於運用了上述種種諷刺筆法，這就使《金瓶梅》具有諷刺藝術的鮮明特色。

用平常人、平常事、平常話，來曲盡人間醜態，這是《金瓶梅》諷刺藝術的顯著特色之一，也是它的諷刺藝術達到現實主義高水平的一個重要標誌。在我國，「寓譏彈於稗史者，晉唐已有」，[3]但總「不離於搜奇記逸」。[4]《西遊補》《鍾馗捉鬼傳》所塑造的精魅鬼怪，更是以奇幻為諷刺特色的。用平常人、平常事、平常話來進行諷刺，實在是《金瓶梅》的一大創造，是《金瓶梅》對中國小說歷史發展的傑出貢獻。

因為它用的是平常人、平常事、平常話，這就更加具有真實感。正如魯迅所說的：

3　魯迅：《中國小說史略》第 23 篇。
4　魯迅：《中國小說史略》第 8 篇。

「諷刺的生命是真實;不必是曾有的實事,但必須是會有的實情。所以它不是『捏造』,也不是『誣蔑』,既不是『揭發陰司』,又不是專記駭人聽聞的所謂『奇聞』,或『怪現狀』。它所寫的事情是公然的,也是常見的,平時是誰都不以為奇的,而且自然是誰都毫不注意的。不過這事情在那時卻已經是不合理,可笑,可鄙,甚而至於可惡。但這麼行下來了,習慣了,雖在大庭廣眾之間,誰也不覺得奇怪;現在給它特別一提,就動人。」[5]《金瓶梅》的諷刺藝術便具有這個特色。如它寫西門慶正當與潘金蓮打得火熱的時候,一聽媒婆薛嫂來介紹寡婦孟玉樓如何既有錢又漂亮,便把娶潘金蓮的事拋在一邊,迫不及待地「就問薛嫂兒:『幾時相會去?』」薛嫂兒隨即領他到孟玉樓處相親。「西門慶把眼上下不轉睛看了一回。婦人把頭低了。西門慶開言說:『小人妻亡已久,欲娶娘子入門為正,管理家事。未知意下如何?』」此時孟玉樓不作正面回答,而是反「問道:『官人貴庚?沒了娘子多少時了?』」這看似又開話題,實則既曲折地活現了她的忸怩作態,又隱約地表明了她對嫌她年齡大的耽心。西門慶答道:「小人虛度二十八歲,七月二十八日子時建生。不幸先妻沒了一年有餘。不敢請問娘子青春多少?」孟玉樓說:「奴家青春是三十歲。」西門慶道:「原來長我二歲。」雖未明說,但話語之間已流露出大為驚訝的口氣和有所不滿的神態。因為薛嫂向西門慶介紹孟玉樓的年齡是「不上二十五六歲。」由比西門慶小二歲變成大二歲,這已把媒婆薛嫂慣於扯謊的嘴臉暴露無遺了。然而這時薛嫂卻不但毫無羞愧之色,反而巧舌如簧地「在傍插口道:『妻大兩,黃金日日長;妻大三,黃金積如山。』」說著,又「慌的薛嫂向前用手掀起婦人裙子來,裙邊露出一對剛三寸恰半扠,一對尖尖趫趫金蓮腳來,穿著大紅遍地金雲頭白綾高底鞋兒,與西門慶瞧。」這既迎合了西門慶愛財如渴的貪婪心理,又契合他那偏愛婦女金蓮腳的低級趣味,自然使「西門慶滿心歡喜」。當場西門慶就拿出寶釵、金戒等定婚禮品,孟玉樓便問:「官人行禮日期?奴這裏好做預備。」西門慶道:「既蒙娘子見允,今月二十四日,有些微禮過門來。六月初二日準娶。」(第7回)一椿婚事,就這樣定下來了。人物、事情和語言,無一不是平平常常,字字句句皆令人感到真實可信。

然而,寫平常人、平常事、平常話,這是一般現實主義作品共同的特色;《金瓶梅》的獨特之處,是在於它能以此「曲盡人間醜態」,從平常之中寫出不平常的「可笑,可鄙,甚至於可惡」的人物性格來。如西門慶的貪婪和庸俗,一聽「黃金積如山」,一見「尖尖趫趫金蓮腳」,猝然就由驚變喜,已經夠引人可笑的了,更令人可鄙的是他的虛偽和卑劣,明明自家有妻有妾,卻對孟玉樓謊稱:「小人妻亡已久,欲娶娘子入門為正。」薛嫂在謊言被事實揭穿後,還厚顏無恥地以她那如簧之舌和「掀起婦人裙子來」等醜惡

5　魯迅:〈什麼是「諷刺」〉,《魯迅全集》第6卷(北京:人民文學出版社,1958年)。

表演，使這椿婚事得以當場撮合，豈不也顯得很可笑麼？孟玉樓的表現像煞很赧顏、持重，實際上她聽任薛嫂掀起自己的裙子，當場急於詢問：「官人行禮日期？」這已經把她的赧顏、持重，瞬間化成了忸怩作態，顯得很可笑了，何況她初次與西門慶相見，連西門慶已有妻妾全不了解，便樂於接受他的婚禮，草草定下婚事。因此，她給人的感受，確屬「雖非蠢婦人，亦是醜婦人」。[6]

諷刺藝術，必須像《金瓶梅》這樣建立在極平常的如實描寫之中。對於這條寶貴的藝術經驗，並非已經為後代作家所普遍理解和接受了，追求「怪現狀」的譴責小說之不能與諷刺小說同倫，便是個深刻的歷史教訓。

《金瓶梅》的這種諷刺藝術特色，雖然平常、真實得「似真有其事，不敢謂為操筆伸紙做出來的。」[7]但它又絕不是生活的實錄，而確實是「操筆伸紙做出來的」，只不過它是以日常的真實生活為基礎，並且需要作家有很敏銳的眼力和很高超的寫實技巧才能做到的。正如果戈理所說的：「那些每天圍繞我們的，跟我們時刻不離的、平平常常的東西，只有深厚的、偉大的、不平常的天才才能覺察，而那些稀有的、成為例外的，以其醜陋和混亂引人注意的東西，卻被中庸之才雙手抓住不放。」[8]魯迅也說：「在或一時代的社會裏，事情越平常，就越普遍，也就愈合於作諷刺。」[9]在談到果戈理的《死魂靈》的諷刺藝術時，他還說，「這些極平常的，或者簡直近於沒有事情的悲劇，正如無聲的言語一樣，非由詩人畫出它的形象來，是很不容易覺察的。然而人們滅亡於英雄的特別的悲劇者少，消磨於極平常的、或者簡直近於沒有事情的悲劇者卻多。」[10]可見越是平常、越是難寫，而又越是具有普遍的典型意義。

寓莊於諧，悲劇的實質，而又具有喜劇的色彩。這是《金瓶梅》的諷刺藝術的又一顯著特色。

《金瓶梅》是怎樣做到寓莊於諧的呢？它在詼諧的喜劇性的形式中，寄寓著莊嚴的悲劇性的思想內容；以對醜惡事物的嘲笑、恥笑、訕笑、冷笑，來寄託作者給予無情鞭撻和悲憤痛絕的感情。諧趣有理趣、情趣、意趣、語趣等多種。《金瓶梅》作者正是利用不同的諧趣，來引起不同感情色調的笑，達到既「將那無價值的撕破給人看」，又「將

6　文龍：《金瓶梅》第7回批語，見《文獻》1985年第4期。
7　張竹坡：〈金瓶梅讀法〉。見第一奇書本《金瓶梅》卷首。
8　轉引自耶里札羅娃：《契訶夫的創作與十九世紀末期現實主義問題》。
9　魯迅：〈什麼是「諷刺」〉，《魯迅全集》第6卷（北京：人民文學出版社，1958年）。
10　魯迅：〈幾乎無事的悲劇〉，《魯迅全集》第6卷（北京：人民文學出版社，1958年）。

人生的有價值的東西毀滅給人看。」[11]其具體表現:

(一)用以正襯反的理趣,來進行辛辣的嘲笑。如西門慶抨擊他的上司夏提刑說:「只吃了他貪濫蹹婪的,有事不問青水皂白,得了錢在手裏就放了,成什麼道理!我便再三扭著不肯,『你我雖是個武職官兒,掌著這刑條,還放些體面才好。』」可是正當他發表這個高論之時,他卻正在和應伯爵一起喝著受賄的木樨荷花酒,吃著受賄的糟鰣魚等佳餚,感到「馨香美味,入口而化,骨刺皆香。」接著他又徇情枉法,包庇通姦的叔嫂韓二和王六兒,反把捉姦的四人「打的皮開肉綻,鮮血迸流。」(第34回)作者以西門慶的卑劣行為和他所講的大道理相對照,豈不使他顯得很滑稽可笑麼?這是辛辣的嘲笑。它不只是針對西門慶一個人,而且也是針對著整個封建官僚階級。正如張竹坡在該回的回批中所指出的:「提刑所,朝廷設此以平天下之不平,所以重民命也。看他朝廷以之為人事,送太師;太師又以之為人事,送百千奔走之市井小人。而百千市井小人之中,有一市井小人之西門慶,實太師特以一提刑送之者也。今到任以來,未行一事,先以伯爵一幫閒之情,道國一夥計之分,將直作曲,妄入人罪,後即於我所欲入之人,又因一龍陽之情,混入內室之面,隨出人罪。是西門慶又以所提之刑為幫閒、淫婦、幸童之人事。天下事至此,尚忍言哉!作者提筆著此回時,必放聲大哭也。」可是作者這種「放聲大哭」的感情,其表達方式,卻不是以令人聲淚俱下的悲劇性場面,而是通過以正襯反的喜劇性衝突,把他筆下的人物刻畫得非常滑稽可笑,從而達到對其進行辛辣諷刺的目的。

(二)用以雅襯俗的情趣,來進行奚落的恥笑。如西門慶要和宋惠蓮在潘金蓮房裏姦宿一夜,潘不肯,西門慶又說:「我和他往那山子洞兒那裏過一夜。你分付丫頭拿床鋪蓋,生些火兒那裏去。不然,這一冷怎麼當?」「金蓮忍不住笑了,『我不好罵出你來的!賊奴才淫婦,他是養你的娘。你是王祥寒冬臘月行孝順,在那石頭床上臥冰哩!』」(第23回)王祥是古代著名的孝子。他因為母親要吃鯉魚,便不惜臥冰求鯉。這種「孝」的感情,在封建社會是很高雅的。因此它成為我國民間流傳千古的美談。而西門慶為了與奴才妻子宋惠蓮姦宿,則不怕石頭的冰冷,睡在山洞裏,其感情的庸俗、卑下,已足以令人嗤之以鼻,再加上通過潘金蓮嬉笑他是王祥臥冰,以雅襯俗,更在盎然的情趣中,達到了作者對西門慶進行奚落地恥笑的藝術效果。

(三)用譬喻、象徵的意趣,來進行鄙夷的訕笑。如潘金蓮被吳月娘攆出西門家,在王婆家等待發賣的幾天之中,卻又和王婆的兒子王潮兒刮刺上了。「晚間等的王婆子睡

11 魯迅說:「悲劇將人生的有價值的東西毀滅給人看,喜劇將那無價值的撕破給人看。譏諷又不過是喜劇的變簡的一支流。」見《魯迅全集》第1卷(北京:人民文學出版社,1956年)。

著了，婦人推下炕溺尿，走出外間床子上，和王潮兒兩個幹，搖的床子一片響聲。被王婆子醒來聽見，問那裏響。王潮兒道：『是櫃底下貓捕的老鼠響。』王婆子睡夢中，喃喃呐呐，口裏說道：『只因有這些麩麵在屋裏，引的這扎心的半夜三更耗爆人，不得睡。』良久，又聽見動旦，搖的床子格支支響，王婆又問那裏響。王潮道：『是貓咬老鼠，鑽在炕洞底下嚼的響。』婆子側耳，果然聽見貓在炕洞裏咬的響，方才不言語了。」接著，作者寫道：「有幾句雙關，說得這老鼠好：

> 你身軀兒小，膽兒大，嘴兒尖，忒潑皮。見了人藏藏躲躲，耳邊廂叫叫唧唧，攪混人半夜三更不睡。不行正人倫，偏好鑽空隙。更有一樁兒不老實：到底改不了偷饞抹嘴。」（第86回）

這裏作者顯然是以老鼠的好「攪混人」，「偷饞抹嘴」，比喻潘金蓮的偷淫；以老鼠的醜態，象徵和諷刺潘金蓮的卑劣。令人感到頗有意趣的是，它不同於一般詩文通常那種對比喻詞語和象徵手法的運用，而是巧妙地把所謂老鼠的活動，納入到他們掩蓋偷淫行徑的具體情節之中，使讀者在幽默的意趣之中，對潘金蓮的偷淫成性，不禁發出鄙夷的訕笑，給予刺骨的譏諷。

（四）用打諢、解嘲的語趣，來進行憤怒的冷笑。如西門慶與他的親家陳洪等人一起，被人向朝廷控告為「皆鷹犬之徒，狐假虎威之輩，揆置本官，倚勢害人；貪殘無比，積弊如山；小民蹙額，市肆為之騷然。乞勅下法司，將一干人犯，或投之荒裔，以御魑魅；或置之典刑，以正國法，不可一日使之留於世也。」西門慶聞訊後，急忙派人赴京，給主辦此案的右相兼禮部尚書李邦彥送上五百兩銀子。作者既不說西門慶送禮金，也不云李邦彥受賄賂，而是寫道：「邦彥見五百兩金銀只買一個名字，如何不做分上，即令左右抬書案過來，取筆將文卷上西門慶名字改作賈慶；一面收上禮物去。」（第18回）明明是貪贓納賄，目無王法，包庇犯罪，卻竟以打諢、解嘲的口氣，寫成「五百兩金銀只買一個名字」，這語句該是多麼滑稽有趣！而在這看似打諢、解嘲的語趣之中，實則卻寄寓著作家憤怒的冷笑，令人對這般奸臣贓官欲殺、欲割，猶難解恨。

妙在這種打諢、解嘲，絕不是作者外加上去的，而是既符合特定人物的性格，又達到了作者給予憤怒冷笑的目的。又如西門慶死後，他店裏的夥計韓道國跟他的老婆王六兒商議，要把西門慶家的一千兩銀子「拐了上東京。」韓道國說：「爭奈我受大官人好處，怎好變心的，沒天理了。」他老婆道：「自古有天理倒沒飯吃哩！他占用者老娘，使他這幾兩銀子不差甚麼。」（第81回）天理良心，向來是人們所追求的，而王六兒卻說：「自古有天理倒沒飯吃哩」，這該是多麼滑稽可笑而又富有驚世駭俗的語趣啊！這不只是王六兒對拐銀行為的辯解，更重要的是作者以極其悲憤之情，對那個黑暗社會的

有力鞭撻和嘲諷；它所引起的是一種令人無比憤怒的冷笑。

這些寓莊於諧的諷刺藝術特色，不僅好在荒唐滑稽的形式之中寄寓著嚴肅深刻的思想內容，使該諧滑稽耐人尋味，發人深省，而不是庸俗、油滑，使人生厭；更重要的，它還好在既塑造出了一系列鮮明、生動的被諷刺者的形象，又顯示了諷刺者尖銳、犀利的目光和幽默、寫生的藝術才能，而不是停留在對奇形怪狀的社會現象的譴責和謾罵上。因此，它能使現實醜惡、令人悲憤的不快之感和藝術美的快感相溝通。《金瓶梅》所描寫的人物，幾乎都是醜惡不堪、令人不快的。正如車爾尼雪夫斯基所說的：「醜在滑稽中我們是感到不快的；我們所感到愉快的是，我們能夠這樣洞察一切，從而理解，醜就是醜。既然嘲笑了醜，我們就超過它了。」「那種不快之感幾乎完全被壓下去了。」[12]

三、《金瓶梅》的諷刺藝術存在的缺陷

用平常人、平常事、平常話，創造寓莊於諧的諷刺藝術，這在《金瓶梅》以前可以說是史無前例的。既然是首次獨創的新生命，它在令人欣喜、慶幸之餘，就難免還存在著許多的稚氣，乃至嚴重的缺陷。我們在充分肯定《金瓶梅》的諷刺藝術成就的同時，對於它在諷刺藝術上所存在的嚴重缺陷，也必須有足夠的清醒的認識。

首先，由於作者世界觀的矛盾，大大削弱了《金瓶梅》諷刺藝術的思想深刻性。如作者一方面同情婦女被蹂躪、被玩弄的命運，認為：「為人莫作婦人身，百年苦樂由他人。」（第12回、第38回）「堪悼金蓮誠可憐。」（第87回）另一方面，又受「女人是禍水」的封建歷史觀的影響，宣揚「由來美色喪忠良。紂因妲己宗祀失，吳為西施社稷亡。」（第4回）「二八佳人體似酥，腰間仗劍斬愚夫。」（第79回）一方面諷刺了一夫多妻制所造成的重重矛盾，另一方面又不否定一夫多妻制。一方面同情勞動人民的疾苦，認為世上農夫、商人、兵士最怕熱，皇宮內院、富室名家、琳宮梵剎最不怕熱；另一方面，又肯定封建等級制度，認為「尊卑上下，自然之理。」（第89回）一方面對世俗的許多醜惡現象，進行了尖刻的諷刺，如常時節得鈔傲妻；另一方面，作者本人又未免陷入世俗之見，如在諷刺陶扒灰不能燈台自照之後，卻又寫道：「正是：各人自掃檐前雪，莫管他家屋上霜。」（第33回）

作者世界觀上的這種種矛盾，就必然使他的諷刺鋒芒難以觸及到封建制度和封建統治階級的罪惡本質，而往往停留在酒色財氣等社會現象上。用《金瓶梅》作者的話來說：「色是傷人劍」，「積財惹禍胎。」（第79回）「妾婦索家，小人亂國，自然之道。」（第

12　《車爾尼雪夫斯基論文學》中冊（上海：上海譯文出版社，1979年）。

70 回）因此他所諷刺的對象，主要是「姿婦」和「小人」，「財」和「色」，而不是社會制度和反動階級的階級本質。《金瓶梅》中所以充斥著淫穢色情的描寫，除了魯迅所說的在當時「實亦時尚」[13]之外，我看這跟作者把好色這種社會病態，錯誤地當作社會病根，把封建統治階級的腐朽墮落，錯誤地歸咎於商品經濟的繁榮——「財寶禍根荄」（第 56 回）——這種形而上學的唯心史觀，是分不開的。在他之後一個多世紀產生的吳敬梓的《儒林外史》，雖然也不可能把諷刺的矛頭指向整個封建制度和封建統治階級，但它畢竟是把諷刺社會醜惡現象上升到否定封建科舉制度的高度，在作家的思想高度和諷刺的深刻性上，畢竟比《金瓶梅》前進了一大步。

其次，由於作者缺乏鮮明、強烈的愛憎感情，在他的諷刺對象中，有一些是屬於某些基本上善良的普通人或被壓迫者，諷刺得未免過於冷酷和尖刻，使人不是產生快感，而是感到痛心，甚至對其真實性產生懷疑。如荒淫不堪的陳經濟殘酷迫害他的妻子西門大姐，「一把手採過大姐頭髮來，用拳撞、腳踢、拐子打，打得大姐鼻口流血，半日甦醒過來，這經濟便歸娟的房裏睡去了，由著大姐在下邊房裏，嗚嗚咽咽只顧哭泣。」半夜，「用一條索子懸梁自縊身死，亡年二十四歲。」連作者也說：「可憐大姐」。可是作者接著寫次日早晨，陳經濟罵西門大姐：「賊淫婦，如何還睡，這咱晚不起來！我這一踭開門進去，把淫姐鬢毛都拔淨了。」此時，卻用戲謔、諷刺的筆調，寫丫頭「重喜兒打窗眼內望裏張看，說道：『他起來了，且在房裏打秋千耍子兒哩。』又說：『他提偶戲耍子兒。』」（第 92 回）對一個被迫害而上吊自殺的善良婦女，怎麼能用這種語言來諷刺她呢？這豈不比陳經濟對她的毒打和摧殘更令人可惡麼？如果說丫頭重喜兒說這種話是由於在窗眼內未看清楚，還情有可原的話，那麼，作者對西門大姐的被迫上吊自殺是看得很清楚的，又為什麼要讓重喜兒說出這種冷酷無情而又令人極其反感的話來呢？這就使人不能不懷疑，西門大姐的被迫自殺，究竟是可憐還是可笑？

諷刺的生命是真實。而要真實，就必須根據諷刺的對象，正確掌握諷刺的分寸，絕不能不分對象，亂加諷刺，使親者痛，仇者快。在《金瓶梅》中，便存在著這種缺陷。如第五十八回寫有個磨鏡老叟，在替孟玉樓、潘金蓮磨完鏡子，收了工錢之後，還只顧立著不去。玉樓便叫來安問其原因，老漢哭著說他已經六十一歲，家有五十五歲的老妻，因兒子賭錢，「歸來把媽媽的裙襖都去當了，媽媽便氣了一場病，打了寒，睡在炕上半個月。」「如今打了寒才好些，只是沒將養的，心中想塊臘肉兒吃」，街上又買不到。因此，孟玉樓就送了他一塊臘肉，潘金蓮也送了他二升小米，兩個醬瓜茄。這一切在我們看了都感到真實可信、深表同情的時候，作者卻指出，原來「他媽媽子是個媒人，昨

13　同註 1。

日打這街上走過去不是，幾時在家不好來！」因而他通過來安當場譏笑磨鏡老叟：「你家媽媽子不是害病想吃，只怕害孩子坐月子，想定心湯吃。」如果說在這個磨鏡老叟身上，寄寓著作者對磨鏡者自己卻不用鏡子照照自己，幹著扯謊行騙的勾當，這對揭示全書的寓意還有其一定的作用的話，那麼，書中並未寫他的老伴有什麼醜行，為什麼又譏笑他那個五十五歲的老媽媽子「害孩子坐月子」呢？這就未免是對於諷刺的使用不當，而使讀者產生反感了。

《金瓶梅》的有些諷刺描寫，顯得過於淺露，這也使人感到不夠真實可信。如寫有個太醫，竟然會在病家面前自道：

> 我做太醫姓趙，門前常有人叫。只會賣杖搖鈴，那有真材實料。行醫不按良方，看脈全憑嘴調。撮藥治病無能，下手取積兒妙。頭疼須用繩箍，害眼全憑艾醮。心疼定敢刀剜，耳聾宜將針套。得錢一味胡醫，圖利不圖見效。尋我的少吉多凶，到人家有哭無笑。（第 61 回）

世上儘管有這種靠行騙為生的醫生，但絕不會像趙太醫這樣「自報家門」。這是作者為了製造諷刺的笑料而杜撰出來的。可惜這種笑料不僅過於淺露，而且已落入油腔滑調，夠不上諷刺藝術了。

《金瓶梅》還有些諷刺描寫，雖然沒有油腔滑調的弊病，但由於作者未能抓住客觀事物本身固有的矛盾，為諷刺而諷刺，這也必然使人感到不夠真實。如在「群僚庭參朱太尉」的場合，作者讓五個俳優，面對貪贓枉法的群僚和朱太尉，唱了李開先《寶劍記》第五十齣的一套曲詞，在曲詞中痛罵，「你有秦趙高指鹿心，屠岸賈縱犬機。待學漢王莽不臣之意，欺君的董卓燃臍。但行動弦管隨，出門時兵杖圍。入朝中為官悚畏，仗一人假虎張威。望塵有客趨奸黨，借劍無人斬佞賊，一任的恣狂為。」「南山竹罄難書罪，東海波乾臭未遺。萬古流傳，教人唾罵你！」「當時酒進三巡，歌吟一套，六員太尉起身。朱太尉親送出來，回到廳，樂聲暫止。」（第 70 回）始終無人對唱這套曲詞提出任何責難。這對那些官僚的昏憒、麻木，貪贓枉法而自覺若無其事，固然是個辛辣的嘲笑。然而這又畢竟使人感到太失真了，因為那班官僚怎麼能聽任自己挨罵而裝聾作啞或顢頇無知到如此地步呢？這如同瘋狗挨打而一聲也不狂吠那樣，令人太難以置信了。

諷刺是以帶喜劇性的藝術手段揭示生活中的矛盾衝突。因此，作家首先必須把握住生活中矛盾的實質，才能使諷刺藝術具有真實動人的力量。同時，還必須對於醜惡事物有滿腔的仇恨，才能燃起諷刺的烈火；必須對於美好事物有必勝的信念，才能產生對醜惡事物的極度蔑視；必須有鮮明、強烈的愛憎感情，掌握好對不同對象、不同性質問題

的分寸，才能使諷刺藝術得到恰到好處的運用。

　　再次，由於作者缺乏高尚的審美趣味，使《金瓶梅》中還有一些諷刺描寫，顯得過於粗野、低級，甚至淪為庸俗、下流，讀了不僅難以引起美感，而且反而令人噁心。如西門慶在和李瓶兒淫樂時說：「我的心肝，你達不愛別的，愛你好個白屁股兒。」這話被潘金蓮偷聽到了。當西門慶要用茉莉花肥皂洗臉時，作者就通過潘金蓮諷刺道：「我不好說的，巴巴尋那肥皂洗臉，怪不的你的臉洗的比人家的屁股還白。」（第27回）這無異於譏諷西門慶愛李瓶兒的白屁股，就如同愛自己的臉一樣；雖然諷刺得很尖刻，但已未免流於形同粗野的謾罵了。

　　還有一次，西門慶、應伯爵和妓女韓金釧等一起在郊園飲酒作樂。席間，「那韓金釧吃素，再不用葷，只吃小菜。伯爵道：『今日又不是初一月半，喬作衙甚的。當初有一個人，吃了一世素，死去見了閻羅王，說：我吃了一世素，要討一個好人身。閻王道：那得知你吃不吃，且割開肚子驗一驗。割開時，只見一肚子涎唾。原來平日見人吃葷，嚥在那裏的。』眾人笑得翻了。金釧道：『這樣搗鬼，是那裏來！可不怕地獄拔舌根麼？』伯爵道：『地獄裏只拔得小淫婦的舌根，道是他親嘴時，會活動哩！』」因李瓶兒病重，西門慶被書童叫回去了。接著作者便寫：「一個韓金釧，霎眼挫不見了。伯爵躡足潛踪尋去，只見在湖山石上撒尿，露出一條紅線，拋卻萬顆明珠。伯爵在隔籬笆眼，把草戲他的牝口。韓金釧尿也撒不完，吃了一驚，就立起，裙腰都濕了。罵道：『賊短命，恁尖酸的沒槽道！』面都紅了，帶笑帶罵出來。伯爵與眾人說知，又笑了一番。」（第54回）萬曆詞話本原回目是「應伯爵郊園會諸友」。「第一奇書」本特地把它改成「應伯爵隔花戲金釧」。張竹坡並在回批中指出：「蓋伯爵戲金釧，明言遺簪墜珥，俱是相思，隔花金串，行當入他人之手，是瓶兒未死已先為金梅散去一影。然瓶兒一死，亦未嘗不有隔花人遠天涯近意。是此一回既影瓶兒，復遙影蓮摧梅謝。」這是從象徵、影射的角度來看的，未免有深文周納、不切實際之嫌。我看這不是屬於象徵手法，而是諷刺手法，是韓金釧對應伯爵譏笑她假吃素、會親嘴的反擊，是以妓女撒尿尚有槽道，來反襯、譏刺應伯爵「恁尖酸的沒槽道」。且不管是象徵或諷刺，用婦女撒尿來加以戲謔，這實在是太低級、下流了！無論象徵得多麼寓有深意，或諷刺得多麼尖酸刻薄，叫人看了都只能感到是個惡作劇，而絕無美感可言。

　　諷刺藝術是打擊社會中的醜惡現象的有力武器。並且它不是一般地揭露和鞭撻醜類，而是要更為清醒、更為理智地解剖醜類。因此，它是嚴肅的藝術，需要有崇高的審美理想，對醜類的靈魂具有洞察秋毫的透視力，這樣才能不僅更有力量，而且也更為輕鬆愉快地給予醜類以深刻的諷刺。可笑是由輕鬆愉快而引起的。因此，這種輕鬆愉快不是輕佻淺薄，更不是輕狂下作，而是一種力量的表現。它顯示了美的優越和醜的渺小，

需要經過作家化醜為美——由生活醜轉化為藝術美的藝術創造。看來《金瓶梅》作者由於自己未能完全擺脫低級趣味的影響，審美情趣不夠高尚，這就使他的諷刺藝術難免存在著粗俗有餘而雅潔不足的嚴重缺陷。即使把其中描寫淫穢的字句統統刪去，其在諷刺藝術上的這個缺陷，仍然絲毫改變不了。

四、認識《金瓶梅》的諷刺特色有不可低估的意義

我們對於研究《金瓶梅》的諷刺藝術的意義，不應低估。

只有不僅從一般的揭露、批判，而且也從諷刺藝術的角度，我們才能更加全面、透徹地了解《金瓶梅》的思想意義和藝術特色。如萬曆本《金瓶梅詞話》第四十九回回目「西門慶迎請宋巡按」，「第一奇書」本改為「請巡按屈體求榮」。文龍則在對此回的批語中指出：「此一回斥西門慶屈體求榮，竊不謂然。此宋喬年之大恥，非西門慶之恥也。一個御史之尊，一省巡撫之貴，輕騎減從，枉顧千兵（戶）之家，既赴其酒筵，復收其禮物。心之念念，有一翟雲峰在胸中。斯真下流不堪，並應伯爵之不若，堂堂大臣，恥莫大焉。西門慶一破落戶而忝列提刑，其勢位懸絕，縱跪拜過禮，亦其分也。周守備等尚在街前伺候，謂之曰榮可也，亦何為屈體乎？至若獻妓於小蔡，究與獻姬妾不同，而又非其所交之銀、桂也，其宋、蔡二御史，屈體丟人，西門慶沾光不少矣。」

一個說是西門慶「請巡按屈體求榮」；一個則認為「宋、蔡二御史屈體丟人，西門慶沾光不少矣。」為什麼會出現如此尖銳對立的看法呢？其實，如果我們把握住《金瓶梅》的諷刺筆法和特色，就不難發現，無論是西門慶或宋、蔡二御史，都是本回所要刻畫的被諷刺者的形象，而完全沒有必要在究竟誰「屈體」上糾纏不清。西門慶跟蔡御史早有交往，他要通過蔡的關係來結交剛離京至本省上任的宋御史，因此他早就派人打聽他們的行程，「出郊五十里迎接」，「先到蔡御史船上拜見了，備言邀請宋公之事。」蔡御史心領神會，說：「我知道。一定同他到府。」次日，蔡御史約請宋御史一起到西門慶家去，宋稱：「學生初到此處，不好去得。」可是當他一聽蔡說，「年兄，怕怎的！既是雲峰分上，你我去去何害。」便「分付著轎，就一同起行。」翟雲峰是太師蔡京的管家，西門慶因給他娶了個妾，而攀為親家。原來蔡、宋二御史之所以接受西門慶的邀請，皆看在「雲峰分上」，這難道不是頗有諷刺意味麼？上回曾御史剛剛彈劾西門慶是「市井棍徒」，「贓蹟顯著」，「貪鄙不職」，此回蔡御史便頌揚西門慶「乃本處巨族，為人清慎，富而好禮。」宋御史也恭維地說：「久聞芳響」，「幸接尊顏」。這無論對西門慶或對吹捧他的蔡、宋二御史，難道不都是個辛辣的諷刺麼？西門慶既已「贓蹟顯著」，難怪宋御史起初不敢登門，蔡御史勸他「怕怎的！既是雲峰分上」，他們也就不

怕了，這難道不是一語穿透了蔡、宋二御史的靈魂，可笑之至麼？

西門慶迎請蔡、宋二御史，除了以「費勾千兩金銀」的酒席款待之外，又送了「共有二十抬」禮品：「宋御史的一張大桌席，兩罈酒，兩牽羊，兩對金絲花，兩匹段紅，一付金台盤，兩把銀執壺，一個銀酒杯，兩個銀折盂，一雙牙箸。蔡御史的也是一般的。都遞上揭帖。宋御史再三辭道：『這個，我學生怎麼敢領？』因看著蔡御史。蔡御史道：『年兄貴治所臨，自然之道。我學生豈敢當之？』西門慶道：『些須微儀，不過乎侑觴而已，何為見外！』比及二官推讓之次，而桌席已抬送出門矣。宋御史不得已，方令左右收了揭帖，向西門慶致謝，說道：『今日初來識荊，既擾盛席，又承厚貺，何以克當？徐容圖報不忘也。』」這種對受賄既羞羞答答，故作推辭，又公然把它說成是「自然之道」，難道不是絕妙的諷刺麼？受賄而不忘「圖報」，似乎就捫心無愧了。可是他們究竟「圖報」什麼呢？曾御史彈劾西門慶「受苗青夜賄之金，曲為掩飾」，如今謀財殺人犯苗青已被捕獲，受西門慶之託，蔡御史對宋御史說：「此係曾公手裏案外的，你管他怎的？」「遂放回去了。」西門慶又利用蔡御史任「兩淮巡鹽」的職權，要蔡御史對他派往揚州販鹽的夥計「青目青目，早些支放。」蔡即表示：「只顧分付，學生無不領命。」「我到揚州，你等徑來察院見我，我比別的商人早掣你鹽一個月。」如此濫用職權，使殺人犯和贓官得到庇護，並進一步大肆漁利，這種「徐容圖報不忘也」，又該是多麼可笑、可鄙、可憎啊！西門慶那樣盛情款待蔡、宋二御史，究竟是情乎？禮乎？利乎？他名為「情」和「禮」，實則赤裸裸的為了「利」，蔡御史卻把他說成是「富而好禮」，那樣貪贓枉法、卑劣不堪的蔡御史，作者卻說他「終是狀元之才」。這一切難道不皆是以正襯反的諷刺筆法麼？其諷刺意義，顯然不只是誰「屈體」的問題，更重要的，是嘲笑和鞭撻了封建吏治的腐敗、黑暗，從堂堂的御史到執法的提刑官，竟然如此狼狽為奸，靈魂卑劣異常，行為醜惡不堪。

如果不從諷刺藝術的角度來看，人們不僅難以認清《金瓶梅》所蘊藏的深廣的典型意義，而且連對其中的某些具體描寫，都會感到無法理解。如第七十一回「提刑官引奏朝儀」，作者寫道：「這帝皇果生得堯眉舜目，禹背湯肩。若說這個官家，才俊過人：口工詩韻，目覽群籍；善寫墨君竹，能揮薛稷書；道三教之書，曉九流之典。朝歡暮樂，依稀似劍閣孟商王；愛色貪杯，仿佛如金陵陳後主。」明代天啟、崇禎年間刊印的《新刻繡像批評金瓶梅》，對這段描寫的眉批曰，「稱堯眉舜目，忽接到孟商王、陳後主，又似讚，又似貶，可見敗亡之主，何嘗不具聖人之姿？即孟子所謂堯舜與人同之意。」這段描寫，果真「即孟子所謂堯舜與人同之意」麼？否！它為什麼「又是讚，又是貶」呢？難道是為了正面說明「敗亡之主，何嘗不具聖人之姿」麼？否！它顯然是運用讚與貶的不和諧，描繪出一幅諷刺圖像，譏諷這位皇帝名為堯舜禹湯一般聖賢，實則是孟商

王、陳後主那樣的荒淫之徒和亡國之君。《金瓶梅》的全部描寫，都可證明：只有掌握和理解它的諷刺筆法，才能領悟其深刻雋永的真諦。

只有認清《金瓶梅》的諷刺特色，我們才能更加全面、準確地評價《金瓶梅》在中國小說史上的地位和影響。《金瓶梅》對我國小說創作的現實主義的發展，及其對於《紅樓夢》的影響，這是眾所公認的，而《金瓶梅》作為批判現實主義的特色，及其對於《儒林外史》等諷刺小說的影響，則往往還沒有引起人們足夠的重視。它所描寫的，幾乎沒有什麼理想的正面人物，而把筆墨主要集中於諷刺、批判形形色色的反面人物，或種種醜惡的社會現象。作者著力於從大家習以為常的日常生活和平凡瑣細的事件中，發現其醜惡和荒誕的實質，從醜惡和荒誕的偶然性中，揭示出其得以在社會上風行的必然性，從而形成了尖銳的諷刺。諷刺的實質，就是更尖刻而輕鬆的批判。因此，車爾尼雪夫斯基指出：「在俄國美文學中持久地貫徹諷刺——或者說得更公允一點，所謂批判傾向的功勳，卻應當特別歸給果戈理。」[14]主要以諷刺筆法來進行批判，不是追求塑造理想的英雄人物，而是熱衷於「把罪惡的一切醜態在光天化日之下暴露出來，並且把罪惡的巨大形象展示在人類的眼前。」[15]在這種種方面，我認為《金瓶梅》跟果戈理的《死魂靈》等批判現實主義作品，是頗為相像的。我們理所當然地也應把貫徹諷刺和批判傾向的功勳，特別歸給《金瓶梅》的作者笑笑生。

應當看到，不只是《金瓶梅》的寫實藝術對《紅樓夢》有明顯的影響，同時，它的諷刺藝術對《儒林外史》也有直接的影響。這種影響，首先表現在把諷刺手法建立在對日常生活的嚴謹的寫實上。如魯迅早就以「《金瓶梅》寫蔡御史的自謙和恭維西門慶道：『恐我不如安石之才，而君有王右軍之高致矣。』」跟「《儒林外史》寫范舉人因為守孝道，連象牙筷也不肯用，但吃飯時，他卻『在燕窩碗裏揀了一個大蝦圓子送在嘴裏。』」並為例證，論定「這分明是事實，而且是很廣泛的事實，但我們皆謂之諷刺。」[16]從極平常的寫實中進行諷刺，使之具有「很廣泛的事實」做基礎，這就使諷刺有了強大的生命力。正是在諷刺的生命——真實這個問題上，《儒林外史》與《金瓶梅》是一脈相承的。其次，還表現在《金瓶梅》犀利地抨擊封建腐朽統治的戰鬥精神，也給了《儒林外史》以及近代的譴責小說以明顯的影響。它們都共同揭示了封建官僚吏治的黑暗，封建倫理道德的墮落和科舉制度的腐敗，甚至連「火到豬頭爛，錢到公事辦」等某些語言，都如出一轍。《金瓶梅》所寫的「富貴必因奸巧得，功名全仗鄧通成。」（第30回）「囊

14　《車爾尼雪夫斯基論文學》（上海：新文藝出版社，1957年），上卷。

15　席勒：《強盜》第一版序言。

16　魯迅：〈論諷刺〉，《魯迅全集》第6卷（北京：人民文學出版社，1958年）。

內無財莫論才。」（第 48 回）以及蔡狀元、溫秀才等被諷刺者的形象，都不愧為《儒林外史》的先河。當然，《儒林外史》的諷刺藝術不僅對《金瓶梅》有繼承和借鑑的一面，更有新的重大突破和發展。

認清《金瓶梅》的諷刺藝術特色，對於我們今天的文學創作也有一定的借鑑和啟發作用。如作家的主觀動機和作品的客觀效果必須統一。《金瓶梅》作者的主觀動機，無疑地是要諷刺和批判當時的社會現實，其全書的主要篇幅也確實諷刺得頗為出色，批判得相當深刻。但由於作者對荒淫的性生活以及其他一些醜態的描寫，比較低級、庸俗，缺乏高尚的審美情趣，就使它的社會效果不可避免地帶來了一些嚴重的消極影響，以致使它那本應產生積極影響的諷刺藝術和批判精神，也受到「株連」，險遭湮沒。這是一個多麼沉痛而又具有現實意義的歷史教訓啊！至於《金瓶梅》作為諷刺藝術的其他許多成功的經驗和存在的缺陷，上面已經作了比較充分的闡述，它們究竟有哪些值得借鑑之處，讀者自會得出結論，這裏就不用贅述了。

論《金瓶梅》的人物形象塑造

　　《金瓶梅》的人物形象塑造，向來受到人們的稱讚。在它剛問世的時候，就有人說它「妍媸老少，人鬼萬殊，不徒肖其貌，且並其神傳之」。[1]後來的評點家更熱烈讚賞它「摹神肖形，追魂取魄」，[2]「凡有描寫，莫不各盡人情」，[3]「寫得肺肝如見」，[4]「活相逼人」，「真是生龍活虎，非耍木偶人者」。[5]當代著名文學史家劉大杰也認為，「《金瓶梅》在寫人技巧上，得到高度的成就」，「超過了他的前輩」。[6]即使批判它是「自然主義的標本」的《金瓶梅》研究家，也承認「《金瓶梅》的確比以前的小說更善於以精細的筆觸刻畫人的一顰一笑，捕捉平凡的日常生活中的詩情畫意」。「它的若干主要人物形象在某些方面已經達到高度現實主義成就。」[7]

　　現在我們需要進一步探討的是，《金瓶梅》的人物形象塑造「達到高度現實主義成就」的主要表現，及其成功的藝術經驗究竟何在？

一、人物形象的真實性和現實性

　　不是寫帝王將相、英雄豪傑、神仙鬼怪，而是寫現實的日常生活中真實的普通人，這是《金瓶梅》在人物形象塑造上一個突出的新成就。它所塑造的人物形象，以其前所未有的真實性和現實性，揭開了中國小說史的新篇章。對此，早在明代《金瓶梅》尚以抄本流傳的時候，謝肇淛的〈金瓶梅跋〉中即指出其所寫「朝野之政務，官私之晉接，閨闥之媟語，市里之猥談，與夫勢交利合之態，心輸背笑之局，桑中濮上之期，尊罍枕席之語，驅驢之機械意智，粉黛之自媚爭妍，狎客之從臾逢迎，奴怡之稽唇淬語，窮極

1　謝肇淛：〈金瓶梅跋〉，見侯忠義等編：《金瓶梅資料彙編》（北京：北京大學出版社，1985年）。

2　張竹坡：〈金瓶梅讀法〉之54，見《金瓶梅》（濟南：齊魯書社，1987年），卷首。

3　張竹坡：〈金瓶梅讀法〉之62。

4　崇禎本《金瓶梅》第12回眉批。

5　張竹坡：《金瓶梅》第59回夾批。

6　劉大杰：《中國文學發展史》（上海：古典文學出版社，1958年），下卷。

7　徐朔方：〈《金瓶梅》的成書以及對它的評價〉，見《金瓶梅論集》。

境象，駃意快心。」[8]這不僅說明小說創作終於從紛紜複雜的現實生活中找到了取之不盡用之不竭的源泉，跟現實生活更貼近了，跟日常生活中普通人的思想感情更合拍了，而且反映了作家運用小說形式描繪真實的普通人的創作能力，取得了突破性的進展。這種進展是符合世界小說藝術發展的歷史規律的。高爾基在評價十六、十七世紀的英國文學對歐洲文學發展的貢獻時，曾這樣說過：「我所以評述英國文學，是因為正是英國文學給了歐洲以現實主義戲劇和小說的形式，它幫助歐洲替換了十八世紀資產階級所陌生的世界——騎士、公主、英雄、怪物的世界，而代之以新讀者所接近、所親切的自己的家庭環境和社會環境，把他的姑姨、叔伯、兄弟、姊妹、朋友、賓客，一句話，把他所有的親故和每天平凡生活的現實世界，放在他的周圍。」[9]

「人的性格是環境所造成的。」[10]寫出「典型環境中的典型人物」，是現實主義最基本的要求。在《金瓶梅》以前的我國長篇小說中，無論是《三國演義》《水滸傳》或《西遊記》，所寫的典型環境皆是高度抽象化、概括化的，基本上皆不涉及家庭環境，至於社會環境，也無非是奸臣當道，貪官酷吏橫行，缺乏特定的時代感和具體的真實感。《金瓶梅》則在我們面前展現了一個無比真實的親切可感的明代中葉城市市民生活的世界。它所塑造的西門慶、潘金蓮、李瓶兒等人物形象，不是任何一個封建時代都可能產生的，而是由作家所描寫的中國明代中葉的封建社會這個特定的典型環境，才有可能造就和必然產生的典型人物。也就是說，把特定的典型環境與特定的典型人物結合得最好，寫得最真實的，在我國小說史上是始於《金瓶梅》。

人的性格不但受特定的典型環境的制約，隨著環境的發展而發展，而且對特定的典型環境起著推動的作用，使環境隨著人物性格的變化而變化。如西門慶在霸占潘金蓮、李瓶兒時，對待她們的丈夫武大、花子虛，尚只敢偷偷摸摸地暗中下毒手，而在霸占宋惠蓮時，則公然勾結官府，誣陷其夫來旺為賊。如文龍的批語所指出的：「西門慶前猶挖壁撬門之賊，今則明火執杖之盜。」[11]這就顯然地寫出了西門慶性格的發展。而他的性格之所以如此發展，又是由客觀環境決定的，因為那個社會環境「為之畫策者有人，為之助力者有人，為之旁敲側擊、內外夾攻者有人。」[12]文龍的批語還指出：「此數回放筆寫西門慶得意，即放筆寫潘金蓮肆刁。得意由於得官，肆刁由於失寵，一處順境，一處逆境，處順境則露嬌〔驕〕態，處逆境則生妒心。驕則忘其本來面目，妒則另換一

---

8   同註1。

9   高爾基：《俄國文學史》。

10   見《馬克思恩格斯全集》第2卷。

11   文龍：《金瓶梅》第26回回評。

12   同註11。

副肝腸。」[13]「作者寫西門慶罪惡，不至十分不止，至十分而猶不止也。家中縱性，院內恣情，亦足以殺其軀矣。乃令其波其門下室家，夥計婦女，由近及遠，由親及疏，亦足以絕其嗣矣。乃又令其辱及舊族之家，縉紳之婦，真可謂流毒無窮，書惡不盡。若再令其活在人間，日月為之無光，霹靂將為之大作。」[14]這就突出了人物性格對環境的反作用。總之，《金瓶梅》中的典型環境和典型性格皆不是凝固不變的，而是始終處於變化和發展之中的。如此真實地寫出典型環境與典型人物的辯證統一，這也是《金瓶梅》取得高度現實主義成就的一個重要標誌。

在《金瓶梅》中，人物性格的特徵不是打上忠、奸、善、惡等封建傳統思想的烙印，也不是忠、孝、節、義等封建倫理道德觀念的化身，而是真實地寫出了「一片淫欲世界中」[15]形形色色的男人和女人對酒、色、財、氣的恣意追求。從突破封建傳統觀念來看，這是寫出了人性的解放，從人性的正常發展來看，它實質上又是人性向獸性的蛻化，人性被利欲薰心的社會環境所扭曲。那是個封建主義已經腐朽，資本主義萌芽剛剛興起，新舊交替的社會環境所造就的新舊混雜的人物性格。既寫出了人性的自然性──追求欲的本能，又寫出了人物的社會性──世俗人情，這正是《金瓶梅》人物形象塑造的一個重要特徵，也是世界現實主義文學發展的必然要求。如契訶夫在〈寫給瑪・符・基塞列娃〉信中所說的：「講到這世界上『充斥著壞男子和壞女人』，這話是不錯的。人性並不完美，因此如果在人世間只看見正人君子，那倒奇怪了。然而認為文學的職責就在於從壞人堆裏挖出『珍珠』來，那就等於否定文學本身。文學所以叫藝術，就是因為它按生活的本來面目描寫生活。它的任務是無條件的、直率的真實。把文學的職能縮小成為搜羅『珍珠』之類的專門工作，那是致命的打擊。」[16]使文學的職能不限於搜羅「珍殊」，而力求「按生活的本來面目描寫生活」，做到「無條件的、直率的真實」，這正是《金瓶梅》人物形象塑造的藝術特色，也是它之所以取得現實主義成就的根本原因。

二、人物性格特點的多面性和複雜性

《金瓶梅》人物性格的特點不是單一性的，而是多面性的，不是「寫好的人，簡直一點壞處都沒有；而寫不好的人，又是一點好處都沒有」[17]，而是寫出了人物性格的複雜

13　文龍：《金瓶梅》第 35 回回評。
14　文龍：《金瓶梅》第 68 回回評。
15　張竹坡：〈金瓶梅讀法〉之 89。
16　契訶夫，汝龍譯：《論文學》（北京：人民文學出版社，1958 年）。
17　《魯迅全集》第 8 卷（北京：人民文學出版社，1957 年）。

性。如貪淫好色，狠毒殘暴，嫉妒凶悍，這是潘金蓮性格特徵的主要方面，斥責她為「淫婦」「壞女人」，是一點也不過分的。可是作者不是簡單地寫出她的「淫」和「壞」，而是在寫她好淫的同時，寫出了她對情欲的正當追求，她對不合理的一夫多妻制的強烈憤懣，她所反映的是婦女共同的悲慘命運；在寫她「壞」的同時，也寫出了她身上還有令人愛慕和值得誇耀的「好」的一面。當「潘金蓮見西門慶許多時不進他房裏來」，她便「每日翡翠衾寒，芙蓉帳冷。那一日把角門兒開著，在房內銀燈高點，靠定幃屏，彈弄琵琶，等到二三更，便使春梅瞧數次，不見動靜。正是：銀箏夜夜殷勤弄，寂寞空房不忍彈。取過琵琶，橫在膝上，低低彈了個〈二犯江兒水〉以遣其悶。在床上和衣又睡不著，不免『悶把幃屏來靠，和衣強睡倒』。猛聽的房檐上鐵馬兒一片聲響，只道西門慶來到，敲的門環兒響，連忙使春梅去瞧。春梅回道：『娘錯了，是外邊風起落雪了。』」那邊西門慶和李瓶兒在房裏飲酒作樂，這邊潘金蓮「屋裏冷冷清清，獨自一個兒坐在床上，懷抱著琵琶，桌上燈昏燭暗。待要睡了，又恐怕西門慶一時來；待要不睡，又是那盹困，又是寒冷。」「又喚春梅過來，『你去外邊再瞧瞧，你爹來了沒有，快來回我話。』」那春梅過去，良久回來，說道：『娘還認爹沒來哩，爹來家不耐煩了，在六娘屋裏吃酒的不是！』這婦人不聽罷了，聽了如同心上戳上幾把刀子一般，罵了幾句負心賊，由不得撲簌簌眼中流下淚來。一徑把那琵琶兒放得高高的，口中又唱道：

> 論殺人好恕，情理難饒，負心的天鑑表！（好教我題起來，又是那疼他，又是那恨他。）心癢痛難搔，愁懷悶自焦。（叫了聲賊狠心的冤家，我比他何如？鹽也是這般鹽，醋也是這般醋。磚兒能厚？瓦兒能薄？你一旦棄舊憐新。）讓了甜桃，去尋酸棗。（不合今日教你哄了。）奴將你這定盤星兒錯認了。（合）想起來，心兒裏焦，誤了我青春年少。你撇的人，有上稍來沒下稍。
>
> 為人莫作婦人身，百般苦樂由他人。
> 痴心老婆負心漢，悔莫當初錯認真。（第38回）

張竹坡於該回的回批中指出：「潘金蓮琵琶，寫得怨恨之至，真是舞殿冷袖，風雨淒淒，而瓶兒處互相掩映，便有春光融融之象。」這裏「風雨淒淒」與「春光融融」的「互相掩映」，不只是反映了西門慶對潘金蓮的「負心」，如果西門慶在潘金蓮那兒「春光融融」，李瓶兒獨自一人不也會同樣感到「風雨淒淒」麼？可見禍根還在於一夫多妻制，它揭露了一夫多妻制的摧殘人性，襯托了潘金蓮的「怨恨之至」合情合理，令人同情。這不只是她個人的怨恨，更重要的，它反映了「為人莫作婦人身，百般苦樂由他人」的婦女共同的悲慘命運。潘金蓮的性格，不僅有對負心漢的怨恨，有對一夫多妻制的抗爭，有對情欲的合理追求，而且還有美麗、聰慧，多才多藝，心直口快等多方面的特點。她

生得標致，不僅使西門慶看了「先自穌了半邊」（第2回），連吳月娘看了也認為她「果然生的標致，怪不的俺那強人愛他。」（第9回）她做的一首五言四句詩，西門慶看了欣喜地說道：「怎知你有如此一段聰慧少有。」（第8回）她彈唱起小曲來，使「西門慶聽了，喜歡的沒入腳處。」不禁「稱誇道：『誰知姐姐你有這段兒聰明！就是小人在勾欄，三街兩巷相交唱的，也沒你這手好彈唱！』」（第6回）孟玉樓說：「俺這六姐姐，平昔曉的曲子裏滋味。」吳月娘接著說：「他什麼曲兒不知道？但題起頭兒，就知尾兒。」楊姑娘不禁驚嘆：「我的姐姐，原來這等聰明！」（第73回）她對秋菊那樣狠毒，動不動就把她打得「殺豬也似叫起來」；而她對春梅卻又竭力庇護，連吳月娘都抱怨她對春梅「慣的通沒些折兒。」（第75回）她對李瓶兒是那樣忌恨至極，而對孟玉樓卻又親愛之至。孟玉樓說她是「一個大有口沒心的行貨子。」（第76回）西門慶也說她「嘴頭子雖利害，倒也沒什麼心。」（第74回）這些從各個不同側面的描寫，使潘金蓮的形象顯得十分豐滿，不只是具有「淫婦」「壞女人」的特徵，而且還是個活生生的真實動人的婦女形象。

西門慶不僅有凶狠殘暴的一面，是個「打老婆的班頭，坑婦女的領袖。」（第17回）而且作者寫出了他色屬內荏的一面，當潘金蓮發現他與李瓶兒的姦情之後，他便「慌的妝矮子，只跌腳跪在地下，笑嘻嘻央及說道：『怪小油嘴兒，禁聲些。……』」（第13回）他為了求吳月娘和好，也曾「一面折跌腿，裝矮子，跪在地下，殺雞扯脖，口裏姐姐長姐姐短。」（第21回）他不僅有貪淫好色的一面，以霸占他人妻子，用馬鞭子毒打妾婦，為賞心樂事，而且他也頗為多情，對於李瓶兒的死，他是那樣地傷心哭泣，悲慟不已。他不僅有貪贓枉法的一面，公然接受賄賂，濫用職權，包庇殺人犯，而且又「仗義疏財，救人貧難，人人都是讚嘆他的。」（第56回）在我們今天看來，西門慶是個罪大惡極的壞人，在當時「清廉正氣的官」如曾御史，也認為他是個「贓蹟顯著」，「貪鄙不職，久乖清議」的「市井棍徒」（第48回）。可是在那個社會，他卻極為吃得開，有錢財，又有權勢。文嫂介紹他「如今見在提刑院做掌刑千戶，家中放官吏債，開四五處鋪面：鍛子鋪、生藥鋪、綢絹鋪、絨線鋪，外邊江湖又走標船，揚州興販鹽引，東平府上納香蠟，夥計主管約有數十。東京蔡太師是他乾爺，李太尉是他衛主，翟管家是他親家，巡撫、巡按多與他相交，知府、知縣是不消說。」其人又「正是當年漢子，大身材，一表人物。」（第69回）王招宣府的林太太不僅甘願做他的姘頭，而且要自己的兒子王三官拜他為義父。正是如此從多側面寫出了西門慶性格特點的多面性和複雜性，才使西門慶的形象顯得極為豐滿、真實、生動而又具有極為深廣的社會典型意義。

在《金瓶梅》中，不僅主要人物的性格具有多面性和複雜性，次要人物也是如此。如陳經濟既是個追逐異性，縱欲無度的色情狂，又屢遭人捉弄，顯得是個「無知小子，

不經世事」。雖然是個無知的浪蕩公子，卻又不是無能之輩。作者寫他「每日起早睡遲，帶著鑰匙，同夥計查點出入銀錢，收放寫算皆精。西門慶見了，喜歡的要不的。」又「會說話兒，聰明乖覺」，使西門慶「越發滿心歡喜，但凡家中大小事務，出入書柬禮帖，都教他寫。但凡人客到，必請他席側相陪，吃茶吃飯，一時也少不的他。」（第 20 回）直到西門慶臨死時，還把陳經濟叫到病榻前叮囑說：「我養兒靠兒，無兒靠婿，姐夫就是我的親兒一般。我若有些山高水低，你發送了我入土，好歹一家一計，幫扶著你娘兒們過日子，休要教人笑話。」（第 79 回）西門慶堪稱是個精明能幹的人，可是他對陳經濟卻始終如此器重，從未看透他的醜惡本質。如同在現實生活中我們很難一眼看透一個人的本質，也很難找到一個十全十美的好人或十惡不赦的壞人一樣，在《金瓶梅》中作者所描寫的人物形象，也都具有現實生活中的人物同樣的複雜性。

　　按照生活的本來面目，寫出了人物性格的多面性和複雜性，這是《金瓶梅》的人物形象塑造取得成功的一條重要的藝術經驗。這個藝術經驗不僅在我國小說史上是開拓性的，而且在世界小說史上也居於領先的地位，它反映了世界文學發展的普遍規律。比《金瓶梅》作者約晚二個世紀的德國偉大作家席勒，在他的著名小說《強盜》第一版序言中就說過：「如果我也企圖寫一個完全的活生生的人物的話，我就不能不把一個最壞的人物也不能全然缺少的優點寫出來。當我勸告人們在一隻老虎面前要懷著戒心的時候，我不能不把老虎的美麗發亮的斑紋也指出來，否則人們就會遇見老虎而不知道是老虎了。論人也是如此，如果全然邪惡，就絕對不構成藝術的對象，也不能抓住讀者的注意力，結果反而會使人避之唯恐不及，他們會把書裏這樣的人發的什麼言論跳過不看的。」[18]十九世紀法國最偉大的小說家巴爾札克也說：「我觀察自己，如同觀察別人一樣；我這五尺二寸的身軀，包含一切可能有的分歧和矛盾。有些人認為我高傲、浪漫、頑固、輕浮、思考散漫、狂妄、疏忽、懶惰、懈怠、冒失、毫無恆心、愛說話、不周到、欠禮教、無禮貌、乖戾、好使性子，另一些人卻說我節儉、謙虛、勇敢、頑強、剛毅、不修邊幅、用功、有恆、不愛說話、心細、有禮貌、經常快活，其實都有道理。說我膽小如鼠的人，不見得就比說我勇敢過人的人更沒有道理，再如說我博學或者無知，能幹或者愚蠢，也是如此；沒有什麼使我大驚小怪的。我最後認為自己只是被環境玩弄的一種工具而已。」[19]人物性格的多面性和複雜性，是由社會生活的多面性和社會環境的複雜性決定的；只有當作家對社會生活的認識達到相當的深度，現實主義的創作方法發展到頗為高超的地步，才能使人物形象塑造具有如此色彩斑斕、繽紛多姿的藝術特色。

18　見席勒，楊文震、常文譯：《強盜》（北京：人民文學出版社，1961 年）。

19　巴爾札克：〈致阿柏朗台斯公爵夫人〉，見《文藝理論譯叢》（1957 年）第 2 冊。

三、性格表達方式的曲折性和傳神性

真實，是人物形象的生命。但是，這種真實絕不是簡單的膚淺的實錄，而是要摹形傳神，「真寫至骨」，[20]「真令其心肺皆出」，[21]「骨相俱出」。[22]因此，這就不僅要寫出人物性格特點的多面性和複雜性，而且要發現並寫出各個人物所特有的曲折的、傳神的表達方式。「古人為詩，貴於意在言外，使人思而得之。」[23]這是我國詩歌創作的寶貴藝術傳統。它說明藝術需要通過曲折的和傳神的表達方式，來充分調動讀者的思考力和想像力。這是符合人們對藝術審美鑑賞的客觀規律的。《金瓶梅》作者創造性地吸取我國詩歌創作等傳統的藝術經驗，把我國小說人物性格的刻畫提高到了一個新的水平。如張竹坡的批語所指出的：「凡人用筆曲處，一曲兩曲足矣，乃未有如《金瓶》之曲也。」[24]這種曲折性，就使他的人物性格的表達方式不是直截了當的，赤裸裸外露的，而是富有各自個性特色的，曲折的，傳神的，人們讀了不是一覽無餘，而是必須參加到作者的藝術創造中去，「思而得之」。

具體地說，《金瓶梅》中人物性格表達方式的曲折性和傳神性，大致有如下幾種寫法：

此與彼　即手寫此處，眼覷彼處，以此襯彼，舉一返三，不但使一連串的人物活現，而且給讀者留下了想像的廣闊餘地。如張竹坡在第 47 回批語中所指出的：「寫陳三、翁八之惡，襯起苗青，寫苗青之惡，又襯起西門慶也。然則寫王六兒、夏提刑等，無非襯西門慶也。西門慶之惡，十分滿足，則蔡太師之惡，不言而喻矣。」這種以此襯彼的寫法，不僅以一個小小的西門慶之惡，襯托出朝廷重臣蔡太師之惡，同時還在於它「於寫這一面時，卻是寫那一面，寫那一面時，卻原是寫這一面，七穿八達，出神入化。」[25]如潘金蓮「因見西門慶夜間在李瓶兒房裏歇了一夜，早晨請任醫官又來看他，都惱在心裏。」作者不直接寫潘金蓮如何對西門慶或李瓶兒發洩她的不滿，而是寫她「知道他孩子不好」，便以毒打丫鬟秋菊，來既發洩自己的氣惱，又驚嚇李瓶兒的孩子，這邊「打的這丫頭殺豬也似叫」，「那邊官哥才合上眼兒又驚醒了。」這就不僅寫出了潘金蓮的忌妒心理，而且更深一層地揭示了她那刁鑽、險惡、狠毒、殘暴的性格，同時還又由此及彼

20　張竹坡：《金瓶梅》第 72 回回評。

21　張竹坡：《金瓶梅》第 37 回回評。

22　張竹坡：《金瓶梅》第 62 回回評。

23　司馬光：〈溫公續詩話〉，見《歷代詩話》（北京：中華書局），上冊。

24　張竹坡：《金瓶梅》第 1 回回評。

25　同註 24。

地襯托出李瓶兒、潘姥姥等一系列的人物性格。如李瓶兒是那樣的忠厚、懦弱，她根本沒有想到秋菊挨打是無辜的，更未想到潘金蓮打秋菊是為了驚嚇官哥，因此，她還「使了繡春來說：『俺娘上覆五娘：饒了秋菊，不打他罷，只怕唬醒了哥哥。』」潘姥姥本是個局外人，但憑著她的善良和正義感，她對潘金蓮的這種行為也不能不管。作者寫她「正歪在裏間屋裏炕上，聽見金蓮打的秋菊叫，一古碌子扒起來，在旁邊勸解，見金蓮不依，落後又見李瓶兒使過繡春來說，又走向前奪他女兒手中鞭子，說道：『姐姐，少打他兩下兒罷，惹的他那邊姐姐說，只怕唬了哥哥。為驢扭棍不打緊，倒沒的傷了紫荊樹。』」潘姥姥分明出於一片好意，可是「金蓮緊自心裏惱，又聽見他娘說了這一句，越發心中攛上把火一般。須臾，紫漲了面皮，把手只一推，險些兒不把潘姥姥推了一交，便道：『怪老貨，你不知道，與我過一邊坐著去！不干你事，來勸甚麼腌臢？甚麼紫荊樹、驢扭棍，單管外合裏差！』潘姥姥道：『賊作死的短壽命，我怎的外合裏差？我來你家討冷飯吃，教你恁頓摔我！』金蓮道：『你明日夾著那老毯走，怕是他家不敢拿長鍋煮吃了我。』那潘姥姥聽見女兒這等證他，走那裏邊屋裏嗚嗚咽咽哭起來了。由著婦人打秋菊，打勾約二三十馬鞭子，然後又蓋了十欄杆，打得皮開肉綻，才放起來。又把他臉和腮頰，都用尖指甲掐的稀爛。李瓶兒在那邊，只是雙手握著孩子耳朵，腮頰痛淚，敢怒而不敢言。」（第 58 回）這裏由寫潘金蓮的妒嫉、狡黠、惡毒，使人看到丫鬟秋菊無辜橫遭毒打的可憐、可氣和可惱，潘姥姥的仗義執言，好意勸解，卻遭到自己女兒那樣粗暴的對待，由此又進一步揭示了潘金蓮性格中的驕橫和霸道，忤逆和不孝，而所有這一切又都更加鮮明地襯托了李瓶兒的善良和懦弱，「敢怒而不敢言」。它不僅由此及彼，寫出了眾多活生生的人物形象，而且引人遐想，發人深思，表面上看只是寫潘金蓮與李瓶兒妾婦相妒，實際上卻反映了封建的一夫多妻制和宗法制所必然引起的矛盾的尖銳性，階級壓迫的極端不合理性和殘酷性。

虛與實　即一面虛寫，一面實寫。虛寫以給人留下想像的空間，實寫則給人以強烈的印象；虛實相生，則使人物形象更加絢麗多姿，藝術境界更加豐滿、動人。如作者一方面寫西門慶霸占奴才來旺的妻子宋惠蓮，另一方面又寫來旺跟西門慶的妾孫雪娥私通。前者是具體、詳盡地實寫，後者則簡略、側面地虛寫，只寫「這來旺兒私己帶了些人事，悄悄送了孫雪娥兩方綾汗巾，兩雙裝花膝褲，兩匣杭州粉，二十個胭脂。」崇禎本《金瓶梅》於此處眉批指出：「雪娥與來旺私情，絕不露一語，只脈脈畫個影子，有意到筆不到之妙。」這裏實寫西門慶霸占宋惠蓮，則突出了西門慶的荒淫無恥，凶殘霸道，虛寫來旺與孫雪娥私通，正如書中潘金蓮所說：「左右的皮靴兒沒番正，你要奴才老婆，奴才暗地裏偷你的小娘子，彼此換著做！」（第 25 回）這不僅從另一個角度對西門慶的醜惡面目進行了揭露，而且從道德淪喪、主奴顛倒這個更為廣闊的層面上反映了

那個腐朽的社會現實。這裏如果作者對來旺與孫雪娥的偷情不是採取虛寫，而是也像對西門慶霸占宋惠蓮那樣實寫，那就不僅是對來旺形象的醜化，而且勢必沖淡整個作品揭露封建統治腐敗的思想傾向。可見何者該實寫，何者該虛寫，它不只是個塑造人物形象的藝術技巧問題，更重要的它是受作家的創作思想和整個作品的思想傾向制約的。

口與心 俗話說：「言為心聲。」言語本應是心聲的反映，可是這種反映並不見得是完全直率的，心口如一的，而以心口誤差的形式表現出來，卻往往更為具有藝術的情味，更能把人物的性格表現得入骨三分。如西門慶與李瓶兒的丈夫花子虛是結拜兄弟，是經常在一起吃喝的酒肉朋友，西門慶與李瓶兒口頭上說得冠冕堂皇，而實際上卻在互相調情。作者寫李瓶兒「隔門說道：『今日他（指花子虛——引者註）請大官人往那邊吃酒去，好歹看奴之面，勸他早些來家。兩個小廝又都跟的去了，止是這兩個丫鬟和奴，家中無人。』西門慶便道：『嫂子見得有理，哥家事要緊。嫂子既然分付在下，在下已定伴哥同去同來，怎肯失了哥的事。』」這話說得既懇切，又在理，可是他的實際心理卻是意在言外。因此作者接著寫「西門慶留心把子虛灌的酩酊大醉，又因李瓶兒央浼之言，相伴他一同來家。」李瓶兒名為出來道謝，而實際卻意在進一步勾引。她說：「奴為他這等在外胡行，不聽人說，奴也氣了一身病痛在這裏，往後大官人但遇他在院中，好歹看奴薄面，勸他早早回家，奴恩有重報，不敢有忘。」「這西門慶是頭上打一下腳底板響的人，積年風月中走，甚麼事兒不知道。可可今日婦人到明明開了一條大路，教他入港。於是滿面堆笑道：『嫂子說那裏話！比來，比來相交朋友做甚麼，我已定苦心諫哥，嫂子放心！』」這裏口頭說的都是金玉良言，而內心想的卻是男盜女娼。用作者的話來說，「兩個眼意心期，已在不言之表。」（第13回）正是這種心口誤差，二律背反，把西門慶那詭譎、狡黠的偽君子性格，和李瓶兒那貪淫好色而又假裝正經的形象，皆刻畫得維妙維肖。此外，如吳月娘說：「那怕漢子成日在你那屋裏不出門，不想我這心動一動兒。」（第51回）崇禎本《金瓶梅》於此處夾批曰：「說不動，正是動處。」宋御史派人來叫準備酒席，迎接黃太尉，西門慶說：「又鑽出這等勾當來，教我手忙腳亂。」（第65回）崇禎本《金瓶梅》於此處夾批曰：「分明快心事，卻作埋怨說，酷肖。」諸如此類運用心口誤差的手法，使人物形象神情活現的事例，在《金瓶梅》中是不勝枚舉的。

形與神 以形傳神，是我國繪畫藝術的傳統技法之一，也是《金瓶梅》人物描寫的一個重要特色。明代謝肇淛的〈金瓶梅跋〉即盛讚其「妍媸老少，人鬼萬殊，不徒肖其貌，且並其神傳之。」當西門慶攜小廝玳安來到李瓶兒家之後，吩咐玳安：「吃了早些回馬家去罷。」李瓶兒道：「到家裏，你娘問，只休說你爹在這裏。」玳安道：「小的知道，只說爹在裏邊過夜，明日早來接爹就是了。」「西門慶便點了點頭兒。當下把李瓶兒喜歡的要不的，說道：『好個乖孩子，眼裏說話！』」（第16回）這「眼裏說話」，

不只是李瓶兒對玳安機伶神態的讚語，也反映了作者對人物描寫的藝術追求——傳神。

　　跟繪畫藝術注重畫眼睛不同，《金瓶梅》人物描寫的以形傳神，主要是通過對富有個性特色的人物語言和行動的描寫，來使人物形象的神情畢肖，肺肝如見。如西門慶見潘金蓮的貓嚇壞了官哥，一怒之下，直到金蓮房中把貓摔死了，這時作者寫潘金蓮「坐在炕上風紋也不動；待西門慶出了門，口裏喃喃吶吶罵道：『賊作死的強盜，把人妝出去殺了，才是好漢！一個貓兒碍著你咮屎，亡神也似走的來摔死了。他到陰司裏，明日還問你要命，你慌怎的，賊不逢好死變心的強盜。』」（第 59 回）這就把西門慶的氣惱、憤怒、凶狠、惡毒和潘金蓮的畏懼、不滿、憎恨、刻毒等微妙複雜的心理、神情全畫出來了。如崇禎本《金瓶梅》於此處的眉批所指出的：「西門慶正在氣頭上，又不敢明嚷，又不能暗忍。明嚷恐討沒趣，暗忍又恐人笑。等其去後，哼哼刀刀作絮語，妙得其情。」這種「妙得其情」，並不是通過作者對人物內心的直接剖析加以表現出來的，而是通過寫她當面「風紋也不動」，背後卻謾罵的「形」，來曲折地傳出其「又不敢明嚷，又不能暗忍」的內心神情的。這種以形傳神的曲折性，著力於繪形，而著眼於傳神，就使人物形象具有立體的深邃的動態感，使讀者感到有忍俊不禁的情趣和耐人咀嚼的滋味。

　　表與裏　「我見他且是謙恭禮體兒的，見了人把頭兒低著，可憐見兒的。」「你看他迎面兒，就誤了勾當。單愛外裝老成，內藏奸詐。」（第 19 回）這雖然是寫潘金蓮與西門慶在議論對蔣竹山的看法，但也反映了作者在人物描寫上的觀點，即不僅要寫出人物的外表，而且要寫出人物的內裏，並且通過人物外表與內裏的矛盾，更加曲折和傳神地寫出人物性格的複雜性，使人物形象具有縱深感和立體感。如明明潘金蓮最忌妒，作者卻偏偏寫她贊同西門慶娶李瓶兒為妾，贏得了李瓶兒對她的好感，因此李瓶兒對西門慶說：「既有實心娶奴家去，到明日好歹把奴的房蓋的與他五娘在一處，奴舍不的他，好個人兒。」（第 16 回）這話不僅如崇禎本《金瓶梅》於此處的夾批所指出的：「寫出瓶兒之淺」，而且也寫出了潘金蓮表裏不一和外表迷惑人的一面。吳月娘的性格明明最能容人，可是作者卻偏寫李瓶兒對西門慶說：「惟有他大娘，性兒不是好的，快眉眼裏掃人。」西門慶道：「俺吳家的這個拙荊，他倒好性兒哩！不然，手下怎生容得這些人？」（第 16 回）崇禎本《金瓶梅》於此處夾批道：「知妻莫如夫。」這還不僅寫出了李瓶兒和西門慶對吳月娘的表和裏兩種不同的認識，而且為李瓶兒由親潘而疏吳的態度，發展為後來親吳而疏潘，作了鋪墊。作者寫李瓶兒臨終前，悄悄向月娘哭泣，說道：「娘到明日好生看養著，與他爹做個根蒂兒，休要似奴心粗，吃人暗算了。」作者說，「自這一句話，就感觸月娘的心來。後次西門慶死了，金蓮就在家中住不牢者，就是想著李瓶兒臨終這句話。」（第 62 回）從李瓶兒對潘金蓮、吳月娘的親疏態度的變化，既反映了李瓶兒對人的認識由表及裏的巨大發展，又畫出潘金蓮和吳月娘形象由表及裏的不同層

面，給讀者留下了過目難忘的印象。

　　不僅寫出了人物性格的前後發展有表與裏等不同的層面，而且即使在描寫人物的某一件事情上，作者往往也不是單刀直入，而總是由表及裏，曲裏拐彎，從而使人物形象神情如畫，別開生面。如當西門慶聽從妓女李桂姐的唆使，要剪下潘金蓮「一料子頭髮拿來我瞧」，作者寫西門慶回去不是直截了當地向潘金蓮提出這個要求，而是寫他在潘金蓮面前迂迴曲折地做出種種表象。一回家先給潘金蓮一個下馬威：「他便坐在床上，令婦人脫靴。那婦人不敢不脫。須臾脫了靴，打發他上床。西門慶且不睡，坐在一只枕頭上，令婦人褪了衣服，地下跪著。那婦人唬的捏兩把汗，又不知因為甚麼，於是跪在地下，柔聲大哭道……」西門慶又叫春梅拿馬鞭子，要毒打潘，連春梅都看不下去，說：「爹，你怎的恁沒羞！娘幹壞了你的甚麼事兒？你信淫婦言語，來平地裏起風波，要便搜尋娘，還教人和你一心一計哩！你教人有刺眼兒看得上你！」「那西門慶無法可處，反呵呵笑了，向金蓮道：『我且不打你，你上來，我向你要椿物兒，你與我不與我？』」在這之後，西門慶才正式提出：「我心要你頂上一絡兒好頭髮。」（第 12 回）如崇禎本《金瓶梅》於此處的眉批所指出的：「先尋事起水頭寫得肺肝如見。」「到此方入題，西門慶亦費許多曲折矣。」正是由表及裏，經歷這「許多曲折」，才使西門慶的性格不僅顯出了狡獪、狠毒、刁鑽、卑劣等等深厚的內涵，而且在讀者的面前「活」起來了。如果讓西門慶一回家就徑直向潘金蓮提出：「我心要你頂上一絡兒好頭髮」，那就不僅不能顯示出西門慶性格的複雜性，而且很可能遭到潘金蓮的拒絕和斥責，也絕不會收到這樣蘊藉深邃、俊肖動人的藝術效果。

四、典型意義的廣泛性和深刻性

　　《金瓶梅》寫的雖然都是日常生活中平凡的小人物，然而他們的典型意義卻既廣且深，一點也不小。

　　從個別擴大到一般，這是《金瓶梅》作者使人物形象的典型意義既深且廣的一個重要手法。如吳月娘、潘金蓮、孟玉樓在一起議論李瓶兒嫁給蔣竹山的事兒，「孟玉樓道：『論起來，男子漢死了多少時兒，服也還未滿就嫁人，使不得的。』月娘道：『如今年程，論的甚麼使的使不的。漢子孝服未滿，浪著嫁人的，才一個兒！淫婦成日和漢子酒裏眠酒裏臥底人，他原守的甚麼貞節！』看官聽說，月娘這一句話，一棒打著兩個人：孟玉樓和潘金蓮都是再醮嫁人，孝服都不曾滿。」（第 18 回）這裏不僅「一棒打著兩個人」，更重要的是「如今年程」，已經無法「論的甚麼使的使不的。」說明封建倫理道德的墮敗，已經不是個別人的問題，而是整個時代的特徵。使典型人物具有鮮明的時代性，從

他們身上可以感受到封建統治勢力的衰朽、沒落,市民階層的力量紛紛崛起的時代氣息,這是《金瓶梅》人物形象的典型特色之一。

從現象深入到本質,這是《金瓶梅》作者使人物形象的典型意義既深且廣的又一重要手法。如西門慶為什麼能夠那樣橫行霸道,作者通過應伯爵勸告西門慶家的伶人李銘道:「他有錢的性兒,隨他說幾句罷了。常言嗔拳不打笑面。如今時年尚個奉承的,拿著大本錢做買賣,還放三分和氣。你若撐著硬船兒,誰理你?休說你每,隨機應變,全要四水兒活,才得轉出錢來。你若撞東墻,別人吃飽飯了,你還忍餓。你答應他幾年,還不知他性兒?」(第72回)「有錢的性兒」,這就是西門慶的典型本質。他不同於以前小說中的任何典型,具有嶄新的獨特性。這種獨特性又不是作者的任意杜撰,而是深深地植根於那個時代的風尚——「全要四水兒活,才得轉出錢來。」一切以錢為軸心,大家皆圍繞著錢轉。這就在典型性格的獨特性之中又寄寓著典型意義的普遍性。

從個人關係透視出主奴之間的階級關係,這是《金瓶梅》作者使人物形象的典型意義既深且廣的又一重要手法。如宋惠蓮在與西門慶私淫時,議論潘金蓮是「露水夫妻」,「再醮貨兒」,被潘偷聽到了,便以此譏諷她:「俺每都是露水夫妻,再醮貨兒,只嫂子是正名正頂,轎子娶將來的,是他的正頭老婆,秋胡戲。」看上去這只是妾婦之間的爭風吃醋,是屬於潘金蓮與宋惠蓮的個人關係。然而作者筆鋒一轉,即寫宋惠蓮「於是向前雙膝跪下,說道:『娘是小的一個主兒,娘不高抬貴手,小的一時兒存站不的。』」(第23回)這反映了宋惠蓮雖然已經由奴才的妻子成為主子西門慶的姘婦,但卻改變不了主奴之間階級關係的實質,使後來宋惠蓮的被迫害致死,顯示出極為深刻、感人的典型意義。

由小見大,觸類旁通,引人遐想,這是《金瓶梅》作者使人物形象的典型意義不斷擴大的又一重要手法。看上去《金瓶梅》主要只是寫了一個小小的市井細民西門慶及其一家人的日常生活,而通過作者由小見大,觸類旁通的類比,卻使讀者不能不聯想到那整個封建王朝和封建社會。如作者寫西門慶家的奴才來旺為發洩他對主子的不滿,說:「我的仇恨與他結的有天來大。常言道:一不做,二不休。到根前再說話。破著一命剮,便把皇帝打!」(第25回)來旺及其妻宋惠蓮,因潘金蓮挑唆西門慶而受到殘酷迫害後,吳月娘說:「如今這一家子亂世為王,九條尾狐狸精出世了,把昏君禍亂的貶子休妻。」(第29回)在西門慶眼中,把潘金蓮看作「猶如沉醉楊妃一般。」(第28回)李瓶兒生了兒子,潘金蓮說西門慶「恰似生了太子一般,見了俺每如同生剎神一般。」(第31回)潘金蓮用馴貓撲食的陰謀手段,把官哥驚嚇致死,作者說這「就如昔日屠岸賈養神獒,害趙盾丞相一般。」(第59回)乍看起來,西門慶與皇帝、昏君,官哥與太子,潘金蓮與楊妃、屠岸賈,都是風馬牛不相干的,但是在情理上、在本質上,他們確有相通之處,

經過作者這一類比，就不能不引起讀者的深思遐想，從而使人物形象的典型意義不是侷限於西門慶或潘金蓮等一、二個人物自身，而是由小見大，由此及彼，擴大到了整個社會。

上述四種手法的共同特徵，不是侷限於就事論事，而是盡量為人物形象的活動拓寬空間，使人物的言行富有張力，給讀者留下思考和想像的餘地，能夠打開讀者的眼界，引起豐富的聯想，在讀者的想像和聯想之中，使人物形象的典型意義得到擴大和延伸。

論《金瓶梅》的人物心理描寫

太行之路能摧車，若比人心是坦途。

巫峽之水能覆舟，若比人心是安流。

　　這是唐代著名詩人白居易的詩〈太行路〉。它說明詩人早已認識到，世界上最複雜的不是自然界，而是人的內心世界。馬克思、恩格斯也說過：「人們頭腦中和人們心中的秘密比海底的秘密更不可捉摸，更不易揭露。」[1]我國古代的小說藝術，經歷了一個發展的過程，從側重於寫故事，到側重於寫人物；從著力於寫人物的行動，到注重於向人物的內心深處開掘，刻畫人物的內心世界。在這個歷史性的進展中，《金瓶梅》起了重大的轉折作用。它的作者笑笑生清醒地認識到：「滿懷心腹事，盡在不言中。」（第32回）「人面咫尺，心隔千里。」（第81回）因此，「《金瓶梅》的特長，尤在描寫市井人情及平常人的心理，費語不多，而活潑如見。」[2]

一、從注重人物的行動描寫，到注重人物的心理描寫

　　在《水滸傳》中，對於潘金蓮第一次見到西門慶之後的心理活動，隻字未提。只寫——

　　這婦人自收了簾子、叉竿歸去，掩上大門，等武大歸來。（第24回）

到了《金瓶梅》中，便加了一段心理描寫：

　　當時婦人見了那人生的風流浮浪，語言甜淨，更加幾分留戀，「倒不知此人姓甚名誰，何處居住。他若沒我情意時，臨去也不回頭七八遍了。不想這段姻緣，卻在他身上。」卻是在簾下眼巴巴的看不見那人，方纔收了簾子，關上大門，歸房

1　馬克思、恩格斯：〈神聖家族〉，見《馬克思恩格斯論藝術》第3卷。
2　鄭振鐸：《插圖本中國文學史》。

去了。（第2回）

西門慶第一次見到潘金蓮之後，在《水滸傳》中也隻字未寫他的心理活動，只寫——

> 不多時，只見那西門慶一轉，踅入王婆茶坊裏來，便去裏邊水簾下坐了。（第24回）

在《金瓶梅》中，則增加了一段心理描寫：

> 這西門大官人自從簾下見了那婦人一面，到家尋思道：「好一個雌兒，怎能勾得手？」猛然想起那間壁賣茶王婆子來，「堪可如此如此，這般這般。撮合得此事成，我破幾兩銀子謝他，也不值甚的。」於是連飯也不吃，走出街上閒遊，一直徑踅入王婆茶坊裏來，便去裏邊水簾下坐了。（第2回）

從上述例證，我們不難看出，跟《水滸傳》相比，《金瓶梅》作者在寫人物行動的同時，更注重寫人物的心理。這種發展和轉變，有著不可低估的意義和作用。

首先，它有利於充分發揮小說創作馳騁想像的特殊功能。在描繪人物的外部特徵方面，小說比繪畫要顯得遜色，但是在描寫人物的內心活動方面，繪畫則比小說要相形見絀。因此，向人物的內心世界開掘，就為小說家充分發揮自己的想像力和創造力，為刻畫人物開拓了一個廣闊的新天地。正如我國當代著名文藝理論家王朝聞所指出的：「小說，既然是語言藝術，其語言上的長處，必須充分發揮，爭取達到不是其他藝術可以達到的深度。而《安娜·卡列尼娜》就是充分發揮了語言藝術的特長，非常深入地表現出人物心理的複雜的微妙的活動的作品。」[3]在心理描寫的成就上，《金瓶梅》雖然沒有達到《安娜·卡列尼娜》的水平，但是，它倆在注重心理描寫的藝術發展的走向上，確是取同一步調的。

其次，它使作家刻畫人物形象的視角，具備了多角度的特點。它不再是僅從作家敘述的角度，客觀地對人物形象作出介紹和描述，同時還從人物特殊的心理和感受出發，從人物自身的視角來互相作雙向或多向的描繪。如從潘金蓮的眼光來看，西門慶是個「生的風流浮浪，語言甜淨」，令她感到「更加幾分留戀」的人物。這既道出了潘金蓮愛好風流的心理，又畫出了西門慶浮浪的性格特徵。而從西門慶的眼光來看，潘金蓮則是「好一個雌兒，怎能勾得手？」這就既畫出了西門慶好色、貪婪的心理，又更加襯托了潘金蓮的風騷動人。因此，這種變換視角的心理描寫手法，具有一石二鳥、一箭雙雕的作用，

3　王朝聞：〈談人物的心理描寫〉，見《文藝月報》1955年11月號。

不但寫了所描寫的對象特徵，而且寫出了觀察者的心靈特徵，並且這種心靈特徵既是對象特徵的反映，又是對象特徵的變形。這兩種特徵的溝通，就創造了一種嶄新的藝術境界，使讀者不能不刮目相看，不能不引起深沉的思索，從而也就很自然地吸引並調動起讀者的藝術想像力和創造力，使作家所創造的人物形象變得更加精彩和動人，給讀者留下深刻難忘的印象。

最後，更重要的是通過心理描寫，大大增強了人物性格的豐富性和傳神性。如西門慶與潘金蓮之所以能很快勾搭成姦，是由他們各自的性格和社會環境等多方面的因素決定的。文龍讀後得出的結論是：「西門慶一蟻耳，而欲禁其不趨羶得乎？西門慶一蠅耳，而欲使之不逐臭得乎？而況有王婆之撮合。讀者試掩卷思之：一邊是善於偷香竊玉之西門慶，一邊是善於迎姦賣俏之潘金蓮，中間是善於把纖撈毛之王婆子，其苟合之能成與否，固不必再看下文而已知之。」[4]其實，只是由於增加對西門慶、潘金蓮的心理描寫，才為他們後來的發展提供了充分的必然性。如西門慶去找王婆之前，作者寫他就已想好「堪到如此如此，這般這般。撮合得此事成，我破幾兩銀子謝他，也不值甚的。」這既刻畫出西門慶奸險、狡點的性格特徵，又揭示了其性格的社會本質是發跡有錢，自恃「破幾兩銀子謝他，也不值甚的」，盡可收買幫凶，恣意霸占他人妻子。正因為在《金瓶梅》中突出了罪魁禍首是西門慶，而改變了《水滸傳》作者所寫的武松先殺了潘金蓮然後再去殺西門慶的寫法。這種改寫，不僅是出於全書整個情節發展的需要，也反映了《金瓶梅》作者對西門慶和潘金蓮這兩個典型本質的不同看法。從一開始對潘金蓮和西門慶的心理描寫上，即已露出端倪。潘金蓮本人雖是個迎姦賣俏的淫婦，但她畢竟是處於被動的地位。她是在西門慶「臨去也回頭了七八回」，才產生了這樣的想法：「他若沒我情意時，臨去也不回頭七八遍了。不想這段姻緣，卻在他身上。」她之所以對西門慶「生的風流浮浪，語言甜淨」，感到「更加幾分留戀」，也不只是由於她的生性好淫，更重要的還因為她對封建包辦婚姻深為不滿。在這之前，作者已寫她內心「報怨大戶：『普天世界斷生了男子，何故將奴嫁與這個貨？每日牽著不走，打著倒退的。只是一味味酒。著緊處，都是錐扎也不動。奴端的那世裏悔氣，卻嫁了他！是好苦也！』」（第1回）因此，作者寫潘金蓮對西門慶「更加幾分留戀」，這既在客觀上反映了西門慶風流、詭譎、迷惑人之處，又在潘金蓮的主觀上有把西門慶與其夫武大加以對比，對美滿的愛情婚姻縈懷憧憬、嚮往和追求之意，不能簡單地歸結為淫蕩的邪念。那種認為：「簾下勾情，必大書金蓮，總見金蓮之惡，不可勝言。猶云你若無心，雖百西門奈之何哉！凡壞事者，

大抵皆是婦人心邪。」[5]便屬於評論者的偏見。文龍的看法則比較公道:「使武大所娶非金蓮,金蓮所嫁非武大,事尚未可知。實逼處此,雖有十武松,亦無之何,而況普天之下,有幾武松乎?」[6]潘金蓮之所以被西門慶勾引為情婦,禍根是在於她與武大的婚姻為張大戶包辦的封建婚姻,同時也因為那個時代像武松那樣的正經人太少,而如西門慶那樣趨羶逐臭的蟻蠅之徒,則猖獗得很,怎麼能僅僅歸結為「婦人心邪」呢?由此可見,《金瓶梅》作者加上這些心理描寫,絕不是無足輕重的,而是大大增強了人物性格的豐富性和複雜性,拓寬了人物形象的社會典型意義。

至於這種人物的心理描寫與行動描寫相配合,西門慶「臨去也回頭了七八回」,潘金蓮心想「他若沒我情意時,臨去也不回頭七八遍了」,「在簾下眼巴巴的看不見那人,方才收了簾子,關上大門。」這種相互痴情張望、無限留戀的神態,以及西門慶那種當天「連飯也不吃,走出街上閒遊,一直徑踅入王婆茶坊裏來」,急不可耐地請王婆撮合的身影,則更是增加了人物形象的傳神性和生動性,使之窮形盡相,如躍眼前。

因此,從注重寫人物的行動,到注重寫人物的心理,並把這兩者結合起來,這標誌著《金瓶梅》在我國古代小說藝術的歷史性進展中向前邁進了一大步。

二、從對人物一般的心理描述, 到對人物內心感情的充分抒發

在《金瓶梅》以前的我國古代小說中,對人物的心理描寫也不是一點沒有。《水滸傳》作者便寫武松在要不要冒險過景陽崗時,「尋思道:『我回去時,須吃他恥笑,不是好漢,難以轉去。』存想了一回,說道:『怕甚麼鳥!且只顧上去看怎地!』」(第23回)但是這種心理描寫,畢竟是很簡略的。如果說這是為了突出武松英雄形象的需要,不宜渲染武松的心理矛盾,那麼,當梁山義軍人人愛戴的領袖晁蓋在戰場上壯烈犧牲之時,總該在水滸英雄們的心裏激起沸騰的感情波瀾吧,可是《水滸傳》作者卻只寫「宋江見晁蓋死了,比似喪考妣一般,哭得發昏。眾頭領扶宋江出來主事,吳用、公孫勝勸道:『哥哥且省煩惱,生死人之分定,何故痛傷?且請理會大事。』宋江哭罷,便教把香湯沐浴了屍首,裝殮衣服巾幘,停在聚義廳上。」(第60回)這裏雖然寫了宋江「哭得發昏」,但由於對人物的心理和感情缺乏具體的描寫,這就使晁蓋的死很難在讀者中激起同仇敵愾的感人力量。「生死人之分定,何故痛傷?」這種理性的說教,便是禁錮

5　張竹坡:《金瓶梅》第2回評語。
6　同註4。

作者作心理和感情描寫的桎梏。儘管《水滸傳》的思想和藝術成就，無疑地是我國古代小說史上的一座高峰，有後人難以企及的許多長處。但是如同世界上的萬事萬物一樣，我國古代的小說藝術也是處在不斷地發展之中的，《金瓶梅》在人物的心理、感情的深入描寫上，就比《水滸傳》有了發展。這個事實我們也不能不予以足夠的重視。如《金瓶梅》中寫「西門慶大哭李瓶兒」，就不同於《水滸傳》中寫宋江哭晁蓋，只有「哭得發昏」一句，而是寫了西門慶的三次大哭：

第一次，是當李瓶兒剛死之時，「揭起被，但見面容不改，體尚微溫，脫然而逝，身上止著一件紅綾抹胸兒。這西門慶也不顧的甚麼身底下血漬，兩隻手抱著他香腮親著，口口聲聲只叫：『我的沒救的姐姐，有仁義好性兒的姐姐！你怎的閃了我去了，寧可教我西門慶死了罷。我也不久活於世了，平白活著做甚麼！』在房裏離地跳的有三尺高，大放聲號哭。」（第 62 回）

第二次，是當李瓶兒的屍體裝裹，用門板抬到大廳之時，「西門慶在前廳手拘胸膛，由不的撫屍大慟，哭了又哭，把聲都呼啞了，口口聲聲只叫『我的好性兒有仁義的姐姐』不住。」（第 62 回）

第三次，是在吩咐人到各親眷處報喪之後，「西門慶因想起李瓶兒動止行藏模樣兒來，心中忽然想起忘了與他傳神，叫過來保來問：『那裏有寫真好畫師？尋一個傳神。我就把這件事忘了。……這來保應諾去了。西門慶熬了一夜沒睡的人，前後又亂了一五更，心中感著了悲慟，神思恍亂，只是沒好氣，罵丫頭，踢小廝，守著李瓶兒屍首，由不的放聲哭叫。……把喉音也叫啞了，問他，與茶也不吃，只顧沒好氣。』（第 62 回）

這三次大哭，不僅把如何「哭得發昏」具象化了，更重要的是由此從人物的心理和感情深處，刻畫出了一系列血肉豐滿、生動活潑的人物性格。

首先是對西門慶性格的刻畫。他的三次大哭，並不是數量的重複，而是分別寫了西門慶內心感情的三個不同的層面：第一次大哭，主要是反映了他的悲痛已到了悲痛欲絕的地步；第二次大哭，主要是表現了他的傷心，幾乎到了傷心不已的程度；第三次大哭，則主要是說明了他的惱怒，由悲痛、傷心過度，發展到遷怒於眾。這不僅一次比一次更沉痛地反映了他內心的感情波瀾，而且還深刻地揭露了他的性格本質。他不知「平白活著做甚麼」，失去了愛妾李瓶兒，他就恨不得「寧可教我西門慶死了罷」。這豈不反映了市民的意識──有點愛情至上的味道？他「心中感著了悲慟，神思恍亂」，便可以把丫頭、小廝當作他發洩悲慟、排遣氣悶的對象，隨心所欲地「罵丫頭，踢小廝」。這豈不是對西門慶那個市井惡棍的性格本質真實而又生動的寫照麼？從表面上看，西門慶對李瓶兒的死已經悲痛到飯不思、茶不飲，無以復加的極點，然而當他聽到應伯爵的勸導：「爭耐你偌大的家事，又居著前程，這一家大小泰山也似靠著你。你若有好歹，怎麼了得！

就是這些嫂子都沒主兒。常言：一在三在，一亡三亡。哥，你聰明，你伶俐，何消兄弟每說。就是嫂子他青春年少，你疼不過，越不過他的情，成服，令僧道念幾卷經，大發送，葬埋在墳裏，哥的心也盡了，也是嫂子一場的事，再還要怎樣的？哥，你且把心放開！」「當時被應伯爵一席話，說的西門慶心地透徹，茅塞頓開，也不哭了。須臾，拿上茶來吃了，便喚玳安：『後邊說去，看飯來，我和你應二爹、溫師父、謝爹吃。』」（第62回）西門慶內心感情的這個急劇變化，反映了他的悲痛心理的實質，——只不過「令僧道念幾卷經，大發送，葬埋在墳裏」，就算「心也盡了」；想到「偌大的家事，又居著前程」，他的心理便立刻恢復了平衡，把對李瓶兒的悲痛瞬息化為烏有了。這對西門慶的性格本質，該是刻畫得多麼生動而又深刻啊！

同時，由西門慶的感情波瀾，又激起吳月娘、潘金蓮等人的心潮蕩漾，從而在更為深廣的意義上活現了眾多的人物性格。如作者寫「月娘因見西門慶搗伏在他身上，摑臉兒那等哭，只叫：『天殺了我西門慶了！姐姐，你在我家三年光景，一日好日子沒過，都是我坑陷了你了！』月娘聽了，心中就有些不耐煩了，說道：『你看韶刀！哭兩聲兒，丟開手罷了。一個死人身上，也沒個忌諱，就臉摑著臉兒哭，倘忽口裏惡氣撲著你。是的，他沒過好日子，誰過好日子來？人死如燈滅，半晌時不借。留的住他倒好！各人壽數到了，誰人不打這條路兒來？』」（第62回）這裏既表現了吳月娘對丈夫的關心、疼愛之情，生怕他被死人口裏的惡氣兒撲著，又發洩了她對丈夫偏愛李瓶兒的不滿，——「他沒過好日子，誰過好日子來？」還用「人死如燈滅」「各人壽數到了」等宿命論的思想，既表示對丈夫的勸導，又表現出她那佛教徒的性格，使吳月娘的形象仿佛如浮雕般地凸現在我們的面前。

又如對潘金蓮、孟玉樓性格的刻畫。由於西門慶為李瓶兒的死過度悲傷，心情煩躁，不想吃飯，再加上李瓶兒的死本來就與潘金蓮對她的忌恨有關，因此當潘金蓮勸他吃飯時，他便大罵潘金蓮。為此潘金蓮對吳月娘說：「他倒把眼睜紅了的，罵我：『狗攮的淫婦，管你甚麼事！』我如今鎮日不教狗攮，卻教誰攮哩？恁不合理的行貨子，只說人和他合氣。」月娘道：「熱突突死了，怎麼不疼？你就疼也放心裏。那裏就這般顯出來。人也死了，不管那有惡氣沒惡氣，就口摑著口那等叫喚，不知甚麼張致。吃我說了兩句：他可可兒來，三年沒過一日好日子，鎮日教他挑水挨磨來？」孟玉樓道：「娘，不是這等說。李大姐倒也罷了，沒甚麼。倒吃了他爹恁三等九格的。」金蓮道：「他沒得過好日子，那個偏受用著甚麼哩，都是一個跳板兒上人。」（第62回）這裏潘金蓮、吳月娘、孟玉樓雖然同樣都發洩了對西門慶偏愛李瓶兒的不滿心理，但從潘金蓮的不滿中顯得老辣、無恥，她竟以鎮日「教狗攮」自居；在吳月娘的不滿中露出賢淑，她對丈夫的健康滿懷著關心、體貼之情；在孟玉樓的不滿中則揭示了妾婦之間不平等的待遇——「倒吃

他爹恁三等九格的」。從丈夫對待妾婦的不平等態度來看，是「恁三等九格的」；從一夫多妻制所造成的婦女悲慘命運來看，卻又「都是一個跳板兒上人。」封建的一夫多妻制，就是這樣矛盾重重，極不合理。這裏作者從人物的心理、感情所迸發出來的語言，叫人感到字裏行間皆飽含著辛酸和血淚，不僅充分地展現了各人的性格特色，而且從中蘊含著深廣的社會典型意義。

值得注意的是，這裏作者主要不是通過故事情節來表現人物性格，而是以人物心理發展的歷程和感情變化的波瀾，來使人物性格不斷地得到豐富和深化。如西門慶的第一次大哭，是在他看到李瓶兒臨死前，「身上止著一件紅綾抹胸兒」，以後又寫西門慶在夢中「只見李瓶兒驀地進來，身穿糝紫衫、白絹裙……」「從睡夢中直哭醒來」（第 67 回）。接著又寫他問潘金蓮：「前日李大姐裝梛，你每替他穿了甚麼衣服在身底下來？」經過潘金蓮追問，西門慶只好承認：「我方才要見他來。」潘金蓮說：「此是想的你這心裏胡油油的。」第三次大哭前，西門慶叫來保請畫師來給李瓶兒畫像，下一回又寫西門慶說：「我心裏疼他，少不的留個影像兒，早晚看著，題念他題兒。」畫師把李瓶兒的像畫得「儼然如生時一般。西門慶見了滿心歡喜，懸掛像材頭上。眾人無不誇獎：『只少口氣兒。』」（第 63 回）接著寫西門慶看戲，看到貼旦扮玉簫唱「今生難會，因此上寄丹青」一句，「忽想起李瓶兒病時模樣，不覺心中感觸起來，止不住眼中淚落，袖中不住取汗巾兒搽拭。」（第 63 回）李瓶兒出殯之後，「西門慶不忍遽舍，晚夕還來李瓶兒房中，要伴靈宿歇。」（第 65 回）如此看來，作者把西門慶對李瓶兒的思念之情，渲染到了可謂登峰造極的地步。然而作者筆鋒一轉，又寫他的貼身小廝玳安說：「為甚俺爹心裏疼？不是疼人，是疼錢。」（第 64 回）就在「伴靈宿歇」的夜間，西門慶要茶喝，當奶媽如意兒給他遞茶時，西門慶便「令脫去衣服上炕，兩個摟接，在被窩內不勝歡娛，雲雨一處。」（第 65 回）從此奶媽如意兒就成了李瓶兒的替身。由此可見，西門慶之所以對李瓶兒愛之彌深，實際上只不過是他對財和色的縈懷不已罷了。這就把西門慶的性格本質，刻畫得既血肉豐滿，又剔膚見骨，令人心潮起伏，感慨萬千。

三、從寫人物表層的正常心理 到寫人物的潛意識、變態心理

在《金瓶梅》以前的我國古代小說中，對人物的心理描寫，一般尚停留於對人物表層的正常的心理描述，而到了《金瓶梅》中，便發展為寫人物的潛意識、變態心理。

對夢境的大量描寫，就是突出的表現之一。寫夢，並不一定就是寫人物的心理，更不等於寫人物的潛意識、變態心理。《水滸傳》第 42 回「還道村受三卷天書，宋公明遇

九天玄女」，寫宋江在回家接父親的途中，遇到官兵追捕，他便躲進玄女廟的神廚裏，遇到九天玄女，授給他三卷天書，要他「替天行道，為主全忠仗義，為臣輔國安民，去邪歸正。」《水滸傳》作者也寫明這「乃是南柯一夢」。這種夢境描寫，完全是出於全書故事情節發展的需要，並非人物心理變化的必然。從人物心理發展的必然性來看，這種對夢的描寫是不真實的：首先，在面臨官兵追捕，躲進神廚藏身逃命的情況下，宋江已經嚇得「心中驚恐，不敢動腳」，他又怎麼可能安然進入夢鄉呢？其次，既然是做夢，夢醒之後，宋江手內怎麼可能果真有夢中玄女授給他的三卷天書呢？對此，作者無法自圓其說，不得不聲稱：「這一夢真乃奇異，似夢非夢。若把做夢來，如何有這天書在袖子裏，……想是此間神聖最靈，顯化如此。」清代芥子園刻本《忠義水滸傳》於此處的眉批指出：「凡小說戲劇，一著神鬼夢幻，便躲閃可厭，此傳亦不免，終是扭捏。」清代醉耕堂刻本《評論出像水滸傳》王望如亦評曰：「受天書，遇玄女，此寇萊公之作也。」可見這類對夢境的描寫，儘管從故事情節和人物性格的發展來看，是必要的，但從人物心理刻畫來說，卻談不上是成功的，難免給人以扭捏、欺詐之感。

真正以寫夢來寫人物深層的心理，寫人物的潛在的變態的心理——從人物的心靈深處來展現人物豐富複雜的性格，我們不能不首推《金瓶梅》。《金瓶梅》作者不是把夢幻與神鬼混為一談，而是自覺地把它當作人物心理描寫的一種手法。在書中作者曾兩次明確宣告：「夢是心頭想。」（第67、79回）

當官哥兒被潘金蓮馴的貓驚嚇致病之後，作者寫李瓶兒守著官哥兒睡在床上，「似睡不睡，夢見花子虛從前門外來，身穿白衣，恰像活時一般。見了李瓶兒，厲聲罵道：『瀎賊淫婦，你如何抵盜我財物與西門慶？如今我告你去也！』被李瓶兒一手扯住他衣袖，央及道：『好哥哥，你饒恕我則個。』花子虛一頓，撒手驚覺，卻是南柯一夢。醒來手裏扯著卻是官哥兒的衣衫袖子。連嗌了幾口，道：『怪哉，怪哉！』聽一聽更鼓，正打三更三點。這李瓶兒唬的渾身冷汗，毛髮皆豎起來。」（第59回）

官哥兒死後，李瓶兒慟極、氣極，以致舊病復發。作者又寫道：「李瓶兒夜間獨宿在房中，銀床枕冷，紗窗月浸，不覺思想孩兒，欷歔長嘆，似睡不睡，恍恍然恰似有人彈的窗櫺響，李瓶兒呼喚丫鬟，都睡熟了不答，乃自下床來，倒趿了鞋，翻披繡襖，開了房門，出戶視之。仿佛見花子虛抱著官哥兒叫他，新尋了房兒，同去居住。這李瓶兒還捨不的西門慶，不肯去，雙手就去抱那孩兒。被花子虛只一推，跌倒在地。撒手驚覺，卻是南柯一夢，嚇了一身冷汗，嗚嗚咽咽只哭到天明。」（第60回）

在李瓶兒病危時，作者又寫她對西門慶說：「我不知怎的，但沒人在房裏，心中只害怕。恰似影影綽綽，有人在我跟前一般。夜裏要便夢見他，恰似好時的，拿刀弄杖，和我廝嚷。孩子也在他懷裏。我去奪，反被他推我一交，說他那裏又買了房子，來纏了

好幾遍,只叫我去。」(第 62 回)

對於這些夢幻的描寫,清代《金瓶梅》評點家張竹坡評曰:「官哥為子虛化身」「寫夢子虛云『你如何盜我財物與西門慶?我如今告你去也。』二句,明是子虛轉化官哥,以為瓶兒孽死之由,以與西門慶索債之地。」[7]「瓶兒之病因官哥,本因子虛。乃官哥未死,子虛不來,是官哥即子虛。官哥既死,子虛頻來,是子虛即官哥,而必寫官哥在子虛懷中者,正子虛所以纏瓶兒之處,而瓶兒纏孽之因也。」[8]

這種說法,我認為還是著眼於傳統的觀點和寫法,把夢幻與鬼神混為一談。事實上,《金瓶梅》作者已經打破了傳統的觀點和寫法,而把夢幻作為深層心理描寫的一種手法。因此,張竹坡的上述說法是與《金瓶梅》的實際描寫不相吻合的。首先,在李瓶兒第一次夢見花子虛時,官哥兒尚活著,第二次夢見花子虛時,官哥兒雖然已經死了,但作者寫明李瓶兒夢中「仿佛見花子虛抱著官哥兒叫他」。兩次都寫得清清楚楚,花子虛和官哥兒分明是兩個人,怎麼能說「官哥為子虛化身」,「官哥即子虛」呢?其次,如若果真「官哥即子虛」,李瓶兒對官哥是那樣疼愛之至,而對為官哥化身的花子虛為什麼卻那樣絕情之極呢?作者之所以寫李瓶兒在官哥兒病危時夢見花子虛來說要告她,是為了反映李瓶兒對抵盜財物與西門慶,氣死親夫花子虛,在內心依然存在著負疚和恐懼心理。正因為她心中有「鬼」,所以當官哥病重時,在她的潛意識中便已經預感到她和官哥兒的性命難保。她生怕花子虛在陰間要告她。官哥兒的死,在她的心理上幾乎深信不疑:就是花子虛為了報復她,才從她手中把官哥兒奪去的;他不但要奪去她的愛子,還要她本人也去。然而她卻「舍不的西門慶,不肯去。」這就更進一步地寫出了李瓶兒對西門慶的痴情和執著,反映了李瓶兒的內心矛盾和痛苦;既畏懼前夫花子虛在陰間要告她,又舍不的離開西門慶。正是這種對李瓶兒的潛意識和變態心理的描寫,才把她那夫婦、母子生離死別的骨肉之情,寫得那樣悲切慘然,令人不寒而慄。

同時,作者在李瓶兒再三敘述夢見花子虛來纏她時,還特地寫了西門慶對李瓶兒的解說:「人死如燈滅,這幾年知道他往那裏去了。此是你病的久了,下邊流的你這神氣弱了,那裏有甚麼邪魔魍魎,家親外祟。」(第 62 回)這說明西門慶的心理狀態與李瓶兒迥然有別:他幹盡壞事,卻從無內疚或後怕之感,從不信會遭到陰司的報應。然而當李瓶兒果真死去之後,西門慶的心理卻出現了變態。作者寫他夢見李瓶兒「向床前叫道:『我的哥哥,你在這裏睡哩,奴來見你一面。我被那廝告了我一狀,把我監在獄中,血水淋漓,與穢污在一處,整受了這些時苦。昨日蒙你堂上說了人情,減了我三等之罪。那

---

7 張竹坡:《金瓶梅》第 59 回評語。
8 張竹坡:《金瓶梅》第 60 回評語。

廝再三不肯，發恨還要告了來拿你。我待要不來對你說，誠恐你早晚暗遭他毒手。我今尋安身之處去也，你須防範來！沒事，少要在外吃夜酒，往那去，早早來家。千萬牢記奴言，休要忘了！」說畢，二人抱頭放聲而哭。西門慶便問：『姐姐，你往那去？對我說。』李瓶兒頓脫，撒手卻是南柯一夢。西門慶從睡夢中直哭醒來，看見簾影射入書齋，正當卓午，追思起由不的心中痛切。」（第 67 回）張竹坡指出：「此回瓶兒之夢。非徒瓶兒，蓋預報西門慶之死也。」[9]我認為作者的意圖主要不在於此，而是在於刻畫人物的潛意識和變態心理的需要。——西門慶從不信「有甚麼邪魔魍魎，家親外祟」，變為篤信無疑。這種變態心理，既更深一層地反映了西門慶對李瓶兒的思念之情，又更生動地刻畫出西門慶的色屬內荏，表面上對恣意作惡無所顧忌，而在內心深處卻也懼怕花子虛在陰間告他，「早晚暗遭他毒手。」這就把西門慶矛盾的心理和複雜的性格，揭露無遺。它跟《水滸傳》中寫宋江夢遇玄女，顯然是屬於兩種不同的寫法：《水滸傳》是寫理、寫事、寫志，而《金瓶梅》則是寫實、寫心、寫情。

寫人物的潛意識和變態心理，看似虛幻的，而實則卻更需要大膽寫實的精神。如西門慶那樣好色，恨不得使天下的女人盡為他所占有；李瓶兒竟把他當作「醫奴的藥一般。」正是對他們這種好色狂的潛意識和變態心理的赤裸裸的描寫，才把這一對姦夫淫婦的性格本質，刻畫得既傳神出情，又入骨三分。

人物的潛意識與人物的外在表現，既是矛盾的，又是統一的。《金瓶梅》作者往往正是利用這種人物內心與外表的反差，來使人物形象顯得更加深沉而又妙趣橫生的。如作者寫吳月娘一方面與西門慶反目不說話，另一方面又寫她背著西門慶，「每月吃齋三次，逢七拜斗，夜夜焚香，祝禱穹蒼，保佑夫主早早回心，齊理家事，早生一子，以為終身之計。」正是這種外表與內心的反差，使西門慶獲悉後大為感動，悔恨「原來一向我錯惱了他，原來他一篇都為我的心，倒還是正經夫妻。」可是，當西門慶主動向吳月娘要求和好時，吳月娘卻不予理睬。「那西門慶見月娘臉兒不瞧，一面折跌腿，裝矮子，跪在地下，殺雞扯脖，口裏姐姐長姐姐短。月娘看不上，說道：『你真個恁涎臉涎皮的，我叫丫頭進來。』一面叫小玉。那西門慶見小玉進來，連忙立起來，無計支他出去，說道：『外邊下雪了，一香桌兒還不收進來罷？』小玉道：『香桌兒頭裏已收進來了。』月娘忍不住笑道：『沒差的貨，丫頭跟前也調謊兒。』小玉出去，那西門慶又跪下央及。月娘道：『不看世界面上，一百年不理才好。』說畢，方才和他坐的一處，教玉簫來捧茶與他吃了。」（第 21 回）這裏吳月娘剛剛還暗地裏「祝禱穹蒼，保佑夫主早早回心」，現在當面卻又拒絕西門慶的回心和好，說：「一百年不理才好。」看似前後矛盾，而實

9　張竹坡：《金瓶梅》第 67 回評語。

則把吳月娘潛意識中對西門慶的惱和喜、憎和愛、疏和親、睥和尊，皆刻畫得丰姿綽約，情趣盎然，使人感到吳月娘不僅有著鮮明的活生生的性格，而且是個有著複雜的內心世界和多重感情色彩的人物形象。在她身上，既表現了一夫多妻制給婦女所造成的不幸和痛苦，又反映了封建婦女自身的弱點和追求，同時還襯托出了西門慶的昏庸、卑下和無恥。

《金瓶梅》的藝術實踐證明，深入描寫人物的潛意識和變態心理，並非一定要寫夢幻或徑直作人物的心理剖析，只要作家從人物形象的真實性出發，著眼於表現人物的潛意識和變態心理，其寫作手法是層出不窮的，可以因人因事因時而異。而只要善於寫出人物的潛意識和變態心理，就能大大增強人物形象的豐富性和深邃性，生動性和趣味性。

四、從寫受封建倫理道德規範的群體心理，到寫獨特的個人心理

人的心理狀態，歸根結底，是社會現實的反映。在封建社會，由於封建的倫理道德觀念占統治地位，因此，人們的心理也不能不受封建倫理道德觀念的規範，表現為規範性的群體心理。如宋江上梁山後，首先想到的是要接他父親上山：「恐老父存亡不保，宋江想念，欲往家中搬取老父上山，以絕掛念。」晁蓋也肯定「這件是人倫中大事」，只不過勸他「再停兩日，點起山寨人馬，一徑去取了來。」而宋江卻固執地要冒險隻身前往，說：「若為父親，死而無怨。」在晁蓋設宴「慶賀宋江父子完聚」時，又「忽然感動公孫勝一個念頭：思憶母老在薊州，離家日久，未知如何。」因此他當即提出，要回家探望老母。散席時，李逵又「放聲大哭起來」，說：「幹鳥氣麼！這個也去取爺，那個也去望娘，偏鐵牛是土掘坑裏鑽出來的？」他也要去接老娘上山來快樂幾時（第 42 回）。這種心理描寫，儘管在表現方式上多少有些個性差別，但在心理活動的本質屬性上，卻屬於受封建倫理道德觀念規範的群體意識。正如金聖歎對該回的批語所指出的：「我聞諸我先師曰：夫孝，推而放之四海而準。」如此寫「放之四海而準」的心理，這不是某個作家作品的過錯，而是那個封建道德觀念占統治地位的歷史時代的必然反映。

《金瓶梅》的時代已經出現了資本主義的萌芽，封建統治階級更加腐朽不堪，封建的倫理道德觀念正在失去維繫人心的力量。《金瓶梅》作者便極其敏銳地發現並及時地抓住了這個歷史的新動向，時代的新特點，深入地發掘了人們不受封建傳統道德觀念的桎梏，超越於社會群體意識之外的獨特的個人心理。這是《金瓶梅》在人物心理描寫上的一個重大發展和嶄新貢獻。

例如在潘金蓮的心裏，只知發洩個人的情欲，根本沒有封建孝道的影子。她為妒忌

李瓶兒，便用毒打丫鬟秋菊來驚嚇李瓶兒的兒子官哥。她母親潘姥姥看不下去，勸解了幾句，潘金蓮便「越發心中攛上把火一般。須臾，紫漲了面皮，把手只一推，險些兒不把潘姥姥推了一交」，還罵她是「怪老貨」，要她「你明日夾著那老秘走。」把她母親氣得「嗚嗚咽咽哭起來了」，「使性子家去了」。（第58回）潘金蓮為什麼「越發心中攛上把火一般」，竟然用如此不堪入耳的髒話來罵她的老娘呢？就是因為潘姥姥揭穿了她內心的秘密：「為驢扭棍不打緊，倒沒的傷了紫荊樹。」——即打丫鬟事小，不要驚嚇了李瓶兒的愛子官哥。這反映了潘金蓮頗為獨特的心理，即為了發洩對西門慶偏愛李瓶兒的私憤，便不惜把痛苦強加在無辜的丫鬟秋菊身上，不惜驚嚇無辜的幼兒官哥，不惜傷害自己的母親。她把做人的良心、封建的孝道，全拋到九霄雲外去了。她這種把個人的情欲置於一切之上的心理，正是資本主義萌芽的產物。它是對受封建道德規範的群體意識的突破，而赤裸裸地表現為一種不受傳統觀念桎梏的新的個人意識。儘管這種個人意識是醜惡的，打上了市民損人利己的階級烙印。

這種不同於封建傳統的獨特的市民心理，在西門慶身上反映得更為典型。當李瓶兒剛嫁到西門慶家之後，作者寫道：

> 這西門慶心中大怒，教他下床來，脫了衣裳跪著。婦人只顧延挨不脫。被西門慶拖番在床地平上。袖中取出鞭子來抽了幾鞭子，婦人方纔脫去上下衣裳，戰兢兢跪在地平上。西門慶坐著，從頭至尾問婦人：「我那等對你說過，教你略等等兒，我家中有些事兒，如何不依我，慌忙就嫁了蔣太醫那廝？你嫁了別人，我倒也不惱，那矮王八有甚麼起解？你把他倒踏進門去，拿本錢與他開鋪子，在我眼皮子根前開鋪子，要撐我的買賣。」（第19回）

上述對西門慶為什麼「心中大怒」的描寫，說明他是把商業競爭心理放在至高無上地位的，連自己的情人李瓶兒「嫁了別人」，他都可以「不惱」，惟獨對她扶植蔣太醫開鋪子作他的競爭對手，則不能不「心中大怒」。我國傳統的封建道德觀念是義重如山，反對見利忘義。而西門慶的心理恰恰是只看重利，唯利是圖。連夫婦關係都受金錢關係的支配。西門慶之所以愛上李瓶兒，決定性的因素就是因為李瓶兒有錢。連吳月娘都說：「他有了他富貴的姐姐，把俺這窮官兒家丫頭，只當亡故了的算帳。」（第20回）

在西門慶的心理上起支配作用的，一是財欲，一是色欲。用他自己的話來說：「咱聞那佛祖西天，也止不過要黃金鋪地；陰司十殿，也要些楮鏹營求。咱只消盡這家私廣為善事，就使強姦了常娥，和姦了織女，拐了許飛瓊，盜了西王母的女兒，也不減我潑天富貴。」（第57回）他靠給蔡太師送大量禮品，「買」到了理刑副千戶、千戶的官職。可是他做官的目的，並不是為了維護封建統治，而是為了利用職權，貪贓枉法，偷稅漏

稅，個人發財致富。他的發跡，是靠了追求財和色，他的滅亡，也是因為追求財和色。用作者的話來說：「積玉堆金始稱懷，誰知財寶禍根荄。」（第56回）「一己精神有限，天下色欲無窮。」「西門慶自知貪淫樂色，更不知油枯燈盡，髓竭人亡。」（第79回）

總之，注重人物的心理描寫，能夠寫出人物的感情波瀾、潛意識和變態心理，寫出人物不受傳統道德規範的自己的主體意識和獨特心理，並且以此為重要的內因，來安排作品的故事情節和人物的命運，這是《金瓶梅》在人物形象刻畫上的一個新的特色和新的進展。

這個新的特色和新的進展，是歷史性的。因為它反映了歷史的發展，適應了時代的需要。在封建主義思想體系禁錮的時代，是根本不允許有個人的主體意識，有個人的獨特心理的。只有到了資本主義萌芽，封建主義的思想統治出現裂縫，甚至面臨瓦解的歷史條件下，個人的主體意識，個人的獨特心理，才能突破群體意識的規範，得以滋生和發展。注重人物的心理描寫，這不僅符合社會歷史發展的這個新動向，而且也為小說的人物描寫開闢了一個廣闊的新天地。如同法國偉大作家雨果所說的：「世界最浩瀚的是海洋，比海洋更浩瀚的是天空，比天空還要浩瀚的是人的心靈。」[10]描寫「比天空還要浩瀚的」人的心靈，這該給小說家的創作帶來多少蓬勃的生機啊！在《金瓶梅》中，雖然對此做得尚很不充分，很不完美，但它畢竟已在小說藝術發展的這個必然走向上，邁出了可喜的一步。

---

10 轉引自柏峰：〈人的心靈比天空還要浩瀚——讀心理學漫談——致青年朋友十七封信〉，上海《文匯報》1985年10月28日第4版。

論《金瓶梅》的語言藝術特色

《金瓶梅》的語言特色是：俗。用作者笑笑生的朋友欣欣子的話來說，它所寫的是「市井之常談，閨房之碎語。」[1] 張竹坡說它是「一篇市井的文字」。[2] 其弟張道淵在〈仲兄竹坡傳〉中，介紹張竹坡之所以要把《金瓶梅》「梓以問世」，就是為了「使天下人共賞文字之美。」[3] 以「市井之常談」「市井的文字」寫成的《金瓶梅》，而具有「文字之美」，也就是說，它以市俗的俗語言代替傳統的雅語言，卻同樣達到了美的境界。這是《金瓶梅》作者對我國小說語言藝術的獨特創造和傑出貢獻，頗值得我們加以研究。

一、活人的唇舌是語言藝術的源泉

《金瓶梅》的語言向以「語句新奇，膾炙人口」[4] 著稱於世。其所以如此者，主要的原因就在於它能「將活人的唇舌作為源泉」，[5]「從活人的嘴上採取有生命的詞彙」，[6] 使語言做到高度口語化，具有群眾口語所獨有的活力和生氣。其具體表現：

一是新鮮活潑，富有獨創性。例如：

(1)有話當面說，省得俺媒人們架謊。（第7回）

(2)怎的把奴來丟了，一向不來傍個影兒？（第8回）

(3)老娘如今也賊了些兒了。（第72回）

(4)叫我採了你去哩！（第11回）

1　欣欣子，〈金瓶梅詞話序〉。
2　張竹坡：〈金瓶梅讀法〉之80。
3　見乾隆42年刊本《張氏族譜》傳述類。
4　同註1。
5　魯迅：〈寫在《墳》的後面〉，見《魯迅全集》第1卷。
6　魯迅：《且介亭雜文二集‧人生識字糊塗始》。

(5)你說的只情說，把俺每這裏只顧旱著。（第68回）

例(1)不用「說謊」「扯謊」，而用「架謊」，謊言本身就是架空的，這個「架」字該是用得多麼貼切而又新鮮啊！它出自媒婆薛嫂之口，更是把她那種慣於扯謊而又公然宣稱「省得俺媒人們架謊」的媒婆聲口，活現出來了。例(2)是在西門慶忙於娶孟玉樓為妾，過了一個多月，在王婆的催促下，才來到潘金蓮處，潘金蓮責問西門慶時說的話。她不用「忘了」，而用「丟了」，「把奴來丟了」，這一個「丟」字，把西門慶那背信棄義的無情之性和潘金蓮那橫遭丟棄的失落之感，全表現出來了，可謂一字千鈞。她不說「一向不來一遭兒」，而說「一向不來傍個影兒」，這把潘金蓮對西門慶那種熱烈盼望而又終於失望、痛加譴責的心理和聲態，也刻畫得意新語俊，不同凡響。例(3)本是潘金蓮在西門慶面前自稱她如今變得聰明了，不會再上別人的當。但她此處不用「聰明」，而用一個本屬貶義卻作褒義用的「賊」字，活現了潘金蓮那老辣、調皮的潑婦性格。例(4)是春梅奉西門慶之命對丫鬟秋菊說的話。它不用「喊」「叫」「拉」，而用「採」，人又不是花卉，怎麼能「採」呢？花卉被「採」了要枯萎，人被「採」了又怎麼樣呢？這個「採」字把西門慶那專橫、暴虐的性格表現得多麼令人觸目驚心啊！例(5)我們常聽說「莊稼旱了」，似乎未聽說顧不上與客人交談，也說是把客人「旱著」的。莊稼旱著是要活活被旱死的，客人被旱著，如同莊稼遭旱一樣，那該是多麼難受啊！這是應伯爵當西門慶盡情與妓女吳銀兒交談，而把他冷落在一邊時說的話，活畫出了應伯爵那湊趣、討歡、油滑、諧謔的幫閒性格。

這些語言之所以顯得新鮮活潑，富有獨創性，主要是因為它從群眾的口語中採取了有生命的詞彙和靈活的用法，並且它又不是出於作家隨心所欲的獵奇，而是對人物性格的生動寫照。

二是形象生動，富有可感性。例如：

(1)金蓮雖故信了，還有幾分疑酰，影在心中。（第13回）

(2)我和你說的話兒，只放在你心裏，放爛了才好。（第23回）

(3)只顧海罵。（第28回）

(4)你不說這一聲兒，不當啞狗賣。（第32回）

(5)你虼蚤臉兒，好大面皮。（第52回）

例(1)是在西門慶跟李瓶兒姦淫一夜未歸，回家對潘金蓮謊稱是花二哥邀他到妓院裏去

的，作者不說潘金蓮將信將疑，而寫她「還有幾分疑齦，影在心中。」用「疑齦」來代替「疑心」，不僅詞語形象化了，而且感情色彩也生動化了。它把潘金蓮疑心得如有齦齦影在心中，寫得仿佛使人親身感受到那實在不是個滋味。例(2)是宋惠蓮叮嚀西門慶不要把她倆說的悄悄話告訴人。「話兒」是只有聲音而無形體的，即使寫成有形體的文字，也不存在「放爛了」的問題。這裏用「我和你說的話兒，只放在你心裏，放爛了才好」，不僅使話兒變得仿佛有形體可以觸摸，而且畫出了一個跟西門慶私通而又生怕被他出賣的弱女子的心聲。例(3)是寫宋惠蓮聽說她的丈夫來旺與孫雪娥私通時，對孫「只顧海罵」。海的面積和容量特大，「海罵」這個詞，把她那種罵得漫無邊際、滔滔不絕的情景，寫得實在再精煉、形象不過了。例(4)是在西門慶家酒席散後，李桂姐、吳銀兒正準備要走，應伯爵提出要她們「唱個曲兒與老舅聽」，李桂姐便以「你不說這一聲兒，不當啞狗賣」作答。狗，對主子總是奴性十足，而對外人則狂吠不已；從未聽說有不會叫的「啞狗」。這裏用「不當啞狗賣」，既斥責了應伯爵那走狗的形象，又畫出了李桂姐那輕蔑、戲謔、打趣的神態。例(5)是應伯爵對李桂姐說，西門慶是看在他的面子上，才替她到縣中說情的，李桂姐聽後對應伯爵的嘲笑和奚落。這裏不說「面子小」，而用「你蛇蚤臉兒，好大面皮」加以譏諷，形象極為生動。

這些語言之所以顯得形象生動，富有可感性，除了博採口語，使詞語本身化抽象為具象，化深奧為淺顯，化平淡為奇特之外，更重要的是這些形象化的詞語皆被作者用得切合人物的性格、聲口和神情，特別具有表現力。

三是聲態畢肖，富有傳神性。例如：

(1)傳出去，醜聽！（第43回）

(2)哥的盛情，誰肯！（第67回）

(3)他不罵的他，嫌腥！（第75回）

(4)這少死的花子，等我明日到衙門裏與他做功德。（第38回）

(5)吃了臉洗飯，洗了飯吃臉？（第15回）

例(1)是拜李瓶兒為乾娘的吳銀兒，在聽說官哥兒丟失了一錠金子，她生怕擔偷的名聲時說的。「傳出去，醜聽！」這使我們仿佛聽到了那斬釘截鐵的口吻，看到了那避之惟恐來不及的神情。例(2)是應伯爵向西門慶借銀 20 兩，西門慶不要他的借據，應伯爵「連忙打恭致謝」時說的。這「誰肯」二字，把應伯爵對西門慶的感激之情、吹捧之意和他那得意、興奮的聲態，仿佛全活跳出來了。例(3)是春梅請申二姐為她唱曲，申二姐不肯，

被春梅大罵一通後，吳月娘要潘金蓮管教春梅，潘金蓮回答吳月娘的話。意思是申二姐不識抬舉，擺臭架子，本該挨罵。但此處不這樣平鋪直敘，卻說「他不罵的他，嫌腥！」不僅語言生動，而且傳達出潘金蓮那口齒含鋒的聲態和驕縱恣肆的神色。例(4)是西門慶在其姘婦王六兒家碰見韓二罵淫婦時說的。他不直截了當地說要給韓二到衙門裏上刑罰，而說「與他做功德」。這種反話正說，便連同西門慶那倚官仗勢、橫行霸道的聲態和神情也一起俱現了。例(5)是應伯爵對妓院虔婆說的笑話，原來虔婆哭窮，不肯供水洗臉，不肯供飯吃，當客人拿出十兩一錠銀子放在桌上時，便慌的老虔婆沒口子道：「姐夫吃了臉洗飯？洗了飯吃臉？」作者正是用這種語無倫次，畫出了虔婆那種見錢眼開，慌張不已的聲態，同時又折射出了編造這個笑話的應伯爵那種誇大其詞、恣意取笑的神情。

魯迅非常誇獎陀思妥耶夫斯基，說他「寫人物，幾乎無須描寫外貌，只要以語氣、聲音，就不獨將他的思想感情，便是面目和身體也表示著。」[7]上述《金瓶梅》中的例證，不也具備這個特點麼？「這種語言是從勞動大眾的口語中汲取來的，但與它的本來面目已完全不同，因為用它來敘述和描寫的時候，已經拋棄了口語中偶然的、臨時的、不鞏固的、含糊的、發音不正的，由於種種原因與基本精神──即與全民族語言結構──不相符合的部分。」[8]這裏重要的，「對一個作家──藝術家來說，他必須廣泛地熟悉我國語言最豐富的語彙，必須善於從其中挑選最準確、明朗和生動有力的字。」[9]要力求做到「一句性格化很高的語言，可以呼出一個人物來。」[10]《金瓶梅》的語言藝術特色，跟上述中外許多著名作家的經驗之談是不謀而合的，具有普遍意義的。

二、市井文字俗中見美的具體特色

張竹坡說，《金瓶梅》是「一篇市井的文字」，要「使天下人共賞文字之美。」這是一種什麼美呢？是俗中見美。它的具體表現有三個特色。

像日常生活語言一樣真實、質樸，這是《金瓶梅》語言文字俗中見美的一個顯著特色。如西門慶在元宵節舉行家宴，作者寫了宴席外的一個場面：

> 那來旺兒媳婦宋惠蓮不得上來，坐在穿廊下一張椅兒上，口裏嗑瓜子兒。等的上

---

7 魯迅：《集外集·〈窮人〉小引》。
8 高爾基：〈和青年作家談話〉，《論寫作》（北京：人民文學出版社，1956 年）。
9 高爾基：〈論社會主義現實主義〉，見《人民文學》總第 41 期。
10 李准：〈《大河奔流》創作札記〉，《河南文藝》1978 年第 1 期。

邊喚要酒，他便揚聲叫：「來安兒，畫童兒，娘上邊要熱酒，快趲酒上來！賊囚根子，一個也沒在這裏伺候，多不知往那裏去了！」只見畫童溫酒上去，西門慶就罵道：「賊奴才，一個也不在這裏伺候，往那裏去來？賊少打的奴才！」小廝走來說道：「嫂子，誰往那去來？就對著爹說，嗐喝教爹罵我。」惠蓮道：「上頭要酒，誰教你不伺候，關我甚事，不罵你罵誰？」畫童兒道：「這地上乾乾淨淨的，嫂子嗑下恁一地瓜子皮，爹看見又罵了。」惠蓮道：「賊囚根子，六月債兒熱，還得快就是。甚麼打緊，教你雕佛眼兒。便當你不掃，丟著，另教個小廝掃。等他問我，只說得一聲。」畫童兒道：「耶嚛嫂子，將就些兒罷了，如何和我合氣。」於是取了笤帚來替他掃瓜子皮兒。（第24回）

這段描寫，全是用的日常生活中的閒言碎語，不失為真實、質樸的語言文字之美的一個典型例證。

首先，它美在樸素的語言中，活現出真實、生動的人物形象。如用「坐在穿廊下一張椅兒上，口裏嗑瓜子兒」這淡淡的一筆，就把宋惠蓮那悠閒自得的形象勾畫出來了。用「等的上邊呼酒，他便揚聲叫：『來安兒，畫童兒……』，不用作者另加任何形容和描繪，僅通過宋惠蓮自己的聲態，就把「婆娘之做作口腔，寫得活現。」[11]

其次，它美在樸素的語言中，揭示出真實、複雜的社會矛盾。如畫童兒溫酒上去稍遲一點兒，宋惠蓮就「揚聲叫」，西門慶便斥責為「賊奴才」，「賊少打的奴才」。由此畫童兒即立刻識破並當場揭穿宋惠蓮是「嗐喝教爹罵我」，宋惠蓮則以「不罵你罵誰」加以反駁。畫童兒復又抓住她「嗑下恁一地瓜子皮，爹看見又罵了」，給予責難。不料宋惠蓮因得到西門慶的寵愛，卻有恃無恐，認為「等他問我，只說得一聲」，因此她反斥責畫童兒是「雕佛眼兒」，「賊囚根子，六月債兒熱，還得快就是。」舊時農民借債，一般都在秋收後歸還，若六月借債，則秋收在即，故稱「六月債兒熱，還得快就是。」宋惠蓮以此諷刺畫童兒是找岔子當場報復她。這裏不僅揭露了主奴矛盾，而且深刻地揭示出得寵的奴婢與奴才之間的矛盾，實質上也是主奴矛盾的延伸。作者僅如此寥寥幾筆，就把宋惠蓮、西門慶與畫童兒之間錯綜複雜的矛盾，以及他們各自不同的聲態、心理和神情，皆刻畫得極為真實、生動而又富有深邃的社會典型意義。

再次，它美在樸素的語言中，富有真實、動人的生活情趣。如宋惠蓮「嗑瓜子兒」，看似閒筆，而卻引出了後面畫童兒藉此對她的報復。不說宋惠蓮如何用心計，而只寫她「揚聲叫」，就揭示出她那討好主子，唆使西門慶怪罪來安兒、畫童兒的卑劣用心。不說

11　崇禎本《金瓶梅》第24回眉批。

畫童兒如何機靈，而通過他對宋惠蓮當場給予反擊，就將他那機靈的性格和既深感受氣，又急欲出氣的心理，刻畫得生趣盎然。不是由作者直接道破，而是把它傾注在勾畫人物聲態的字裏行間，使讀者不只是感到人物形象生動如畫，而且為人物感情的沸騰激蕩，心理的妙趣橫生所深深地吸引，頗為耐讀耐嚼。

由此可見，《金瓶梅》語言文字的俗中見美，是一種真實、質樸美，這裏既包含有作家的精心構思，對語言的充分性格化但又顯得直率、自然，如大匠運斤，斧鑿無痕，在質樸的白描中展示出精彩紛呈、情趣盎然的世俗生活真諦。

刻畫人物形象肖貌傳神，這是《金瓶梅》語言文字俗中見美的又一顯著特色。《金瓶梅》的語言既博採口語，又經過作家的精心加工和反覆錘煉，使之能為塑造作品中的人物形象服務。如明代謝肇淛的〈金瓶梅跋〉所指出的，「譬之範工摶泥，妍媸老少，人鬼萬殊，不徒肖其貌，且並其神傳之。信稗官之上乘，爐錘之妙手也。」[12]

例如，有一次吳月娘和潘金蓮、李瓶兒、孟玉樓在一起聽姑子唱佛曲兒，作者寫道：

> 那潘金蓮不住在旁，先拉玉樓不動，又扯李瓶兒，又怕月娘說。月娘便道：「李大姐，他叫你，你和他去不是，省的急的他在這裏怎有刮劃沒是處的。」那李瓶兒方纔同他出來。被月娘瞅了一眼，說道：「拔了蘿蔔地皮寬。交他去了，省的他在這裏跑兔子一般。原不是那聽佛法的人！」
> 這潘金蓮拉著李瓶兒走出儀門，因說道：「大姐姐好幹這營生！你家又不死人，平白交姑子家中宣起卷來了，都在那裏圍著他怎的？咱每出來走走，就看看大姐在屋裏做甚麼哩。」於是一直走出大廳來。（第51回）

這段文字，作者沒有一句對人物外形的刻畫，也沒有一點對人物心理的剖析，僅通過人物自身的動作和語言，就使得各人的心理狀態和外貌神情，皆躍然紙上。如崇禎本《金瓶梅》對這段的眉批所指出的：「金蓮之動，玉樓之靜，月娘之憎，瓶兒之隨，人各一心，心各一口，各說各是，都為寫出。」[13]

這裏值得注意的是，作者如何使「有刮劃沒是處」「拔了蘿蔔地皮寬」「跑兔子一般」等俗語，為人物的肖貌傳神服務。

首先，作者把這些現成的俗語，皆放在吳月娘這個人物語言之中，不像一般小說那樣，外加「俗話說」之類的套話，而是如「範工摶泥」，使之水乳交融地變成人物語言非常自然的一個組成部分，從而便增強了人物語言的形象性、生動性和傳神性。

12　侯忠義等編：《金瓶梅資料彙編》（北京：北京大學出版社，1985年）。

13　崇禎本《金瓶梅》第51回眉批。

　　其次，作者使語言始終著眼於為刻畫人物形象服務。如把「有刮劃沒是處」，說成「省的急的他在這裏恁有刮劃沒是處的」，這就既活現了說這話的吳月娘那洞察秋毫，對潘金蓮的舉動看不下去的神態，又把「他」——潘金蓮那著急的形象和神情給勾畫出來了，使讀者如臨其境，如見其人。把「跑兔子一般」，說成「省的他在這裏跑兔子一般」，也既表現出吳月娘的伶牙俐齒，泰然自若，又是對「他」——那個坐不住，不安心聽佛法的潘金蓮的繪形傳神。

　　再次，作者還賦予人物語言以強烈的感情色彩，使之不是「字臥紙上」，而是能「字立紙上」。[14]如前面加上「省的急的他」「省的他」，就表現了吳月娘那種厭惡、鄙棄、嫌憎的感情。「拔了蘿蔔地皮寬」，更表現出吳月娘那種排除異己之後的寬慰感和舒暢感。吳月娘說潘金蓮「原不是那聽佛法的人」，潘金蓮則說吳月娘「你家又不死人，平白交姑子家中宣起卷來了。」一個傲視凡俗，不屑一顧；一個莫明所以，惡毒詛咒，一聽就使人感到肖貌逼真，傳神入骨。

　　魯迅在談到對群眾口語的使用時曾指出：「太做不行，但不做，卻又不行。用一段大樹和四枝小樹做一隻凳，在現在，未免太毛糙，總得刨光它一下才好。但如全體雕花，中間挖空，卻又坐不來，也不成其為凳子了。」高爾基說，大眾語是毛胚，加了工的是文學。我想，應該是很中肯的指示了。」[15]《金瓶梅》語言的肖貌傳神，就在於它是經過作家精心加工過的世俗口語，它比「毛胚」更精美、生動，更性格化和傳神化，但又不露人工雕琢的痕跡，仍葆其口語的風格。

　　蘊藉含蓄，意味雋永，這也是《金瓶梅》語言文字俗中見美的特色之一。群眾口語，雖然明白如話，但絕不意味著它就淺露、單薄，淡而無味。正如張竹坡在《金瓶梅》批語中所指出的，它「筆蓄鋒芒而不露」，[16]其「文字千曲百曲之妙，手寫此處，卻心覷彼處，……處處你遮我映，無一直筆、呆筆，無一筆不作數十筆用。」[17]我們只有認識《金瓶梅》語言含蓄不露、曲折有致的特色，才能充分領略其語言文字意味雋永之美。如李瓶兒被正式娶到西門慶家做六妾之後，西門慶家中吃會親酒，作者寫道：

　　　　應伯爵、謝希大這夥人，見李瓶兒出來上拜，恨不的生出幾個口來誇獎奉承，說道：「我這嫂子，端的寰中少有，蓋世無雙。休說德性溫良，舉止沉重；自這一表人物，普天之下，也尋不出來。那裏有哥這樣大福！俺每今日得見嫂子一面，

14　袁子才在《詩話補遺》卷 5 說：「一切詩文總須字立紙上，不可字臥紙上。」
15　魯迅：〈做文章〉，《魯迅全集》第 5 卷。
16　張竹坡「第一奇書」本《金瓶梅》第 89 回批語。
17　張竹坡「第一奇書」本《金瓶梅》第 20 回批語。

明日死也得好處。」（第20回）

這段文字很少，而耐人尋味的意蘊卻很多：

首先，它活畫出了應伯爵等人那種大言浮辭，沸沸揚揚，極力誇獎、奉承的幫閒性格。所謂「俺每今日得見嫂子一面，明日死也得好處」，這看似錐心泣血的滿口稱譽，而實則是言不由衷的信口雌黃。因此它不僅畫出了幫閒者諂媚的嘴臉，而且還揭示了其虛偽的靈魂，叫人讀了既感到其形象生動，如躍眼前，又為其性格的詭譎深奧，而驚詫不已，嘆為觀止。

其次，這段話語明為對李瓶兒的讚美，而實則是對西門慶的吹捧。從表面上看，他們是對李瓶兒說的，而在內心裏，卻是要說給西門慶聽的。用張竹坡的話來說，這叫「手寫此處，卻心覷彼處。」所謂「那裏有哥這樣大福」，這一句便是點睛之筆。它說明西門慶作為主子，才是應伯爵等所要幫閒的主要對象。通過讚美其愛妾李瓶兒，來達到奉承和取悅西門慶的目的，這就既進一步揭露了幫閒者心計的狡黠和圓滑，又把他們那令人肉麻的逢迎嘴臉刻畫得入木三分。

再次，從作者的意圖和讀者的感受來看，這段話語對李瓶兒又是明為讚頌，而實為譏諷。因為在此之前作品已經寫明：李瓶兒是個與西門慶姦淫狗盜，將親夫花子虛活活氣死，毫無德性可言的淫婦、悍婦。應伯爵卻誇讚她是「德性溫良」，如此名實相悖的誇獎，豈不是個辛辣的諷刺麼？再說她在等待西門慶即將娶其為妾的短期間，卻又看中給她治病的醫生蔣竹山，並迅即將蔣倒踏門招進來，成為夫婦。婚後又嫌蔣竹山「你本蝦鱔，腰裏無力」，把他罵得狗血噴頭，趕出家門，然後又再嫁給西門慶為妾。如此輕浮淫亂的一個女人，而作者卻讓應伯爵等讚美她「舉止沉重」，這豈不是對她的莫大嘲笑麼？

不僅如上所述，作者還由此要對西門慶眾妻妾之間的矛盾起到催化和加劇的作用。當應伯爵等未說這段話之前，「孟玉樓、潘金蓮、李嬌兒簇擁著月娘，都在大廳軟壁後聽覷」，當聽到唱「永團圓世世夫妻」等曲詞時，「金蓮向月娘說道：『大姐姐，你聽唱的。小老婆今日不該唱這一套。他做了一對魚水團圓，世世夫妻，把姐姐放到那裏？』」使月娘「未免有幾分動意，惱在心中。」在這種情況下，再讓她們聽了應伯爵等說的吹捧李瓶兒的那段話，吳月娘等眾人更是「罵扯淡輕嘴的囚根子不絕。」而這一切又都為此後作者進一步通過描寫潘金蓮、吳月娘等與李瓶兒的矛盾，充分展示各個妻妾的人物性格作了鋪墊。這就是張竹坡所說的：「處處你遮我映，無一直筆、呆筆，無一筆不作數十筆用。」

由此可見，《金瓶梅》的語言文字俗中見美，不是美在僻字奧句的「新奇」上，而

是美在以活人的唇舌為源泉的口語的真實、質樸、肖貌傳神和蘊藉含蓄上。這樣的語言絕不是作家閉門造車或漫不經心所能寫出來的，也絕不是單純靠博採口語所能造就的，它必須在作家刻苦學習群眾口語、熟悉世俗人情和市井生活的基礎上，經過精心構思，反覆錘煉，力求使每句話不僅要結結實實，而且要豐厚富贍，具有多方面、多層次的含意。因此它使人每讀一遍，都會有新的感觸，新的發現，深感其趣味津津，美妙無窮。

我國傳統的美學觀念，以語言文字忌俗求雅為美。所謂「常言俗語，文章所忌，要在斷句清新，令高妙出群，須眾中拈出時，使人人讀之，特然奇絕者，方見功夫也。又不可使言語有塵埃氣，唯輕快玲瓏，使文采如月之光華。」[18]為了求雅忌俗，不惜使文章與口語脫節。《三國演義》作者把本屬口頭說書的話本加工為小說時，便力求使之向文言的方向提高，成為半文半白的語言。《金瓶梅》作者則與此相反，他不是「忌俗」，而是求俗，從俗中求美，使小說語言跟人民大眾的口語趨向一致。這是他對我國小說語言藝術所作的富有突破性的偉大創舉。

三、美中不足還在於對群眾口語的使用有失當之處

應該肯定，《金瓶梅》在我國小說的語言文字上竭力俗中求美，其獨創性的重大貢獻，是不可低估的。但是，我們也必須指出，《金瓶梅》的語言還有不少美中不足之處。法國偉大作家雨果說得好：「獨創性在任何情況下都不能當作荒謬的藉口。……濫造新詞只不過是補救自己的低能的一個可憐的辦法。」[19]而在《金瓶梅》中為追求「語句新奇」，把「獨創性」「當作荒誕的藉口」，「濫造新詞」或濫用群眾口語的現象，還是相當嚴重地存在的。

首先，玩弄拆白道字的文字遊戲，是《金瓶梅》語言中存在的一個美中不足之處。當時在封建文人的口頭上確實盛行拆白道字。博採口語自然也包括文人的口語。但是這種「博採」絕不是兼收並蓄，而是必須加以正確的篩選。如果說《金瓶梅》中水秀才寫給應伯爵的一封信，以「舍字在邊傍立著官」，代替「舘」字，要求幫他薦舘教書，還有助於表現他那賣弄斯文的性格的話，那麼把這種連應伯爵都認為「拆白道字，尤人所難」（第 56 回）的文字遊戲用在下層人物身上，就不符合人物的身分、性格，而只能令人感到生澀、費解了。例如：

---

18 宋·王正德：《餘師錄》卷 9 引李方叔云，見叢書集成本。
19 雨果：〈《短曲與民謠集》序〉，見《西方古典作家談文藝創作》（瀋陽：春風文藝出版社，1980年）。

　　宋惠蓮：「咱不如還在五娘那裏，色絲子女。」（第 23 回）

　　韓玉釧：「好淡嘴，女又十撇兒！」（第 42 回）

這些話別說在今天，即使在當時，一般讀者也是很難懂的。原來「色絲子女」是「絕好」二字的拆字格，「女又十撇兒」是「奴才」二字的拆字格。宋惠蓮、韓玉釧是不識字的下層婦女，她們怎麼會懂得利用拆字格來說話？這除了說明作者作為封建文人對拆白道字的偏愛和故弄玄虛以外，又能說明什麼呢？這種拆白道字，也確屬「語句新奇」，然而它卻為一般人所看不懂，更談不上「膾炙人口」。這說明再新奇的語句都必須「從人裏面流露出來，不要從外面把語言粘貼在人身上。」[20]儘管拆字格也是活在當時封建文人唇舌上的口語，但它的流通範圍有限，不是真正「有生命」的詞語，特別是把它粘貼在不識字的人身上，那就顯得十分荒謬了。

　　其次，濫用諧音、隱語，是《金瓶梅》語言中存在的又一美中不足之處。應該肯定，《金瓶梅》中有些諧音、隱語是用得比較好的。如李瓶兒生孩子，孫雪娥搶著去看，潘金蓮妒姓大發，說：「賣蘿蔔的拉鹽擔子，攮鹹嘈心。」（第 30 回）這個歇後語中的「鹹嘈心」，就是「閒操心」的諧音，說得既形象，又風趣；既含蓄，又明白，活畫出了潘金蓮那嫉妒、刁鑽的性格和諷刺、挖苦的口吻。又如潘金蓮因西門慶寵愛李瓶兒，有一次她聽說西門慶在李瓶兒房裏喝酒，氣頭上便咒罵道：「賊強人！把我只當亡故了的一般。一發在那淫婦屋裏睡了長覺也罷了。」（第 34 回）這「睡了長覺」便是「死」的隱語。不直接用「死」字，既增加了語言的含蓄性，又把潘金蓮那狠毒、妒忌的性格，表現得鮮明突出而又分寸適當。由此可見，諧音、隱語運用得好，第一，必須明白易懂；第二，必須為刻畫人物性格所必需。不符合這兩條原則，我們就稱之謂「濫用」。在《金瓶梅》中，濫用諧音、隱語的現象也不在少數。例如：

　　(1)自今以後，你是你，我是我，綠豆皮兒青褪了！（第 82 回）

　　(2)你平日光認的西門慶大官人，今日求些周濟，也做了瓶落水。（第 56 回）

以上語句不能說不「新奇」，可是它究竟有幾個人能看得懂呢？對於刻畫人物性格又有多少作用呢？例(1)是以「綠豆皮兒青褪了」，來作「請退了」的諧音。這是潘金蓮在發現陳經濟有孟玉樓的簪子時對陳經濟說的氣話。既然是情人生氣時表示要分手，又何必以「青褪了」作「請退了」的諧音來打趣呢？這種打趣顯然是作者粘貼在人物身上，而

20　高爾基：〈走向勝利與創造〉，見《蘇聯的文學》中譯本。

不符合當時人物生氣的特定神情的。例(2)是以「瓶落水」作為「不！不！不！」的隱語。因為瓶子落水，水往瓶裏灌，就必然發出「不！不！不！」的聲音。這是常時節的妻子對常時節說的。夫妻談話，又無外人在場，有什麼必要用這種令人費解的隱語呢？可見「語句新奇」，絕不能獵奇；獵奇的結果就不是膾炙人口，而是令人生厭，是為小說語言之一大忌。

再次，濫用俗語、歇後語，也是《金瓶梅》語言中存在的一個美中不足之處。俗語、歇後語，是群眾口語的結晶，它對於增強《金瓶梅》語言的形象性和趣味性，無疑地是起了積極作用的。但是也確有一些俗語、歇後語用得晦澀、累贅，令人費解。例如：

(1)然後叫將王媽媽子，來是是非人，去是是非者，把那淫婦教他領了去，變賣嫁人。（第82回）

(2)莫不是我昨夜去了，大娘有些二十四麼？（第53回）

例(1)「來是是非人，去是是非者」，是指誰做的事，誰來收拾，即「解鈴還須繫鈴人」的意思。這是孫雪娥在與吳月娘議論擬叫王婆把潘金蓮領出去時說的。這個俗語本身缺乏形象性，如果不費一番思索，人們很難理解其含意。例(2)「二十四」是指什麼？叫人實在頗費思索。原來因為一年有二十四個節氣，叫做「二十四氣」，所以把「二十四」作為「氣」的歇後語。這是西門慶問丫鬟小玉，吳月娘是不是有些生氣的意思。何必用這種既缺乏形象性，含意又很晦澀的歇後語來為難讀者呢？不但讀者很難看得懂，連當事人丫鬟小玉也未必聽得懂吧。

事實說明，群眾中的俗語、歇後語雖然大多數是好的，但也有些是缺乏形象性，晦澀難懂的；有的可能在此時此地人看來好懂，而在彼時彼地人看來就感到費解了。因此作家博採口語必須考慮到口語流行的時空限度，採取那些真正有生命力的詞語。

除了以上三個美中不足之外，《金瓶梅》在語言方面還存在著粗俗、瑣碎、單調、膚淺等弊病，這些我已有專文論述，[21]這裏就不談了。

21　見拙文〈青勝於藍——論《紅樓夢》的語言藝術對《金瓶梅》的繼承和發展〉，載《紅樓夢學刊》1986年第4輯。

論《金瓶梅》中運用比喻的藝術

文學是語言的藝術。比喻是「語言藝術中的藝術」,「具有一種奇特的力量。」[1]「凡是優秀的作家、詩人,可以說沒有一個是不擅長譬喻的。」[2]可見如何運用比喻,對於文學創作來說,是至關重要的。

《金瓶梅》中運用比喻的藝術相當高超,具有既新穎、獨創,不同凡響,又精當、貼切,垂手天成的特色,確實不愧為作品中開拓思想意蘊、活躍人物形象的一支「奇特的力量」。

一、運用比喻來豐富、深化人物的典型意義
和作品的思想意蘊

通過比喻,引起讀者的聯想,來豐富、深化人物的典型意義和作品的思想意蘊,這是《金瓶梅》中運用比喻的藝術特色之一。

「思想的對象同另外的事物有了類似點,文章上就用那另外的事物來比擬這思想的對象的,名叫譬喻。」[3]這是當代漢語修辭學奠基人陳望道給比喻下的科學定義。它說明對比喻的運用,不僅是個語言藝術技巧問題,更重要的是作家對於「思想的對象」和有類似點的「另外的事物」,必須有深切的認識和準確的把握,這樣才能使比喻運用得恰到好處,使「思想的對象」因為比喻的運用而變得更加豐富和深化,明朗和動人。《金瓶梅》中有不少好的比喻便具有這個特點。

由小見大,這是《金瓶梅》通過比喻擴大人物典型性的手法之一。例如潘金蓮跟李瓶兒爭寵,孟玉樓認為李瓶兒既有「盡讓之情」,勸潘金蓮也讓了她,這時作者寫道:

> 金蓮道:「你不知道,不要讓了他。如今年世,只怕睜著眼兒的金剛,不怕閉著眼兒的佛。」(第 35 回)

1　秦牧:《藝海拾貝·譬喻之花》。
2　秦牧:《語林采英》。
3　陳望道:《修辭學發凡》(上海:新文藝出版社,1958 年)。

大小妾之間嫉妒、爭寵，這除了在客觀上反映出一夫多妻制必然矛盾重重之外，就這種嫉妒、爭寵本身來說，是談不上有什麼積極的思想意義的。可是，這裏作者通過由小見大的超越性的比喻，讓潘金蓮把「如今年世」比喻成是「只怕睜著眼兒的金剛，不怕閉著眼兒的佛」，來說明「不要讓了他」的必要性，這就大大超越出妾婦爭寵的範圍，給讀者拓展了寬廣的聯想空間，引導讀者不能不聯想到那「如今年世」的世情是多麼險惡！金剛本是手執金剛杵（古印度兵器）守護佛的天神，是以面目猙獰、凶狠可怕為特徵的，而佛則是佛教修行的最高果位，是以慈愛和善、普渡眾生為己任的。人們向來是以佛為崇拜的主要對象，「如今年世」竟顛倒過來了，變成強者為王，誰凶狠可怕誰就得勢。這豈不是意味著封建的尊卑等級、倫理綱常、社會秩序、是非標準，等等，一切都已經亂了套麼？這說明，潘金蓮那種謀殺親夫，跟西門慶為妾後又在眾妻妾之間嫉妒爭寵、稱王稱霸的性格，絕不是由於她個人是什麼天生的「淫婦」「悍婦」問題，而是那個封建的傳統秩序已經錯亂顛倒的「年世」所必然造就的，她實在是那個「典型環境中的典型人物」。

由個別上升到一般，這是《金瓶梅》通過比喻擴大人物典型性的又一手法。例如，從潘金蓮的個人品質來看，她確實是凶狠、殘暴的，不僅丈夫武大被她親手毒死，而且丫鬟秋菊經常被她無故毒打，受盡折磨，備遭摧殘，李瓶兒的兒子官哥也被她用陰謀手段害死，接著李瓶兒本人也因暗氣惹病而死。這一切，潘金蓮都確實負有無法逃脫的重大罪責。可是，如果《金瓶梅》作者僅僅把潘金蓮寫成是個罪惡滔天的「淫婦」「悍婦」，那典型意義畢竟是很有限的。好在作者不是就事論事，就人寫人，而是通過由個別到一般的上升式的比喻，由個別典型人物的言行而巧妙地寫出那整個黑暗時代婦女的共同命運。如李瓶兒死後，西門慶悲慟地說：「姐姐，你在我家三年光景，一日好日子沒過，都是我坑陷了你了！」吳月娘聽了當場就不滿地說：「他沒過好日子，誰過好日子來？」潘金蓮則說：「他沒得過好日子，那個偏受著甚麼哩，都是一個跳板兒上人。」（第62回）這最後一句比喻，說得既形象化而又深刻化。它使人不能不對潘金蓮、李瓶兒等婦女形象的社會典型意義引起新的思考，得出更為全面的本質的認識，她們儘管各人的思想性格有別，但同樣都要遭丈夫的欺壓，都要受一夫多妻制的痛苦，都難逃封建社會婦女的種種不幸命運，這一切難道還不足以證明她們「都是一個跳板兒上人」嗎？如果不用這個比喻，而僅僅像吳月娘那樣斤斤計較於「他沒過好日子，誰過好日子來」，那就停留於妻妾個人之爭，毫無意義了。作者通過潘金蓮這一比喻，不僅使人物形象的典型性大大開闊了，也使讀者的認識得到了昇華。猶如爆竹被點燃了引火線，突然騰空升起，爆炸，開花，聲徹雲霄，振聾發聵，火光四射，耀眼爭輝，令人耳目為之一新，精神為之一振。

　　由表及裏，這也是《金瓶梅》通過比喻擴大人物典型性的一個手法。西門慶被稱為是「淫棍」「惡棍」的典型。可是《金瓶梅》作者通過由表及裏的穿透式的比喻，卻使我們對這個形象的典型本質和社會意義，不能不透過表面現象，作更為廣泛的聯想、反覆的思考和深入的認識。如西門慶聽信潘金蓮的挑唆，為了永遠霸占來旺妻宋惠蓮，便不惜陷害來旺「酒醉持刀」，「殺害家主」，「喝令左右把來旺兒押送提刑院去。」吳月娘把這比喻成是「拿紙棺材糊人」，把西門慶聽信潘金蓮的唆使，陷害來旺，不聽吳月娘的忠告，比喻成是「恁沒道理的昏君行貨！」西門慶只是一家之主，跟一國之主的君王，如同一滴水和汪洋大海之間，本來是難以等量齊觀、相提並論的。可是一滴水又確實能夠反映整個大千世界。昏君的主要特徵，不恰恰也是聽信奸臣的挑唆，製造冤獄，陷害無辜，不聽忠臣的進諫麼？「修身，齊家，治國，平天下」，本是順理成章的事。來旺兒醉罵西門慶，也說他「破著一命剮，便把皇帝打！」（第 25 回）西門慶與來旺兒本來只是家主與家奴之間的矛盾，可是作者通過這種由小見大的比喻，卻仿佛穿透鏡一樣，引導讀者透過主奴矛盾，進一步認識到它實質上是反映了以皇帝為首的整個封建壓迫者與被壓迫者之間尖銳鬥爭的一個縮影。這便是由表及裏的比喻，使西門慶的形象在那個封建黑暗時代的典型意義，所獲得的極大的開闊和深化。

　　上述比喻，共同的特點是，既有形象的直觀，又有理性的思辨；既有微觀的把握，又有宏觀的透視。使人物形象的典型意義，隨著作者的比喻，仿佛如水上的圓型波浪一樣，不斷地向外擴散，擴散，再擴散，又仿佛如鑽井一樣，向底層的深處掘進，掘進，再掘進。小小的比喻，展現在我們面前的，卻是一個廣袤無垠、深邃無比的意境！

二、運用比喻來使人物形象更加真實生動和豐富多彩

　　通過比喻，使作品中的人物形象更加真實生動和豐富多彩，給讀者留下極為鮮明、深刻的印象，這是《金瓶梅》中運用比喻的又一藝術特色。

　　《金瓶梅》中幾個主要人物形象之所以塑造得富有真實性、生動性和豐富性，善用比喻，是起了相當突出的作用的。下面我們不妨從潘金蓮的形象塑造中，看《金瓶梅》作者是怎樣善用比喻的。

　　用不同的比喻來反映人物形象發展的階段性。如潘金蓮早先是被賣為張大戶家的丫鬟，長成十八歲，即被張大戶「喚至房中，遂收用了。」這時作者把潘金蓮比喻成是被損壞的「美玉」「珍珠」，說：「美玉無瑕，一朝損壞；珍珠何日，再得完全。」（第 1 回）看了這樣的比喻，使人由不得不對潘金蓮的遭遇表示極大的同情，而對糟踏潘金蓮的張大戶產生滿腔的義憤。

不久，潘金蓮被張大戶和主家婆強行嫁給武大。對於這樁封建包辦婚姻，她極為不滿，嫌武大「人物猥獰」，「每日牽著不走，打著倒退的。只是一味味酒。著緊處，都是錐扎也不動。奴端的那世裏悔氣，卻嫁了他！」為了突出這樁婚姻的不般配，作者也是通過潘金蓮常於無人處彈唱〈山坡羊〉小曲，以一系列的比喻表現出來的：

> 想當初，姻緣錯配奴，把他當男兒漢看覷。不是奴自己誇獎，他烏鴉怎配鸞鳳對。奴真金子埋在土裏。他是塊高號銅，怎與俺金色比。他本是塊頑石，有甚福抱著我羊脂玉體。好似糞土上長出靈芝。奈何？隨他怎樣到底奴心不美。聽知：奴是塊金磚怎比泥土基！（第1回）

這一系列比喻性的對比，把「姻緣錯配」本身的不合理說得淋漓盡致，令人感到她確有值得同情之處；潘金蓮後來之所以發展成「淫婦」，封建勢力強加於她的不合理的婚姻，不能不視為種下的一個禍根。不僅如此，這一系列比喻性的對比，還活畫出了潘金蓮那既為不合理的婚姻痛苦不堪，而又自誇自傲、風流伶俐的形象；她把武大比喻成「糞土」而加以嫌憎，這不能不認為是她後來對武大下毒手的一個基因。

與西門慶狼狽為奸，親手毒死武大，這表明潘金蓮的形象已經發生了質的變化。這種變化，作者也是通過比喻得到了鮮明生動的反映。如他通過孫雪娥把潘金蓮比喻成「蠍子娘」，說：「若是饒了這個淫婦，自除非饒了蠍子娘是的。」（第12回）蠍子是毒蟲，誰也不願饒恕的。她跟西門慶的勾搭，是不是找到了美滿的愛情婚姻呢？作者通過她自己的比喻，明確地告訴我們，她已落到「網中圈兒打靠後」的卑賤地位。武大剛死，她就耽心地對西門慶說：「我的武大，今日已死，我只靠著你做主。大官人休是網中圈兒打靠後。」（第5回）如果說這時還只是她的耽心的話，那麼，當接著西門慶為迎娶孟玉樓，把潘金蓮丟在一邊，足有一個多月未曾見面，潘金蓮便確信：「把我做個網中圈兒，打靠後了。」（第8回）這比喻，不僅在客觀上揭露了西門慶欺騙、玩弄婦女的醜惡本性，而且把潘金蓮那不得不自輕、自賤、自憂、自慮的形象，刻畫得多麼生動、貼切，令人感到她既可氣可惱，又可悲可嘆！

當潘金蓮又與西門慶的女婿陳經濟、王婆的兒子王潮兒勾搭成姦後，其喪倫敗俗已發展到不知人間尚有羞恥的地步，此時作者便以禽獸中最下賤的「狗」「鼠」來比喻她。如潘金蓮為與陳經濟的姦情敗露而「悶悶不樂」，作者便寫春梅在旁勸導，「因見階下兩隻犬兒交戀在一處，說道：『畜生尚有如此之樂，何況人而反不如此乎？』」（第85回）這明為安慰、開導，而在作者來看，實則是把陳經濟與潘金蓮那種「女婿戲丈母」，比喻成如同「兩隻犬交戀在一處」，不知人倫。潘金蓮被吳月娘攆出家門，孫雪娥比喻為「如同狗屎臭尿，掠將出去。」（第86回）潘金蓮在王婆處等待發賣，卻又與王婆的

兒子王潮兒「刮剌上了」，這時作者又把她比喻成老鼠，說「這老鼠好」：「不行正人倫，偏好鑽穴隙。更有一樁兒不老實：到底改不了偷饞抹嘴。」（第 86 回）這些比喻，不僅辛辣地諷刺和揭露了潘金蓮形象的醜惡本質，而且顯然寄寓了作者對潘金蓮既可鄙可憎，又可笑可悲的感情。

從「美玉」「珍珠」到「狗」「鼠」，從自誇「真金子」到自賤「網中圈兒打靠後」，這種種形象鮮明的比喻，仿佛如潘金蓮一生行進的腳印，墮落的階梯，使我們一目了然，留下了極為清晰、深刻的印象。

用人物自身的比喻來反映人物自我形象的多面性。如潘金蓮自恃聰明、美麗，生性是很高傲的。跟武大相比，她說：「奴是塊金磚怎比泥土基！」（第 1 回）跟西門慶勾搭時，她也把自己比喻成：「本是朵好花兒。」（第 8 回）充滿著自傲、自信、自誇。可是當她跟西門慶的妻子吳月娘相比，她便自慚位卑。西門慶說她「與家下賤累同庚」，她便說：「將天比地，折殺奴家。」（第 3 回）這並不是她的自謙，而是封建的尊卑等級觀念所使然。後來她與吳月娘吵架，便不得不又去向吳月娘賠禮道歉，說：「娘是個天，俺每是個地。娘容了俺每，俺每骨禿抉著心裏。」（第 76 回）這天地之比，豈不反映了封建社會妻妾的尊卑等級懸殊麼？儘管潘金蓮的性格是極為要強的，但她在封建的尊卑等級面前，卻不能不如此苟且示弱。有一次在西門慶談到吳月娘時，潘金蓮還說：「俺每一根草兒，拿甚麼比他？」（第 72 回）如果說自比「是塊金磚」，「是朵花兒」，表現了她自傲、自信、自誇的一面，那麼，自比「俺每是個地」，「俺每一根草兒」，則顯然反映出她自謙、自卑、自賤的一面。

潘金蓮那要強、潑辣的性格，必然是絕不甘心於處在那個卑賤地位的。因此，作者又通過比喻，形象地寫出她憤懣、忌妒、爭寵的一面。如當孟玉樓勸潘金蓮與吳月娘和好，作者寫金蓮道：「耶嚛耶嚛，我拿甚麼比他？可是他說的，他是真材實料，正經夫妻。你我都是趁來的露水兒，能有多大的湯水兒，比他的腳指頭兒也比不上的。」（第 76 回）當她聽說李瓶兒要生孩子時，便氣憤地說：「俺每是買了個母雞不下蛋，莫不殺了我不成！」（第 30 回）在封建社會，妾的地位之低下，連比妻的「腳指兒也比不上」。妻妾又都只不過是為丈夫生兒育女的工具，不生育即可成為被丈夫休棄的理由，潘金蓮在這裏以「趁來的露水兒」和不下蛋的母雞自比，在自輕自賤中，又表現出她有憤憤不平、自強不屈的一面。

潘金蓮形象所表現出來的這種多面性，作者通過潘金蓮自己所採用的這一系列生動、形象的比喻，是起了相當突出的作用的。

用各種人物不同的比喻來突出人物形象的豐富性。如西門慶在剛跟潘金蓮勾搭上手時，把潘金蓮比喻成「端的平欺神仙，賽過姮娥。」「恰便似月裏姮娥下世來，不枉了

千金也難買。」（第4回）在正式娶潘金蓮為妾後，便把潘金蓮和孟玉樓比喻成：「好似一對兒粉頭，也值百十銀子。」（第11回）還有一次，西門慶在吳月娘面前竟把潘金蓮比喻成「臭屎」，說：「你也耐煩，把那小淫婦兒只當臭屎一般丟著他哩，他怎的你！」（第75回）這不僅反映了潘金蓮既有仙女般的美麗，卻又與「粉頭」「臭屎」一般卑賤，而且也畫出了西門慶的好色和視妾婦為商品的淫棍、商人兼流氓的性格。

作者又通過吳月娘把潘金蓮比喻成「潑腳子貨」（第75回），「九條尾狐狸精」（第26回、第75回），這既反映了潘金蓮下賤、淫蕩、潑辣的形象，又表現了吳月娘對潘金蓮的不滿、鄙視和忌恨。

此外，如孫雪娥把潘金蓮比喻成「蠍子娘」，王婆把潘金蓮比喻成「改不了吃屎」的「狗」（第86回），陳經濟把潘金蓮比喻成「弄人的劊子手」（第33回），也都從各個側面增添了潘金蓮形象的豐富性。

在《金瓶梅》中運用比喻來刻畫人物形象，絕不只是表現在潘金蓮一個人物身上，在其他人物形象上也有所表現。如西門慶的形象，潘金蓮把他比喻成是「張生般龐兒，潘安的貌兒。」（第2回）李瓶兒則把西門慶與她曾招贅的蔣竹山相比，說：「你是個天，他是塊磚。」（第19回）來旺兒以比喻來斥責西門慶是「沒人倫的豬狗」（第25回），宋惠蓮則以比喻來控訴西門慶是「謊神爺」，「弄人的劊子手」（第26回）。所有這些來自不同角度的比喻，既獨具慧眼，自出機變，又血脈貫通，曲盡人情，都極其鮮明、強烈地使人物形象刻畫得更為增姿添韻，異彩紛呈。

三、運用比喻來使人物性格表現得
更加傳神入化和含蓄有味

通過比喻，使人物的性格表現得更加傳神入化和含蓄有味，這是《金瓶梅》中運用比喻的又一藝術特色。

充分地個性化，這是《金瓶梅》中的比喻能夠使人物性格表現得傳神入化、含蓄有味的一個重要原因。如同樣是寫對西門慶變心的埋怨情緒，潘金蓮是這樣說：

> 賊三寸貨強盜，那鼠腹雞腸的心兒，只好有三寸大一般。都是你老婆，無故只是多有了這點尿胞種子罷了，難道怎麼樣兒的，做甚麼怎抬一個減一個，把人躧到泥裏！（第31回）

這裏用「鼠腹雞腸」來比喻西門慶偏愛李瓶兒的心兒，不僅表現了西門慶心地的狹窄、卑劣，更重要的是由此生動地傳達了潘金蓮那氣憤、惱火的神態和狠毒、潑辣的性格。

這樣的比喻，這樣的語言，只有潘金蓮才能說得出來，而絕不可能出自他人之口。

> 我是那活佛出現，也不放在你心左。就死了，終值了個破沙鍋片子。（第 75 回）

> 一個漢子的心，如同沒籠頭的馬一般，他要喜歡那一個，只喜歡那個。（第 76 回）

把西門慶的心比作「沒籠頭的馬一般」，對他無能為力，只能聽之任之，「他要喜歡那一個，只喜歡那個」，而埋怨西門慶不識她的好處，「我是那活佛出現，也不放在你心左。」這樣的比喻，這樣的語言，只能出自吳月娘之口，它不但形象地畫出了西門慶「如同沒籠頭的馬一般」那種野性、獸性，而且活現出了吳月娘那種灰心、失望的神情，和既善良又無能，既憤懣不滿又不得不安於命運的性格特徵。

同是比喻西門慶的心，潘金蓮和吳月娘雖然所用的比喻各不相同，但卻從不同的側面都反映了西門慶獨特的心態，同時又極為清晰而生動地折射出了使用比喻的人的心情神態和性格特色。這種高度個性化的比喻，不僅使讀者聞其聲便知其人，聆其語如見其態，而且它通過互相折射，一擊兩鳴，使讀者從不同的角度都可領悟到不同的風采；明明是人工的意匠，卻仿佛自然的宣洩，讀之確實醒人眼目，耐人回味。

形似服從神似，這是《金瓶梅》中的比喻能夠使人物性格表現得傳神入化、含蓄有味的又一個重要原因。如西門慶的小廝玳安給李瓶兒的轎子打了兩個燈籠，而給潘金蓮等人的四頂轎子只打了一個燈籠，潘金蓮便對玳安說：「哥兒，你的雀兒只揀旺處飛，休要認著了，冷灶上著一把兒，熱灶上著一把兒才好。俺每天生就是沒時運的來？」（第 35 回）「雀兒只揀旺處飛」，本來是句俗語，用來比喻那些趨炎附勢的小人行徑的。可是這兒說成是「你的雀兒」，其實，玳安哪有什麼雀兒呢？從形似的角度來看，似乎說不通。然而它卻完全合乎神似的要求，非常準確、生動而又含蓄、傳神地把玳安那種趨炎附勢的性格刻畫出來了，同時又反映了潘金蓮性格的機靈和口齒的犀利。她不直接說出對李瓶兒的忌妒，而通過對玳安的不滿和警告，從比喻的言外之意中流露出來。她甚至也不直接指責玳安，而說「你的雀兒」，不說玳安對她和李瓶兒應一視同仁，而只說「冷灶上著一把兒，熱灶上著一把兒才好」，這種比喻不僅使潘金蓮的性格傳神入化，穎異不凡，而且它含蓄不露，意味雋永，使讀者不能不調動自己的理解力和想像力，領略其比喻後面所反映的豐富的思想意蘊和複雜的人物感情：同是西門慶的妾，卻有「冷灶」與「熱灶」之別，毫無平等可言，連西門慶的小廝玳安都如「雀兒只揀旺處飛」，這種眾多妾婦之間的不平等待遇和趨炎附勢的世俗習氣，叫潘金蓮那爭強好勝的性格怎麼能忍受得了呢？因此，潘金蓮用的上述比喻，不只是對玳安的警告，也是對趨炎附勢的世俗的抗議，不只是對李瓶兒的忌妒，也是對妾婦之間平等待遇的呼喚。所用的比喻詞語

雖通俗淺顯，而內涵卻毫不淺薄，讀了勝似吃橄欖那樣，耐人品味。

集中排比，這也是《金瓶梅》中的比喻能夠使人物性格表現得傳神入化、含蓄有味的一個重要原因。如來旺聽說其妻宋惠蓮與西門慶有姦情，便責問宋惠蓮的首飾是哪裏來的？作者寫宋惠蓮回答道：「呸，怪囚根子！那個沒個娘老子？就是石頭狢刺兒裏迸出來，也有個窩巢兒；棗胡兒生的，也有個仁兒；泥人合下來的，他也有靈性兒；靠著石頭養的，也有個根絆兒：當人就沒個親戚六眷？此是我姨娘家借來的釵梳！是誰與我的？白眉赤眼，見鬼倒死囚根子！」（第 25 回）這裏宋惠蓮用了一系列的比喻來集中排比，意思無非只是說明一句話，「為人就沒個親戚六眷？」這種比喻看似重複，實則卻毫不累贅，因為它極為含蓄、傳神地畫出了宋惠蓮那色屬內荏，需要以連珠炮式的排比句法來壯膽的心理和貧嘴薄舌的形象。

集中排比，有時看似喻意重複，而實則是用層層推進的辦法，使人物神情活現。如李瓶兒的兒子死後，潘金蓮便用一系列的比喻，指著丫頭罵道：「賊淫婦！我只說你日頭常晌午，卻怎的今日也有錯了的時節？你班鳩跌了彈也，嘴答谷了！春凳折了靠背兒，沒的倚了！王婆子賣了磨，推不的了！老鴇子死了粉頭，沒指望了！卻怎的也和我一般？」（第 60 回）這裏，「我只說你日頭常晌午，卻怎的今日也有錯了的時節」，既譏笑李瓶兒的得寵如同不可能「日頭常晌午」，必「有錯了的時節」，又畫出了潘金蓮推卸罪責、幸災樂禍的心理。「你班鳩跌了彈也，嘴答谷了！」既漫畫式勾劃出了李瓶兒因喪子而「嘴答谷了」的可憐相，又傳達了潘金蓮那恣意奚落、譏笑的神情。「春凳折了靠背兒」，「王婆子賣了磨」，「老鴇子死了粉頭」，既進一步比喻李瓶兒喪子後如何失去靠山、資本和指望，畫出了李瓶兒喪子後孤獨、淒慘的形象和絕望的處境，又把潘金蓮那種潑婦罵街、指桑說槐、抖擻精神百般稱快的神情，在害死官哥兒之後還要乘機氣死李瓶兒的險惡用心，以及尖酸刻薄、刁鑽毒辣的性格，全都刻畫得仿佛從紙上活跳出來了！因此，這種集中排比，不是簡單的比喻羅列，而是好像一個個音符，譜成了動人心弦的樂曲，猶如一顆顆明星，匯成了璀璨迷人的銀河。其可貴之處，不僅在於比喻本身的形象化、生動化，更在於它們都是發自人物心靈的搏動與傾吐，都是人物性格的傳神和寫照。

四、運用比喻應力戒作家認識上的偏頗、謬誤和審美情趣的庸俗、低級

作家認識上的偏頗和謬誤，審美情趣的庸俗和低級，是造成《金瓶梅》中有些比喻運用不當的主要教訓。

認識上的偏頗和謬誤，主要是由於作家的思想感情為封建傳統觀念所囿。如丫鬟秋菊因揭露潘金蓮與陳經濟的姦情而遭毒打，作者便打比喻說：「正是：蚊蟲遭扇打，只為嘴傷人。」（第83回）潘金蓮與陳經濟有姦情，這是事實。秋菊只不過如實說了一下，就被潘金蓮、春梅扣上「騙口張舌，葬送主子」的罪名，橫遭毒打。這豈不是太專橫霸道了麼？任何一個稍有正義感的讀者看了都會激起對金蓮、春梅的不滿，而對受迫害的秋菊寄予深切的同情。可是作者的愛憎感情卻與我們截然相反。他把秋菊的無辜受迫害，看成是咎由自取，喻之為「蚊蟲」「嘴傷人」，「遭扇打」活該！這是公然為春梅的挑唆和金蓮的暴行開脫罪責，也是對秋菊的形象的莫大的醜化和詆毀。

有的比喻失當，不僅是由於作家缺乏正確的愛憎感情，而且還反映了作家對人物形象缺乏本質的認識。如王六兒是個淫蕩的婦女，她先與小叔子韓二通姦，繼又成為西門慶的情婦。可是作者卻把她比喻為「若非偷期崔氏女，定然聞瑟卓文君。」（第37回）眾所周知，崔氏女鶯鶯和卓文君，都是婦女中爭取愛情自由、婚姻自主的光輝形象。王六兒是有夫之婦，她與西門慶的偷淫，絕不是為了爭取愛情婚姻的自由幸福，而是為了以賣淫覓取錢財。把王六兒比喻成崔氏女、卓文君，完全歪曲了人物形象的本質特徵，如同把一堆牛屎比成一簇薔薇花一樣，顯得實在太荒唐可笑了。它反映了作家把正當的情欲和污穢的姦淫混為一談，而認識不清兩者之間有本質的區別，結果通過比喻使人物形象不是更加鮮明和突出，而是橫遭扭曲和錯位。

作家審美情趣的庸俗、低級，也是造成《金瓶梅》中有些比喻使用不當的一個重要原因。如應伯爵對妓女鄭愛月說：「你這兩隻手，天生下就是發髟髟的肥一般。」（第68回）這種比喻，無異於下流、淫穢的髒話，只能對淫蕩的色欲起渲染作用，而毫無美感可言。

比喻不僅需要精當、貼切，而且還要富有高尚的情趣和雋永的美味。但是這種高尚的情趣，絕不是賣弄玄虛，故作高雅，這種雋永的美味，也絕不是玩弄文字遊戲，故作艱深。《金瓶梅》中的有些比喻，便未免這種弄巧成拙的遊戲筆墨。如王六兒來給西門慶悼喪，吳月娘在後邊罵不絕口，拒不接見，「吳大舅問道：『對後邊說了不曾？』來安兒把嘴谷都著不言語，問了半日，才說：『娘捎出四馬兒來了。』」（第80回）什麼是「四馬兒」呢？用「四馬兒」又究竟比喻什麼呢？一般讀者看了不免要發懵，感到不知所云。原來作者在這裏是用拆字格作比喻，「四馬兒」是隱喻著一個「罵」字。我們並不一概反對用拆字格來作隱喻，關鍵是要使「隱」的效果不是「晦」，而是「顯」。如作者為了說明潘金蓮相思陳經濟，便寫道：「金蓮每日難挨繡幃孤枕，怎禁畫閣淒涼，未免害些木邊之目，田下之心。」（第83回）這「木邊之目，田下之心」，原來是隱喻著「相思」二字。不經點破，讀者難免感到費解。《清平山堂話本·刎頸鴛鴦會》中也

用了這個隱喻：「本婦便害些木邊之目，田下之心，要好，只除相見。」這是用在人物語言中，來表現婦人心害相思，而口難明言的情態。故以此隱喻「相思」二字，便活畫出了那個含情脈脈而又羞羞答答的婦女形象，起到了以「隱」喻「顯」的作用。而《金瓶梅》是把這個隱喻用在作者的敘述語言中，不僅毫無必要，而且顯得生硬做作，晦澀難懂。這是故作高雅、艱深，玩弄文字遊戲者，不能不自食其惡果。

總之，《金瓶梅》中運用比喻的藝術可以給我們很多的啟迪：小說中比喻運用得好壞，對於人物形象塑造的成敗，有著十分突出的作用；精彩的比喻，猶如字字珠璣，必然使人物形象閃耀著迷人的光彩；蹩腳的比喻，則如同布下人為的陰影，使活生生的人物形象橫遭窒息；如何運用比喻，絕非微不足道的雕蟲小技，而確實是受作家的思想指導、受作品中的人物性格支配的「語言藝術中的藝術」；美妙的比喻，既必然來自群眾生活的海洋，同時又是作家思想的閃光，審美情趣的揭櫫和藝術修養的發軔，運用比喻的藝術豈容忽視？！

論《金瓶梅》對中國小說語言藝術的發展

如同「萬物皆動、皆變、皆生、皆滅」[1]一樣,我國古典小說的語言藝術也是在不斷地發展和變化著的。《金瓶梅》的語言藝術便別具一格,在我國古典小說的發展史上占有不可抹煞的突出地位。

一、由粗略化發展為細密化

在我國小說史上,魏晉六朝小說明顯地存在著「粗陳梗概」[2]的特徵。唐代傳奇、宋元話本和《三國演義》《水滸傳》等著名作品,在文筆描寫上已經由粗略化向細密化大大地前進了,然而被國內外學者一致公認為「作者之筆實極細致」,[3]其描寫「市井小人之狀態,逼肖如真,曲盡人情,微細機巧之極」[4]者,卻不能不首推《金瓶梅》。如《金瓶梅》第十二回寫西門慶因潘金蓮與琴童有姦情,而要對潘金蓮進行拷打和審問,我們看其文筆描寫是多麼細密至極:

> 潘金蓮在房中聽見,如提在冷水盆內一般。不一時,西門慶進房來,唬的戰戰兢兢,渾身無了脈息,小心在旁扶持接衣服。被西門慶兜臉一個耳刮子,把婦人打了一交。分付春梅,把前後角門頂了,不放一個人進來。拿張小椅兒坐在院內花架兒底下,取了一根馬鞭子拿在手裏,喝令:「淫婦脫了衣裳跪著!」那婦人自知理虧,不敢不跪,倒是真個脫去了上下衣服,跪在面前,低垂粉面,不敢出一聲兒。西門慶便問:「賊淫婦,你休推睡裏夢裏,奴才我纔已審問明白,他一一都供出來了。你實說,我不在家,你與他偷了幾遭?」婦人便哭道:「天麼,天

---

1. 恩格斯:《社會主義從空想到科學的發展》(北京:人民出版社,1961年)。
2. 這是魯迅在《中國小說史略》第8篇中對六朝小說的評語。
3. 戴不凡:《小說見聞錄》(杭州:浙江人民出版社)。
4. 日本・鹽谷溫:〈中國小說概論〉,見鄭振鐸編《中國文學研究》,下冊。

麼！可不冤屈殺了我罷了！自從你不在家半個來月，奴白日裏只和孟三姐做一處做針指，到晚夕早關了房門就睡了，沒勾當不敢出這角門邊兒來。你不信，只問春梅便了。有甚和鹽和醋，他有個不知道的。」因叫春梅來，「姐姐，你過來，親對你爹說。」西門慶罵道：「賊淫婦！有人說你把頭上金裏頭簪子兩三根，都偷與了小廝。你如何不認？」婦人道：「就屈殺了奴罷了！是那個不逢好死的嚼舌根的淫婦，嚼他那旺跳的身子！見你常時進奴這屋裏來歇，無非都氣不憤，拿這有天沒日頭的事壓枉奴。就是你與的簪子，都有數兒，一五一十都在，你查不是……」西門慶道：「簪子有沒罷了。」因向袖中取出琴童那香囊來，說道：「這個是你的物件兒，如何打小廝身底下捏出來？你還口強甚麼！」說著紛紛的惱了，向他白馥馥香肌上颺的一馬鞭子來，打的婦人疼痛難忍，眼噙粉淚，沒口子叫道：「好爹爹！你饒了奴罷！你容奴說，奴便說：不容奴說，你就打死奴，也只臭烟了這塊地。這個香囊葫蘆兒，你不在家，奴那日同孟三姐在花園裏做生活，因從木香欄下所過，帶繫兒不牢，就抓落在地。我那裏沒尋，誰知這奴才拾了。奴並不曾與他。」只這一句，就合著剛纔琴童前廳上供稱在花園內拾的一樣的話。又見婦人脫的光赤條條，花朵兒般身子，嬌啼嫩語，跪在地下，那怒氣早已鑽入爪哇國去了，把心已回動了八九分。

接著，西門慶又叫過春梅來問。春梅也說：「這個都是人氣不憤俺娘兒們，做作出這樣事來。爹，你也要個主張，把好醜名兒頂在頭上，傳出外邊去好聽。」「幾句把西門慶說的一聲兒沒言語，丟了馬鞭子。一面叫金蓮起來，穿上衣服，分付秋菊看菜兒，放桌兒吃酒。」一場風波至此便戲劇性地結束了。

這段描寫足以說明《金瓶梅》的語言藝術，不是粗略化而是細密化的特點：

1. 描寫的層次性。如張竹坡所說，《金瓶梅》的語言描寫往往「作層次法」，[5]「層次如畫」，[6]「一層深一層」。[7]它不是直截了當地寫西門慶對潘金蓮進行拷打、審問，而是從拷打、審問的過程中寫出了前後一系列不同的層次：西門慶打一耳刮子——婦人不敢吭聲；分付春梅頂門、拿椅子——西門慶坐；西門慶拿著馬鞭子，喝令淫婦脫衣裳跪下——潘金蓮「低垂粉面，不敢出一聲兒」；西門慶問——婦人哭著答；西門慶罵——婦人叫屈；西門慶拿出香囊問、打——婦人哭叫、狡辯；西門慶由想——見而動心。不但大的層次有上述七層，而且在大層次中還有小層次。如潘金蓮問答西門慶的一段話，

5　張竹坡在「第一奇書」本《金瓶梅》第 20 回的評語。
6　張竹坡在「第一奇書」本《金瓶梅》第 32 回的評語。
7　張竹坡在「第一奇書」本《金瓶梅》第 33 回的評語。

一口氣便說了四層意思：「就屈殺了奴罷了」是一層；「那個不逢好死的嚼舌根的淫婦」，「見你常時進奴這屋裏來歇，無非都氣不憤」，因而「嚼他那旺跳身子」，又是一層；「就是你與的簪子……」，又是一層；最後還有一層，是「恁一個尿不出來的毛奴才，平空把我纂一篇舌頭。」如此層次細密，便使語言藝術更加生動形象，使讀者如身臨其境，耳聞目睹其人其情，感到有不可抗拒的說服力和感染力。

2. **發展的曲折性**。這裏無論是西門慶或潘金蓮，在思想上都經歷了一個曲折的發展過程：西門慶由深信不疑、惱怒毒打，到舉出證據來責問，不料被駁回，由再拿出證據來痛打、罵，不料又遭駁回，從而「把心已回動了八九分」；潘金蓮由「唬的戰戰兢兢」，經過兩次自我辯護，終於贏得了西門慶的信任和同情。恰如張竹坡所說，《金瓶梅》有「文字千曲百曲之妙」。[8]這不僅使其細密的描寫，有著層層深入、合情合理、細膩入微的功效，而且具有出人意料、別開生面、引人入勝的魅力。

3. **角度的多樣性**。它寫西門慶對付潘金蓮，不是只有毒打這一種角度，而是縱橫交錯，變化多端。它先寫西門慶「兜臉一個耳刮子」，給她個下馬威，又「取了一根馬鞭子拿在手裏，喝令：『淫婦脫了衣裳跪著！』」進行威脅；接著又從訛詐的角度，寫西門慶說：「奴才我才已審問明白，他一一都供出來了」，要她老實招供，她為自己辯護，拒不承認；作者又從誘供的角度，寫西門慶在「賊淫婦」的罵聲中，舉出「有人說你把頭上金裏頭簪子兩三根，都偷與了小廝，你如何不認？」不料不但沒有達到誘供的目的，這「有人說」三個字，卻使潘金蓮得到了進一步為自己開脫的「理由」。她利用一夫多妻制的矛盾，以攻為守，把事情說成「是那個不逢好死的嚼舌根的淫婦」，「見你常時進奴這屋裏來歇，無非都氣不憤，拿這有天沒日頭的事壓枉奴」，又舉出簪子「一五一十都在」為證，使西門慶這一著又落了空，只好說：「簪子有沒罷了」。然後作者又從逼供的角度，寫西門慶向袖中取出從琴童身上搜出的香囊來，不僅責問：「你還口強甚麼！」而且氣惱得「颼的一馬鞭子來，打的婦人疼痛難忍。」這時潘金蓮一方面擺出了「好爹爹！你饒了奴罷！」的可憐相，一方面又與她偷聽到的琴童的供詞相吻合，說那香囊是她遺失在花園裏被那奴才拾到的，這才使西門慶「那怒氣早已鑽入爪哇國去了。」上述從毒打、恐嚇、訛詐、誘供、逼供等不同的角度作細密化的描寫，不僅使情節和語言皆顯得迤邐盤旋，錯綜變化，舒卷自如，而且大大強化了語言藝術表現人物性格的能力，使西門慶那憤激、毒辣、惱怒、凶狠、狡詐、暴虐、愚蠢、虛弱的醜惡形骸，潘金蓮那寒慄而沉著、狡黠而可憐、陰毒而機靈、怨恚而柔情的潑婦形象，都給讀者留下了深刻印象。

8　張竹坡在「第一奇書」本《金瓶梅》第 20 回評語。

4.前後的呼應性。它寫西門慶審問潘金蓮之前,先「分付春梅,把前後角門頂了,不放一個人進來」,這不是一般的情節交代,而是反映了西門慶怕「把醜名頂在頭上,傳出外邊去」的狠毒、虛偽的性格。後來春梅正是利用了西門慶的這個弱點,「幾句把西門慶說的一聲兒不言語,丟了馬鞭子」。在潘金蓮第一次回答西門慶的審問時,她就向西門慶提出:「你不信,只問春梅便了。有甚和鹽和醋,他有個不知道的。」這既是提出春梅來向西門慶證明她的清白,同時又話中有話,以她知道:「有甚和鹽和醋」,來暗示春梅說:由於有人「氣不憤俺娘兒們」,才這樣添鹽加醋地來誣害她的。後來當西門慶問春梅時,春梅果真附和潘金蓮的意思說了。這種彼此前呼後應的細密化描寫,不僅使文章的結構緊密,而且還使西門慶、潘金蓮與春梅三個人物的性格,在互相襯托、映照之中,顯得既變幻多姿,又各具神韻。

5.語言的豐富性。它不僅表現在「語句新奇,膾炙人口」,[9]如它用「提在冷水盆內一般」,來寫潘金蓮心情的戰慄;用「有甚和鹽和醋」,來故作鎮靜,表明她的心地坦然,不怕別人誣陷;用「你就打死奴,也只臭烟了這塊地」,來反映她那斬釘截鐵的決心;用「我和娘成日唇不離腮」,來使春梅的旁證顯得不容置疑。而且還表現在語言本身皆經過作家的錘煉,符合特定人物的性格。如西門慶一提出:「你與他偷了幾遭?」「婦人便哭道:『天麼,天麼!可不冤屈殺了我罷了!』」僅這劈頭一句,就使一個呼天喚地、鳴冤叫屈的潑辣性格活跳出來了。接著又寫潘金蓮說:「自從你不在家半個來月,奴白日裏只和孟三姐做一處做針指,到晚夕早關了房門就睡了,沒勾當不敢出這角門邊兒來。」她是如此地謹守門戶,還由得你西門慶產生疑竇麼?何況「你不信,只問春梅便了」,說著她便立即叫春梅:「你過來親對你爹說。」把她那既伶俐又狡猾,既「自知理虧」而又潑開膽撒謊、找對質的潑辣性格,表現得維妙維肖,躍然紙上。仿佛作品展現「在讀者面前的不是一束印著黑字的白紙,而是一個人,一個讀者可以聽到他的頭腦和心靈在字裏行間跳躍著的人。」[10]

《金瓶梅》作者從上述五個方面把小說語言發展為細密化,可以說如同巴爾札克那樣:「在他以前從來還沒有過小說家像這樣深入地觀察過細節和瑣碎的事情,而這些,解釋和選擇得恰到好處,用老剪嵌工的藝術和卓越的耐心加以組織,就構成一個統一的、有創造性的新的整體。」[11]

9　欣欣子:〈金瓶梅詞話序〉。

10　左拉:〈論小說〉,見《古典文藝理論譯叢》第8冊(北京:人民文學出版社,1964年)。

11　達文:〈巴爾札克《十九世紀風俗研究》序言〉,見《古典文藝理論譯叢》第3冊(北京:人民文學出版社,1962年)。

二、由理性化發展為感性化

「藝術是人類生活中把人們的理性意識轉化為感情的一種工具。」[12]這絕不排斥藝術要求有正確的思想性，只要「藝術所傳達的感情是在科學論據的基礎上產生的。」[13]藝術的特性既然如此，那麼，作為小說的語言藝術，理應與科學著作的語言論述有明顯的區別。但在我國古代由於長期是文史哲不分家，要求「文以載道」，因此，人們往往看不到這種區別。如「宋時理學極盛一時，因之把小說也多理學化了。」[14]在《金瓶梅》中，雖然也不免羼雜有一些理性的說教，但它的主要方面，卻是把我國古典小說的語言藝術由理性化向感性化大大地發展了。如《金瓶梅》第六十二回寫「西門慶大哭李瓶兒」，它不是像它以前的作品那樣，以「搥胸大哭」「大哭了一場」「哭得發昏」等理性化的敘述，簡單地交代了事，而是深入到人物的感情世界，對西門慶的三次大哭作了非常具體的形象化的描繪。

第一次，是在剛聽到李瓶兒死的時候。它先寫西門慶「兩步做一步，奔到前邊」，使我們如感其急促之情，聞其奔跑之聲，見其慌張的身影。接著再寫他揭起被子所見到的剛斷氣的李瓶兒：「面容不改，體尚微溫，脫然而逝，身上止著一件紅綾抹胸兒」，使人們不能不引起對死者的深切同情。在把讀者的感情初步調動起來，進入作者所描繪的藝術氛圍之後，作者再寫「西門慶也不顧的甚麼身底下血漬，兩隻手抱著他香腮親著，口口聲聲只叫：『我的沒救的姐姐，有仁義好性兒的姐姐！你怎的閃了我去了，寧可教我西門慶死了罷。我也不久活於世了，平白活著做甚麼!』在房裏離地跳的有三尺高，大放聲號哭。」這使我們仿佛看到了一個為愛妾之死而痛不欲生的西門慶活現在我們的面前。如果作者不是如此採用感性的形象的描繪，而是僅用理性的敘事語言，是絕不可能收到這般生動、強烈的藝術效果的。

第二次，是在用門板將李瓶兒的屍體抬出房間後。作者寫道：「西門慶在前廳，手拘著胸膛，由不的撫屍大慟，哭了又哭，把聲都呼啞了，口口聲聲只叫『我的好性兒有仁義的姐姐』不住。比及亂著，雞就叫了。」如果按照理性化的寫法，只需用「不勝悲痛，哭了又哭」八個字足矣。可是《金瓶梅》作者卻寫出了西門慶「手拘著胸膛」和「撫屍大慟」的情景，使我們不僅仿佛親眼看到了他那胸中難以抑制的積憤和悲傷，而且猶

12　列夫·托爾斯泰著，豐陳寶譯：《藝術論》（北京：人民文學出版社，1958 年）。

13　同前註。

14　魯迅：《中國小說的歷史的變遷》第 4 講。見《魯迅全集》第 8 冊（北京：人民文學出版社，1957年）。

如親耳聽到了他那嘶啞的陣陣哭聲和呼叫聲。

第三次，是在請來陰陽先生，又向各親眷處報喪之後。作者寫道：「西門慶熬了一夜沒睡的人，前後又亂了一五更，心中感著了悲慟，神思恍亂，只是沒好氣，罵丫頭、踢小廝，守著李瓶兒屍首，由不的放聲哭叫。」

《金瓶梅》作者不僅從動作、聲態、情感等方面，把西門慶的三次大哭寫得形象具體，生動逼真，而且把這三次大哭寫得毫不雷同，表現出西門慶思想感情的發展變化和鮮明的性格特色。第一次大哭，表現了他剛聽到李瓶兒死訊之後的震驚和悲痛。第二次大哭，便進一步反映了他胸中的積憤和傷心。第三次大哭，則更深一層地說明他由於悲慟過度而造成的煩躁和遷怒於丫頭、小廝的主子性格。

其次，《金瓶梅》作者通過對李瓶兒之死的描寫，還進一步豐富、深化了其他一系列人物的性格形象。

先說吳月娘的形象。當西門慶第一次大哭時，作者接著寫道：「月娘因見西門慶搕伏在他身上，摑臉兒那等哭，又叫：『天殺了我西門慶了！姐姐，你在我家三年光景，一日好日子沒過，都是我坑陷了你了！』月娘聽了，心中就有些不耐煩了，說道：『你看韶刀，哭兩聲兒丟開手罷了。一個死人身上，也沒個忌諱，就臉搕著臉兒哭，倘忽口裏惡氣撲著你是的。他沒過好日子，誰過好日子來？人死如燈滅，半晌時不借。留的住他倒好！各人壽數到了，誰人不打這條路兒來？』」表現了吳月娘那種對西門慶既抱怨又關懷的複雜性格。她抱怨的是西門慶不必那樣偏愛李瓶兒，關懷的是西門慶作為自己的丈夫不要傷了自己的身子。「他沒過好日子，誰過好日子來？」這話更發人深思。它反映了在一夫多妻制之下，妻妾之間必然矛盾重重，受害的不只是哪一個人。所謂「各人壽數到了」云云，這既是對西門慶的熱誠開導，又完全切合吳月娘信佛的那種宿命心理。

再說潘金蓮的形象。如果說吳月娘對李瓶兒之死還存在著一定程度的同情，對西門慶的悲傷還寄予出於自身利害或其他什麼原因的關懷的話，那麼，作者寫潘金蓮，則突出了她那暗中幸災樂禍的內在的殘忍性格。在吳月娘、李嬌兒、孟玉樓、潘金蓮等一起忙著給已死的李瓶兒穿衣服的當兒，西門慶要「多尋出兩套他心愛的好衣服，與他穿了去。」李嬌兒因問：「尋雙甚麼顏色鞋與他穿了去？」潘金蓮道：「姐姐，他心裏只愛穿那雙大紅遍地金鸚鵡摘桃白綾高底鞋兒，只穿了沒多兩遭兒。倒尋那雙鞋出來與他穿了去罷。」吳月娘道：「不好，倒沒的穿上陰司裏，好教他跳火坑。你把前日門外往他嫂子家去穿的那雙紫羅遍地金高底鞋，也是扣的鸚鵡摘桃鞋，尋出來與他裝綁了去罷。」舊時迷信說法，死人忌穿紅鞋，這一點憑潘金蓮的見識，她不會不知道、然而她卻藉口李瓶兒平時愛穿那雙鞋，妄圖叫她穿著到陰間跳火坑去。對於潘金蓮這種隱蔽而狠毒的心計，作者刻畫得極為巧妙自然，無懈可擊。

潘金蓮對於西門慶的傷心痛哭，自然免不了也要勸導幾句。可是作者卻不像寫吳月娘那樣正面寫潘金蓮如何勸說，而是通過潘金蓮與吳月娘、孟玉樓之間的閒談，說道：「你還沒見，頭裏進他屋裏尋衣裳，教我是不是，倒好意說他：都相惱一個死了，你恁般起來，把骨禿肉兒也沒了。你在屋裏吃些甚麼兒，出去再亂也不遲。他倒把眼睛紅了的，罵我：狗攮的淫婦管你甚麼事！我如今鎮日不教狗攮，卻教誰攮哩？恁不合理的行貨子，只說人和他合氣。」這不僅在寫法上巧於變化，更難得的是通過「我如今不教狗攮，卻教誰攮哩」等活生生的形象化的語言，把潘金蓮那老辣、豪爽、忌恨、無恥討歡的性格，描繪得如從紙上活跳了出來。

同樣是對李瓶兒的死和西門慶的哭，孟玉樓的態度和性格表現，又與吳月娘、潘金蓮別具風采。作者只用淡淡的一筆，寫她在吳月娘、潘金蓮面前說：「李大姐倒也罷了，沒甚麼。倒吃了他爹恁三等九格的。」這說明，對於她來說，既沒有潘金蓮那種強烈忌恨，也不像吳月娘那樣熱忱關切。她內心不滿，並且足以在某種程度上迎合吳月娘、潘金蓮的，只是她也反對西門慶在眾妻妾之間分成「三等九格」。她既不滿於西門慶對李瓶兒的偏愛，更不滿於西門慶對她本人的冷落，表現出她們受一夫多妻制的危害雖則同一，而各個人的思想性格卻迥然有別。

通過李瓶兒之死，《金瓶梅》作者還從更為廣闊的方面，使眾多人物的臉譜都得到了生動的表現。如請來給李瓶兒看陰陽批書的徐先生，西門慶請他批書，他「批將下來：『已故錦衣西門夫人李氏之喪……』」按照封建禮教，正妻才能稱夫人。李瓶兒不過是個妾，正室夫人吳月娘還健在，這種批法不通之至。不需作者再說三道四，這位徐先生對西門慶厚愛李瓶兒情事的了解和這樣不顧道理的批法，把他的那種逢迎者的奸狡和無恥的嘴臉，入木三分地刻畫出來了。

正當西門慶為李瓶兒之死悲慟得茶不飲、飯不吃，吳月娘為此而犯愁之際，小廝請來了應伯爵。應伯爵「進門撲倒靈前地下，哭了半日，」又胡謅他夢見西門慶折了玉簪兒，引出西門慶傷感地說：「……平時我又沒曾虧欠了人，天何今日奪吾所愛之甚也！先是一個孩兒也沒了，今日他又長伸腳子去了，我還活在世上做甚麼？雖有錢過北斗，成何大用！」伯爵道：「哥，你這話就不是了。我這嫂子與你是那樣夫妻，熱突突死了，怎的心不疼！爭耐你偌大的家事，又居著前程，這一家大小泰山也似靠著你。你若有好歹，怎麼了得！就是這些嫂子都沒主兒。常言：一在三在、一亡三亡。哥，你聰明，你伶俐，何消兄弟每說。就是嫂子他青春年少，你疼不過，越不過他的情，成服，令僧道念幾卷經，大發送，葬埋在墳裏，哥的心也盡了，也是嫂子一場的事，再還要怎樣的？！哥，你且把心放開！」經應伯爵這一席話，西門慶就再「也不哭了。須臾，拿上茶來吃了，便喚玳安：『後邊說去，看飯來，我與你應二爹、溫師父、謝爹吃』。」應伯爵這

一席話，為什麼能有這麼大的效果呢？它好就好在：一方面語言形象生動，句句說到了西門慶的心坎裏，目的雖在開導他：「你這話就不是了」，而所用的語言卻盡是阿諛奉迎，恣意吹捧。如肯定他為李瓶兒「熱突突死了，怎的不心疼」，「你聰明，你伶俐，何消兄弟每說！」為他出謀劃策，給他指出一條自我安慰的途徑：「令僧道念幾卷經，大發送，葬埋在墳裏，哥的心也盡了。」另一方面，又使應伯爵句句「逼真幫閒，骨相俱出」，[15]活生生地體現出他的性格特色——既能迎合主子心理，獻媚討好，又能針對主子所需，殷勤獻策，為主子消愁解悶。「令僧道念幾卷經，大發送」，就算「哥的心也盡了，也是嫂子一場的事，再還要怎樣的？！」這話語，是多麼懇切！這口氣，又是多麼輕飄飄的！它把應伯爵這個幫閒所道破的、西門慶所欣然奉行的那虛偽透頂的世道人心，刻畫得多麼淋漓盡致。由此可見，《金瓶梅》的選詞用語，正是要把作者的理性都寄寓於形象化、個性化的語言形式和富有社會典型意義的活生生的人物性格之中。這絕不是反對理性在小說創作中的指導作用，更不是排斥在小說中適當使用哲理性的語言，而是必須掌握小說語言感性化即形象化的特徵，致力於創造出眾多的生動感人的藝術形象，以充分發揮小說這種語言藝術所特有的魅力，包括使其具有不可抗拒的感染人、教育人的魔力。

三、由單一化發展為多面化

巴爾札克說：「藝術作品就是用最小的面積，驚人地集中了最大量的思想。」[16]對於語言藝術來說，這就是要用最少的文字，表現出最豐富的內容，使語言能具有最大的容量，能夠充分發揮出多面的藝術表現力。

《金瓶梅》不像它以前的小說語言容量，往往帶有單一化的特點，即一段話往往只說明一個意思，表現一個人物的性格，而是具有多方面的特點，如張竹坡所指出的：「《金瓶》內，每以一筆作千萬筆用。」[17]不信，請看第四十一回寫潘金蓮打罵秋菊的一段：

> 且說潘金蓮到房中，使性子，沒好氣，明知西門慶在李瓶兒這邊，因秋菊開的門遲了，進門就打兩個耳刮子，高聲罵道：「賊淫婦奴才，怎的叫了恁一日不開？你做甚麼來摺兒？我且不和你答話！」……
>
> 到次日，西門慶衙門中去了。婦人把秋菊教他頂著大塊柱石，跪在院子裏。……

15　張竹坡《金瓶梅》第 62 回批語。

16　巴爾札克：〈論藝術家〉，見《古典文藝理論譯叢》第 10 冊（北京：人民文學出版社，1965 年）。

17　《張竹坡批評金瓶梅》第 1 回評語。

婦人打著他，罵道：「賊奴才淫婦！你從幾時就恁大來？別人興你，我卻不興你！姐姐，你知我見的，將就膿著些兒罷了。平白撐著頭兒，逞什麼強？姐姐，你休要倚著。我到明日，洗著兩個眼兒看著你哩！」一面罵著又打，打了大罵，打的秋菊殺豬也似叫。李瓶兒那邊纏起來，正看著奶子奶官哥兒，打發睡著了，又唬醒了；明明白白，聽見金蓮這邊打丫鬟，罵的言語兒妨頭，一聲兒不言語，唬的只把官哥兒耳朵握著。一面使繡春去，「對你五娘說：休打秋菊罷，哥兒纏吃了些奶，睡著了。」金蓮聽了，越發打的秋菊狠了，罵道：「賊奴才！你身上打著一萬把刀子，這等叫饒？我是恁性兒，你越叫我越打！莫不為你拉斷了路行人？人家打丫頭，也來看著。你好姐姐，對漢子說，把我別變了罷！」李瓶兒這邊分明聽見指罵的是他，把兩隻手氣的冰冷，忍氣吞聲，敢怒而不敢言。

這段描寫，充分表現了《金瓶梅》的語言容量具有多面化的特點：

第一，它的語言不是只有字面上的一種含意，而是如作者在《金瓶梅》第三十五回所說的，有「話中之話」。潘金蓮一進門對秋菊「高聲罵道」，作者為什麼要強調「高聲」呢？因為她「明知西門慶在李瓶兒這邊」。她那「高聲罵道」，不只是因丫鬟秋菊「開的門遲了」，乘機把她當作出氣筒，同時更重要的又是罵給在李瓶兒房裏的西門慶聽的：「你做甚麼來折兒？我且不和你答話！」不僅人物的語言有「話中之話」，作者的敘述語言，有時也有著多方面的含意。如寫潘金蓮「一面罵著又打，打了大罵，打的秋菊殺豬也似叫。」既反映了潘金蓮的暴虐，又說明了她的陰險——藉秋菊挨打的叫聲，把李瓶兒的愛子官哥兒唬出病來。同時還表現了秋菊被當作出氣筒，備受無情的摧殘。

第二，它的語言不是表面上對誰說就只是說給誰聽的，而是如作者在《金瓶梅》第十四回所說的「遠打週折，指山說磨。」「到次日，西門慶衙門中去了」之後，潘金蓮罵秋菊的那些話：「賊奴才淫婦！你從幾時就恁大來？別人興你，我卻不興你！……我到明日，洗著兩個眼兒看著你哩！」這些話名為罵秋菊，實際都是罵李瓶兒的。作者說得很清楚：「罵的言語兒妨頭。」「李瓶兒這邊分明聽見指罵的是他。」不寫潘金蓮直接罵李瓶兒，而是「指山說磨」，這就具有不是單一化，而是多面化的意義：既表現了潘金蓮的狡獪和毒辣，使李瓶兒處於難以頡頏的困境，同時又說明一夫多妻制的可悲，秋菊身為丫鬟只能聽任主子作弄和蹂躪的可憐。

第三，它不是只側重刻畫出一個人物的性格，而是要同時展現出幾個人物的性格，如作者在《金瓶梅》第七十五回所說的：「一棒打著好幾個」。上述潘金蓮打罵秋菊，不只是反映了潘金蓮某一方面的性格特徵，而是同時表現了她爭寵、嫉恨、殘暴、奸險、狡黠、狠毒等多方面的性格特色，也不只是描繪了潘金蓮一個人物，而是同時使幾個人

物的個性，如秋菊的剛強與可憐，春梅的諂媚與自傲，李瓶兒的懦弱與氣憤，都得到了較為生動的表現。

第四，它不是一筆只寫一個場面，而是立體交叉式地同時既寫這個場面，又寫那個場面。如西門慶在李瓶兒房裏是一個場面，潘金蓮在自己房裏高聲罵給西門慶聽又是一個場面。次日，潘金蓮打罵秋菊是一個場面，李瓶兒在房裏「唬的只把官哥兒耳朵握著」，李瓶兒使繡春來對潘金蓮說休打秋菊，「金蓮聽了，越發打的秋菊狠了」，又是一個場面。先後左右四面貫通，各個人物在不同的場面中相映相襯，給人以妙趣橫生、蘊藉深邃之感。

上述四個特點，當然不是《金瓶梅》的每段描寫都同樣具備、同等精彩的。我們強調說明的，只是力求避免語言容量的單一化，而使其具有多面化的意義和作用，這基本上是《金瓶梅》的每段描寫都具有的一個共同的特點。如第七十五回寫吳月娘和潘金蓮對罵，一個說：「你不浪的慌？」另一個舉出事例，說：「像這等的，卻是誰浪？」「吳月娘乞他這兩句觸在心上，便紫漲了雙腮，說道：『這個是我浪了，隨你怎的說。我當初是女兒填房嫁他，不是趁來的老婆。那沒廉恥趁漢精便浪，俺每真材實料不浪！』」接著她又說：「你害殺了一個，只少我了。」吳月娘說這些話的本意是針對潘金蓮一個人的，可是作者這時卻偏要插上「孟玉樓道：『耶呀耶呀，大娘，你今日怎的這等惱的大發了，連累著俺每，一棒打著好幾個人也。也沒見這六姐，你讓大姐一句兒也罷了，只顧打起嘴來了。』」因為不只潘金蓮，孟玉樓等也都「是趁來的老婆」，不是「真材實料」，所以她說吳月娘的話是「一棒打著好幾個」。作者寫了孟玉樓的勸說，同時又寫了吳大妗子的勸說。兩個人同屬勸說，而所反映的身分和個性又朱紫各別。孟玉樓的勸說，是對吳月娘和潘金蓮兩面皆不得罪，而吳大妗子是吳月娘的親嫂子，她的勸說只能直接衝著吳月娘而來：「三姑娘，你怎的？快休舒口。」她又說：「常言道：要打沒好手，廝罵沒好口。不爭你姐妹每攘開，俺每親戚在這裏住著也羞。姑娘，你不依我，想是嗔我在這裏，叫轎子來，我家去罷。」從表面上看，這話也完全是衝著吳月娘說的，而實際上卻又是站在回護吳月娘一邊，說給在場的潘金蓮聽的。所謂「廝罵沒好口」，這不就是為了回護剛才吳月娘罵潘金蓮「沒廉恥趁漢精」，而叫潘金蓮不要計較麼？所謂「你姐妹每攘開」，「想是嗔我在這裏」，這又何止是在勸導吳月娘？在吳月娘罵了潘金蓮之後，吳大妗子說這種話，豈不是勸導吳月娘的同時，也是利用自己親戚的身分，在壓住潘金蓮不要還擊麼？而孟、吳二人的性格心理也隨之顯現，並在潘、吳的照映下，愈加顯出個性的特徵。這種彼此鉤連映照，似投石入潭，激起層層波瀾，使語言的容量由單一化而向多面化層層推進。

後浪逐前浪，一波未平，一波又起。在潘金蓮的對罵中說：「是我的丫頭也怎的？

你每打不是？我也在這裏還多著個影兒哩。皮襖是我問他要來。莫不只為我要皮襖開門來，也拿了幾件衣裳與人，那個你怎的就不說來？丫頭便是我慣了他，我也浪了圖漢子喜歡。像這等的，卻是誰浪？」她之所以這般有恃無恐，咄咄逼人，使我們不能不回想起，在這之前，為春梅罵申二姐，月娘曾經對西門慶說過：「你家使的好規矩的大姐，如此這般，把申二姐罵的去了。」不料西門慶不但沒有責備春梅，反而笑道：「誰教他不唱與他聽來？也不打緊處，到明日，使小廝送一兩銀子補伏他，也是一般。」春梅不僅是金蓮的丫頭，還是被西門慶收了房的。現在潘金蓮又乘機說出，西門慶在拿給她皮襖的同時，「也拿了幾件衣裳與人」——指西門慶又勾搭上官哥的奶媽。吳月娘為「圖漢子喜歡」，也不管不問。從這裏，不禁又勾起我們腦海中浮現出一個答案：原來她們之所以互相攻訐你浪我浪，根子就在西門慶既有眾多的妻妾，又還跟春梅、奶媽等丫頭、佣人「貓鼠同眠」，使吳月娘、潘金蓮等皆互相嫉妒、爭寵。正如張竹坡所指出的：「凡人用筆曲處，一曲兩曲足矣，乃未有如《金瓶梅》之曲也。」[18]不是追求情節的曲折離奇，而是在日常的人物語言之中曲折地表現出多方面的含意和多方面的人物性格，這是《金瓶梅》在語言藝術上的一個重大發展。

四、由平面化發展為立體化

人物對話，如果只寫兩個人之間對話，那是徑直的、平面化的，比較好寫；如果寫三人以上的群體同時對話，那就是曲折的，立體交叉的，不大好寫了。如《三國演義》第四十三回「諸葛亮舌戰群儒」，儘管這是表現諸葛亮才智出眾的精彩篇章之一，然而它在描寫群儒如何一起跟諸葛亮舌戰的場面上卻未免有缺憾：只是寫諸葛亮舌戰了一個，再舌戰另一個，像走馬燈一樣，七個人依次各戰一遍了事；這不僅在藝術上把群體交叉對話人為地割裂成個體對話，而且也勢必對作品的真實性有所損傷。這種現象絕不是偶然的，而是反映了我國古典小說的語言藝術還缺乏描寫群體交叉對話的能力。

使人物對話由單個平面化，發展為交叉立體化，這是《金瓶梅》在語言藝術上的一個突出成就。請看該書第三十二回，寫西門慶叫李桂姐與喬大戶敬酒，喬大戶表示謙恭，接著作者便寫出了群體交叉與應伯爵舌戰的場面：

> 伯爵道：「你老人家放心，他如今不做表子了，見大人做了官，情願認做乾女兒了。」那桂姐便臉紅了，說道：「汗邪你了，誰恁胡言！」謝希大道：「真個有

這等事，俺每不曉的。趁今日眾位老爹在此，一個也不少，每人五分銀子人情，都送到哥這裏來，與哥慶慶乾女兒。」伯爵接過來道：「還是哥做了官好。自古不怕官，只怕管，這回子連乾女兒也有了。到明日灑上些水，看出汁兒來。」被西門慶罵道：「你這賤狗才，單管這閒事胡說！」伯爵道：「胡鐵？倒打把好刀兒哩。」

鄭愛香正遞沈姨夫酒，插口道：「應二花子，李桂姐便做了乾女兒，你到明日與大爹做個乾兒子罷，吊過來就是個兒乾子。」伯爵罵道：「賊小淫婦兒，你又少死得，我不纏你念佛。」李桂姐道：「香姐，你替我罵這花子兩句。」……

把這段「應伯爵打諢趨時」與「諸葛亮舌戰群儒」加以比較，我們不難看出，兩者之間顯然存在著人物對話平面化與立體化的差別：

第一，「諸葛亮舌戰群儒」寫人物對話是逐個進行的。在諸葛亮與一個人對話時，旁若無人，第三者從不插話。「應伯爵打諢趨時」寫人物對話，則是多人立體交叉進行的。先是西門慶與李桂姐、喬大戶對話，接著引起應伯爵與喬大戶對話，喬大戶尚未及答話，卻又引起李桂姐和謝希大的反響，作者不直接寫應伯爵回答李桂姐、謝希大的話，卻又寫應伯爵與西門慶互相打趣，然後又寫鄭愛香幫李桂姐對應伯爵進行抨擊。這裏同時交叉跟應伯爵對話的有喬大戶、西門慶、李桂姐、謝希大、鄭愛香等五人。作者使我們始終感覺到，不是哪兩個人在對話，而是同時有幾個人交叉著七嘴八舌地在戲謔、說笑。因此，它描寫出來的場面，不是平面化的兩極，而是給人以多極交叉的立體化的真實感。

第二，描寫每個人對話的方式，「諸葛亮舌戰群儒」是戰完一個，再戰另一個，個個皆是一問一答式的，顯得單調刻板，頗為公式化。「應伯爵打諢趨時」的對話方式，則寫得生動靈活，姿橫酣暢。他們有的「便紅了臉，說道」；有的是「接過來道」；有的則「罵道」；有的「正遞沈姨夫酒，插口道」。總之，每個人說話都各有自己的聲態和個性，個個別開生面，互相交叉混雜著，顯得跌宕多姿，使我們仿佛真的置身於眾人之中，熙熙攘攘，目不暇接。

第三，人物的對話，總是在特定的環境之中進行的。從「諸葛亮舌戰群儒」的描寫中，雖然也能使我們感到魏蜀吳三國之間在勾心鬥角這個大的環境，但是卻看不出對話現場的具體環境。「應伯爵打諢趨時」是在酒席間進行的，從人物對話之中，我們不僅能感受到那個趨炎附勢，廉恥喪盡的社會環境，而且對話者由這邊李桂姐與喬大戶敬酒，又聯繫到那邊「鄭愛香正遞沈姨夫酒，插口道」，使我們仿佛如置身在幾個酒席之間，有特定的空間立體感。

第四，人物對話的內容，「諸葛亮舌戰群儒」的語言，如「鵬飛萬里，其志豈群鳥

能識哉！」雖然也力求形象化，但其基本特色不是繪形，而是說理。「應伯爵打諢趣時」的語言，卻完全是形象化、個性化的。如應伯爵諷刺西門慶認李桂姐做乾女兒，「到明日灑上些水，看出汁兒來」，西門慶罵應伯爵是「賤狗才」，鄭愛香則奚落應伯爵：「你到明日與大爹做個乾兒子罷，吊過來就是個兒乾子」。這裏沒有一個字直接說理，只是通過嬉笑、打趣的形式，有聲有色地給我們描繪出了一個交織著諂媚與湊趣、譏諷與詈罵的群醜圖；同時也浮雕似地突出了應伯爵那善於打諢趣時的幫閒的性格。

人物對話和描寫的個性化，歸根結底，還要取決於人物形象由單一化的性格發展為多面化的性格。單一化即絕對化。如毛宗崗在〈讀三國志法〉中所說的，諸葛亮「是古今來賢相中第一奇人」；關羽「是古今來名將中第一奇人」；曹操「是古今來奸雄中第一奇人」。既然是「第一奇人」，那就必然「寫好的人，簡直一點壞處都沒有；而寫不好的人，又是一點好處都沒有」，[19]形成有的人「事事全好」，有的人「事事全壞」，只具有「好」或「壞」的一個側面，而不可能具備有好有壞、亦好亦壞、不好不壞等多面的立體的性格特徵。《金瓶梅》中的人物性格則具有多面的立體的特徵。潘金蓮不僅是個淫婦，她還具有「俏」，如第二回「俏潘娘簾下窺人」；「潑」，如第十一回「潘金蓮潑打孫雪娥」；「嬌」，如第十八回「見嬌娘敬濟鍾情」，第二十四回「敬濟元夜戲嬌姿」；「嫉」，如第三十二回「潘金蓮懷嫉驚兒」，第七十五回「為護短金蓮潑醋」；「爭寵」，如第四十三回「爭寵愛金蓮惹氣」；「貪」，如第七十四回「潘金蓮貪心索褙」等多方面的性格特徵。這種性格特徵的多面性，就使人物形象更加富有真實性和生動性。正如張竹坡指出的：「極力將金蓮寫得暢心快意之甚，驕極，滿極，輕極，浮極，下文一激便撒潑、方和身皆出，活跳出來也。」[20]這不僅是語言藝術技巧的問題，更重要的還取決於作家能夠「入世最深」，[21]克服絕對化、片面化的典型觀念，求得對於現實中的典型人物的性格有全面的深刻的認識和把握。

鄭振鐸曾經指出，《金瓶梅》「實是一部名不愧為的最合於現代意義的小說」。[22]語言藝術能達到給人以立體的感覺，這正是「現代意義的小說」的一個重要特點。恰如列夫·托爾斯泰所指出的：「在契訶夫身上，在一般近代作家身上，寫實的筆法有了很不平常的發展。在契訶夫筆下，樣樣東西真實到了虛幻的地步，他的小說給人留下『立體平畫鏡』的印象。」[23]這話對於《金瓶梅》來說，也是合適的。

19　魯迅：《中國小說的歷史的變遷》第 4 講。

20　張竹坡「第一奇書」本《金瓶梅》第 23 回評語。

21　張竹坡：〈金瓶梅讀法〉。

22　鄭振鐸：《插圖本中國文學史》1982 年版。

23　高登維奇，汝龍譯：〈與托爾斯泰的談話〉，見契訶夫《恐怖集》（上海：平明出版社，1953 年）。

五、由書面化發展為口語化

《金瓶梅》對中國古典小說的語言藝術所以有種種重大的發展，其原因可能是多方面的，但我認為最根本的原因在於《金瓶梅》作者找到了語言藝術最豐富的活的源泉——大量吸取了群眾口語，並且他對語言藝術的加工提高，不是按照書面化的要求，而是遵循口語化的方向。

本來，「小說者，街談巷語之說也。」[24]可是，我國唐以前的小說卻往往要將「街談巷語之說」加工成文言。宋元話本，本來是說話人用的白話，經過文人的加工，也總是力圖要使它符合書面化的要求。如《三國志平話》經過文人加工成《三國演義》小說，就成了半文半白的語言。《水滸傳》的語言在通俗化方面比《三國演義》前進了一大步。但是通俗化不等於口語化。口語化不僅要求文字通俗，更重要的是要跟現實生活中的群眾口語習慣相一致。《水滸傳》的語言則是要把實際生活中群眾的口語，加以大大地誇張和提高，使之成了非凡的超人的英雄傳奇式的語言。如《水滸傳》第三回「魯提轄拳打鎮關西」，寫魯智深「撲的只一拳，正打在鼻子上，打得鮮血迸流，鼻子歪在半邊，卻便似開了個油醬鋪，鹹的、酸的、辣的，一發都滾出來」。然後，「就眼眶際眉稍只一拳，打得眼棱縫裂，烏珠迸出，也似開了個彩帛鋪的，紅的、黑的、絳的，都綻將出來」。最後，「又只一拳，太陽上正著，卻似做了一個全堂水陸的道場，磬兒、鈸兒、鐃兒，一齊響。」三拳就把鎮關西打得「口裏只有出的氣，沒了入的氣，動彈不得。」這種打得似油醬鋪、彩帛鋪、水陸道場的描寫，儘管有其精彩絕艷之處，但誰也不能否認，它是屬於遠遠超出現實的極其誇張的語言。

《金瓶梅》的語言，如欣欣子的〈金瓶梅詞話序〉所說，它用的是「市井之常談，閨房之碎語」。它所以成為「稗官之上乘」，自然也是經過作家「妙手」「爐錘」[25]的結果。但是《金瓶梅》對群眾口語的加工，跟它以前的小說不同，它不是使語言藝術與現實生活相脫離，而是達到酷似現實生活逼真的境界。它寫「草裏蛇邏打蔣竹山」，只寫「隔著小櫃嗖的一拳去，早飛到竹山面門上，就把鼻子打歪在半邊。」「不提防魯華又是一拳，仰八叉跌了一交，險不倒栽入洋溝裏，將發散開，巾幘都污濁了。竹山大叫『青天白日』起來。」這跟魯智深拳打鎮關西的描寫，顯然有天壤之別。正如鄭振鐸所指出的，在《金瓶梅》之前，我國古典小說的語言「尚未能脫盡一切舊套。惟《金瓶梅》則

24　班固：《漢書·藝文志》。
25　明·謝肇淛的〈金瓶梅跋〉稱：「信稗官之上乘，爐錘之妙手也。」

是赤裸裸的絕對的人情描寫，不誇張，也不過度的形容」。[26]因此，它仿佛用的不是作家的書面語言，而全是「一篇市井的文字」。[27]這種嚴格而又圓熟的對現實生活中的人物和口語的白描，是《金瓶梅》語言藝術的基本特色。它跟中國的國畫很相似，生活的艷麗多姿全體現在濃淡相間的水墨線條之中，而無需加上五顏六色的油彩塗抹。它看似幾筆淡淡的勾劃，卻貫注著濃烈的真情實感，叫人越看越覺得畫盡意存，耐人尋味。

由於《金瓶梅》的語言力求口語化，因此它就具有群眾口語的許多優點：真切、樸實、自然、新鮮、生動、活潑。如在西門慶死後，吳月娘發現潘金蓮和陳經濟勾勾搭搭。作者寫吳月娘對潘金蓮道：「六姐，今後再休這般沒廉恥！你我如今是寡婦，比不的有漢子。香噴噴在家裏，臭烘烘在外頭，盆兒罐兒有耳朵，你有要沒緊和這小廝纏甚麼！教奴才們背地排說的碜死了！常言道：男兒沒性，寸鐵無鋼；女人無性，爛如麻糖。其身正，不令而行；其身不正，雖令不行。你有長俊正條，肯教奴才排說你？在我跟前說了幾遍，我不信，今日親眼看見，說不的了。我今日說過，要你自家立志，替漢子爭氣。」（第85回）吳月娘的這番話，本屬於講大道理，是很容易寫得乾巴巴的，然而作者卻用群眾創造的口語：「香噴噴在家裏，臭烘烘在外頭」，這種語言是多麼新鮮！「盆兒罐兒有耳朵」，這種語言又是多麼活潑！既用「常言道……」曉之以理，又用「替漢子爭氣」，動之以情，不用作者另加描繪和形容，僅在吳月娘本人的話語之間，就把吳月娘那種對潘金蓮的責備、抱怨和苦口婆心地規勸、教導，以及她對丈夫死後做寡婦的傷感、小心謹慎和虔誠地堅守貞操等複雜的性格形象，都極為真實、自然地刻畫出來了。這樣和現實生活中的群眾口語難分軒輊的例子，在《金瓶梅》裏並不是鳳毛麟角，極為罕見，而是信手拈來，俯拾即是。

民間俗語、諺語，是群眾口語的精萃。《金瓶梅》中運用民間俗語、諺語之多、之妙，可以說是空前的。它不僅為小說語言生姿增色，而且極為精妙地活畫出了人物的性格和形象。如王婆奉命把潘金蓮從西門慶家領出去時，金蓮責問：「如何平空打發我出去？」作者寫王婆道：「你休稀裏打哄，做啞裝聾！自古蛇鑽窟窿蛇知道，各人幹的事兒各人心裏明。金蓮，你休呆裏撒奸，兩頭白面，說長並道短，我手裏使不的你巧語花言，幫閒鑽懶！自古沒個不散的筵席，出頭椽兒先朽爛。人的名兒，樹的影兒。蒼蠅不鑽沒縫兒蛋。你休把養漢當飯，我如今要打發你上陽關！」（第86回）王婆的這番話幾乎全是由俗諺組成的。這些俗諺都全成了王婆自己的語言。她說得那樣音韻鏗鏘，如連珠炮一般，既銳不可擋地揭露了潘金蓮「呆裏撒奸」「巧語花言」「養漢當飯」的性格，

26　鄭振鐸《插圖本中國文學史》1982 年版。
27　張竹坡〈金瓶梅讀法〉。

又活畫出王婆自身那種伶牙利齒、唇槍舌劍、老辣兇悍、慣於販賣婦女的媒婆形象。可見作者對群眾語言的加工和運用，誠不愧為「爐錘之妙手也！」

善用比喻，也是使《金瓶梅》的語言口語化顯得特別生動活潑的一個重要原因。如被西門慶誘姦的宋惠蓮，因西門慶改變了原派她丈夫的差使，她便埋怨西門慶「是個毬子心腸，滾下滾上；燈草拐棒兒，原拄不定。把你到明日，蓋個廟兒，立起個旗杆來，就是個謊神爺。」（第 26 回）這「毬子心腸」「燈草拐棒兒」「謊神爺」等一系列的比喻，既把西門慶那種靠不住、撒謊騙人的性格，揭露得形象生動如畫，又把宋惠蓮那上當受騙、柔情埋怨和受盡愚弄、可悲可憐的弱女子形象，刻畫得逼真活現。像這樣比喻成串，光彩奪目的語言，在《金瓶梅》中也絕不是個別的，而是如天上的星斗一般，在全書熠熠發光。

以上我們從五個方面闡述了《金瓶梅》對我國古典小說語言藝術的重大發展。需要說明的是，我們指出《金瓶梅》把我國古典小說的語言藝術由粗略化發展為細密化，由理性化發展為感性化，由單一化發展為多面化，由平面化發展為立體化，由書面化發展為口語化，這絕無貶低它以前的作品的意思。毫無疑問，在《金瓶梅》以前，我國已經產生了一些無論在思想性和藝術性方面都已相當成熟的小說，如《三國演義》《水滸傳》，等等。它們自有《金瓶梅》所不可替代的偉大價值；即使從語言藝術這個角度來看，《金瓶梅》的語言藝術也正是在它以前這些小說語言的基礎上才得以發展的，何況《金瓶梅》的語言藝術也絕不是盡善盡美的。它細密而未免瑣碎，通俗而未脫粗鄙，質樸而時顯單調，在感性化的描繪中卻時常插上一小段「看官聽說……」的理性說教，陳詞濫調也不少。如每寫富有，不外乎是「錢過北斗，米爛成倉」；寫高興，則是「不覺歡從額角眉尖出，喜向腮邊臉際生」；寫發怒，便是「怒從心上起，惡向膽邊生」；寫唱小曲的，總是「啟朱唇，露皓齒」，「端的有裂石流雲之響」；寫門關著，總是說「關得鐵桶相似」；寫打人，則總是「打得殺豬也似叫起來」。特別是全書充斥著許多庸俗、低級、下流的詞語，這雖然跟作品寫市井小人的題材有關，但讀來總令人感到有點噁心。就像一首悅耳動聽的樂曲，不時跳進了某種極為刺耳的雜音，使我們在擊節讚賞之餘，不免感到大為掃興和失望。

我們之所以特別重視《金瓶梅》對我國小說語言的重大發展，是因為它在我國小說史上具有劃時代的意義。它的成功經驗，反映了語言藝術發展的歷史規律，不僅對《紅樓夢》的創作有直接的影響，而且代表了近代小說對於語言藝術的必然要求，對於我們今天的小說創作仍不無借鑑作用。

論《金瓶梅》對我國長篇小說藝術結構的重大發展

「創作長篇小說，感到最困難的，是結構問題。」[1]它「像喝乾海水一樣困難」，「足以耗盡作者的全部智力活動」。[2]這是中外著名作家的經驗之談。我們探討《金瓶梅》對我國長篇小說藝術結構的重大發展，不僅有助於我們對這部作品的正確了解，而且對於當代作家克服長篇小說創作上藝術結構的困難，有所啟迪或借鑑。

一、由板塊結構發展為以人為中心的網絡結構

從以故事為中心的板塊結構，演變為以人物為中心的網絡結構，這是《金瓶梅》對我國長篇小說藝術結構的一個重大發展。

小說的根本任務是要刻畫人物性格，塑造人物形象。可是無論在中國或在外國，早期的小說創作都只著重於故事情節的編撰，而缺乏人物性格的刻畫。如鄭振鐸所指出的，六朝志怪小說的代表作《搜神記》之類，「實在不能算真正的小說，不過具體而微的瑣碎的故事集而已。」[3]《三國演義》《水滸傳》等長篇小說的出現，標誌著我國小說進入了成熟的階段，作者已能自覺地使故事情節的敘述，服從於並服務於人物性格的刻畫。如「怒鞭督郵」的情節，本來是劉備所為，由於這個情節放在劉備身上有損於劉備仁慈寬厚的性格，作者便把它移植到張飛身上，用來突出「莽張飛」的性格，則恰到好處。《水滸傳》在人物性格的刻畫上，更「是一個劃時代的著作」，「十四世紀在世界各國還都在寫故事的時候，我們的祖先就能創作出這樣不朽的作品，實在是我國的光榮與驕傲。」[4]但是從藝術結構上來看，這些著名長篇小說仍然是以故事情節的編撰為中心的。

1　孫犁：〈關於長篇小說〉，見《人民文學》1978 年第 4 期。
2　岡察洛夫：〈遲做總比不做好〉，見《古典文藝理論譯叢》第 1 冊。
3　見《鄭振鐸古典文學論文集》（上海：上海古籍出版社，1984 年）。
4　見《鄭振鐸古典文學論文集》（上海：上海古籍出版社，1984 年）。

如《三國演義》的結構，基本上是由官渡之戰、赤壁之戰、彝陵之戰等故事為一個一個「板塊」拼成的；《水滸傳》是由「魯十回」「武十回」等各個主要英雄人物的傳記為一個一個「板塊」串成的；《西遊記》是由大鬧天宮和取經途中克服八十一難的故事為一個一個「板塊」湊成的。鄭振鐸早就指出：「除了《金瓶梅》外，《水滸》《西遊》都是英雄歷險故事，都只是一件『百衲衣』，分之可成為許多短篇，合之──只是以一條線串之！例如《水滸》以梁山泊的聚義為線串，《西遊》以唐三藏取經為線串之類──則成為一個長篇，其結構是幼稚而鬆懈的，還脫離不了原始期的式樣。《三寶太監下西洋記》《封神傳》以及《韓湘子傳》《雲合奇縱》等等，也都陷於同一的型式裏。」[5]

只有《金瓶梅》，才在我國長篇小說發展史上第一次打破了以一個一個故事組成的板塊結構。《金瓶梅》藝術結構的特色，是以西門慶這個人物為中心，聯繫到從尋常之妻妾、姘婦到妓女、媒婆、樂工、優人，從丫鬟、奴婢到夥計、商賈，從幫閑、搗子到和尚、道士、姑子、命相士、卜卦、方士，從皇帝、太師、大臣、御史、太監到府尹、縣吏、衙役，等等，社會各階層人士縱橫交錯，有機組成的網絡結構。貫串全書的主線，是西門慶由破落戶到暴發戶，淫人妻子，妻子淫人，最後因淫欲過度而暴卒，人亡家破。全書所有的故事情節，其他各色人物，幾乎都是因西門慶這個中心人物而生發出來的，都是以西門慶為軸心而旋轉的。不再像傳統的小說那樣，以一個個故事情節為結構的主線，而是以一個中心人物作為結構的主體，這是《金瓶梅》在我國長篇小說藝術結構上的一個重大突破。

由於《金瓶梅》的藝術結構是以人物形象塑造為主體的，因此，它不僅使故事情節的安排完全服從於人物形象塑造的需要，而且有時可以脫離故事情節，更多地把人物的肖像描寫、心理描寫等等非情節化的藝術手段，納入它的藝術結構之中。如在《水滸傳》中對潘金蓮的衣著打扮隻字未提，《金瓶梅》作者在移植《水滸傳》這段故事情節時，卻對潘金蓮的衣著打扮作了大段描寫。張竹坡的批語便特地指出：「上回內云，金蓮穿一件扣身衫兒，將金蓮性情形影魂魄一齊描出。此回內云，毛青布大袖衫兒，描寫武大的老婆又活跳出來。」[6]李瓶兒的前夫花子虛，在《金瓶梅》第十四回已經「因氣喪身」，有關他的故事情節也就到此結束了。然而直到第五十九回，李瓶兒跟西門慶生了官哥兒之後，作者卻仍然寫李瓶兒「夢見花子虛從前門外來，身穿白衣，恰像活時一般。見了李瓶兒，厲聲罵道：『潑賊淫婦，你如何抵盜我財物與西門慶？如今我告你去也！』」在李瓶兒死後，作者又寫西門慶夢見李瓶兒叮嚀囑咐他：「那廝不時伺害於你。千萬勿

5　見《鄭振鐸古典文學論文集》。

6　張竹坡：「第一奇書」本《金瓶梅》第2回批語。

忘奴言,是必記於心者。」(第 71 回)這些顯然都不是故事情節本身的必然發展,而是李瓶兒、西門慶虛弱、恐懼心理的真實寫照。《金瓶梅》作者有時只用閒筆稍加點染,就使人物的心態活現。張竹坡的批語指出:「如買蒲甸等,皆閒寫吳月娘之好佛也。讀者不可忽此閒筆,千古稗官家,不能及之者,總是此等閒筆難學也。」[7]其所以難學,就在於作家處處要為表現人物性格,要調動一切藝術手段來刻畫人物性格,而不是只滿足於故事情節的編撰。

當然,以人物形象為結構的主體,絕不意味著排斥故事情節。相反,曲折生動的故事情節,仍然是長篇小說藝術結構的重要組成部分,是塑造人物形象所不可忽視的藝術手段。《金瓶梅》在藝術結構上的發展,不僅使各種藝術手段都服從於和服務於人物形象的塑造,而且使一個故事情節由著重刻畫一個人物性格,變為能同時刻畫出眾多的人物性格。《三國演義》中的「攜民渡江」「三讓徐州」「三顧茅廬」「的盧妨主」「遺詔託孤」,主要為表現劉備的性格服務;「斬華雄」「誅文醜」「義釋曹操」「刮骨療毒」「失荊州」「走麥城」,只有關羽的性格才能做得出來;「怒鞭督郵」「長坂坡」「古城會」,只能是屬於張飛所為;「草船借箭」「借東風」「空城計」,更非諸葛亮其人莫屬;「裝病詭叔」「孟德獻刀」「許田射獵」「借頭壓軍心」「割髮權代首」「哭袁紹」「夢中殺人」「虛設疑塚」,則非曹操的性格不可。《水滸傳》中的「拳打鎮關西」「醉打山門」「大鬧野豬林」,必定是魯智深性格的體現;「義奪快活林」「醉打蔣門神」「血濺鴛鴦樓」,只有打虎英雄武松才幹得出來。諸如此類的故事情節,其共同的特徵都是側重於一人一事,即以一個故事情節,主要表現一個人物的性格特徵。它反映了作家雖然已經使故事情節性格化了,但通過故事情節刻畫人物性格的藝術表現能力,相對地說還未免捉襟見肘,其刻畫人物形象的藝術容量頗為有限,還需要由一個一個故事串聯起來,才能使一個人物的性格得到較充分的表現。這是造成板塊結構的根本內因。《金瓶梅》在這方面則有了長足的進步。它通過一個故事情節,往往可以把眾多的人物性格同時都刻畫出來。如通過潘金蓮丟失一隻紅繡花鞋的情節,引出了找鞋、拾鞋、收鞋、送鞋、剁鞋等層層波瀾,使潘金蓮因不覺丟鞋而顯其狂淫,陳經濟因送鞋戲金蓮而露其輕薄,西門慶因竟把宋惠蓮的紅繡鞋當作寶貝收藏而顯其多情和卑劣,小鐵棍兒因拾鞋而露其天真無邪,不料西門慶聽信潘金蓮的挑唆,對其大打出手,更顯出西門慶的性格既狠毒又顢頇,丫鬟秋菊奉命找鞋,因誤把宋惠蓮的鞋當作潘金蓮的,而遭到潘金蓮的殘酷刑罰,來昭兒也因此被撞,宋惠蓮已經被害死,留下一隻紅繡鞋還要遭潘金蓮用刀剁碎,被扔到茅廁裏去。這就不僅使潘金蓮、陳經濟、西門慶等人物的性格

---

7   張竹坡:「第一奇書」本《金瓶梅》第 37 回批語。

活跳出來,而且使小鐵棍兒、秋菊、來昭、宋惠蓮等被壓迫者孱弱、怯懦、淒慘的形象,皆給人留下了難忘的印象,誰能說這個故事情節只是為表現某一個人物性格服務的呢?《金瓶梅》作者通過李瓶兒逝世這個情節,更是寫出了一系列眾多的人物性格。「如寫瓶兒,寫西門,寫伯爵,寫潘道士,寫吳銀兒、王姑子,寫馮媽媽,寫如意兒,寫花子由,其一時或閒筆插入,或明筆正寫,或關切或不關切,疏略淺深,一時皆見。關於瓶兒遺囑,又是王姑子、如意、迎春、繡春、老馮、月娘、西門、嬌兒、玉樓、金蓮、雪娥,不漏一人,而淺深恩怨皆出。其諸人之親疏厚薄淺深,感觸心事,又一筆不苟,層層描出,文至此,亦可云至矣。看他偏有餘力,又接手寫其死後西門大哭一篇。」[8]使西門慶的悲痛,吳月娘的嗔怪,孟玉樓的疏淡,潘金蓮的暢快,玳安的乖巧,應伯爵的逢迎,又一齊活現。張竹坡盛贊這「是神工,是鬼斧」,僅通過一個故事情節就寫得「如千人萬馬卻一步不亂」。[9]這種說法雖未免誇張,但也確實道出了《金瓶梅》作者不是一事寫一人,而是一事寫多人的獨特的藝術結構手腕。

《金瓶梅》以人物形象為結構的主體,不僅表現在運用非情節化的藝術手法增多,運用故事情節刻畫人物性格的藝術容量擴大,而且使故事情節本身也由神奇化發展為酷似日常生活的真實化。我國古代白話小說是直接從民間說書藝術發展而來的。民間說書藝人為了吸引聽眾,不得不在故事情節的離奇曲折和人物形象重點突出上下功夫,這就強化了故事和人物的神奇化傾向。神奇,儘管也有迷人的魅力。「然而失真之病,起於好奇。」[10]真實,是藝術的生命。不再追求故事和人物的神奇化,而是力求做到酷似日常生活的真實化,使長篇小說的藝術結構,既恢弘雄偉,萬象紛呈,而又無人工拼接、板塊串聯的痕跡,既經過作家的匠心獨運,達到高度的典型化,而又跟日常生活難分軒輊,達到高度的真實化。如鄭振鐸所指出的:「《金瓶梅》完全是一部描寫現實生活中的普通人的小說,不但把每個人都寫出個性來,而且場面也非常大,從皇帝、宰相的家庭一直到最下層的小市民的生活,寫的非常逼真,把封建社會裏黑暗矛盾刻劃的極其細微,入骨三分。在十七世紀的初期,出現這樣一部描寫社會生活的大書是很不簡單的,由此可見中國小說的發展是非常快的。」[11]

《金瓶梅》在藝術結構上的重大發展,不僅是個結構方式的問題,更重要的是,它反映了現實主義文學發展的客觀規律。如究竟是應以人物形象,還是應以故事情節為結構

---

8 張竹坡:「第一奇書」本《金瓶梅》第 62 回批語。
9 同註 8。
10 睡鄉居士:〈二刻拍案驚奇序〉。
11 見《鄭振鐸古典文學論文集》。

的主體？法國傑出的現實主義小說家司湯達介紹他的寫作經驗是：「盡量清晰地勾畫出性格，極其粗略地描繪出事件，然後才給添上細節。」[12]喬治·桑在給福樓拜的信中也寫道：「你如今又在拿莎士比亞滋養自己，你做的對！就是他，放出人來，和事件鬥爭；你注意一下，他們好也罷，壞也罷，永遠戰勝事件。在他的筆下，他們擊敗了事件。」[13]應該以人物性格的刻畫為主，並力求使之得到強化，至於故事情節，則應服從於、服務於人物性格的刻畫，並且要力求使之淡化，這是現實主義作家共同的藝術經驗。契訶夫說：「情節越單純，那就越逼真，越誠懇，因而也就越好。」[14]左拉也說：「小說的妙趣不在於新鮮奇怪的故事；相反，故事愈是普通一般，便愈有典型性。」[15]可見小說結構由以編故事為主，演變為以寫人物為主，由追求故事情節的離奇曲折，演變為力求情節的單純逼真，這是世界現實主義小說發展的共同的歷史走向；而在這方面，我國的《金瓶梅》不僅是跟世界現實主義小說的發展取同一走向，而且是走在世界現實主義小說的前列，值得我們加以珍惜並引以自豪的。

二、由短篇連環結構發展為 以主人公貫串始終的有機整體結構

由以各個人物和故事組合的短篇連環結構，嬗變為以作品的主人公——西門慶的性格發展和家庭興衰———線貫串的有機整體結構，這是《金瓶梅》對我國長篇小說藝術結構的又一重大發展。

在《金瓶梅》以前，《三國演義》《水滸傳》《西遊記》等長篇小說，雖然也有貫穿全書的主要人物，其中《水滸傳》《西遊記》的某些人物，作者還寫出了其性格的發展，如林沖的性格由一味懦弱、忍讓，發展為剛烈、豪強；孫悟空由無法無天，大鬧天宮，要求「皇帝輪流做，明年到我家」，轉變為助唐僧取經，只限於跟昏君奸臣、妖魔鬼怪作鬥爭。但是，《三國演義》的人物性格是定型化的，全書只有故事情節的發展，而鮮有人物性格的變化；《水滸傳》在英雄排座次以後，《西遊記》在孫悟空拜唐僧為師之後，儘管全書的故事情節仍在繼續，而人物性格卻沒有多大發展和變化了，宋江「兩贏童貫」和「三敗高俅」，孫悟空「三調芭蕉扇」和「三打白骨精」，儘管故事情節變

---

12 見《譯文》1958 年 7 月號。
13 見《文藝理論譯叢》1958 年第 3 冊（北京：人民文學出版社，1958 年）。
14 契訶夫，汝龍譯：〈致基塞列娃〉，見契訶夫《論文學》（北京：人民文學出版社，1958 年）。
15 左拉：〈論小說〉，見《古典文藝理論譯叢》第 8 冊（北京：人民文學出版社，1964 年）。

化多端,而人物性格卻一以貫之。這些作品的藝術結構有個共同的特點:許多故事情節,並不是根據主要人物性格發展的需要來安排的,而是出於故事情節自身發展的需要來設計的,主要人物只是起到把一個一個故事串連起來的作用,而一個一個故事本身有其相對的獨立性。如「赤壁之戰」「智取生辰綱」「三調芭蕉扇」等,皆可抽出來獨立成篇。因此,茅盾說:「從全書看來,《水滸》的結構不是有機的結構。我們可以把若干主要人物的故事分別編為各自獨立的短篇或中篇而無割裂之感。」[16]其實,不只是《水滸》,《三國演義》《西遊記》在結構上也有著類似的特點。這可能跟它們來源於說書藝術有關係,說書藝人需要分出章回,說完一段,下次再說一段。

我國長篇小說,只有發展到《金瓶梅》,才使故事情節真正成為「某種性格、典型的成長和構成的歷史。」[17]也就是說,只有《金瓶梅》的藝術結構,才真正創造了以作品主人公性格的發展為全書的有機整體,從而使故事情節本身失去了其獨立存在的價值,再也無法「分別編為各自獨立的短篇或中篇而無割裂之感」。西門慶一生性格的發展和家庭的興衰,便是《金瓶梅》情節結構的軸心和貫串全書的一條主線。這條主線大致可分四個發展階段:

(1)第1-30回,西門慶由一個開藥材鋪的商人,「生子喜加官」,變成市井商人兼封建官僚。在這個階段,西門慶先後霸占了潘金蓮、孟玉樓、李瓶兒為妾,外又包占妓女李桂姐,姦占奴才妻宋惠蓮。對潘金蓮、宋惠蓮,主要是看中其色,對孟玉樓、李瓶兒,則主要是貪婪其財。害武大而奪其妻,死花子虛則奪其財並奪其妻,為長期霸占宋惠蓮而迫害其夫來旺,又引起了宋仁、宋惠蓮父女雙亡。這一切都不只是故事情節的自然延續,更重要的是反映了西門慶性格的必然發展。說明:「殺其夫,占其妻,已成西門慶慣伎。自被武松放過,膽一日大似一日,手一日辣似一日。武大郎尚在暗中,花子虛仍是偷作,迫至來旺,居然大鑼大鼓,明目張膽,大明大白,於眾聞共睹之下,直做出來矣。」[18]

好在《金瓶梅》作者不僅通過故事情節的變化,寫出了西門慶等人物性格的發展,而且還同時寫出了促成西門慶性格發展的典型社會環境。作品寫得很清楚,西門慶本屬「倚勢害人,貪殘無比」的「鷹犬之徒,狐假虎威之輩」,理應「或投之荒裔,以御魑魅;或置之典刑,以正國法,不可一日使之留於世也。」(第18回)然而因為他有錢送禮行賄,卻不但罪行被一筆勾銷,而且朝廷蔡太師還以山東理刑副千戶的官職,作為回贈的

---

16 茅盾:〈談《水滸》的人物和結構〉,見《文藝報》第2卷第2期。

17 高爾基:〈和青年作家談話〉,見高爾基《論寫作》(北京:人民文學出版社,1956年)。

18 文龍:《金瓶梅》第26回批語。

禮物送給西門慶，使西門慶由一介市井細民成為執掌刑法的理刑官。作者以此說明，那是個「富貴必因奸巧得，功名全仗鄧通成」（第 30 回），極端腐敗的社會，是個「天下失政，奸臣當道，讒佞盈朝」（第 30 回），極端黑暗的時代。西門慶就是那個典型環境中的典型人物。

使故事情節不僅溶化於人物性格之中，成為人物性格發展的脈絡，而且使人物性格置身於典型的社會環境之中，成為人物性格產生和發展的依據。這是《金瓶梅》的藝術結構成為有機的整體而無板塊拼接之感的重要原因。

(2)第 31-49 回，西門慶由貪淫好色發展為祈求胡僧施春藥，由貪財違法發展為貪贓枉法，為最後人亡家破種下禍根。

西門慶生子加官後，身價倍增，更加驕奢淫逸。李桂姐來拜他做乾女兒，應伯爵來打諢趨時，又幫助西門慶壓價買下湖州客人何官兒的絲線，開了個絨線鋪子。新僱佣的夥計韓道國，因其妻王六兒與小叔通姦被人捉姦，請應伯爵向西門慶說情，西門慶便利用職權，免提王六兒到提刑院，把四個捉姦的人毒打了一頓，關進大牢。四個捉姦人的家長又以四十兩銀子買通應伯爵，通過西門慶的書童與李瓶兒說情，讓西門慶放了捉姦的人。朝廷蔡太師的管家翟謙來信，要西門慶給他送一個十五六歲的女子為妾，西門慶便將韓道國的女兒送去，並因此而跟翟謙結為親家。西門慶又包占了韓道國的妻子王六兒，本來與王六兒有通姦關係的小叔子韓二，被西門慶「衙門裏差了兩個緝捕」，「拿到提刑院，只當做掏摸土賊，不由分說，一夾二十，打的順腿流血。睡了一個月，險不把命花了。往後嚇了，影也再不敢上婦人門纏攪了。」（第 38 回）韓道國為了賺錢，則甘願當王八。西門慶享盡淫樂，還要向永福寺的胡僧「求房術的藥兒」。據說服了這種藥，「一夜睡十女，其精永不傷。」（第 49 回）事實上卻正是這種胡僧藥，使西門慶淫欲過度，「瓶兒之死，伏根於此，西門慶之死，亦由於此。」[19]

西門慶不但貪淫不知節，而且貪財不知止。謀財害命的殺人犯苗青，向西門慶賄賂一千兩銀子，西門慶便利用職權，縱其潛逃。巡按御史曾孝序查明此案，對西門慶及其同僚夏提刑進行彈劾，認為他們「皆貪鄙不職，久乖清議，一刻不可居此任者也。」（第 48 回）然而西門慶通過派人給朝廷太師蔡京送禮行賄，不但使曾御史的彈劾無效，而且連曾御史本人的官職也被「除名，竄於嶺表。」（第 49 回）作者由此得出結論：「囊內無財莫論才。」（第 48 回）有財便能無惡不作。「蓋以前西門諸惡皆是貪色，而財字上的惡尚未十分，惟苗青一事，則貪財之惡與毒武大、死子虛等矣。」[20]

19　文龍：《金瓶梅》第 49 回批語。
20　張竹坡：「第一奇書」本第 50 回批語。

這些故事情節，說明西門慶的性格已經有了進一步的發展：①因生子加官而得意忘形，更加窮奢極欲；②一朝權在手，便把令來行，公然貪贓枉法，為所欲為；③色欲、財欲已得意非凡，他卻仍不滿足，還要祈求「永福」，結果超出極限，必然走向自取滅亡的絕路。上述故事情節不僅完全成為人物性格發展的歷史，也不僅使典型人物置身於典型的社會環境之中，而且還不斷向典型意義的深處開掘，廣處擴展，富有旨深寄遠的寓意。如同張竹坡的批語所指出的：「寫苗青之惡，又襯起西門慶也。」「西門慶之惡，十分滿足，則蔡太師之惡不言而喻矣。」[21]

(3)第50-79回，西門慶貪財好色的性格繼續惡性發展，一面財富、權勢在增加，一面卻被淫欲過度所戕害。

西門慶的財富由開一片生藥鋪，發展為緞子、絨線、綢布、典當等五個店鋪。在政治上，由於他親赴京城，送二十扛金銀緞匹給蔡太師慶壽誕，並拜蔡太師為乾爹，不久便被提升為正千戶掌刑，又再次進京謝恩，「庭參朱太尉」，「引奏朝儀」，受到皇帝的親自接見。從此西門慶煊赫一時，連招宣府太原節度邠陽郡王王景崇的後裔王三官，也拜西門慶為義父，宋御史、安郎中等也主動到西門慶的「廳上敘禮」（第74回）。

西門慶的財富和權勢地位日漸上升，而西門慶的家庭矛盾卻日益激化。由於「潘金蓮平日見李瓶兒從有了官哥兒，西門慶百依百隨，要一奉十，每日爭妍競寵，心中常懷嫉妒不平之氣」，因此，她為了「使李瓶兒寵衰，教西門慶復親於己」，就以馴貓撲食的陰謀手段，嚇死了官哥兒。李瓶兒則因西門慶不顧她下身流血而強行行房事，造成她下身流血不止，再加上官哥兒被害而「暗氣惹病」，不久也死了，使西門慶傷心得「如刀剜心肝相似」（第62回）。但他在與李瓶兒守靈時卻又摟著官哥兒的奶媽如意兒睡覺。儘管西門慶由於淫欲過度，已經身體不支，要靠人「拿木滾子滾身上，行按摩導引之術」（第67回），然而他卻仗著服胡僧的春藥，在與原有的妍婦、妻妾頻頻發洩獸欲的同時，又與奶媽如意兒，妓女鄭月兒，王招宣府的林太太，夥計賁四的娘子，狂淫不已，最後在西門慶已經吃了胡僧藥與王六兒淫欲過度的情況下，「吃的酩酊大醉」，回到潘金蓮房中，又被潘金蓮連給他吃了三丸胡僧藥，使西門慶行房，終於「精盡繼之以血，血盡出其冷氣而已」，年僅三十三歲，即「髓竭人亡」（第79回）。

在這個階段，說明西門慶的性格：①已經由貪淫好色發展為發洩淫欲如有狂疾的變態心理。如他勾搭上了王招宣府的林太太，卻又想姦污她的兒媳婦，在與老妍婦王六兒同房時，卻又「心中只想何千戶娘子蘭氏，欲情如火」，用作者的話來說：「西門慶自知淫人妻子，而不知死之將至。」（第79回）②已經由貪贓枉法發展為跟朝廷奸臣蔡京

21　張竹坡：「第一奇書」本第47回批語。

狼狽為奸，結為義父子的關係，受到朝廷的提拔重用和皇帝的青睞。③西門慶財富的增加，作者一方面旨在說明他是依仗權勢發的橫財，另一方面也是為了針砭：「多少有錢者，臨了沒棺材」，「原來西門慶一倒頭，棺材尚未曾預備」（第79回）。因此，他一死之後，不僅理刑千戶的官職為張二官所取代，財產被妾婦、夥計所拐盜，連妾婦李嬌兒也跟張二官「做了二房娘子」（第80回）。

(4)第80-100回，西門慶其人雖然已經死了，但是作為典型形象西門慶仍是全書故事情節的主線。西門慶的兒子孝哥兒誕生於西門慶斷氣之時，就是作為西門慶的替身出現的。如張竹坡對該回的總評即指出：「孝哥必云西門轉世，蓋作者菩心欲渡盡世人。言雖惡如西門，至死不悟，我亦化其來世。又明言如西門慶等惡人，豈能望其省悟，若是省悟，除非來世也。」[22]文龍更進一步指出：「作者以孝哥為西門慶化身，我則以敬濟為西門慶分身。西門慶不死於刀而死於病，終屬憾事，故以敬濟補其缺。蓋敬濟即西門慶影子，張勝即武松影子，其間有兩犯而不同者，有相映而不異者，此作者之變化，全在看官之神而明者也。」[23]因此，《金瓶梅》全書的結構仍舊是個有機的整體。那種認為「全本書，原來至多編撰到八十七回『王婆貪財受報，武都頭殺嫂祭兄』就完了」，「從八十八回起，以春梅為主角的以下各回，當是後來別人續作的。」[24]這種論斷恰恰忽視了《金瓶梅》作者在藝術結構上以孝哥、陳經濟為西門慶的「化身」「分身」，對於突出全書的主題思想和深化西門慶這個藝術形象的典型意義所具有的重大作用。

我國戲曲結構講究「減頭緒」，「止為一線到底」，「貫穿只一人也。」[25]《金瓶梅》的藝術結構之所以能由短篇連環發展為不可分割的有機整體，汲取我國戲曲藝術結構的經驗，以西門慶這個主角的性格發展和家庭興衰為一線貫穿到底，不能不說是個重要的原因。

三、由一人一事為主的封閉型結構
發展為主副線複合、經緯線交錯的開放型結構

由一人一事為主的封閉型結構，轉變為主副線複合、經緯線交錯的開放型結構，這也是《金瓶梅》對我國長篇小說藝術結構的一個重大發展。

22　張竹坡：「第一奇書」本第79回批語。
23　文龍：《金瓶梅》第99回批語。
24　潘開沛：〈《金瓶梅》的產生和作者〉，見《光明日報》1954年8月29日。
25　李漁：《閒情偶寄·減頭緒》，見《中國古典戲曲理論集成》第7冊。

在《金瓶梅》以前，我國長篇小說的藝術結構，都是以男子為中心的，以重大政治軍事鬥爭為一線貫穿的，儘管作為具體的場面也描寫得頗為豐富複雜，多彩多姿，有聲有色，但作為長篇小說的藝術整體來看，卻未免顯得有點單調，我們從中看不到人物的家庭生活，也很少能看到人物的七情六欲和為個人所特有的豐富的精神世界，仿佛作家所寫的那些人物都是高出於普通的凡人之上的。這固然跟作品的題材有關係，但與作家的創作思想也是分不開的。如《三國演義》作者通過劉備把妻子說成如「衣服」可以隨便拋棄，《西遊記》作者讓孫悟空宣稱「男不如女鬥」，在這種輕視婦女的思想影響下，怎麼可能讓婦女形象在作品的情節結構中占據重要的地位呢？《金瓶梅》作者雖然也未擺脫封建的婦女觀的影響，但他嚴格忠於現實的創作思想、現實主義的創作方法和所寫的家庭生活題材，卻使他在以西門慶的性格發展和家庭興衰為主線的同時，又交織著女主人公潘金蓮、李瓶兒、龐春梅的榮辱、興亡為副線。這條副線與主線不僅組成複合的經線，而且又生發出與此相交織的一系列的緯線。副線與主線並立，緯線與經線交錯，才編織出了五色繽紛的彩錦，使《金瓶梅》不只塑造了眾多男性形象，而且成為我國古代小說史上「在描寫婦女的特點方面可謂獨樹一幟」[26]的作品。這條與主線並立的副線及與之相交織的緯線，大致經歷了七個階段：

(1)第 1-9 回，西門慶與潘金蓮勾搭成姦，並合謀害死了潘的丈夫武大，潘金蓮正做著與西門慶長遠做夫妻的美夢，不料西門慶因看中寡婦孟玉樓有家財，便忙於娶孟玉樓為妾，把潘金蓮丟在一邊一個多月，使「潘金蓮永夜盼西門慶」，為西門慶「如今另有知心」，而「氣的奴似醉如癡」，甚至要「海神廟裏和你把狀投！」（第 8 回）

這段情節，在結構方式上完全體現了《金瓶梅》主副線並立、經緯線交錯的特點。西門慶與潘金蓮的關係是主副線複合的經線，西門慶娶孟玉樓便是在其中穿插的緯線。有了這條穿插在其中的緯線，不僅使故事情節不平鋪直敘，有了曲折波瀾，使結構不呆板一律，有了錯綜變化，而且使西門慶、潘金蓮等主要人物的性格特色得到了豐富，典型意義得到了深化。它說明，西門慶不只是好色，更為貪財，一聽說孟玉樓「手裏有一分好錢」，守寡待嫁，他便不惜把潘金蓮拋在一邊，迫不及待地忙著娶孟玉樓為妾，可見在他的心目中只有對財色的無窮貪婪，絕無一點純真的愛情；潘金蓮本為追求愛情婚姻幸福，而不惜害死丈夫，圖謀跟西門慶長遠做夫妻的，不料夫妻尚未做成，西門慶卻已另有新歡，這就使潘金蓮對愛情專一和婚姻幸福的要求，一開始便跟西門慶的貪財好色和一夫多妻制發生了尖銳的矛盾。由此所揭露的性格本質和典型意義，該是多麼生色

---

26 見《法國大百科全書·金瓶梅》，轉引自王麗娜：〈《金瓶梅》在國外〉，《河北大學學報》1980年第 2 期。

動人，令人為之怵目驚心啊！至於孟玉樓、薛嫂、楊姑娘和張四舅等次要人物的性格，由於這條緯線的插入而得到了表演的機會，那就更不用贅述了。

(2)第 10-21 回，西門慶正式娶潘金蓮為第五妾，又收用了潘金蓮的丫鬟春梅，勾搭上了鄰居、義弟花子虛的老婆李瓶兒。為博得西門慶的歡心，潘金蓮便讓他「收用了這妮子」，使春梅從此和潘金蓮沆瀣一氣，讓她恃寵生嬌，挑唆西門慶毒打四妾孫雪娥，使西門慶對潘金蓮「寵愛愈深」（第 11 回）。不料西門慶卻又貪戀住妓女李桂姐，在妓院裏半月不歸，使潘金蓮「欲火難禁一丈高」，便勾引西門慶家的小廝琴童成姦，被孫雪娥揭發出來，西門慶將琴童「打得皮開肉綻」，「趕出去了」（第 12 回）。又將潘金蓮毒打了一頓，幸得春梅為她辯護，才使西門慶被她蒙混過關。為討得妓女李桂姐的歡心，西門慶還迫使潘金蓮剪下一絡頭髮，給桂姐墊在鞋墊下踹，使潘金蓮受盡了屈辱。不久，潘金蓮又抓住西門慶偷淫李瓶兒的把柄，「一手撮著他耳朵，罵道：『好負心的賊！你昨日端的那去來？把老娘氣了一夜！……』」罵得西門慶「慌的妝矮子，只跌腳跪在地下」求情（第 13 回）。當西門慶要正式娶李瓶兒為妾時，作者又插入兩條緯線：「宇給事劾倒楊提督，李瓶兒招贅蔣竹山。」西門慶和他的親家受到楊提督案件的牽連，被嚇得「每日將家門緊閉」，經過派人赴京行賄，由受賄的奸臣把他的罪名一筆勾銷，他才又張牙舞爪，派搗子搗毀了蔣竹山的藥材舖，促使李瓶兒將蔣竹山掃地出門，重新嫁給西門慶為妾。潘金蓮又利用吳月娘不同意西門慶娶李瓶兒為第六妾，挑撥西門慶與吳月娘的關係，使「西門慶與月娘尚氣，彼此見面都不說話。」（第 18 回）當吳月娘與西門慶和好，潘金蓮一方面與孟玉樓等主動湊分子設宴慶賀，另一方面卻又教丫頭在宴會上唱「佳期重會」的小曲，譏諷吳月娘與西門慶「不是正經相會」（第 21 回）。

在這個階段，主副線並立、經緯線交錯的結構方式，首先，使故事情節的發展，勾連環互，曲折有致。如潘金蓮讓春梅給西門慶收用，使春梅跟潘金蓮更貼心，在潘金蓮因與琴童的姦情遭到西門慶毒打時，春梅便在西門慶面前為潘金蓮辯護；潘金蓮因挑唆西門慶毒打了孫雪娥，使孫懷恨在心，孫便將潘與琴童的姦情揭露出來；西門慶抓住潘與琴童的姦情，對潘進行責罰，潘又抓住西門慶與李瓶兒的姦情，對西門慶進行謾罵。如此縱橫交錯，前呼後應，不僅結構緊湊，一氣貫串，而且使眾多的人物性格皆各擅勝場，各極其趣。其次，它以鮮明的對比、烘托，給人以相映成趣、含意雋永的感受。一方面是西門慶的淫欲無度，另一方面則是潘金蓮的欲壑難填。一方面是西門慶受朝廷楊提督案件的牽連，恐懼得如驚弓之鳥、喪家之犬，眼看著到手的李瓶兒招贅蔣竹山為夫，另一方面則是一旦賄賂得逞，便又迫使蔣竹山倒霉，李瓶兒人財皆歸西門慶所有。兩幅畫面，前後映照，彼此烘托，各極其妙。西門慶貪淫好色，亂搞女人，潘金蓮只能忍氣吞聲，儘管有時也加以責備，但最終只能一再退讓；潘金蓮也欲火難禁，但她只要有不

軌行為，一旦被西門慶聽到一點風聲，便要受盡刑罰和屈辱。因此作者說：「為人莫作婦人身，百年苦樂由他人。」（第12回）它反映了夫權統治的不合理和婦女的悲慘命運。而西門慶之所以能為非作歹，橫行無忌，又完全是以封建政權的貪官為靠山的，是封建統治腐敗的產物。這就更深一層地揭示了西門慶和潘金蓮等人物的性格本質和典型意義。再次，它還使人物性格顯得更為豐富和複雜。如西門慶在政治上既很凶惡，又很脆弱，關鍵完全取決於他能否從封建政權中收買到靠山和後台。他對潘金蓮也是既寵愛，又狠毒，在寵愛之中又對別的女人濫施淫欲，而根本談不上有什麼純真、專一的愛情，在狠毒之中又總是受潘金蓮的蒙騙和唆使，而顯得極其淺薄、顢頇。至於潘金蓮的性格就表現得更為複雜了，她對西門慶既爭寵又不忠，既抗爭又忍讓，對春梅是拉，對孫雪娥是打，對李桂姐是憤恨，對李瓶兒是利用，對吳月娘是討好，把這個人物寫得八面玲瓏，變化莫測，真是豐姿綽約，活靈活現。

（3）第22-29回，潘金蓮發覺「西門慶私淫來旺婦」宋惠蓮，由於宋惠蓮「常賊乖趨附金蓮」，金蓮為「圖漢子喜歡」，便「教他兩個苟合」（第22回）。後由於潘偷聽到宋惠蓮和西門慶私下議論潘「是後婚兒來」的「露水夫妻」，便「氣的在外兩隻胳膊都軟了」，她當面警告宋惠蓮：「不許你在漢子根前弄鬼！」（第23回）因為孫雪娥忌恨潘金蓮，又與來旺有姦情，便把「你媳婦怎的和西門慶勾搭」，「金蓮屋裏怎的做窩巢」，告訴來旺，引起來旺醉罵西門慶，揚言「只休要撞到我手裏，我教他白刀子進去，紅刀子出來。」（第25回）這話傳到潘金蓮耳裏，變成「他打下刀子，要殺爹和五娘。」潘金蓮一方面唆使西門慶「不如一狠二狠，把奴才結果了，你就摟著他老婆也放心」，另一方面她又發誓：「我若教賊奴才淫婦與西門慶做了第七個老婆，我不是喇嘴說，就把潘字吊過來哩！」（第26回）結果不但來旺被誣陷為持刀殺人的賊，押送官府，被刑發配，而且使宋惠蓮聞訊氣得上吊自殺，她那賣棺材的父親宋仁也因為女兒之死鳴冤叫屈，而被西門慶買通官府處以酷刑，「嗚呼哀哉死了。」（第27回）西門慶收藏宋惠蓮留下的一隻紅繡鞋，潘金蓮發現後還要把它剁碎甩到茅廁裏去，在發洩她的不滿中表現出她的狠毒。

在這個階段，作者把《金瓶梅》主副線並立、經緯線交錯的情節結構，又向縱深地帶延伸了一大步，使問題不再侷限於妾婦之間的妒忌、爭寵，也不再是姦夫淫婦對丈夫的情殺，而是壓迫者對被壓迫者的卑鄙陷害，是直接借助於封建政權充當殘酷鎮壓的工具，成了壓迫者與被壓迫者你死我活的階級鬥爭。宋惠蓮儘管貪圖西門慶的小恩小惠，甘願供西門慶姦淫，然而當西門慶陷害她的丈夫時，她卻敢於當面斥責西門慶：「你原來就是個弄人的劊子手，把人活埋慣了。害死人，還看出殯的！」（第26回）這對宋惠蓮的性格該是個昇華，對西門慶的本質則是個深刻的揭露。儘管作者把西門慶對來旺的

迫害，總是歸咎於潘金蓮的挑唆，有為西門慶開脫罪責之嫌，但是潘金蓮的挑唆之所以能得逞，既說明了潘金蓮的陰險和狠毒，也反映了西門慶自身的昏聵和無能，他只能聽信潘金蓮的唆使，猖狂肆虐。因此，這種主副線並立、經緯線交錯的結構方式，不只使小說的思想容量擴大了，深化了，而且使人物性格也具有了多側面玲瓏剔透的特色。

(4)第30-63回，因李瓶兒生了兒子，西門慶便對李瓶兒備加寵愛，使潘金蓮「心上如攬上一把火相似」，她一方面經常在西門慶、李瓶兒面前嘔氣，無事生非，指桑罵槐，挑撥離間，甚至經常藉毒打丫鬟秋菊來出氣，另一方面，又暗中馴貓撲食，「必欲唬死其子，使李瓶兒寵衰，教西門慶復親於己。」（第59回）李瓶兒的官哥兒被唬致死後，潘金蓮又趁機對李瓶兒幸災樂禍，冷嘲熱諷，使「李瓶兒因暗氣惹病」，不久亦病死。

在這個階段，《金瓶梅》主副線並立、經緯線交錯的情節結構，從表面上看，又回到了妾婦爭寵的峽谷之中，而實際上卻是從谷底又升到了峰巔。它說明，以能否生子傳宗接代，作為妻妾得寵與否的封建婚姻基礎，以及一夫多妻制的矛盾，已經危及到無辜的嬰兒和母親的生命，實在令人驚心動魄！如果把這只歸咎於潘金蓮是「禍水」，[27]那未免失之片面，潘金蓮反對西門慶在她們妾婦之間「恁抬一個滅一個，把人躧到泥裏」，這難道不是有其合理性的麼？而西門慶之所以「恁抬一個滅一個」，又是養兒傳宗接代的封建思想造成的。因此，作者採用西門慶與潘金蓮這條主線和副線並立為經線，而讓李瓶兒生子得寵，以致被害死這條緯線交織其中，這既是對潘金蓮奸險、狠毒、殘忍性格的深刻揭示，又在實質上是對西門慶的封建思想和一夫多妻制的血淚控訴，使人看了不禁要發出強烈呼籲：「救救孩子！救救母親！」

(5)第64-79回，潘金蓮抓住吳月娘房裏丫鬟玉簫與書童私通的把柄，對玉簫提出約法三章，要玉簫做她的耳報神，「你娘房裏但凡大小事兒，就來告我說。」（第64回）後來玉簫便把吳月娘在西門慶面前說潘金蓮「好把攔漢子」，告訴潘，引起潘與吳大吵大鬧，最後由於吳是大老婆，潘只得「含著眼淚兒」，對吳「磕了四個頭」，「賠了不是兒」才了事（第76回）。與此同時，對西門慶又把摟著官哥兒的奶媽如意兒直當摟著李瓶兒一般，潘金蓮一方面忌恨得要命，哀嘆「又是個李瓶兒出世了！」（第72回）另一方面又無可奈何，對如意兒說：「你主子既愛你，常言船多不礙港，車多不礙路，那好做惡人。你只不犯著我，我管你怎的？」（第74回）自此，西門慶更加縱欲無度，接連與鄭愛月、林太太、賁四嫂、王六兒等人狂淫。回家後，潘金蓮為滿足自己的淫欲，又在西門慶醉酒昏睡中給他吃了過量的春藥，使西門慶終於「貪欲得病」（第79回）而

27　文龍在《金瓶梅》第59回批語中說：「要知官哥初生之時，金蓮已有死之之意。……入門以來，殺其姬妾，今又殺其子，不久殺其夫。迨西門慶被殺，直殺西門全家矣。此禍水也。」

死。

在這個階段，《金瓶梅》以西門慶、潘金蓮這條主線與副線並立為經線，以吳月娘、如意兒、鄭愛月、林太太、王六兒等為交織在其中的緯線，說明即使像潘金蓮那樣的女強人，在一夫多妻制的社會現實面前，也不能不低頭，不能不忍氣吞聲；西門慶那樣的好淫貪欲者，必自取滅亡，把命送在淫婦身上。西門慶以姦淫潘金蓮謀害武大始，以自己被潘金蓮縱淫而終，這是發人深省的。有人說這是「潘金蓮殺西門慶」，[28]其實這也有欠公平，未免屬「女人是禍水」的封建觀點的偏見。請看作者在第五回就寫潘金蓮問西門慶：「你若負了心怎麼說？」西門慶答：「我若負了心，就是你武大一般。」事實證明，西門慶早已對潘金蓮「負了心」。他之所以落得與武大同樣的下場，首先是他咎由自取，罪有應得。因為作者在這條主副線並立為經線的同時，還有西門慶接連濫淫那麼多女人為交織其中的緯線。如果西門慶只有潘金蓮一個女人，不管他或她如何好淫，他也不致於到「髓竭人亡」的地步。潘金蓮既是害人者，她本人也是封建的一夫多妻制的受害者。西門慶、潘金蓮等人物形象之所以有如此豐富複雜的意蘊，應該說在某種程度上正是得力於這種主副線複合、經緯線交錯的情節結構。

(6)第80-87回，西門慶死後，潘金蓮與西門慶的女婿陳經濟通姦，被春梅撞見，潘為防止春梅說出去，便叫春梅「和你姐夫睡一睡」（第82回）。後又被吳月娘發覺，吳便叫媒婆將春梅、潘金蓮先後都領出去賣了。潘金蓮暫住在王婆家等待出賣，又和王婆的兒子王潮通姦。陳經濟已與潘金蓮講好，回家籌措銀子來買她。武松被赦歸來，詭稱要「娶嫂子家去」，潘一聽便認為「這段姻緣，還落在他家手裏」，便立刻要「叔叔上緊些」。原來武松是要為兄「報仇雪恨」，將潘娶到家，即把她的心肝五臟生扯下來，血瀝瀝地供在武大靈前。作者一方面哀嘆：「可憐這婦人，正是三寸氣在千般用，一日無常萬事休，亡年三十二歲。但見手到處，青春喪命；刀落時，紅粉亡身。」另一方面，又說這是「世間一命還一命，報應分明在眼前。」（第87回）

在這個階段，西門慶這條主線由他的女婿陳經濟在延續著，潘金蓮這條副線依然與主線複合為經線，而吳月娘、王婆、王潮、武松等則是與經線相交織的緯線。它提出了在西門慶死後，潘金蓮的三種發展趨向，一是與陳經濟的關係，二是與王潮的關係，三是與武松的關係。除了與王潮的關係完全是為了發洩淫欲以外，她的主導思想還是要尋找個好姻緣，而武松正是她最早的意中人，所以當聽說武松要娶她，她便欣然同意。她欲令智昏，沒有料到武松的目的是要殺她，以為兄報仇。因此，作者對她被殺的態度，既有同情的一面，又認為是她應得的報應。這種態度看似矛盾，而實質上卻是比較客觀、

28　文龍：《金瓶梅》第79回批語。

公允的，它如實地反映了潘金蓮性格的複雜性，而這種複雜性正是借助於經緯交錯的結構方式才得到了充分的表現。

(7)第 88-100 回，潘金蓮雖然已經死了，但是龐春梅在繼承著她的衣鉢。她派人將屍橫街頭的潘金蓮，安葬於其夫周守備的香火院——永福寺，又千方百計把陳經濟找到自己的身邊，以繼續她與陳經濟的通姦關係。後因陳經濟串通春梅唆使周守備迫害他手下的張勝，才被張勝將陳經濟殺死。春梅又與周守備老家人的次子周義私通，因「貪淫不已」，而「死在周義身上」（第 100 回）。

由陳經濟和龐春梅來繼續西門慶和潘金蓮這條主線和副線複合的經線，以周守備、張勝、周義等為交織其中的緯線，不但使春梅那重情義而又貪淫的性格，得到了充分展示的機會，而且進一步擴大和深化了西門慶和潘金蓮形象的典型意義。它使人清楚地看到，像西門慶那樣濫施淫欲的人，即使不淫死在潘金蓮手下，也會像陳經濟那樣被殺身在刀下，像潘金蓮那樣貪淫的女人，即使像春梅那樣做了唯我獨尊的貴夫人，仍無滿足之時，即使她逃過武松的殺戮，最終還會像春梅那樣淫死在姦夫的身上。作者的戒淫之旨，實在用心良苦，讀者豈可不察？！

總之，《金瓶梅》的藝術結構完全打破了我國長篇小說結構的常規。它不僅使我國長篇小說的結構本身趨於性格化、嚴謹化、複雜化，更重要的是創造了一種跟現實生活一樣真實、自然的結構方式：它看似如日常生活一樣隨便，而實則經過了作家的苦心經營，精心結撰；它看似如日常生活一樣平淡，而實則意趣叢生，令人刮目相看，耳目一新。恰如契訶夫所說：「誰為劇本發明了新的結局，誰就開闢了新的紀元。」[29]這就是人的新紀元，人的情欲惡性膨脹，支配一切，也支配長篇小說結構的新紀元；《金瓶梅》作者笑笑生不愧為我國長篇小說新紀元的開闢者。

29　契訶夫，汝龍譯：《論文學》（北京：人民文學出版社，1958 年）。

論《金瓶梅》中對次要人物的安排

在《金瓶梅》以前，我國長篇小說中對次要人物的安排，一般皆只是讓次要人物為適應某種需要而出場一下就完了，可稱為「流星型」的，雖然也光芒刺眼，但卻只是一閃而過。《金瓶梅》中對次要人物的安排，則不是命運短暫，而是貫串始終，不是零星分散，而是系列組合，可稱為「輻射型」的，如同太陽光波一樣，從西門慶這個主要人物身上輻射到整個社會的四面八方，不僅其結構本身如光波一樣顯得壯觀、嚴密，成為不可分割的有機整體，更重要的是它完全適應了「世情書」的需要，具有描寫社會各式人物的覆蓋面廣、反映世俗人情的容量大等特異功能。其結構藝術和經驗，很值得我們加以剖析。

系列支線之一：媒婆群象

王婆、薛嫂、文嫂、馮媽媽等媒婆形象，是這個輻射型結構的系列支線之一。

這些媒婆形象，不僅作為《金瓶梅》中的次要人物，各有其鮮明的個性特色，如王婆的狡黠和狠毒，薛嫂的圓滑和善良，文嫂的機敏和練達，馮媽媽的勤懇和勢利，而且作者還有意使他們成為一組支線輻射開去，在全書的情節結構上發揮著多方面的作用。

首先，它使情節更加曲折、複雜，大大擴充和豐富了其社會容量。如王婆的形象，原是從《水滸傳》中移植過來的，《金瓶梅》第二、三兩回便增寫了她有個十七歲的兒子王潮兒的情節。第八十六回又寫潘金蓮被攆出西門家後在王婆家等待發賣期間，卻又跟王婆的兒子王潮兒苟合通姦。這就更加突出了潘金蓮好淫的性格。《金瓶梅》中的王婆也不只是單一拉皮條的媒婆。她還是個劉姥姥式的人物。第七十二回作者寫王婆到西門慶家為何九的兄弟說情，潘金蓮以傲慢的態度接待她。王婆已經由玳安引進了她的房門，她還「腳登著爐台兒，坐的嗑瓜子兒」，大有王熙鳳接見劉姥姥的架勢。當初她喊王婆一口一聲「王乾娘」，如今竟直稱「老王」。這既進一步揭示了潘金蓮性格的另一個層面：勢利；又為後來西門家的衰落作了映照。因此，當西門慶死後，吳月娘派玳安來叫王婆把潘金蓮領出去發賣時，王婆還耿耿於懷地對玳安說：「想著去年，我為何老九的事央煩你爹。到宅內，你爹不在。賊淫婦，他就沒留我在房裏坐坐兒，折針也迸不

出個來，只叫丫頭倒了一鍾清茶我吃了出來了。我只道千年萬歲在他家，如何今日也還出來！好個浪家子淫婦，休說我是你個媒主，替你作成了恁好人家，就是世人進去，也不該那等大意。」當金蓮問：「如何平空打發我出去？」王婆便乘機把她奚落了一頓。這就不僅表現了潘金蓮的勢利、潑辣和可恥、可悲的下場，而且反映了王婆的積憤和酸楚，使她充當了西門慶家興衰的歷史見證人，西門慶家雖然衰落了，但這絕不意味著市民經濟的衰落，相反，市民經濟卻依然在那個社會繼續崛起。當初那個靠賣茶和做媒為生的王婆，「自從他兒子王潮兒跟准上客人，拐了起車的一百兩銀子來家，得其發跡，也不賣茶了，買了兩個驢兒，安了盤磨，一張羅櫃，開起磨坊來。」（第 86 回）《金瓶梅》中由王婆所引出來的這些比《水滸傳》新增加的內容，不僅使情節本身更加曲折、複雜，更重要的是由此所折射出來的思想意蘊，也更為豐富和深邃了。

其次，它起到了脈絡貫通的作用，使結構更加謹嚴。《水滸傳》中的王婆只是個過場人物，她充當西門慶霸占潘金蓮、謀害武大的幫凶，迅即被處死，畢竟其在作品中的使命了。也就是說，她如同一閃而過的流星，只是在《水滸傳》的某一「塊」的故事情節中起作用，而不在全書的情節結構中發揮一條「線」的功能。《金瓶梅》中的王婆則是要起到使全書脈絡貫通的「線」的作用。因此，不僅在《金瓶梅》第 1-10 回中，她是個不可缺少的重要角色，而且在第 15、68、76、86、87、88、100 回中都提到她。她的命運跟西門慶、潘金蓮等主要人物的命運緊密相聯，構成《金瓶梅》整個結構框架不可或缺的一部分。又如薛嫂，在《金瓶梅》第七回重點寫了她為西門慶「說娶孟玉樓」，其能說會道的媒婆形象已經栩栩如生，可是作者卻同樣不滿足於把她在這個「塊」中重點寫，而仍要把她作為一條「線」來一再寫。在第三回就介紹她是個「賣翠花的」。在第二十三回，又通過宋惠蓮以「我少薛嫂兒幾錢花兒錢」為由，向西門慶要錢。第三十二回蔡京的管家翟謙託西門慶給他找個妾，吳月娘找了幾個媒人，其中又提到薛嫂兒。第四十回「妝丫鬟金蓮市愛」，也被說成是西門慶叫薛嫂兒買來的丫鬟。所有這些地方，如果不是需要把薛嫂作為一條「線」，完全可以不提其人。然而正因為使其一線貫串下來，最後寫到由薛嫂經手賣春梅、賣秋菊，才顯得一點也不突兀。當春梅以周守備夫人的身分，要薛嫂將孫雪娥賣為娼妓時，薛嫂卻良心未泯，以「我養兒養女，也要天理」為由，背著春梅，替孫雪娥「尋個單夫獨妻」（第 94 回）。所有這一切，不僅使薛嫂的性格得到了豐富和發展，給讀者留下了難忘的印象，而且薛嫂作為與西門慶家常來常往的一個媒婆，既突出地反映了西門慶家的盛衰，又使全書的情節結構脈絡貫通，顯得縝密嚴謹。

最後，它通過前後呼應，還使情節結構富有深刻的寓意。如潘金蓮、孟玉樓當初是分別由王婆、薛嫂做的媒，西門慶死後，也是分別由王婆、薛嫂經手將她們再嫁人的，

前後映照，西門慶的盛衰，世俗人情的冷暖，給人恍如隔世的無窮感慨。又如作者早在第三回就介紹，西門慶的女兒西門大姐嫁給「東京八十萬禁軍教頭楊提督親家」陳洪的兒子陳經濟，是由文嫂做的媒；第六十九回西門慶要偷淫王招宣府的林太太，也是找文嫂通的情。父女共一媒人，由西門大姐嫁人使西門慶與陳洪結親而攀附上權貴，由西門慶與林太太通姦而使王招宣府的衰朽畢露，同中見異，同則給予辛辣的諷刺，異則見其由盛而衰的本質，如此前呼後應，鮮明映照，豈不耐人尋味、發人深省？

系列支線之二：幫閒者群象

應伯爵、謝希大、吳典恩等幫閒者的形象，是這個輻射型結構的系列支線之二。如果說輻射向王婆、文嫂等媒婆形象，是旨在折射西門慶、潘金蓮、李瓶兒、春梅等主要人物性格的話，那麼，輻射向應伯爵、吳典恩等幫閒者的形象，則主要是折射整個社會世俗人情的冷熱。

應伯爵「原是開綢絹鋪的應員外兒子」，「一分兒家財都嫖沒了，專一跟著富家子弟幫嫖貼食，在院中頑耍，謔名叫做應花子。」謝希大「亦是幫閒勤兒」，「專在院中吃些風流財食。」吳典恩「乃本縣陰陽生，因事革退，專一在縣前與官吏保債，以此與西門慶來往。」（第 11 回）這些人共同的特點是：當西門慶有錢有勢時，他們助紂為虐，殷勤效勞，賣乖討歡，竭盡吹牛拍馬、奉迎諂媚之能事；一旦西門慶人亡家破，他們便忘恩負義，落井下石。其混跡濁世，兩副面孔，不啻霄壤之別，他們既有自身的典型意義，在情節結構上又有其特殊的作用。

首先，它增加了情節的生動性和趣味性。由於應伯爵等是幫閒人物，這種身分決定了他們既必須依附於權貴，就要有能說會道、討主子歡心的本領。但他們又不同於一般的奴僕，而是以清客的身分進行幫閒。因此，比較機動靈活，那裏有應伯爵等幫閒人物在場，他們就會嬉皮笑臉地在那裏引起歡聲笑語。雖然不免市俗的低級趣味和下流氣息，但是從總的來看，還是對世俗人情進行了詼諧的譏笑和戲謔的揶揄，具有折射整個社會世俗人情的作用。如西門慶為了玩弄妓女李桂姐，不惜拿出五十兩一錠銀子和四套衣服來送她。應伯爵說：「我有個〈朝天子〉兒，單道這茶好處」，其最後一句是「原來一簍兒千金價」。這時西門慶正「把桂姐摟在懷中陪笑」，謝希大便接著「笑道：『大官人使錢費物，不圖這「一摟兒」，卻圖些甚的！』」他利用茶葉「一簍兒」和西門慶把桂姐「一摟兒」的諧音說笑話，不僅使人忍俊不禁，而且道破了西門慶把妓女當作商品買賣的實質。接著謝希大又以「說個笑話兒，與桂姐下酒」為由，說：「有一個泥水匠，在院中墁地。老媽兒怠慢著他些兒，他暗暗把陰溝內堵上個磚。落後天下雨，積的滿院

子都是水。老媽慌了，尋的他來，多與他酒飯，還秤了一錢銀子，央他打水平。那泥水匠吃了酒飯，悄悄去陰溝內把那個磚拿出，把水登時出的罄盡。老媽便問作頭：『此是那裏的病？』泥水匠回道：『這病與你老人家病一樣，有錢便流，無錢不流。』」李桂姐一聽這笑話是刺傷她家，便說：「我也有個笑話回奉列位：有一孫真人，擺著筵席請人，卻教座下老虎去請，那老虎把客人一個個都路上吃了。真人等至天晚，不見一客到。人都說，你那老虎都把客人路上吃了。不一時，老虎來，真人便問：『你請的客人都往那裏去了？』老虎口吐人言：『告師父得知，我從來不曉得請人，只會白嚼人，就是一能。』」（第 12 回）這兩則針鋒相對的笑話，不僅通過互相諷刺，增加了情節的生動性和趣味性，活畫出謝希大油滑、「會白嚼人」，李桂姐機敏、貪錢的性格，而且在解頤開顏的嬉笑中，折射出那個「有錢便流，無錢不流」「只會白嚼人」的污濁社會，令人在嬉笑之餘，不能不升起錐心泣血、摧腸裂肝的悲憤之情。

其次，它增強了結構的機巧性和蘊藉性。如有一次西門慶到妓院去發現李桂姐在房內陪一個戴方巾的蠻子飲酒，便「由不的心頭火起，走到前邊，一手把吃酒桌子掀倒，碟兒盞兒打的粉碎，喝令跟馬的平安、玳安、畫童、琴童四個小廝上來，不由分說，把李家門窗戶壁床帳都打碎了。」「多虧了應伯爵、謝希大、祝日念三個死勸」，才平息下來。「西門慶大鬧了一場，賭誓再不踏他門來。」（第 20 回）應伯爵等「受了李家燒鵝瓶酒，恐怕西門慶動意擺布他家，敬來邀請西門慶進裏邊陪禮。」西門慶不肯去，應伯爵等人「一齊跪下」，「死告活央，說的西門慶肯了。」到了院裏，「老虔婆出來跪著陪禮，姐兒兩個遞酒。」家產遭西門慶無理打碎了，還要如此卑躬屈膝地向西門慶陪禮，此情此景，叫人看了不能不為西門慶的橫行霸道和妓女家的曲意逢迎而感到悲憤和辛酸，然而作家卻接著寫「應伯爵、謝希大在傍打諢要笑，說砂磣語兒，向桂姐道：『還虧我把嘴頭上皮也磨了半邊去，請了你家漢子來。就不用著人兒，連酒兒也不替我遞一杯兒，自認你家漢子。剛才若他撅了不來，休說你哭瞎了你眼，唱門詞兒，到明日諸人不要你，只我好說話兒，將就罷了。』桂姐罵道：『怪應花子，汗邪了你，我不好罵出來的，可可兒的我唱門詞兒來。』應伯爵道：『你看賊小淫婦兒，念了經打和尚，往後不省人了。他不來，慌的那腔兒，這回就翅膀毛兒乾了。你過來，且與我個嘴溫溫寒著。』於是不由分說，摟過脖子來就親了個嘴。桂姐笑道：『怪攮刀子的，看推撒了酒在爹身上！』伯爵道：『小淫婦兒會喬張致的，這回就疼漢子，「看撒了爹身上酒」，叫的爹那甜。我是後娘養的，怎的不叫我一聲兒？』……把西門慶笑的要不的。」（第 21 回）這裏絲毫未直接寫李桂姐與西門慶如何和好，但通過應伯爵的這一番打諢要笑，不僅更深一層地折射出妓女任人玩弄的可悲可憐的處境，而且以李桂姐「叫的爹那甜」和「把西門慶笑的要不的」，使他倆那和好的心態，以及應伯爵那從中拉皮條、揩油和討好的

神情，皆寫得活潑俊俏，如躍眼前。從藝術結構上看，安排應伯爵這個幫閒人物，穿插在西門慶與李桂姐、老虔婆之間，便使他（她）們之間的關係和各個人物的性格表現，顯得跌宕有致，變幻多姿，其輻射的穿透力，足以洞隱燭微，如見肺腑，其輻射的覆蓋面，猶如神馳八極，世情畢現。如果缺少應伯爵這類角色，那就勢必使作品無論在思想上或藝術上皆要大為遜色。

再次，它還通過幫閒人物詭譎怪異的嘴臉，使前後情節結構具有回環往復的諷喻性和諧謔性。如吳典恩僅靠替西門慶給蔡太師送禮，就獲得蔡太師賞賜的清河縣驛丞的官職。上任之時，他無錢行參官贄見之禮，西門慶不要利錢，借給他一百兩銀子。可是當西門慶人亡家破之後，西門慶家的小廝平安兒偷盜出解當庫首飾，在南瓦子裏宿娼，被吳驛丞拿住，吳不但不秉公處理，相反卻叫平安兒誣陷吳月娘與玳安有姦，要羅織吳月娘出官。這不僅反映了吳典恩個人的恩將仇報，而且在作品的結構上如光波輻射，以奴僕叛於內，友朋哄於外，孤兒寡婦忍辱受氣，屈己求人，耐一片凄涼，遭百種苦惱，與西門慶生前的誇富爭榮，驕奢淫逸，人皆趨炎附勢，不可一世的情景，形成鮮明的對照，強烈的反差。其所蘊藉的封建政治之腐朽，西門慶家之興衰，世情之冷熱，人心之險惡，猶如瞬息之間天懸地隔，令人不能不溯本窮源，感慨萬端。

系列支線之三：奴僕群象

來旺、來保、韓道國、秋菊等西門慶家男女奴僕的形象，是這個輻射型結構的重要支線之三。

西門慶共有男女奴僕 51 人，其中全家合用的奴僕 28 人，各個娘子專用奴僕 13 人，西門慶店鋪夥計 10 人。由西門慶這位主人公所輻射出來的這些奴僕形象，不僅多數皆有自己的性格特徵，在情節結構上還有其向當時受壓迫受剝削的社會最底層進行輻射的作用。

首先是對西門慶、潘金蓮等主要人物的性格起折射的作用。如西門慶荒淫好色，把他隨身的小廝玳安也引入追求色情的魔道。從玳安在妓院裏大耍威風，以「好不好，拿到衙門裏去，交他且試試新夾棍著」（第 50 回）脅迫蝴蝶巷的兩個妓女金兒、賽兒，無償地為他唱曲、斟酒。可以看出這完全是狐假虎威，是西門慶權勢的延伸。西門慶慣於偷淫奴僕的妻子，玳安也勾引上了西門慶店鋪夥計賁四的老婆，並促使西門慶也與賁四老婆通姦。「主子行苟且之事，家中使的奴僕皆效尤而行。」「自古上梁不正則下梁歪，此理之自然也。」（第 78 回）作者寫玳安的墮落，旨在對西門慶的形象起到折射的作用，這話已經說得再明白不過了。潘金蓮經常以毒打和體罰丫鬟秋菊，作為她發洩對西門慶

不滿的出氣筒，充當她妒忌李瓶兒、指桑罵槐的替罪羊。作者通過秋菊這個人物，除了寫出她那飽經風霜的摧殘、忍辱負重的奴婢性格之外，還使潘金蓮性格的一個重要層面——奸險、狠毒、殘暴，得到了鞭辟入裏的折射，給讀者留下了刻骨難忘的印象。

與此同時，它對商品經濟的實質有透視的作用。西門慶之所以由開一爿藥材鋪，發展為開藥材、絨線、綢絨、緞子、典當等五個鋪子。除了侵吞孟玉樓、李瓶兒帶來的家產和陳經濟帶來楊戩應沒官的贓物外，主要是靠商業資本的剝削。西門慶之所以能夠那樣縱淫好色、窮奢極欲和大肆行賄，是靠他的商業資本為經濟基礎的。他僱用了十名商業夥計，從事長途販運和設鋪經銷。西門慶的店鋪夥計和家用奴僕，不僅要受西門慶的經濟剝削，而且連他們的妻子、女兒也要被西門慶占用。如韓道國的妻子王六兒與西門慶公開姘居，他們的獨生女兒韓愛姐，被西門慶送給蔡太師的管家翟謙為妾，西門慶以此跟翟謙結為親家，並通過翟謙加緊他與蔡太師的勾結。來旺妻宋惠蓮，來爵妻惠元，賁地傳妻葉五兒，李瓶兒的丫頭繡春、迎春，孟玉樓的丫頭蘭香，潘金蓮的丫頭春梅，都被西門慶姦淫過。西門慶的兒子官哥的奶媽如意兒，不僅要供西門慶姦淫，而且還要擠奶水給西門慶喝。值得注意的是，這種超經濟剝削，並不是完全靠封建的人身依附，而主要「是建築在資本上面，建築在私人發財上面的。它的補充現象是無產者的被迫獨居和公開的賣淫。」[1]如韓道國的妻子王六兒之所以被西門慶「包占」，就是因為「與他凹上了」，不「愁沒吃的、穿的、使的、用的！」（第 37 回）她的丈夫韓道國也認為這是條賺錢的好門路，主動離家睡到店鋪裏去，把自己的妻子讓給西門慶。韓道國夫婦為了感謝西門慶的「照顧」，「掙了恁些錢」，還特地宴請西門慶，名為因他死了官哥兒，與他釋悶，實則為了讓人家看到「也知財主和你我親厚，比別人不同。」（第 61 回）可見錢財的神通是多麼廣大，它已經完全腐蝕了人的靈魂，支配著人的一言一行。古人的格言是：「為人多積善，不可多積財。積善成好人，積財惹禍胎。」可是正如《金瓶梅》作者所指出的：「今日非古比，心地不明白：只說積財好，反笑積善呆。」（第 79 回）《金瓶梅》作者儘管不是站在歌頌商品經濟發展的進步立場上，但他通過對西門慶與奴僕關係的如實描寫，卻非常敏銳而突出地反映了這類不受封建道德觀念桎梏的新的人物形象，並從他們身上透視出西門慶之流新的商人階層的剝削的極端殘酷性，使讀者不能不為之感到驚心動魄，從而對作者筆下的典型形象的社會本質也有了更深一層的認識。

這些男女奴僕作為一組重要的輻射支線，對於西門慶由盛到衰的發展史，也有著強烈的渲染作用。當西門慶興盛時，這些奴僕不得不為他賣命，而一旦西門慶人亡家破，無論是韓道國或來旺、來保，皆千方百計地把西門慶的家財拐盜出去，據為己有。值得

1　馬克思、恩格斯：《共產黨宣言》（北京：人民出版社，1967 年）。

稱道的是，作者並不是以這一切來說明奴僕們的品質惡劣，而是用以反映西門慶應得的下場。如西門慶生前霸占奴才來旺妻宋惠蓮，死後其第四個娘子孫雪娥則做了來旺的妻子。當韓道國夫婦商議要拐盜為西門慶賣布的一千兩銀子時，韓道國說：「爭奈我受大官人好處，怎好變心的，沒天理了。」王六兒道：「自古有天理倒沒飯吃哩！他占用著老娘，使他這幾兩銀子不差甚麼。」（第 81 回）這裏作者既沒有把這些奴僕形象加以拔高，又如實地寫出了他們本能的反抗是加劇西門慶家衰落的一個根本原因。

系列支線之四：命相和僧道形象

吳神仙、卜龜兒卦婆子、胡僧、吳道官等命相和宗教人士，是組成這個輻射型結構的重要支線之四。

《金瓶梅》中寫了和尚、道士、尼姑等宗教人士共 31 人，命相法術人士 9 人。這些人物形象，幾乎都是漫畫式的，缺乏鮮明的性格特色。他們的價值，主要是在藝術結構上向廣處和深處輻射，起到穿針引線，伏脈千里，使結構縝密、完整，韻味淳厚、雋永，引人首尾聯貫地對作品加以深思遐想的作用。

吳神仙是位相命先生。據說，他能「審格局，決一世之榮枯；觀氣色，定行年之休咎。」他給西門慶相命，說他「一生多得妻財，不少紗帽戴」，有「平地登雲之喜，添官進祿之榮。」「旬日內必定加官」，「今歲間必生貴子」，「不出六六之年，主有嘔血流膿之災，骨瘦形衰之病。」（第 29 回）接著西門慶又請他給吳月娘、李嬌兒、孟玉樓、潘金蓮、李瓶兒、孫雪娥、西門大姐、春梅等人相命。他所說的，後來皆一一應驗，對於後來人物命運的發展起了預示的作用。正如張竹坡對該回的批語所指出的：

> 此回乃一部大關鍵也。上文二十八回一一寫出來之人，至此回方一一為之遙斷結果，蓋作者恐後文順手寫去，或致錯亂，故一一定其規模，下文皆照此結果此數人也。此數人之結果完，而書亦完矣。……
>
> 凡小說必用畫像。如此回凡《金瓶》內有名人物，皆已為之攝神追影，讀之固不必再畫。而善畫者，亦可即此而想其人，庶可肖形，以應其言語動作之態度也。

第四十六回「妻妾笑卜龜兒卦」，通過寫一個卜龜兒卦的老婆子，給吳月娘、孟玉樓、李瓶兒等人卜卦，也是要在結構上起到預示人物命運發展的作用。

問題在於，「龜婆未必如此之神，亦如神仙之談相云爾」，[2]為什麼作者要用吳神仙、

2　文龍：《金瓶梅》第 46 回批語。

卜龜婆的相命、卜卦來預示人物的命運呢？這就不能不指出，作者受宿命論世界觀的影響了。因此他無論在寫吳神仙或卜龜婆時，總不免要宣揚「平生造化皆由命」（第 29 回），「萬事不由人計較，一生都是命安排」（第 49 回）。

但是，我們在指出這種受宿命論的消極影響的同時，又不能不看到，這種消極的思想影響，在全書只占次要的地位，作者的主導思想還是要忠於寫實。因此在他們相命、卜卦之後，作品當即通過人物之口強調：「相逐心生，相隨心滅。」（第 29 回）「算的著命，算不著行。」（第 46 回）更重要的，作者還通過如實描寫，使人們面對黑暗的社會現實，不能不打破對於迷信宿命的幻想。如造成西門慶「骨瘦形衰之病」的，完全不是什麼天命，而是由於聽信了胡僧所說的，吃了他的春藥，足以「一夜歇十女，其精永不傷。」（第 49 回）結果卻因淫欲過度，「遺精溺血流白濁」（第 79 回）而暴卒。西門慶的死固然是他的罪有應得，但是胡僧的春藥畢竟亦難辭其咎。這使人不能不看作也是對胡僧的一種揭露和批判。西門慶耗費大量財物，把官哥兒寄在吳道官名下，改名吳道元，在玉皇廟打醮，以求「續箕裘之胤嗣，保壽命之延長」（第 39 回）。結果由於潘金蓮的迫害，只活了一周歲多，就夭亡了。吳月娘是個虔誠的宗教徒，可是她所經常交往的薛姑子，卻是個在地藏庵以接受十兩銀子的贓款，「窩藏男女通姦，因而致傷人命」（第 34 回）的罪人。西門慶死後，她長途跋涉，不惜含辛茹苦，登泰山碧霞宮，還西門慶病重時許的願，可是她遭受的卻「極是個貪財好色之輩，趨時攬事之徒」（第 84 回），與廟祝道士勾結的殷太歲，圖謀對她進行強姦。胡僧、吳道官、薛姑子、廟祝道士這些人物，在《金瓶梅》的藝術結構中充當如此可恥的角色，顯然是表明了在作者看來，宗教家以宣揚宿命迷信為名，不過是以虛妄的把戲，行騙人、坑人之實罷了。

因此，《金瓶梅》作者寫這些人物，一方面是藉以充當結構上的預示手法，引導讀者對作品加以前後貫通，收到反覆品賞、加深印象的藝術效果；另一方面，通過這些人物又輻射出了作為幫助人類通向理想天國的神聖宗教界的腐朽和黑暗，為作品實現揭露社會現實醜惡的主旨，又開拓了一個新的頗為發人深省的層面。

系列支線之五：官場群醜

楊戩、蔡京、宋喬年、錢龍野等官場人物，是組成這個輻射型結構的重要支線之五。

《金瓶梅》所寫的官場人物，從皇帝宋徽宗、東京八十萬禁軍提督楊戩、左丞相兼吏部尚書蔡京到山東監察御史宋喬年、沙關收稅的主事錢龍野等大大小小的官場人物達二百餘人。就人物形象塑造來看，這些官場人物絕大多數只是一筆帶過，有的即使花了較多的筆墨，也只是寫出其或貪婪、或虛偽、或卑劣的特徵，缺乏豐滿、生動的性格刻畫。

他們雖然都算不上全書的主要人物，但是從藝術結構上看，他們對為西門慶等典型人物提供廣闊的典型環境，揭露社會政治的黑暗，推動故事情節和西門慶等主要人物性格的發展，都起了重大的甚至決定性的作用。

前人曾經指出：「此書藉《水滸傳》已死之西門慶，別開蹊徑，自發牢騷，明之示人，全是搞鬼。」[3]誰在搞鬼呢？我看既不是作者，也不是西門慶，而是那些封建官吏。《水滸傳》已死之西門慶，為什麼在《金瓶梅》中得以又活下來？他霸占武大的妻子潘金蓮，又提供砒霜給潘金蓮毒死了武大，已足可構成死罪。只是由於清河「知縣、縣丞、主簿、吏典，上下多是與西門慶有首尾的」，被西門慶「使心腹家人來保、來旺，身邊袖著銀兩，打點官吏，都買囑了。」「貪圖賄賂」（第9回）的清河縣官吏，不願懲處西門慶。號稱「極是個清廉的官」東平府尹陳文昭，也由於西門慶「央求親家陳宅心腹，並使家人來旺，星夜往東京，下書與楊提督。提督轉央內閣蔡太師」，再通過蔡太師「下書與陳文昭，免提西門慶、潘氏。」（第10回）可見在那個社會，西門慶不僅得到贓官的縱容，而且連清官對他的犯罪行為也只能聽之任之，因為他還得到朝廷蔡太師、楊提督的庇護。

作者由此又進一步輻射到整個朝廷的腐敗，不久，「因北虜犯邊，搶過雄州地界，兵部王尚書不發人馬，失誤軍機，連累朝中楊老爺俱被科道官參劾太重。聖旨惱怒，拿下南牢監禁，會同三法司審問。」（第17回）這案子又連累到西門慶和他的親家陳洪，但經過西門慶派人給當朝右相、資政殿大學士兼禮部尚書李邦彥賄賂五百兩銀子，便讓他又一次逃過了死刑，而從此更加膽大妄為地繼續作惡。

內閣太師蔡京接受了西門慶的大量貴重禮品，不但把他的累累血債，滔天罪惡，皆一筆勾銷，而且還以「朝廷欽賜」的名義，賞給西門慶以山東提刑所理刑副千戶的官職（第30回）。使西門慶從此可以利用職權，貪贓枉法，霸占民女，更加無惡不作。

山東巡按御史曾孝序，「極是個清廉的官」（第48回）。他對西門慶等人加以彈劾。然而經過西門慶和夏提刑派人給蔡太師送上五百兩銀子，金鑲玉寶石鬧妝、銀壺等禮品，西門慶和夏提刑不但平安無事，而且西門慶還由理刑副千戶晉升為正千戶。參劾西門慶的曾孝序，反被朝廷「除名，竄於嶺表」（第49回）。清廉正氣如曾御史者，被革職流放；貪贓枉法如西門慶者，獲褒揚升官。這種情節結構上的鮮明對照，強烈反差，對封建政治的腐朽黑暗，該是個多麼尖銳的揭露和犀利的諷刺啊！

封建官吏不僅在政治上充當了西門慶作惡的保護傘和發跡的靠山，而且在經濟上為西門慶偷稅漏稅，成為暴發戶，大開方便之門。如憑西門慶給臨清關收稅的錢老爹一封

3　文龍：《金瓶梅》第36回批語。

信，西門慶的夥計韓道國販運價值一萬兩銀子的十大車緞貨，「只納了三十兩五錢鈔銀子」，「少使了許多稅錢」（第 59 回）。

《金瓶梅》由西門慶所輻射出來的這些上上下下的官場人物，再清楚不過地說明，西門慶幾次遇到足以被處死刑的險境，皆是通過行賄、送禮而化險為夷；他之所以無論在政治上或經濟上皆處於直線上升的地位，完全是整個封建統治的腐朽、衰落的結果；他的人亡家破，從表面上看，是屬於他個人貪淫好色造成的人生悲劇，而在實質上卻也是封建統治腐朽沒落、封建倫理道德觀念解體的社會諷刺喜劇。

綜上所述，《金瓶梅》中對次要人物的安排，其特色在於由西門慶這個主要人物展開向社會上的各式人物進行輻射，形成一個極為廣泛的輻射網絡，不僅使作品顯得結構宏偉，複雜而又渾然一體，而且使主要人物置於廣闊、深邃的典型社會環境之中，具有透視整個社會世情的巨大功能。

論《金瓶梅》的藝術缺陷
及其形成的原因

在中國小說史上，《金瓶梅》是一部由民間說書藝人集體創作向作家個人創作過渡的作品。它明顯地帶有過渡性的特點：既在題材內容、人物形象塑造、語言描寫、情節結構等等方面，有重大的突破和嶄新的創造，又因襲和保留了說唱藝術的許多熟套和痕跡，再加上作家個人世界觀中的陳腐之見滲透其中，使之在藝術上更顯得相當蕪雜、粗糙，甚至未免拙劣。它猶如一塊璞玉渾金，雖然從總的來看，瑕不掩瑜，但終究瑕瑜互見；雖然含金量很高，但畢竟屬有不少雜質。因此，我們在充分地認識和肯定《金瓶梅》的藝術成就的同時，有必要指出它在藝術上的缺陷。只有這樣，才有助於我們提高對於美和醜的鑑別能力，批判地繼承《金瓶梅》這宗文學遺產；全面地吸取它在創作上的經驗教訓。

一、在題材上，未完全擺脫加工、改編他人之作的熟套

在總體上，《金瓶梅》雖然是取材於當時的現實生活，但是並未完全擺脫我國小說題材因襲，慣於採擷、加工、改編他人之作的熟套。

綜合國內外學者研究的成果，《金瓶梅》中所採擷的他人之作，有白話小說《水滸傳》《京本通俗演義百家公案全傳》，文言小說〈如意君傳〉，《清平山堂話本》中的〈西山一窟鬼〉〈志誠張主管〉，《古今小說》中的〈新橋市韓五賣春情〉；有戲曲《琵琶記》《西廂記》《寶劍記》《香囊記》《玉環記》《月下老問世間配偶》；有寶卷《黃梅五祖》《金剛科儀》《黃氏女》。它們在《金瓶梅詞話》一百回中的分布，大致可列表如下：

《金瓶梅》回次	所採擷的作品名稱及內容
第 1 回	《清平山堂話本・刎頸鴛鴦會》的序詞「丈夫隻手把吳鉤」及對「情色」二字的評述。

	《清平山堂話本·志誠張主管》中王招宣府及張大戶買下的婢女，被移植為潘金蓮的身世。
第 1-6 回	借用《水滸傳》第 23-25 回武松打虎，西門慶和潘金蓮勾搭成姦，並合謀害死武大的故事。
第 8 回	套用《水滸傳》第 45 回罵和尚的描寫，並將《水滸傳》中對潘巧雲的肖像描寫移植到潘金蓮身上。
第 9-10 回	改編《水滸傳》第 26-27 回武松為兄報仇的故事，把武松一舉打死西門慶，改為誤打死皂隸李外傳，武松被發配孟州，西門慶逍遙法外。
第 15 回	對燈市的描述，抄自《水滸傳》第 33 回對清風寨元宵小鼇山的描繪。
第 26 回	寫來旺兒被西門慶陷害的情節，與《水滸傳》第 30 回武松被張都監陷害的經過相似。
第 27 回	蹈襲《水滸傳》第 16 回「赤日炎炎似火燒」一首詩及文言小說〈如意君傳〉的色情描寫。〈梁州序〉小曲則引自《琵琶記》第 22 齣。
第 34 回	借用《清平山堂話本·戒指兒記》中阮三與權貴之女陳玉蘭由尼姑薛姑子撮合成姦的故事。
第 36 回	引用《香囊記》第 2 齣「紅入仙桃」的情節和〈錦堂月〉唱詞。
第 39 回	大段抄錄《黃梅五祖》寶卷。
第 41 回	引用元雜劇《玉簫女兩世姻緣》第 3 折套曲。
第 47-48 回	借用《百家公案全傳·港口漁翁》中富翁蔣天秀乘船赴京途中為僕人和艄公所害的故事，把蔣天秀改成苗天秀，僕人取名苗青。
第 51 回	借用《清平山堂話本·戒指兒記》中薛姑子撮合阮三與陳玉蘭私通的故事。引用《金剛科儀》寶卷。
第 56 回	引用《開卷一笑》中的〈哀頭巾詩〉和〈祭頭巾文〉。
第 61 回	幾乎抄錄了《寶劍記》第 28 齣的全部內容，並作了某些補充，移植了這齣戲中那位庸醫的人物形象。
第 62 回	將《京本通俗小說·西山一窟鬼》中老道士驅魔，陰風吹走人影，改編為潘道士給李瓶兒驅邪，怪風吹滅李瓶兒身邊的「本命燈」。
第 63-64 回	引用了《玉環記》第 10 齣的部分內容。
第 67 回	抄錄了《寶劍記》第 33 齣〈駐馬聽〉套曲中「寒夜無茶」「四野彤霞」二曲。
第 68 回	「臉雖是尼姑臉……到此會佳期」一段，抄自《寶劍記》第 51 齣。
第 70 回	將《寶劍記》第 3 齣的一段獨白移作描寫朱勔所擁有的萬貫家財的一段文字，後面緊接著供演唱的〈端正好〉套曲，則抄自《寶劍記》第 51 齣。
第 71 回	引用元雜劇《宋太祖龍虎風雲會》第三折套曲。

第 72 回	引用《月下老問世間配偶》雜劇第四折〈新水令〉套曲。
第 73 回	由薛姑子講述《清平山堂話本・五戒禪師私紅蓮記》的故事。
第 74 回	「蓋聞法初不滅……空手荒田望有秋」一大段，抄自《寶劍記》第 41 齣的韻白；「百歲光陰瞬息回」「人命無常呼吸間」等韻文，抄自《寶劍記》第 41 齣的〈誦子〉，只是前後四句順序顛倒；〈一封書〉曲（「生和死兩下」）也見於《寶劍記》第 41 齣。 錄《黃氏女》寶卷達三千餘字。
第 79 回	抄錄了《寶劍記》第 10 齣的部分內容，把劇中的給林冲算命，改為給西門慶算命。
第 82 回	移植《西廂記》第三本第二折「待月西廂下」的四句詩及情節。
第 84 回	將《水滸傳》第 32 回劉知寨妻子的遭遇改為吳月娘上泰山燒香後的遭遇。
第 87 回	借用《水滸傳》第 26 回武松殺潘金蓮的故事。
第 90、99 回	借用《清平山堂話本・楊溫攔路虎傳》中「山東夜叉」李貴的名字。
第 93 回	將《水滸傳》第 39 回形容江州潯陽樓的文字，移植到對臨清謝家酒樓的描寫上。
第 98、99 回	將《古今小說・新橋市韓五賣春情》中吳山會見金奴等情節，改寫成陳經濟會見王六兒、韓愛姐的情景。
第 100 回	描寫韓愛姐的文字，跟《京本通俗小說・志誠張主管》中描寫那位姑娘乞求主人公開恩的文字相同，且語言環境大致相仿。

　　以上一百回中有 40 回是有移植、改編他人之作的現象的。至於從《盛世新聲》《雍熙樂府》《詞林摘豔》等曲選中，引用套曲 20 套（其中全文引用的有 17 套），清曲 103 首，尚未計算在內。

　　在著重從日常的現實生活中吸取小說題材的基礎上，《金瓶梅》作者如此大量地抄錄、移植和改編他人的現成之作，這種現象究竟說明了什麼問題呢？

　　筆者認為，它反映了《金瓶梅》作者是在通俗小說、話本、戲曲和說唱文學的哺育下成長起來的作家，他的小說藝術還帶有不成熟性，表現了從集體創作向文人個人創作過渡的特徵。即在以日常的現實生活題材為主體的同時，卻又採錄了不少他人的現成之作，使兩者顯得有點生硬、別扭，很不協調，損害了他的小說藝術的統一性和完整性。如《水滸傳》中的西門慶，本來只是個貪淫好色的市井惡棍的形象，而《金瓶梅》作者在著力渲染他的貪淫好色的同時，既要把他刻畫成為一個有作為新興商人——經濟上的暴發戶，又要把他寫成是個貪婪、暴虐、昏庸、腐朽的官吏和土豪，集新興與腐朽、發展與衰亡於一身。因此，有的研究者認為，西門慶是「十六世紀中國的新興商人」，「二

千年封建社會的掘墓人」。[1]有的研究者則認為，「西門慶性格是在那些傳統的反面形象性格基礎上的一個新發展」，「一個別具一格的不朽的反面典型」。[2]既然是「傳統的反面形象」，當然就談不上是「新興」的，既然是「反面典型」，當然也就不可能成為進步的革命者——「二千年封建社會的掘墓人」。如此尖銳矛盾的論斷，不只是由於論者本身的片面性，也是作品中現實生活題材和傳統故事題材存在矛盾所致。這種矛盾在潘金蓮形象的塑造上，也表現得很明顯。《水滸傳》中的潘金蓮只是個狠毒的淫婦形象，《金瓶梅》中的潘金蓮則不僅是個狠毒的淫婦，同時她還多才多藝，追求婚姻自主和愛情專一，反抗封建的一夫多妻制。因此武松殺嫂在《水滸傳》中是個英雄的壯舉，而在《金瓶梅》中則顯得有點「尷尬畏蒽」。[3]《金瓶梅》作者在描寫潘金蓮被武松殺死時，一方面說「武松這漢子，端的好狠也」，「堪悼金蓮誠可憐」，另一方面卻又說這是為兄「報仇雪恨」，「世間一命還一命，報應分明在眼前。」（第 87 回）這明顯地反映了新舊兩種題材、兩種觀點的矛盾。

　　大量採擷他人現成之作，給《金瓶梅》在藝術上帶來的另一缺陷，是顯得臃腫、累贅，落入俗套，削弱了作品的緊湊感和新鮮感。如第 39、74 回寫王姑子、薛姑子說經，在《金瓶梅詞話》本中，游離於故事情節之外，抄錄了《黃梅五祖》寶卷中的「偈語」「白文」「又偈」，《黃氏女》寶卷中的《金剛經》等，文字皆長達二、三千字，令人不堪卒讀，只得一翻而過。張竹坡「第一奇書」本《金瓶梅》改為一筆帶過，將其原文幾乎全部芟除，便由繁冗、累贅變為緊湊、利落。還有許多詩、詞、韻語，是屬於說書藝人常用的陳詞濫調。如《水滸傳》第八回寫林沖為「免得高衙內陷害」，在他被刺配滄州道之前，便寫了封休書給妻子，那婦人聽得說，心中哽咽，又見了這封書，一時哭倒聲絕在地，未知五臟如何，先見四肢不動，但見：

> 荊山玉損，可惜數十年結髮成親；寶鑑花殘，枉費九十日東君匹配。花容倒臥，有如西苑芍藥倚朱欄；檀口無言，一似南海觀音來入定。小園昨夜東風惡，吹折江梅就地橫。

《金瓶梅》第 86 回寫陳經濟胡說吳月娘的兒子孝哥「倒像我養的」，使這月娘不聽便罷，聽了此言，正在鏡台邊梳著頭，半日說不出話來，往前一撞，就昏倒在地，不省人事。

1　盧興基：〈論《金瓶梅》——16 世紀一個新興商人的悲劇〉，《中國社會科學》1987 年第 3 期。

2　沈天佑：〈論西門慶形象的典型意義〉，《金瓶梅論集》（北京：人民文學出版社，1986 年）。

3　徐朔方：〈《金瓶梅》的成書以及對它的評價〉，《金瓶梅論集》（北京：人民文學出版社，1986 年）。

但見：

> 荊山玉損，可惜西門慶正室夫妻；寶鑑花殘，枉費九十日東君匹配。花容淹淡，
> 猶如西園芍藥倚朱欄；檀口無言，一似南海觀音來入定，小園昨日春風急，吹折
> 江梅就地拖。

在《金瓶梅》中，類似「荊山玉損」這樣蹈襲《水滸傳》中的韻語達 54 處之多。[4]這種
蹈襲現象，不僅破壞了作品的新鮮感，而且在思想和藝術上也顯得很不協調。在《水滸
傳》中是以「荊山玉損，可惜數十年結髮成親」，來控訴高衙內活活拆散林冲結髮夫婦，
而在《金瓶梅》中卻以「荊山玉損，可惜西門慶正室夫妻」，來描繪吳月娘所受到的中
傷，這既對中傷吳月娘的陳經濟無絲毫譴責之意，更令人感到困惑不解的是：它對西門
慶似有所同情，而對吳月娘在「可惜」之中又似有調侃的意味。這是蹈襲現成的韻語所
造成的不倫不類。它反映了作家對現實生活的藝術描寫能力尚感不足，而不得不貪圖省
事，蹈襲現成的陳詞濫調。如果作家的創作才能已經很高，或者如《三國演義》《水滸
傳》那樣純粹是話本的加工、寫定，那就一般不致出現這種不倫不類、不協調的現象。

二、在人物形象塑造上，典型化的程度尚不夠充分

在人物形象塑造上，《金瓶梅》雖然不再是著力刻畫理想的帝王將相、英雄豪傑、
神仙鬼怪的形象，而是竭力追求生活的真實，開創了完全以日常生活中真實的普通人為
長篇小說描寫對象的新篇章。但是它在追求真實性的同時，卻顯得典型化的程度不夠充
分，存在著某些自然主義的傾向。有的學者說《金瓶梅》是「自然主義的標本」，[5]這未
免言過其實。它基本上是一部傑出的現實主義作品。但是它確實尚未完全跟自然主義劃
清界限，帶有早期近代現實主義的許多弊病，這也毋庸諱言。

首先，突出地表現在對西門慶、潘金蓮等主要人物形象的塑造上，《金瓶梅》作者
過分地專注於人的性欲本能，寫西門慶如何「有財以肆其淫，有勢以助其淫，有色以供
其淫」，[6]「潘金蓮者，專於吸人骨髓之妖精也。」[7]肆無忌憚地追求淫欲，不僅是這些
主要人物的性格特徵，而且成為作者區別人物個性的重要標誌。如「金之淫以蕩，瓶之

4　詳見黃霖：〈《忠義水滸傳》與《金瓶梅詞話》〉，《水滸爭鳴》第 1 輯。
5　同註 3。
6　文龍：《金瓶梅》第 72 回批語。
7　文龍：《金瓶梅》第 28 回批語。

淫以柔，梅之淫以縱。」[8]男女性愛，本是人之常情。它既是人的自然本性，又是跟整個社會生活和人類文化的進步相聯繫的。把性意識引入文學，處理得好，原可深化對社會現實和人的靈魂奧秘的揭示。可是把它誇大，把它從社會生活的整體中過分突出出來，加以自然主義地描繪和賞玩，那就難免不墮入惡趣和陷於渲染色情的淫穢描寫。由於《金瓶梅》對於性生活、性意識的動物本能般的描寫，是貫穿於整個作品的故事情節和主要人物的性格之中，因此把它刪掉了就有損於人物性格的表現，而且即使把其中淫穢的語句全部刪去，它也不適合廣大青少年閱讀。處於發育成長過程之中的青少年，是很難不受其過分渲染的性欲的誘惑，而能夠透過其對性欲的描繪，領略其隱約地潛藏於畫屏後社會的醜惡本質的。只有人到中年，娶妻生子，閱歷已深，才不致於專注於其對性欲的描寫，看了入魔，而能「莫但看面子，要看到骨髓裏去；莫但看眼前，要看往脊背後去，斯為會看書者矣」[9]。這不只是讀者會不會看書的問題，而是由於《金瓶梅》的描寫本身，存在著人性與獸性、藝術性與道德性的矛盾，在描寫手法上有自然主義的傾向。如作者一方面揭露王招宣府的林太太：「就是個綺閣中好色的嬌娘，深閨內合秘的菩薩」，另一方面卻純客觀地描寫西門慶對林太太盡情欣賞的態度和深深陶醉的感受，這怎麼能不在讀者中煽動起獵奇心和嘗試欲，而把人引入魔道呢？一味地追求生活的真實，赤裸裸地過分突出地揭露人的獸性的一面，而不顧及其社會效果，這是《金瓶梅》之所以長期遭禁錮的一個嚴重教訓。

其次，如果說西門慶、潘金蓮、李瓶兒、應伯爵等主要人物的塑造，還算具有相當的典型性，李桂姐、宋惠蓮、王六兒、韓道國、玳安、王婆、薛嫂兒等次要人物，也描寫得頗成功的話，那麼，從整個作品所寫到的 827 個人物來看，其夠得上典型形象的成功率，還是比較低的。它反映了作家對人物形象典型化的概括能力尚嫌不足，因此他就比較拘泥於對歷史上真人真事的描寫。據初步查考，《金瓶梅》中所寫的屬於真實的歷史人物，可列表如下：

人　名	出現在《金瓶梅》中的回目	見於歷史書名
趙　佶	1、14、30、49、70、99、100	《宋史》卷 19-22 有傳
蔡　京	1、10、14、17、18、22、25、27、30、34、48、49、55、64、66-72、76、95、98	《宋史》卷 472 有傳
童　貫	1、30、34、35、64、98	《宋史》卷 468 有傳
高　俅	1、30、70、98	《宋史》卷 22〈徽宗本紀〉

8　文龍：《金瓶梅》第 97 回批語。
9　文龍：《金瓶梅》第 27 回批語。

高　廉	84	《宋史》卷 22〈徽宗本紀〉
楊　戩	1、3、7、10、14、17、18、30、66、86、92	《宋史》卷 468 有傳
張叔夜	65、77、97、98、99、100	《宋史》卷 353 有傳
侯　蒙	27、30、65、67、70、74、75、76、78	《宋史》卷 351 有傳
朱　勔	2、8、30、34、51、65、69、70、71、72、80、98	《宋史》卷 470 有傳
宋妃娘娘	78	《宋史》卷 243 有傳
蔡　攸	18、34、70、98	《宋史》卷 472 有傳
張邦昌	70	《宋史》卷 475 有傳
李　彥		《宋史》卷 468〈楊戩傳〉後有附傳
汪伯彥	65	《宋史》卷 473 有傳
李邦彥	18、70、98	《宋史》卷 352 有傳
王　黼	17、18	《宋史》卷 470 有傳
林靈素	70	《宋史》卷 221 有傳
鄭居中	70	《宋史》卷 351 有傳
王祖道	70	《宋史》卷 348 有傳
白時中	70	《宋史》卷 371 有傳
余　深	70	《宋史》卷 352 有傳
林　攄	70	《宋史》卷 351 有傳
張　閣	70	《宋史》卷 353 有傳
郭藥師	17	《宋史》卷 472 有傳
王晉卿	70	《宋史》卷 271 有傳
楊　時	14	《宋史》卷 428 有傳
劉延慶	100	《宋史》卷 357 有傳
陳　東	98	《宋史》卷 455 有傳
種師道	99、100	《宋史》卷 335 有傳
安　惇	36	《宋史》卷 471 有傳
王景崇	69、78	《新五代史》卷 35 有傳
曾　布	48	《宋史》卷 471 有傳
曾孝序	35、36、49、51	《宋史》卷 453 有傳
宋喬年	49、51、52、57、65、66、67、70、72、74、75、76、77、78、79	《宋史》卷 356 有傳
宇文虛中	17	《宋史》卷 371 有傳

藍從熙	70	《宋史》卷 472〈蔡京傳〉
胡師文	42、47、48、49、51、53、62、63、65、75、76、77、78	《宋史》卷 472〈蔡京傳〉及《續資治通鑑》
趙　霆	77	《宋史》卷 19-22〈徽宗本紀〉
黃葆光	51、52、53、65、68、72、74、75	《宋史》卷 472〈蔡京傳〉
辛興宗	100	《宋史》卷 19-22〈徽宗本紀〉
王　稟	100	《續資治通鑑》卷 94
楊惟忠	100	《宣和遺事》前集
王　煥	100	《泊宅編》及《皇宋十朝綱要》卷 18
尹大諒	70	《宣和遺事》前集
孫　榮	70	《宣和遺事》前集
寶　監	70	《宣和遺事》前集
周　秀	12、14、17、29、31、34、42、43、45、47、48、49、58、59、61、64、65、69、70、72、73、75-80、86-90、94-100	《宣和遺事》前集
六黃太尉	51、65、67、73、78	《宣和遺事》前集
陳正滙	65、77	《東都事略》《宋元學案》及《宋史·蔡京傳》
黃經臣	70	《宋史·鄭居中傳》及《宋史·陳瓘傳》
陳　洪	3、14、17、18、20、85、89、91、97	《淳熙三山志》卷 21
蔡　絛	34、35	《宋史》卷 472〈蔡京傳〉
蔡五老爹	34	《宋史》卷 472〈蔡京傳〉
蔡　修	72、73、74、75	《宋史》卷 472〈蔡京傳〉
韓侶（椌）	48、70	《宋史》卷 472〈蔡京傳〉
譚積（稹）	64	《宋史》卷 468〈童貫傳〉
龔芝（夬）	65	《宋史》卷 346〈龔夬傳〉
何沂（訢）	70	《宋史》卷 243〈劉貴妃傳〉
韓邦奇	65	《明史》卷 210 有傳
凌雲翼	65、77	《明史》卷 222 有傳
王燁（曄）	17	《明史》卷 210 有傳
狄斯彬	48	《明史》卷 209〈馬從謙傳〉內

溫 璽	77	《桂州文集》卷 49 及《費文憲公摘稿》卷 14
曹 禾	49	《掖垣人鑑》卷 14
趙 構	70、100	《宋史》卷 24-31 有傳
任廷貴	65	《明清進士題名錄》
尹 京	70	《明清進士題名錄》
王 煒	70	《明清進士題名錄》
黃 甲	65	《明清進士題名錄》
趙 訥	65、77	《明清進士題名錄》
陳文昭	10	《明清進士題名錄》及康熙《山東通志》卷 26
何其高	65	《龍津原集》卷 1〈白坡何公治吉郡傳〉及康熙《山東通志》
趙 桓	70、99、100	《宋史》卷 23 有傳
宋 江	1、84、97、98	《宋史》卷 23〈徽宗本紀〉
方 臘	1	《宋史》卷 468 有傳
宗 澤	100	《宋史》卷 360 有傳

　　以上有文獻記載可查的即多達 75 人。[10]它說明《金瓶梅》的人物形象塑造並未完全擺脫真人真事的侷限。寫真人真事，這固然有助於增強作品的真實感，但卻不盡符合文學創作典型化的要求。高爾基曾經對那種「感到興趣的是事實的文學」的說法，提出嚴厲的批評，認為「這是一種最粗魯和最糟糕的自然主義『偏向』。」他說：「文學不是從屬於個別事實的，它比個別事實更高。」「文學的事實是從許多同樣的事實中提煉出來的，它是典型化的，而且只有當它通過一個現象真實地反映出現實生活中許多反覆出現的現象的時候，才是真正的藝術作品。」[11]高爾基還指出：「假如一個作家能從二十個到五十個，以至從幾百個小店鋪老板、官吏、工人中每個人的身上，把他們最有代表性的階級特點、習慣、嗜好、姿勢、信仰和談吐等等抽取出來，再把它們綜合在一個小店鋪老板、官吏、工人的身上，那麼這個作家就能用這種手法創造出『典型』來，——而

10　曾吸收了陳詔：〈《金瓶梅》人物考——兼談作者之謎〉的部分資料，陳文見上海《學術月刊》1987 年第 3 期。

11　高爾基：〈給初學寫作者的信（6）〉，《論文學》（北京：人民文學出版社，1978 年）。

這才是藝術。」[12]《金瓶梅》中所寫的人物數量很多，而能成為典型形象的卻很少。其根本原因，就在於作家缺乏對眾多真人真事身上「最有代表性」的東西加以「提煉」、「抽取」和「綜合」等典型化的功夫。這是值得我們引以為戒的。

《金瓶梅》作者不僅缺少「提煉」「抽取」和「綜合」等典型化的功夫，而且對描寫如此眾多的人物，也實在缺乏足夠的駕馭能力，因此在《金瓶梅》中出現了不少人名重複、人物錯亂等缺陷。

人名重複，如《金瓶梅》中有：

兩個王婆。都是媒婆，一為武大的鄰居，賣茶，撮合西門慶和潘金蓮成姦的王婆；另一為吳月娘夢至濟南雲離守處，又見到一個王婆。這兩個王婆顯然不是一個人，因為書中從未交代清河縣的王婆何時到了濟南雲離守處。

兩個來安。從第 15-91 回，共有 39 回皆寫到西門慶的男僕來安；第 68 回卻又寫黃四的男僕來安。

兩個張勝。第 19 回寫充當西門慶的打手、綽號「過街鼠」的張勝，後跟夏延齡做了親隨。在第 87-100 回中，又有 10 回寫到周秀的親隨也叫張勝。

兩個蘭花。第 89 回寫吳大妗子的女僕叫蘭花，第 94、95、99 回寫龐春梅的丫頭也叫蘭花。

兩個金兒。第 50 回寫魯長腿妓院妓女叫金兒，第 94 回寫臨清潘家妓院妓女也叫金兒。

兩個周義。第 97-100 回寫周秀的男僕周忠的次子叫周義，在第一百回這同一回中卻又寫領青兗之兵抗金的將領也叫周義。

兩個姚二郎。第 10、41、87 回寫武大的鄰居叫姚二郎，第 98 回寫楊光彥的姑夫又叫姚二郎。

兩個李太監。第 55 回的李太監住東京皇城後，西門慶曾在他家住宿。第 98 回又有一個李太監被陳東參劾充軍。

三個劉太監。第 17 回寫的劉太監是在東街上住，胡鬼嘴曾住他的房子。第 21 回寫的劉太監是在北邊酒醋門住，李銘曾去他家教彈唱。在第 31-80 回中曾先後有十九回出現的劉太監，則在南門外莊上住，是管磚廠的。

三個安童。第 7、77 回寫楊姑娘的男僕叫安童。第 47、48、49 回寫苗天秀的男僕也叫安童。第 93 回寫王宣的男僕又叫安童。

三個來定。第 45、46 回寫吳鎧家的男僕叫來定。第 68 回寫黃四的男僕也叫來定。

12　高爾基：〈談談我怎樣學習寫作〉，《論文學》。

第 79 回寫花子由的男僕又叫來定。

　　這些人名的重複，說明《金瓶梅》作者只知如實描寫，或對次要人物的描寫非常漫不經心，而缺乏如高爾基所說的「從二十個到五十個，以至從幾百個」同樣的人物中，「抽出」「最有代表性」的特徵，加以典型化的功夫，以致使《金瓶梅》中絕大多數次要人物都只剩下一個名字，而缺乏活生生的人物個性。

　　《金瓶梅》中所寫的人物錯訛、混亂的情況，也是很嚴重的：

　　有的人名音同而字不同。如第四回吳月娘的丫頭玉簫，第 14 回作玉筲；第 11 回西門慶的男僕來昭，第 16 回作來招；第 10 回西門慶結拜的十兄弟中有白來搶、雲裏手，第 11 回又寫作白來創、雲離守；第 65 回寫山東兵備副使雷啟元，第 67 回寫同一個雷兵備又自稱叫「雷起元」，第 77 回還是這個「兵備雷老爹」，又自稱叫「雷啟元」；第 65 回東昌府知府徐崧，第 73 回又寫作徐松。

　　有的人名音和字皆不同。如第 22 回應伯爵稱李嬌兒之弟、說唱藝人李銘叫李自新，第 46 回還是這個應伯爵卻又稱那個李銘叫李日新；第 34 回寫來興「媳婦惠秀」，第 39 回卻又說「來興兒媳婦子惠香」，第 41 回又稱「來興媳婦惠秀」；第 43 回西門慶說：「今日觀裏打上元醮，拈了香回來，還趕了往周菊軒家吃酒去，不知到多咱才得來家。」第 45 回又寫「西門慶道：『我昨日周南軒那裏吃酒，回家也有一更天氣。』」第 32 回寫前來西門慶家祝賀李瓶兒生官哥的有：「知縣李達天，並縣丞錢成，主簿任廷貴，典史夏恭基」，第 65 回還是寫這幫人來給李瓶兒吊喪，卻寫成「本縣知縣李拱極，縣丞錢斯成，主簿任良貴，典史夏恭棋」。第 48 回寫「陽穀縣縣丞狄斯彬」，第 65 回卻又寫「陽穀縣知縣狄斯朽」，不知他是何時由「縣丞」升官為「知縣」的？何時由「狄斯彬」改名為「狄斯朽」的？第 67、77 回寫鈔關收稅的錢龍野，第 72 回又寫作「錢雲野」。第 72 回寫說唱藝人邵鎌，第 73 回卻又叫「邵謙」。第 65 回寫萊州府知府葉遷，第 77 回又寫作「蔡州知府葉照」。第 88 回寫「鐵指甲楊二郎」，同一回下文又稱「楊大郎」，第 92 回還說：「這楊大郎……綽號為鐵指甲」。第 88 回寫陳經濟有個朋友陸大郎，同一回陳經濟卻又稱他「二郎」，第 92 回又寫作「陸三郎」。第 67 回寫孟玉樓的「兄弟孟銳」，第 92 回孟玉樓卻又稱「我二哥孟饒」。第 97 回寫陳經濟在周秀家用的男僕叫喜兒，第 98、99 回卻又變成了「小姜兒」。

　　有的名同而姓不同。如第 17 回寫兵科給事中宇文虛中參劾王黼、楊戩手下的犯罪者賈廉，第 18 回卻寫成王廉。第 68 回寫跟王三官一起在妓女李桂姐那兒鬼混的游民沙三，第 69 回卻變成了何三。第 60 回交代鄭奉、鄭春是兄弟，第 72 回卻又寫成鄭春、邵奉，同一回又把鄭春寫成邵春。第 74 回寫的李學官，同一回及第 75 回又稱劉學官。在第 79 回以前，西門慶的男僕叫來昭，在第 90 回以後卻寫作劉昭。

以上人名的錯訛，有的可能是由於音同或形似，而在抄寫或刻印時造成的筆誤；有的無論讀音或字形皆相距甚遠，顯然不大可能是屬於筆誤，而是反映了作者對一些次要人物的描寫，不但沒有刻意使他們做到典型化，而且簡直有點漫不經心。它說明文人早期獨創的長篇小說，一方面有許多極為可貴的創新，另一方面也還處於藝術上比較粗糙的階段，作者尚缺乏在一部作品中描寫那樣眾多人物的藝術創作能力。這也不只是《金瓶梅》作者個人的創作能力問題，更重要的是反映了創作《金瓶梅》的時代還不可能給我們貢獻一部在藝術上更為成熟和精美的長篇小說。因為小說藝術的發展，跟任何事物的發展一樣，需要一個長期經驗積累的過程，包括成功和失敗這兩個方面的經驗。

三、在情節結構上，破綻和漏洞很多

《金瓶梅》雖然從總體結構的縝密性和完整性來看，是個空前的傑出創造，但是如果仔細檢閱，就不難發現它在情節結構上仍然破綻百出，顯得藝術上還是很粗糙的。

首先，是時序顛倒。《金瓶梅》所寫的故事是發生在宋徽宗政和二年至南宋高宗建炎元年，一共是 16 年（公元 1112-1127）。總的來看，全書的時間順序是清楚的。但是在具體描寫上，卻出現了很多疏漏：

人物的年齡忽大忽小。如西門慶在書中一貫自稱是「屬虎的」，當第 79 回西門慶臨死前，吳月娘請吳神仙給他算命，作品寫道：「吳神仙掐指尋紋，打算西門慶八字，說道「『屬虎的，丙寅年，戊申月，壬午日，丙辰時，今年戊戌流年，三十三歲。』」這裏所寫西門慶丙寅年生，屬虎的，到這年戊戌，正是 33 歲，一點不錯。可是在第 9 回卻寫道：「婦人（潘金蓮）因問西門慶：『貴庚？』西門慶告他說：『屬虎的，二十七歲，七月廿八日生。』」這是在政和四年（1114）甲午說的，屬虎的應是 29 歲。在同一年，作者又寫「那婦人（孟玉樓）問道：『官人貴庚？沒了娘子多少時了？』西門慶道：『小人虛度二十八歲，七月廿八日子時建生，不幸先妻歿有一年有餘。』」實際這年西門慶應是 29 歲。可是他對潘金蓮說是 27 歲，對孟玉樓又說是 28 歲，不知西門慶怎麼如此糊塗，連自己的歲數都搞不清。如果說這是由於西門慶不老實，故意要在潘金蓮、孟玉樓面前把自己說得年輕一、二歲，那麼，當他本人在請吳神仙相命時，總不會說謊吧，可是作者在第 29 回卻寫「西門慶便說與八字，屬虎的，二十九歲了，七月二十八日子時建生。」實際上這年西門慶應是 31 歲。他有什麼必要在相命先生面前隱瞞兩歲年齡呢？而且他既說自己「屬虎的」，相命先生即刻就會算出他的年齡。因此，他不必要也不可能是有意隱瞞歲數，而只能是屬於作者寫錯了。

潘金蓮的年齡，在第 3 回作者寫：「西門慶道：『小人不敢動問：娘子青春多少？』

婦人（潘金蓮）應道：『奴家虛度二十五歲，屬龍的，正月初九日丑時生。』」這是在政和四年甲午（1114）說的，屬龍的，應是 27 歲。第 12 回寫西門慶要潘金蓮把頭髮剪給李桂姐，潘說：「這個剪頭髮卻成不的，可不諕死了我罷了。奴出娘胞兒，活了二十六歲，沒幹這營生。」這跟第三回所寫是在同一年，又是同一個潘金蓮親口跟同一個西門慶在說自己的年齡，卻一說 25 歲，一說 26 歲，而實際皆應是 27 歲。潘金蓮為什麼要如此公然撒謊？西門慶怎麼會這般懵懂，竟然一點聽不出前後的矛盾呢？這也只能說明是作者寫錯了。第 87 回寫「潘金蓮出來在王婆家聘嫁，⋯⋯屬龍的，今才三十二歲兒。」又說她亡年三十二歲。」這也都寫錯了，實際應是 31 歲。

李瓶兒的年齡，在第 13 回寫「西門慶問婦人多少青春，李瓶兒道：『奴屬羊的，今年二十三歲。』」實際上，屬羊的這年應是 24 歲。在第 17 回寫蔣竹山問李瓶兒：「青春幾何？」李瓶兒答：「奴虛度二十四歲。」實際上她這年應是 25 歲。

吳月娘的年齡，第三回當潘金蓮對西門慶說她 25 歲時，作者寫西門慶道：「娘子到與家下賤累同庚，也是庚辰，屬龍的，只是娘子月分大七個月，他是八月十五日子時。」實際上，吳月娘與潘金蓮同庚，屬龍的生年應是戊辰，不是庚辰，年齡都應是 27 歲，不是 25 歲。第 13 回寫李瓶兒問吳月娘的年紀，「西門慶道：『房下屬龍的，二十六歲了。』」實際應是 27 歲。這兩回都是同一年內的事情，又都同是由西門慶說出來的，怎麼會對潘金蓮說吳月娘 25 歲，對李瓶兒又說吳月娘 26 歲呢？第 92 回寫道：「告狀人吳氏，年三十四歲，係已故千戶西門慶妻。」實際上吳月娘這年應為 32 歲。

孟玉樓的年齡，第七回寫她對西門慶說：「奴家青春是三十歲。」實際應是 31 歲。

以上主要人物的年齡尚且皆有出入，至於次要人物的年齡，錯訛的就更多了。如武松的年齡，在第一回就寫潘金蓮問他：「叔叔青春多少？」武松道：「虛度二十八歲。」「此正是十月間天氣」，可是到了第二年的八月間，武松誤打死皂隸李外傳，被清河縣衙門押送東平府，卻仍稱：「犯人武松，年二十八歲。」歲月已經增加了一年，而武松的年齡為什麼卻依然如故呢？第 14 回寫「月娘因問老馮多大年紀⋯⋯李瓶兒道：『他今年五十二歲，屬狗兒。』」馮媽媽是李瓶兒的女僕。說她 56 歲，即生於宋仁宗嘉祐五年庚子，應為屬鼠；如屬狗，即生於嘉祐三年戊戌，應為 58 歲，兩者皆與這裏所寫的不相符。宋惠蓮的年齡，第 22 回寫「月娘因他叫金蓮不好稱呼，遂改名惠蓮。這個老婆屬馬的，小金蓮兩歲，今年二十四歲了。」實際上潘金蓮這年 28 歲，宋惠蓮應為 26 歲。第 26 回寫宋惠蓮「自縊身死，亡年二十五歲。」實際上應為 27 歲。王六兒的年齡。第 37 回寫「他是咱後街宰牲口王屠的妹子，排行六姐，屬蛇的，二十九歲了。」實際上屬蛇的這年應是 28 歲。第 24 回寫馮媽媽領兩個丫頭來賣，說其中一個「他今年屬牛，十七歲了。」實際上「今年屬牛」，應是 20 歲。官哥兒的生日，第 30 回寫是「六月二十一日」，

第 39 回寫成是「七月二十三日」，第 41 回又寫成是「六月二十三日」。總共只活了一年零兩個月的官哥，卻有上述三個不同的生日，豈不怪哉？！

故事發生的時間忽前忽後。如第八回已寫西門慶過生日。王婆應潘金蓮之請，去找西門慶，傅夥計告訴她：「大官人昨日壽日，在家請客吃酒。吃了一日酒，到晚拉眾朋友往院裏去了，一夜通沒來家。」在回來的路上，王婆恰好遇見「西門慶騎馬遠遠從東來」，西門慶隨即跟王婆一起來見潘金蓮，潘金蓮已「預先安排下與西門慶上壽的酒餚」，又「向箱中取出與西門慶做下上壽的事物，用盤托盛著，擺在面前，與西門慶觀看。一雙玄色段子鞋，一雙挑線密約深盟隨君、膝下香草、邊闌松竹梅花歲寒三友、醬色段子護膝，一條紗綠潞綢、永祥雲嵌八寶、水光絹裏兒、紫線帶兒、裏面裝著排草玫瑰花兜肚，一根並頭蓮瓣簪兒，簪兒上鈒著五言四句詩一首，云：『奴有並頭蓮，贈與君關鬢。凡事同頭上，切勿輕相棄。』西門慶一見，滿心歡喜。」這裏把潘金蓮為西門慶過生日的情景，寫得如此具體生動。接著就是武松被發配孟州道，潘金蓮被娶到西門家，潘金蓮挑唆西門慶打孫雪娥，西門慶梳籠李桂姐，在妓院裏「貪戀住桂姐姿色，約半月不曾來家。」（第 12 回）這都是緊接在第八回寫西門慶於七月廿八日過生日之後的事情，可是在第十二回作者卻又寫道：「不想將近七月二十八日，西門慶生日來到。」「正值七月二十七日，西門慶上壽，從院中來家。」張竹坡於此處批道：「未娶金蓮，西門生日矣。今未幾又是生日，然則已為一年乎？總是故為重疊，要寫得若明若晦。一者見韶華迅速，二者見西門在醉夢，三者明其為寓言也。」這種「故為重疊」說，實在是荒謬的辯解。明明是歲月倒流，卻說成是「見韶華迅速」；分明是作者的敘述，卻說成是「見西門慶在醉夢」，如果真是為了「見西門在醉夢」，作者為什麼又寫吳月娘特地「使小廝玳安，拿馬往院中接西門慶」來家過生日呢？難道吳月娘也「在醉夢」中麼？在相距僅一兩個月時間，就兩次寫「西門慶上壽」，分明是自相矛盾，還說什麼「明其為寓言也」，真是活見鬼！

第 25 回寫道：「到了次日，西門慶在廳上坐著，叫過來旺兒來，『你收拾衣服行李，趕後日三月二十八日起身，往東京押送蔡太師生辰擔去。』」第 26 回寫「西門慶聽了金蓮之言，變了卦兒」，不要來旺去。「西門慶就把生辰擔，並細軟銀兩，馱垛書信，交付與來保和吳主管，五月二十八日起身，往東京去了。」接著又寫「來旺兒如此這般，對宋仁哭訴其事。打發了他一兩銀子，與那兩個公人一吊銅錢、一斗米，路上盤纏。哭哭啼啼，從四月初旬離了清河縣，往徐州大道而來。」「一日，也是合當有事。四月十八日，李嬌兒生日，院中李媽媽並李桂姐，都來與他做生日。」（第 26 回）第 27 回一開頭就寫：「話說來保正從東京來，下頭口，在捲棚內回西門慶話，具言：『到東京，先見稟事的管家下了書，然後引見太師。……翟叔多上覆爹：老爺壽誕六月十五日，好歹

教爹上京走走，他有話和爹說。』這西門慶聽了，滿心歡喜。」同一回接著又寫：「西門慶剛了畢宋惠蓮之事，就打點三百兩金銀，交顧銀率領許多銀匠，在家中捲棚內，打造蔡太師上壽的四陽捧壽的銀人，……不消半月光景，都儧造完備。……一日打包，還著來保同吳主管，五月二十八日離清河縣，上東京去了。」請看這裏時間順序是多麼地顛倒錯亂：第 25 回已寫「來保和吳主管，五月二十八日起身，往東京去了」，那時往東京去單程約需半個月，要六月十三日才能到達東京，第 27 回怎麼寫他們已經返回，並說：「老爺壽誕六月十五日，好歹教爹上京走走」呢？怎麼第二次又寫「還著來保同吳主管，五月二十八日離清河縣，上東京去了」呢？顯然第 26 回所寫的「五月二十八日起身」，是「三月二十八日起身」之誤。這個在時間上明顯的矛盾，人民文學出版社 1985 年出版的新校本《金瓶梅詞話》中仍未加改正，而早在清代康熙年間出版的張竹坡評本《金瓶梅》中，卻已改正為「三月廿八日」了。不過張的旁批稱：「回來即是六月」，仍不對。回來應是五月上旬，這樣，第 27 回所寫經過半個月準備，「來保同吳主管，五月二十八日離清河縣」，再次上東京，前後時間才合榫。如果來保同吳主管「回來即是六月」，怎麼可能「五月二十八日」再上東京去呢？人物行動的時間如此忽前忽後，難道他們有什麼分身術麼？

第 70 回寫西門慶由清河縣起身赴京，是十一月二十日。約半個月的旅程，方能抵達京城。在京中過了四晚，才是冬至令節。拜完了冬，又在何千戶家住了兩夜，方始整裝起身返回清河。在京城一共逗留了七天，加上路途行程，西門慶到家無論如何應該是十二月中旬了。可是第 71 回卻寫西門慶是「十一月十一日，東京起身」返里。上回寫「十一月十二日」才去，這回卻寫「十一月十一日」返回。時間如此倒置，豈不荒唐透頂？這不能不損害到作品的真實性，令人疑寶叢生，難以置信。

年號紀元前後倒置。如果說人物年齡和事件發生的日月顛倒錯訛，還只是某些人物和具體事件本身個別性的問題，那麼，歷史紀年倒置，便是涉及到作品整個故事編年的全局性問題了。作品第一回就寫「話說宋徽宗皇帝政和年間」，根據書中西門慶等主要人物對各自年齡的敘述，推算該書的故事是始於宋徽宗政和二年。宋徽宗的年號，在政和之後，是重和、宣和。稍有歷史常識的人，這個年號是絕不會搞顛倒的。可是在《金瓶梅詞話》中卻多次搞顛倒了。如西門慶的愛子官哥兒的出生年月，在他一出生時，作者寫「時宣和四年戊申六月廿一日也。」（第 30 回）在次年正月西門慶到玉皇廟打醮，給官哥還願時，卻又稱「男官哥兒，丙申七月廿三日申時建生，……謹以宣和三年正月初九日天誕良辰，特就大慈玉皇殿……」（第 39 回）在官哥兒死時，作品又寫道：「哥兒生於政和丙申六月廿三日申時，卒於政和丁酉八月廿三日申時。」孟玉樓還說：「原是申時生，還是申時死，日子又相同，都是二十三日，只是月分差些，圓圓的一年零兩

個月。」（第 59 回）按照書中這三條記載，官哥一生的紀年順序是：

宣和四年（王寅，公元 1122 年。據第 30 回記載官哥出生的時間）

宣和三年（辛丑，公元 1121 年。據第 39 回記載西門慶給官哥還願的時間）

政和七年（丁酉，公元 1117 年。據第 59 回記載官哥死的時間）

按照書中所寫的上述紀年，官哥死亡的年代，竟比他出生的年代還要早五年。李瓶兒在官哥兒死的同一年，即政和七年已經逝世，她怎麼可能在死了五年之後的宣和四年還能為西門慶生兒子呢？西門慶為官哥兒打醮還願的時間，怎麼會發生在官哥兒還未出世之前一年呢？世間竟然會有如此歲月倒流的咄咄怪事麼？如果我們把第 30 回寫的官哥兒出生於「宣和四年」，改為「政和六年」（丙申），這樣與第 39 回所寫的「男官哥兒，丙申七月二十三日申時建生」、與第 59 回所寫的「哥兒生於政和丙申……」全吻合了，第 39 回為官哥兒打醮還願的時間，則應由「宣和三年」改為「政和七年」。只要如此改動第 30、39 回這兩處的紀年，歲月倒流的謬誤便能得到糾正。

類似這種紀年倒置、歲月訛錯的怪事，在《金瓶梅詞話》中是屢見不鮮的。如第十回寫的「政和三年八月」，應為「政和四年八月」；第 71 回「詔改明年為宣和元年」，應為「詔改明年為重和元年」，第 76 回所寫「伯爵看了，開年改了重和元年，該閏正月」，可以印證。

由於長篇小說頭緒紛繁，人物和重大事件的年代偶有出入，這是不足為怪的。問題是像《金瓶梅》這樣明擺著的時間錯亂，其原因又究竟何在呢？

張竹坡說：「若再將三、五年間甲子次序排得一絲不亂，是真個與西門慶計賬簿。有如世之無目者所云者也。故特特錯亂其年譜，大約三、五年間，其繁華如此。則內云某日某節，皆歷歷生動，不是死板一串鈴，可以排頭數去。而偏又能使看者五色迷目，真有如捱著一日日過去也。此為神妙之筆。嘻！技至此亦化矣哉！」[13]小說不是「計賬簿」，這個觀點無疑地是正確的。但是，「故特特錯亂其年譜」，製造混亂，使讀者如墮五里霧中，明擺著寫錯了，還讚為「神妙之筆」，豈能令人信服？也是這個張竹坡，在他的「第一奇書」本《金瓶梅》中，就改正了《金瓶梅詞話》中在時間上的一些錯亂。如第 26 回來保及吳主管去東京的時間「五月二十八日」，就改為「三月廿八日」，這樣與第 27 回又寫來保及吳主管於「五月二十八日」再次去東京給蔡太師送壽禮，時間上就對頭了。第 71 回「詔改明年為宣和元年」中的「宣和」為「重和」之誤，說散本也把它

13　張竹坡：〈金瓶梅讀法〉之 37。

改正過來了。如按「特特錯亂」的理論，又何必作這樣的改動呢？可見張竹坡自己就是理論與實踐脫節，無法自圓其說。

臺灣學者魏子雲一方面認為《金瓶梅》在時間上的錯訛，造成「情節上的錯誤，是無話可以辯說的」，另一方面卻又認為：「都不是無意的錯誤」，而是在「隱指」明代萬曆年間的某些歷史事實。[14]在《金瓶梅》中用了不少明代的官職和地名，作者借宋代的歷史背景寫明代的現實生活，是昭然若揭，有目共睹的，何必要用時間上的錯亂來「隱指」呢？這種「隱指」，如說「寫於七十一回的『詔改明年為宣和元年』，實際上隱指泰昌」，這又有什麼意義呢？宋代重和的紀年為一年，宣和的紀年長達七年，明代泰昌的紀年以實際僅有一個月算作一年，如果真要「隱指泰昌」，為何不逕直地寫「詔改明年為重和元年」，而要故意地把「重和」錯寫成「宣和」呢？可見這種索隱派的觀點，完全是牽強附會。

大陸有的學者認為，《金瓶梅》在紀年上的錯亂，是它來自集體創作的證明，「如果出現在前後文一氣呵成的某一文人筆下，那是難以想像的。」[15]集體創作，大家分回寫，各寫各的部分，最後統稿也沒有作仔細的審訂，便匆匆付梓，以致造成時間上的前後錯亂。這種解釋自然是有其合理性的。但這也只是一種可能性的推想，不能作為集體創作的確證。我們還可作另一種可能性的推想，它是由某一、二個文人創作，但卻不是「前後文一氣呵成的」，如此長篇巨著，寫作時間必然很長，寫到後頭，忘了前頭，再加上在多次的傳抄和刻印過程中，又發生了種種筆誤，如第 26 回的「五月二十八日」，就很可能是「三月二十八日」之筆誤，「政和」「重和」「宣和」也只是一字之差，在抄寫或刻印時寫錯、刻錯的可能性都是存在的。這種推想，顯然也不是毫無根據的。我們且不管這兩種推想究竟何者為實，但由此都足以證明《金瓶梅》在藝術上的疏漏和粗糙。

其次，是在情節和文字上的前後重複。

正如車爾尼雪夫斯基所指出的：「緊湊——是作品美學價值的第一個條件，一切其他優點都是由它表現出來的。」[16]契訶夫也說：「簡潔是才力的姊妹。」「寫作的藝術就是提煉的藝術。」[17]文學創作雖然並不完全排斥重複，只要這種重複有利於鮮明地襯托出故事情節和人物性格的發展，但是它絕不容納無謂的重複和多餘的贅疣。還是車爾尼雪夫斯基說得好：「無情地刪去一切多餘的東西——這就是審讀已經寫下東西時的最

14　魏子雲：〈《金瓶梅》編年說〉，見劉世德編《中國古代小說研究——臺灣香港論文選輯》（上海：上海古籍出版社，1983 年）。
15　同註 3。
16　《車爾尼雪夫斯基論文學》中卷（上海：上海譯文出版社，1979 年）。
17　轉引自季莫菲也夫著，陳冰夷譯：《俄羅斯古典作家論》（北京：人民出版社，1958 年）。

重要的一部分工作；假使作者嚴格履行這個責任，他的作品就會獲得許多東西，篇幅雖然減少一半，對讀者的價值卻要增加三十倍。」[18]看來《金瓶梅》的藝術缺陷之一，恰恰在於作者缺少這種「最重要的一部分工作」——「無情地刪去一切多餘的東西。」因而在作品中出現了不少情節和文字重複的現象。例如：

西門慶結拜十兄弟，在第十回已作了介紹，第十一回又介紹了一遍。不僅內容大致相同，而且語句也頗為相似。在第十回已介紹應伯爵「原是開綢絹鋪的應員外兒子，沒了本錢，跌落下來。」第十一回又介紹他「是個破落戶出身，一分兒家財都嫖沒了。」第十回已寫他「專在本司三院幫嫖貼食」，第十一回又說他「專一跟著富家子弟幫嫖貼食。」在上下兩回中，從內容到語句如此重複，必然在藝術上造成累贅、拖沓、令人生厭的惡劣效果。說散本《金瓶梅》把這兩段的內容加以合併、改寫，作為全書第一回的上半回「西門慶熱結十兄弟」，這樣就不僅去掉了重複、累贅的毛病，而且在結構上突出了全書的主角和主旨。

潘金蓮撲蝶，陳經濟調情，在書中也寫了兩次。第一次是在第 19 回，第二次是在第 52 回。兩段描寫，不僅情節雷同，而且語句相似。現將這兩回有關段落的原文對照抄錄如下：

第 19 回金蓮撲蝶

惟有金蓮，且在山子前，花池邊，用白紗團扇撲蝴蝶為戲。不防經濟悄悄在他身背後觀，戲說道：「五娘，你不會撲蝴蝶兒，等我替你撲。這蝴蝶兒忽上忽下，心不定，有些走滾。」那金蓮扭回粉頸，斜瞅了他一眼，罵道：「賊短命，人聽著，你待死也！我曉得你也不要命了。」那陳經濟笑嘻嘻撲近他身來，摟他親嘴。被婦人順手只一推，把小伙兒推了一交。卻不想玉樓在玩花樓遠遠瞧見，叫道：「五姐，你走這裏來，我和你說話。」金蓮方纔撇了經濟，上樓去了。原來兩個蝴蝶也沒曾捉的住，到訂了燕約鶯期，則做了蜂鬚花嘴。正是，狂蜂浪蝶有時見，飛入梨花沒處尋。經濟見婦人去了，默默歸房，心中怏然不樂。

第 52 回金蓮撲蝶

惟有金蓮，在山子後那芭蕉叢深處，將手中白紗團扇兒且去撲蝴蝶為戲。不防經濟驀地走在背後，猛然叫道：「五娘，你不會撲蝴蝶，等我與你撲！這蝴蝶，就和你老人家一般，有些毬子心腸，滾上滾下的走滾大。」那金蓮扭回粉頸，斜睨秋波，對著陳經濟笑罵道：「你這少死的賊短命，誰要你撲！將人來聽見，敢待

18　同註 16。

死也。我曉得你也不怕死了，搗了幾鍾酒兒，在這裏來鬼混。」因問：「你買的汗巾怎了？」那經濟笑嘻嘻向袖子中取出，一手遞與他。說道：「六娘的都在這裏了。」又道：「汗巾兒稍了來，你把甚來謝我？」於是把臉子挨向他身邊，被金蓮只一推。不想李瓶兒抱著官哥兒，並奶子如意兒跟著，從松墻那邊走來。見金蓮和經濟兩個在那裏嬉戲，撲蝴蝶，李瓶兒這裏趕眼不見，兩三步就鑽進去山子裏邊，猛叫道：「你兩個撲個蝴蝶兒，與官哥兒耍子！」慌的那潘金蓮恐怕李瓶兒瞧見，故意問道：「陳姐夫與了汗巾子不曾？」李瓶兒道：「他還沒與我哩。」金蓮道：「他剛纏袖著，對著大姐姐不好與咱的，悄悄遞與我了。」於是兩個坐在花臺石上，打開，兩個分了。

兩者都同樣寫金蓮撲蝶為戲，同樣寫陳經濟以蝴蝶的忽上忽下比喻潘金蓮的心不定，同樣寫潘金蓮與陳經濟打情罵俏，同樣寫陳經濟與潘金蓮正欲親嘴之際，被人驚散，不同的只是前者由孟玉樓瞧見，後者被李瓶兒發現。可取之處只在於後者顯示出了李瓶兒主動退讓、避嫌和潘金蓮隨機應變的性格特色。說散本《金瓶梅》第52回把前面重複的部分，由撲蝶改成摘花，就顯得比《詞話》本稍勝一籌。

　　馮媽媽經手賣丫頭的情節，不僅前後重複，而且張冠李戴。在第24回已經寫過馮媽媽領了兩個丫頭要找買主，孟玉樓對她說：「如今你二娘（指李嬌兒）房裏只元宵兒一個，不勾使，還尋大些的丫頭使喚。你倒把這大的賣與他罷。」因此該回末尾寫道：「那日馮媽媽送了丫頭來，約十三歲，先到李瓶兒房裏看了，送到李嬌兒房裏，李嬌兒用五兩銀子，買下房中伏侍。不在話下。」可是到第30回又寫：「李瓶兒道：『老馮領了個十五歲的丫頭，後邊二姐買了房裏使喚，要七兩五錢銀子。請你過去瞧瞧。要送與他去哩。』這金蓮遂與李瓶兒一同後邊去了。李瓶兒果然問了西門慶，用七兩銀子買了丫頭，改名夏花兒，房中使喚。不在話下。」李嬌兒房裏一共兩個丫頭，原有一個元宵兒，後又向馮媽媽買了一個大的，叫夏花兒，在第24回已經交待清楚，怎麼到第30回李瓶兒又「用七兩銀子買了丫頭，改名夏花兒」？這裏不僅前後情節重複，而且買丫頭夏花兒的「李瓶兒」，顯係「李嬌兒」之誤。因為只有李嬌兒有個大丫頭叫夏花兒，李瓶兒的丫頭叫繡春、迎春，是早在第10回、第13回就寫明了的；再說李瓶兒有的是銀子，她要買丫頭也根本無需向西門慶要銀子。

　　任太醫給李瓶兒看病的情節，不僅前後重複，而且前後情節自相矛盾。在第54回末尾已寫到任太醫給李瓶兒看病，開藥方，並派書童跟任太醫回去取了藥，李瓶兒服了藥，「到次早，西門慶將起身，問李瓶兒：『昨夜覺好些兒麼？』李瓶兒道：『可霎作怪，吃了藥，不知怎地睡的熟了。今早心腹裏，都覺不十分疼了。學了昨的下半晚，真要疼死

人也。』西門慶笑道：『謝天，謝天。如今再煎他二鍾吃了，就全好了。』迎春就煎起第二鍾來吃了。」可是，緊接著在下一回卻又寫道：「卻使任醫官看了脈息，依舊到廳坐下。西門慶便開言道：『不知這病症看得何如？沒的甚事麼？』任醫官道：『夫人這的病，原是產後不慎調理，因此得來。……如今夫人兩手脈息虛而不實，按之散大，卻又軟不能自固。這病症都只為火炎肝腑，土虛木旺，虛血妄行。若今番不治，他後邊一發了不的了。』」這話語之間，清楚地表明：任醫官是第一次給李瓶兒看病。這就不僅在是什麼病情、吃什麼藥、由書童買藥等情節上與前回重複，而且與前回剛寫過吃了任太醫的藥，李瓶兒的病情已大有好轉，造成前後矛盾，令人感到莫名驚詫。說散本《金瓶梅》為了彌補這個缺陷，便在第 54 回末只寫任太醫診斷病情，而將任太醫敘述病症、書童買藥、李瓶兒服藥等與下回重複、矛盾的情節全部刪去，這才避免了情節的前後重複和矛盾。

　　還有的重複，造成了人物性格的突兀。如第 73 回寫楊姑娘與吳月娘談論潘金蓮「原來這等聰明」，「孟玉樓在旁戲道：『姑奶奶你不知，我三四胎兒只存了這個丫頭子。這丫頭這般精靈兒古怪的，如今他大了，成了人兒，就不依我管教了。』金蓮便向他打了一下，笑道：『你又做我的娘起來了。』」第 75 回寫春梅叫申二姐唱小曲，遭到申二姐的拒絕，因而引起春梅的怒罵。為了給春梅消氣，作者也寫迎春以媽媽勸女兒的口吻說道：「胡亂且吃你媽媽這鍾酒兒罷。」那春梅忍不住笑罵迎春，說道：「怪小淫婦兒，你又做起我媽來了！」第 76 回潘金蓮與吳月娘吵架，孟玉樓勸和，又以媽媽勸女兒的口吻對潘金蓮說：「我兒，還不過來與你娘磕頭！」一邊又對吳月娘說：「親家，孩兒年幼，不識好歹，沖撞親家。高擡貴手，將就他罷，饒過這一遭兒。到明日再無禮，犯到親家手裏，隨親家打，我老身卻不敢說了。」「那潘金蓮插燭也似與月娘磕了四個頭，跳起來趕著玉樓打道：『汗邪了你這淫婦，你又做我娘來了。』連眾人都笑了，那月娘忍不住也笑了。玉樓道：『賊奴才，你見你主子與了你好臉兒，就抖毛兒打起老娘來了。』」這裏在第 73、75、76 回先後三次分別寫孟玉樓與迎春戲稱自己是潘金蓮與春梅的娘，雖然前後情節重複，但可以看出一次比一次寫得好，尤其是第三次寫孟玉樓以戲稱老娘來與吳月娘和潘金蓮勸和，顯得很有性格和情趣，而在前兩次寫得就與人物性格有點突兀了。

　　最令人不解的是，在同一回緊相聯接的兩段文字之間，竟然也出現了重複。如第 83 回在寫明秋菊向吳月娘揭發了潘金蓮與陳經濟的姦情之後，「雖是吳月娘不信秋菊說話，只恐金蓮少女嫩婦，沒了漢子，日久一時心邪，著了道兒。恐傳出去，被外人辱恥。」因此，「又以愛女之故，不教大姐遠出門，把李嬌兒廂房挪與大姐住，教他兩口兒搬進後邊儀門裏來。遇著傅夥計家去，教陳經濟輪番在鋪子裏上宿。取衣物藥材，同玳安兒

出入。各處門戶都上了鎖鑰，丫鬟婦女無事不許往外邊去。凡事都嚴禁。這潘金蓮與經濟兩個熱突突恩情都間阻了。」可是在寫了「有詩為證」之後，緊接著這一段作者卻又重複地寫道：「潘金蓮自被秋菊洩露之後，月娘雖不見信，晚夕把各處門戶都上了鎖，西門大姐搬進李嬌兒房中居住，經濟尋取藥材、衣物，同玳安或平安眼（跟）同出入，二人恩情都間阻了，約一個多月不曾相會一處。」崇禎本《金瓶梅》將「月娘雖不見信……二人恩情卻間阻了」，共 56 個字全部刪去，代之以「與經濟」三個字，就如同割掉贅疣一樣，乾淨利落了。

上述情節和文字的重複，充分說明《金瓶梅》在藝術上的疏漏和粗糙。如果付梓前經過統一的加工和審慎的定稿，這些重復的現象是不難發現和糾正的。事實上崇禎本和「第一奇書」本《金瓶梅》已經作了一些彌補。

再次，是情節錯亂，漏洞百出。例如：

《水滸傳》中的武大與潘金蓮婚後不久即一直在紫石街居住。《金瓶梅》作者改寫成武大先後四次搬家。第一次，是「自從與兄弟分居之後，因時遭荒饉，搬移在清河縣紫石街，賃房居住」，第二次，「那消半年光景，又消折了資本，移在大街坊張大戶家臨街房居住。」第三次，因張大戶與潘金蓮勾搭，張死後，武大夫婦被逐，「又尋紫石街西王皇親房子，賃內外兩間居住。」第四次，因潘金蓮勾引子弟，「武大在紫石街住不牢」，變賣潘的首飾，「典得縣門前樓，上下兩層四間房屋居住。」「武大自從搬到縣西街上來，照舊賣炊餅。」（以上四次搬家均見第一回）《金瓶梅》作者既已寫明武大夫婦的住址從紫石街搬到縣西街，可是後文寫西門慶勾搭潘金蓮時，卻依然因襲《水滸傳》中所寫「徑往紫石街來」（第 3 回），形成了前後矛盾，把本來聯貫的情節改得不聯貫了。這是《金瓶梅》改編《水滸傳》的故事所留下的明顯的痕跡，也是《金瓶梅》作者在藝術上的加工修改頗為草率的有力證明。

第 14 回寫花子虛為兄弟爭家產而吃官司，李瓶兒把三千兩大元寶和四口描金箱櫃的珍寶都私交給西門慶，「西門慶道：『只怕花二哥來家尋問，怎了？』婦人道：『這個都是老公公在時，梯己交與奴收著的，之物他一字不知，大官人只顧收去。』」就在這同一回，接著寫「花子虛打了一場官司出來，沒分的絲毫，把銀兩、房舍、莊田又沒了，兩箱內三千兩大元寶又不見蹤影，心中甚是焦燥。因問李瓶兒，查算西門慶那邊使用銀兩下落。」李瓶兒說：「你那三千兩銀子，能到的那裏？蔡太師、楊提督好小食腸兒，不是恁大人情囑的話，平白拿了你一場，當官蒿條兒也沒曾打在你這王八身上，好好放出來，教你在家裏恁說嘴。」可見花子虛是知道家中有三千銀兩的。那麼，李瓶兒為什麼又對西門慶說「他一字不知」呢？這種前後矛盾，不能不說是作品在藝術上的疏漏之處。

在第 47 回末尾以及第 48 回開頭，已經寫明苗青是殺害苗天秀的凶手，巡按山東御史曾孝序「明文下來」，要求「沿河查訪苗天秀屍首下落。」可是接著寫陽穀縣縣丞狄斯彬在慈惠寺附近的新河口查到已埋入土的屍體，「宛然頸上有一刀痕」，「縣丞即令拘寺中僧行問之，皆言：去冬十月中，本寺因放水燈兒，見一死屍，從上流而來，漂入港裏。長老慈悲，故收而埋之。不知為何而死。」眾僧所說的是實情，可是狄縣丞卻武斷地認為：『分明是汝眾僧謀殺此人，埋於此處。想必身上有財帛，故不肯實說。』於是不由分說，先把長老一箍、兩拶、一夾一百敲，餘者眾僧都是二十板，俱令收入獄中。回覆曾公，再行報看。各僧皆稱冤不服。」如果這是為了坐實狄縣丞「問事糊突，人都號他做狄混」的話，那麼，曾孝序既是個清官，又已知道案情，總該糾正狄混的糊突了吧，可是作者接著卻寫「曾公尋思：既是此僧謀死，屍必棄於河中，豈反埋於岸上，又說干礙人眾，此有可疑。因令將眾僧收監。將近兩月，不想安童來告此狀，即令委官押安童前至屍所，令其認視。這安童見其屍，大哭道：『正是我的主人，被賊人所傷，刀痕尚在。』於是檢驗明白，回報曾公。即把眾僧放回。一面查刷卷宗，復提出陳三、翁八審問，執稱苗青主謀之情。曾公大怒，差人行牌，星夜往揚州提苗青去了；一面寫本參劾提刑院兩員問官受贓賣法。」（第 48 回）如此說來，狄縣丞查到死屍，關押眾僧，是在安童向曾御史告狀之前兩個月的事情；可是狄縣丞之所以查訪死屍，作者寫明是在曾御史接到安童的告狀之後，由曾御史明文批示給東平府尹胡師文及陽穀縣丞狄斯彬的。敘述同一個情節的始末，竟然如此因果顛倒，糊突透頂，這種疏漏，令人實在難以容忍。

第 77 回寫苗青為報答西門慶的活命之恩，給他買了個名喚楚雲的十六歲女子。「待開春，韓夥計、保官兒船上帶來，伏侍老爹，消愁解悶。」西門慶聽說那女子「端的有沉魚落雁之容，閉月羞花之貌。腹中有三千小曲，八百大曲。端的風流如水晶盤內走明珠，態度似紅杏枝頭推曉日。」「於是恨不的騰雲展翅，飛上揚州，搬取嬌姿，賞心樂事。」既然如此迫不及待，可是到第 81 回當韓道國與來保到苗青處時，西門慶和苗青卻隻字未提帶楚雲之事，只說苗青「打點了些人事禮物。」崇禎本《金瓶梅》為彌補這個明顯的漏洞，不得不加上一段：「不想苗青討了送西門慶的那女子楚雲，忽生起病來，動身不得。苗青說等他病好了，我再差人送了來罷。」

第 59 回寫明官哥兒「只活了一年零兩個月」，孟玉樓也說官哥活了「圓圓的一年零兩個月」，陰陽徐先生還說：「哥兒生於政和丙申六月廿三日申時，卒於政和丁酉八月廿三日申時」，也是恰好一年零兩個月。可是第 85 回作者卻寫潘金蓮說「李瓶兒孩子周半還死了哩。」明明是一周零兩個月死的，怎麼又說成是「周半」呢？官哥出生時，潘金蓮氣得偷偷地哭泣（第 30 回），官哥的死，是潘金蓮親自用馴貓撲食的陰謀手段害死

的，她對於官哥一共活了多少歲月難道還不清楚嗎？

　　第 76 回寫西門慶說有個名叫宋得的，跟後丈母通姦，被告發，「這一到東平府，姦妻之母，繫緦麻之親，兩個都是絞罪。」可是第 86 回卻又寫陳經濟說：「我把這一屋子裏老婆都刮剌了，到官也只是後丈母通姦，論個不應罪名。」同樣是與後丈母通姦，一個說要處以「絞罪」，一個卻滿不在乎地說只是「論個不應罪名」，這究竟是怎麼回事呢？

　　如果說上述漏洞，還是屬於局部性的，那麼，作為後二十回情節主線的龐春梅與陳經濟的關係不合情理，就是帶有全局性的問題了。在前八十回中，已經一再寫明，守備周秀與西門慶的交往是十分密切的。第 12 回寫西門慶過生日，周守備在他家整整吃了一天的酒。周守備是西門慶家的常客，連他家的奴婢都認識。當春梅後來嫁給他時，作者寫道：「周守備見了春梅，生的模樣兒比舊時又紅又白。」（第 86 回）可是他對一貫住在西門慶家的女婿陳經濟怎麼會不認識呢！李瓶兒死後，周守備等特地送了「一副豬羊吃桌祭奠」，「良久，把祭品擺下，眾官齊到靈前，西門慶與陳經濟伺候還禮。」（第 64 回）李瓶兒出殯，「西門慶預先向帥府討了五十名巡捕軍士」助威，作者一再寫「那女婿陳經濟跪在柩前摔盆」，「陳經濟緊扶棺輿走」，「陳經濟跪在面前，那殯停住了」，「陳經濟扶柩，到於山頭五里原，……才下葬掩土。西門慶易服，備一對尺頭禮，請帥府周守備點主。」（第 65 回）陳經濟在給李瓶兒送葬中扮演了如此突出的角色，參加送葬的周守備對他怎麼會沒有一點印象呢？第 94 回龐春梅向周守備謊稱陳經濟是她的姑表兄弟，周守備怎麼會一點不覺察，竟然聽任春梅留他在身邊，繼續他們在西門慶家早已開始的姦夫淫婦的生活呢？「第一奇書」本《金瓶梅》為了彌補這個大漏洞，特地加了一段：「看官聽說，若論周守備與西門慶相交，也該認得陳經濟，原來守備為人老成正氣，舊時雖然來往，並不留心管他家閒事。就是時常宴會，皆同的是荊都監、夏提刑一班官長，並未與敬濟見面。況前日又做了道士一番，那裏還想的到西門慶家女婿？所以被他二人瞞過，只認是春梅姑表兄弟。」（第 97 回）這種辯解，不僅徒勞，而且欲蓋彌彰。「為人老成正氣」，「不留心管他家閒事」，難道既常來常往連他家裏的人都不認識麼？「時常宴會」「並未與敬濟見面」，祭奠李瓶兒及給李瓶兒送葬，不是兩次都與陳經濟見面了麼？怎麼就不會「想的到西門慶家女婿」呢？

　　這裏的破綻不僅反映在周守備竟然不認識陳經濟這個大關節上，而且還表現在一系列的細節描寫上。如文龍在《金瓶梅》第 94 回的批語中所指出的「此一回欲使陳、龐湊合一起，而又無因湊合之，又有孫雪娥在旁礙眼，故必先令聞其名，然後羅而致之，方不為無因。於是有劉二撒潑一事，此截搭渡法也。但渡要渡得自然，不要渡得勉強。劉二不過要房錢耳，有金寶鴇子在，何至毆打馮金寶；既打馮金寶，為何又打陳經濟？或

謂酒醉故也。既已並打矣，自有眾人說散，何為又送守備府？小人雖狗仗人勢，然亦自有斟酌，何至凶暴至此，視守備衙門直如張勝衙門也。路非咫尺，事非重大，劉二送之，張勝收之，周老又復打之，此其間方引出春梅來，許多糾纏，著意只在此一處。然未免有許多生拉硬扯，並非水到渠成，有不期然而然之趣，此作者未嘗用心之過也。」

上述情節上的漏洞、破綻和矛盾，不僅破壞了情節自身的合理性和聯貫性，而且也有損於人物形象的真實性和作品結構的縝密性。這不僅是「作者未嘗用心之過也」，也是從吸收說唱話本等傳統題材剛剛過渡到作家獨創長篇小說，在藝術上還缺乏足夠的駕馭能力的歷史條件決定的。

第四，在文體上生搬硬套戲曲的表現手法，造成形式和內容之間的不協調。

各種文體皆有自己不同的特點和表現手法，正如明人徐師曾所指出的：「夫文章之有體裁，猶宮室之有制度，器皿之有法式也。為堂必敞，為室必奧，為台必四方而高，為樓必狹而修曲，為筥必圓，為筐必方，為簠必外方而內圓，為簋必外圓而內方，夫固各有當也。苟舍制度法式，而率意為之，其不見笑於識者鮮矣，況文章乎？」[19]各種文體之間雖然有共同點，在表現手法上也可以互相吸收，但能否熔為一爐，充分發揮本文體的特長，這是一種文體是否臻於成熟的重要標誌。

戲曲因為受舞台空間和時間的限制，有時需要通過旁白的手法，來展示人物的內心世界和真實面目。如《寶劍記》第 28 齣寫有個姓趙的太醫上場後自報家門：

> 我做太醫姓趙，門前常有人叫。
> 只會賣杖搖鈴，那有真材實料。
> 行醫不按良方，著脈全憑嘴調。
> 撮藥治病無能，下手取積兒妙。
> 頭疼須用繩箍，害眼全憑艾醮。
> 心疼定取刀剜，耳聾宜將針套。
> 得錢一味胡醫，圖利不圖見效。
> 尋我的少吉多凶，到人家有哭無笑。
> 正是：半積陰功半養身，古來醫道通仙道。

《金瓶梅》第 61 回把戲曲《寶劍記》中的這段文字全部抄錄過來，作為西門慶給李瓶兒請來治病的趙太醫在西門慶等眾人面前說的話，這就使讀者感到莫名驚詫了：身為醫生的趙太醫，怎麼可能在病家面前自稱：「只會賣杖搖鈴，那有真材實料」，他究竟還想

19　徐師曾：〈文體明辨序〉，見《文體明辨序說》（北京：人民文學出版社）卷首。

不想讓人家請他看病呢？既然醫生本人已經當面明言，他是「得錢一味胡醫，圖利不圖見效」，西門慶為什麼還要請他給李瓶兒看病呢？難道他不想找個好醫生來把李瓶兒的病治好麼？把戲曲這種旁白的表現手法，生搬硬套在小說的人物語言之中，這就破壞了小說敘事觀點的統一性和人物關係的真實性。類似這種情況的還有第 30 回接生婆蔡老娘上場的韻語「自報家門」，第 40 回雖然說是「時人有幾句誇讚這趙裁好處，而接著寫的讚語本身，卻仍是用的第一人稱「自報家門」：「我做裁縫姓趙，月月主顧來叫……」而讚語本身又有「不拘誰家衣裳，且交印鋪睡覺。隨你催討終朝，只拿口兒支調。」這分明是對其缺點的自我寫照，或無情諷刺，又怎麼能說成是「誇讚」呢？如果說是名為誇讚，實為諷刺，西門慶為什麼又請他做衣服呢？明顯地暴露出藝術形式和內容之間存在著尖銳的矛盾。

又如第 90 回寫「那李貴諢名號為『山東夜叉』，頭戴萬字巾，腦後撲匾金環，身穿紫窄衫，銷金裏肚，腳上韁蹋腿絣，乾黃翰靴，五彩飛魚襪口，坐下銀鬃馬，手執朱紅桿明槍頭招風令字旗，在街心扳鞍上馬。」這是作者的客觀敘述，是完全符合小說的藝術特點的，可是作者接著卻插入戲曲人物自報家門的手法，寫李貴「高聲說念一篇道：

> 我做教師世罕有，江湖遠近揚名久。雙拳打下如鎚鑽，兩腳入來如飛走。南北兩京打戲臺，東西兩廣無敵手。分明是個鐵嘴行，自家本事何曾有。少林棍，只好打田雞；董家拳，只好嚇小狗。撞對頭不敢喊一聲，沒人處專會誇大口。騙得銅錢放不牢，一心要折章臺柳。……」

這李貴為什麼要如此「高聲說念一篇」呢？如果是演員在戲台上演戲，戲曲中慣用這種自報家門的表現手法，觀眾還可理解；把它放在酷似真實生活的小說之中，則叫人感到太突兀了，甚至不禁使人懷疑李貴的這種表現是不是有點神經質？否則他怎麼會這樣不惜往自己身上潑污水？值得注意的是，這種自報家門式的韻語，不僅自我暴露的內容風格相似，而且七字句的形式，甚至連韻腳都相同，成了完全公式化的老套子。這就同小說的描寫要求別開生面，人物富有個性化，顯得更加格格不入了。

形式是受內容制約，並為表達內容服務的。小說是屬於記敘文。文與詩雖然也可以互相取長補短，如前人所說：「文中有詩，則語句精確；詩中有文，則詞調流暢。」[20]但是它們畢竟是兩種不同的文體：「有所記述之謂文，吟詠情性之為詩。」[21]把適宜於吟詠情性的詩體詞曲，生拉硬扯成用於敘述的人物對話，這也是《金瓶梅》作者以文體的

---

20 宋·蔡夢弼：《草堂詩話》卷 1，見《歷代詩話續編》。

21 金·元好問：〈楊叔能小亨集引〉，見《遺山先生文集》卷 36。

混亂，造成內容與形式不相協調的一個突出表現。例如：

在人物對話當中突然插入一段詞曲，造成詞曲的表達形式與人物對話的方式不協調。當西門慶忙著娶孟玉樓，把潘金蓮撇在一邊個把月，西門慶的小廝玳安把真實情況告訴潘金蓮之後，作者寫道：「這婦人不聽便罷，聽了由不的那裏眼中淚珠兒順著香腮流將下來。玳安慌了，便道：『六姨，你原來這等量窄，我故便不對你說。對你說，便就如此。』婦人倚定門兒，長嘆了一口氣，說道：『玳安，你不知道，我與他從前已往那樣恩情，今日如何一旦拋閃了。』止不住紛紛落下淚來。玳安道：『六姨，你何苦如此？家中俺娘也不管著他！』婦人便道：『玳安，你聽告訴。另有前腔為證：

喬才心邪，不來一月。如繡鴛衾曠了三十夜。他俏心兒別，俺癡心兒呆。不合將人十分熱。常言道容易得來容易舍。興，過也；緣，分也。

說畢，又哭了。玳安道：『六姨，你休哭。……』」這裏所插入的〈前腔〉，分明是〈山坡羊〉曲詞，是以唱代說。可是作者不寫「唱畢」，卻寫「說畢」。既然是「說」，又何必用唱的詞曲形式呢？除了戲曲以外，在現實生活裏哪有人物對話當中突然唱起詞曲來的呢？這不顯得太不真實、太不協調了麼？

互相以曲詞作為吵架、詈罵的語言，造成語言表達方式與環境氣氛的不協調。當西門慶撞見妓女李桂姐在接待別的客人時，作者寫道：「西門慶心中越怒起來，指著罵道，有〈滿庭芳〉為證：

虔婆你不良，迎新送舊，靠色為娼。巧言詞將咱誑，說短論長。我在你家使勾有黃金千兩，怎禁賣狗懸羊？我罵你句真伎倆媚人狐黨，衒一片假心腸！
虔婆亦答道：官人聽知：
你若不來，我接下別的，一家兒指望他為活計。吃飯穿衣，全憑他供柴糴米。沒來由暴叫如雷，你怪俺全無意。不思量自己，不是你憑媒婆娶的妻。」

這裏，西門慶和妓院的虔婆都是以唱〈滿庭芳〉詞曲的形式來互相詈罵的。怒不可遏，互相斥責。這是一種非常急迫、緊張的環境氣氛，而唱小曲儘管也可以表達憤怒的感情，但互相用唱小曲來詈罵則必然使急迫、緊張的環境氣氛舒緩下來，何況在現實生活中哪有這樣滑稽的事兒——以歌唱代替詈罵的呢？因此，這既使歌唱的形式與緊張的環境氣氛相抵牾，又人為地把生活的真實扭曲了，令人感到別扭得很。

更令人感到詫異的，是當西門慶已病入膏肓，即將斷氣身亡之際，竟然有氣力、有興致用唱小曲的形式，來對吳月娘作臨終遺言。作者寫「西門慶道：『你休哭，聽我囑付你，有〈駐馬聽〉為證：

　　賢妻休悲，我有衷情告你知：妻，你腹中是男是女，養下來看大成人，守我的家
私。三賢九烈要貞心，一妻四妾攜帶著住。彼此光輝光輝，我死在九泉之下口
眼皆閉。』

　　月娘聽了，亦回答道：

『多謝兒夫，遺後良言教道奴。夫，我本女流之輩，四德三從，與你那樣夫妻。平
生作事不模糊，守貞肯把夫名污。生死同途同途，一鞍一馬不須分付。』」（第
79回）

　　在這之前，西門慶已「不覺哽咽，哭不出聲來」，吳月娘也「放聲大哭，悲慟不止」，
在雙方悲傷、激動得如此難以控制的情況下，說話尚且困難，小曲又怎麼能唱得出口呢？
何況西門慶的唱詞，跟他在這之前對吳月娘所說的：「我覺自家好生不濟，有兩句遺言
和你說：我死後，你若生下一男半女，你姊妹好好待著，一處居住，休要失散了，惹人
家笑話。」曲詞的語義與此是重複的。吳月娘的唱詞，以「四德三從」，「平生作事不
模糊」，自讚自誇，也顯得很不得體。「說散」本《金瓶梅》把這兩支曲詞全部刪掉，
不僅在文體上切合小說的要求，而且在文字表達上也神似意足了。

　　因此，恰如有的學者所指出的，《金瓶梅》作者對於詞曲的癖好，有時竟使「他犧
牲了現實主義的邏輯，以滿足介紹詞曲的欲望」，這「對於小說的功能並無絲毫裨益」，
反而使他仿佛成了「故意跟自己搗蛋的作家。」[22]

四、形成《金瓶梅》藝術缺陷的原因

　　一系列的事實說明，《金瓶梅》的藝術缺陷是多方面的，且頗為突出、相當嚴重的。
這是不容掩飾，也無法否認的客觀存在。問題是我們對這些現象，該作何種解釋？究竟
應如何認識？其原因何在？

　　有的學者認為：「這些事實，充分說明了《詞話》本，根本不是作家個人創作，無
論哪一個笨拙的作家，也寫不出如此眾多的敗筆。」[23]他們以此論證：「《金瓶梅》是
世代累積型的集體創作。」[24]甚至斷言《金瓶梅詞話》本身就是「一部完整的未經文人
寫定的民間長篇說唱『底本』。」[25]

22　夏志清：〈《金瓶梅》新論〉，美國《知識分子》雜誌，1984年10月號。
23　劉輝：《金瓶梅成書與版本研究》（瀋陽：遼寧人民出版社，1986年）。
24　同註3。
25　同註23。

筆者認為，以《金瓶梅》存在的種種藝術缺陷，來否定蘭陵笑笑生對《金瓶梅》的個人著作權，根據是很脆弱的，理由是很不充足的。因為：

第一，在我們今天所見到的《金瓶梅詞話》最早刊本明萬曆四十五年丁巳（1617）東吳弄珠客序本上，有署名欣欣子的序。在該序言的開頭就寫道：「竊謂蘭陵笑笑生作《金瓶梅傳》，寄意於時俗，蓋有謂也。」結尾又稱：「吾故曰笑笑生作此傳者，蓋有所謂也。」兩次確認《金瓶梅》為「笑笑生作」，而且這個欣欣子在該序中又自稱笑笑生為「吾友」，以深知其人及其創作意圖自居。在未發現確鑿的證據，足以推翻這個歷史記載之前，我們沒有理由不相信欣欣子說的是事實。這與《三國演義》《水滸傳》的最早版本寫明是「編」，情況迥然不同。如明代郎瑛在《七修類稿》中所指出的：「《三國》《宋江》二書，乃杭人羅本貫中所編。予意舊必有本，故曰編。」可見明代人對於「作」和「編」，是分得很清楚的，不容混淆的。

第二，我們說《三國演義》《水滸傳》《西遊記》等是在說唱話本的基礎上由作家加工創作的，這不但有歷史上流傳下來的《三國志平話》《大宋宣和遺事》《大唐三藏取經詩話》等話本作證，而且從唐代李商隱的〈驕兒詩〉，宋代蘇軾的《志林》，孟元老的《東京夢華錄》等作品中，皆可以找到當時流行說三國故事的記載，宋人羅燁的《醉翁談錄》中有說〈石頭孫立〉〈青面獸〉〈花和尚〉〈武行者〉等水滸故事的記載，明代《永樂大典》第 13139 卷「送」韻「夢」字條下，有〈夢斬涇河龍〉一段一千二百餘字的古本《西遊記》佚文，還有朝鮮古漢語教科書《朴通事諺解》的注文中引錄的話本《西遊記》的故事；這些都是毋庸置疑的鐵證。《金瓶梅》如果也跟它們一樣「是世代累積型的集體創作」，怎麼既無「累積」初期的話本片段流傳下來，在所有的書籍中又找不到《金瓶梅》成書前有說唱金瓶梅故事的歷史記載呢？它既是「世代累積」的，竟然會在「世代」的歷史記載中不留下絲毫的痕跡麼？我們不能只根據《金瓶梅》作品中存在的一些現象加以推測，而要以可靠的歷史文獻為證據。從歷史文獻中，找不到如《三國演義》《水滸傳》《西遊記》那樣有《金瓶梅》說唱話本流傳的確鑿鐵證，就把《金瓶梅》說成跟它以前的作品一樣是「世代積累型的集體創作」，這是難以成立，更不能令人信服的。

第三，從《金瓶梅》所反映的社會內容來看，它是屬於明代中葉以後，城市資本主義經濟萌芽，市民意識蓬勃興起，傳統的封建文化和倫理道德觀念在急劇衰落，封建階級的統治日趨腐朽，而新生的市民階層又尚未覺悟，仍然依附於封建統治階級，還未形成與封建統治相抗衡的獨立的政治力量，也就是說，那是個舊的統治已經衰朽，而新生的力量又尚未成熟的極其令人窒息的黑暗時代的反映。它所具有的鮮明的時代特色，表明它不像是「世代累積型」的，而是以當時的現實生活為源泉創造出來的。它跟《三國》

《水滸》《西遊》等作品囿於傳統題材，世代相傳，在思想內容上就表現出「世代累積型」的特點，而缺乏特定的具體時代特色，是迥然有別的。

第四，從《金瓶梅》的藝術特色來看，它從反映重大的社會政治歷史題材，變為描寫日常的家庭生活和社會世情，從粗獷的大筆勾勒，變為細致的工筆描繪，從塑造頂天立地的英雄人物形象，變為刻畫日常生活中普通的小人物，從理想與真實相統一、歌頌與暴露相結合的藝術方法，變為直率的逼真的寫實和以無情的赤裸裸的暴露為主的藝術方法，從以故事情節發展為線索的板塊拼接或短篇連環式的結構，變為以人物性格的發展為線索，伏脈千里，前呼後應的有機整體結構，從樂觀、豪放、明朗、外露的藝術風格，變為悲觀、厭世、灰暗、辛辣的藝術風格，這些都明顯地帶有文人作家創作的個性特色，而跟在話本小說基礎上加工的「世代累積型的集體創作」的作品，顯然是別具特色，各極其妙。

第五，從《金瓶梅》所存在的種種藝術缺陷來看，如題材內容上某些片段對舊作的因襲，穿插了大量曲詞、「有詩為證」「看官聽說」等話本熟套，人物姓名、年齡、故事情節、時間順序有某些重疊、錯訛，等等，這些常常被持「世代累積型的集體創作」論者作為證據指出來的，實際上這一切卻並非《金瓶梅》中所特有的現象。《紅樓夢》是學術界公認的曹雪芹個人創作，而且經過作者「披閱十載，增刪五次」，[26]上述缺陷和錯訛之處，不是也仍然存在嗎？[27]只不過在程度上不像《金瓶梅》那樣突出和嚴重罷了。古今中外的文學史上無數事實證明，一部頭緒紛繁、卷帙浩大的長篇小說，出現某些疏漏，是難免的，何況《金瓶梅》還是我國第一部由文人獨創的長篇小說，如果沒有那些藝術缺陷，那才真是怪事呢！正如列夫·托爾斯泰所說的，連「好的作家也常常碰到一些不可饒恕的疏忽」。他舉出柯羅連柯的書中一段描寫：「當響起晨禱鐘聲的時候，一輪明月照耀得如同白晝一般。而復活節時不可能有滿月。」托爾斯泰認為這種疏忽「沒有什麼了不起」，讀者「不過是失望罷了」。[28]同樣，我們對《金瓶梅》中的一些藝術缺陷也不必大驚小怪，如果由此深文周納，再作進一步的推測，那就有陷入主觀唯心論的危險。

因此，在沒有從歷史材料中發現直接的證據，足以證明《金瓶梅》是「世代累積型的集體創作」之前，我們把《金瓶梅》本身存在的藝術缺陷，與其看成是說唱話本的特

26　曹雪芹：《紅樓夢》第 1 回。

27　前人曾指出《紅樓夢》中錯訛、疏漏之處達數十條之多，詳見一粟編《古典文學研究資料彙編·紅樓夢卷》（北京：中華書局，1963 年）。

28　見《列夫·托爾斯泰論創作》。

色，不如把它們看成是早期的作家創作仍然擺脫不了說唱話本的影響，在藝術上尚不夠成熟，缺乏足夠的獨立創作才能，難免還有美中不足的表現，更為切合中國小說發展的客觀實際和歷史軌跡。

既然如此，那麼，我們又應如何解釋《金瓶梅》中明顯存在的故事情節重複、矛盾等等錯訛呢？有的學者認為，這是「由於作者倉促成書」。[29]此外，我們還要考慮到作為早期的文人創作，《金瓶梅》這樣的長篇巨著，從寫成初稿到以手抄本的形式流傳，再到最後刻印流傳，這中間似經過他人的增訂、修補。從我們今天所見到的歷史記載來看，《金瓶梅》在刻印流傳之前，人們看到的皆非全帙。如：

(1)明代袁宏道在〈與董思白書〉中說：「《金瓶梅》從何得來？伏枕略觀，雲霞滿紙，勝於枚生〈七發〉多矣。後段在何處？抄竟當於何處倒換？幸一的示。」[30]

(2)明代袁中道在《遊居柿錄》中寫道：「往晤董太史思白，共說諸小說之佳者。思白曰：『近有一小說，名《金瓶梅》，極佳。』予私識之。後從中郎真州，見此書之半，大約模寫兒女情態俱備，乃從《水滸傳》潘金蓮演出一支。」[31]

(3)明代屠本畯在《山林經濟籍》中說：「按《金瓶梅》流傳海內甚少，書帙與《水滸傳》相埒。相傳嘉靖時，有人為陸都督炳誣奏，朝廷籍其家。其人沉冤，託之《金瓶梅》。王大司寇鳳洲先生家藏全書，今已失散。往年予過金壇，王太史宇泰出此，云以重貲購抄本二帙。予讀之，語句宛似羅貫中筆。復從王徵吾百穀家，又見抄本二帙，恨不得睹其全。」[32]

(4)明代薛岡在《天爵堂筆餘》中說：「往在都門，友人關西文吉士以抄本不全《金瓶梅》見示，余略覽數回，謂吉士曰：『此雖有為之作，天地間豈容有此一種穢書？當急投秦火。』後二十年，友人包岩叟以刻本全書寄敝齋，予得盡覽。』」[33]

(5)明代謝肇淛的〈金瓶梅跋〉稱：「此書向無鏤版，抄寫流傳，參差散失。唯弇州家藏者最為完好。余於袁中郎得其十三，於丘諸城得其十五，稍為釐正，而闕所未備，以俟他日。」[34]

(6)明代沈德符的《萬曆野獲編·詞曲·金瓶梅》稱：「袁中郎〈觴政〉以《金瓶梅》

29　黃霖：〈《金瓶梅》作者屠隆考〉，《復旦學報》1984 年第 2 期。

30　《袁中郎全集》卷 1 尺牘，《有不為齋叢書》本。

31　《袁小修日記》，《中國文學珍本叢書》本。

32　據阿英《金瓶梅雜話》轉錄，見《小說閒談》（上海：古典文學出版社，1958 年）。

33　據馬泰來：〈有關《金瓶梅》早期傳播的一條資料〉轉錄，見《光明日報》1984 年 8 月 14 日。

34　謝肇淛：《小草窗文集》卷 24，據《中華文史論叢》1984 年第 4 輯所載馬泰來〈謝肇淛的〈金瓶梅跋〉〉文中所引轉錄。

配《水滸傳》為外典，予恨未得見。丙午，遇中郎京邸，問：『曾有全帙否？』曰：『第睹數卷，甚奇快。今惟麻城劉涎白承禧家有全本，蓋從其妻家徐文貞錄得者。』又三年，小修上公車，已攜有其書，因與借抄挈歸。吳友馮夢龍見之驚喜，慫恿書坊從重價購刻；馬仲良時榷吳關，亦勸予應梓人之求，可以療飢。予曰：『此等書必遂有人板行，但一刻則家傳戶到，壞人心術，他日閻羅究詰始禍，何辭置對？吾豈以刀錐博泥犁哉！』仲良大以為然，遂固篋之。未幾時，而吳中懸之國門矣。然原抄本實少五十三回至五十七回，遍覓不得，有陋儒補以入刻，無論膚淺鄙俚，時作吳語，即前後血脈，亦絕不貫串，一見知其膺作矣。」[35]

上述六條明代人的記載，證明：(1)《金瓶梅》曾長期以零散的抄本流傳，人皆未睹其全；(2)雖然有人聽說王鳳洲、劉涎白家藏有《金瓶梅》全本，但也只是傳聞，始終未有目睹全本的直接的證人；(3)《金瓶梅》的刊刻本也不是原本全帙，而是拼湊、增補的，如謝肇淛說：「余於袁中郎得其十三，於丘諸城得其十五，稍為釐正，而闕所未備。」沈德符則明確指出，53 至 57 回是「陋儒補以入刻」。既然流傳下來的《金瓶梅》刊刻本並非來自原作者齊全的定稿本，而是根據零散流傳的抄本拼湊、增補而成的，這當中出現前後重複、矛盾、錯訛、疏漏，那就是很自然的，一點也不足為怪了。何況它還是第一部由文人創作的長篇小說，一邊創作，一邊就以零散的抄本傳開了，在傳抄的過程中，作者又很可能傳出不同的稿本，傳抄者又難免抄錯、散失，最後把不同的抄本拼湊、補齊、刻印出來，其在藝術上的破綻百出和粗糙不堪，自然也就是很難避免的了。我們必須從這些有歷史記載可查的《金瓶梅》創作和流傳的實際出發，對其存在的藝術缺陷作實事求是的分析；如果把自己的結論建立在主觀推想和臆斷上，那就如同把宏偉的大廈建築在沙灘上一樣，是很不牢靠的。

在《金瓶梅》中前後脫節或重出的情況雖然是相當突出的，但也有是屬於有的學者所舉的某些例證並非作品本身的問題，而是由於論者自己的理解有誤。如舉出「西門慶已經轉生為他自己的遺腹子孝哥兒，這在第一百回有明白的描寫，而同一回卻又說西門慶托生為東京富戶沈通的次子」為例證，來說明它不是作家個人創作，而是「作為每日分段演唱的詞話，各部分之間原有相對的獨立性」所造成的「前後脫節或重出」。[36]其實，這在作品中已經寫得很清楚，西門慶托生為孝哥兒，與托生富戶沈通為次子，這並不是重出，而是存在著因果關係。如普靜禪師所說：「當初你去世夫主西門慶，造惡非善。此子轉身托化你家，本要盪散其財本，傾覆其產業，臨死還當身首異處。今我度脫

35　沈德符：《萬曆野獲編》卷 25。
36　同註 3。

了他去，做了徒弟。常言一子出家，九祖升天。你那夫主冤愆解釋，亦得超生去了。」
（第 100 回）西門慶之所以能「托生富戶沈通為次子」，正是由於孝哥兒出家，使西門慶
「冤愆解釋，亦得超生去了」的結果。因此，當小玉看見西門慶「今蒙師薦拔，今往東京
城內，托生富戶沈通為次子——沈鉞去也」，同時也正是吳月娘夢見「砍死孝哥兒」之
時，孝哥兒出家之後，就「起了他一個法名，喚做『明悟』，作辭月娘而去。」也就是
說，西門慶原來托生的孝哥兒已經死了，現在又重新「托生富戶沈通為次子」了。按照
張竹坡的說法，這是說明「孝可通神也」，「西門慶復變孝哥，孝哥復化西門，總言此
身虛假，惟天性不變，其所以為天性至命者，孝而已矣。」[37]這種以孝相勸，使西門慶
這樣的惡人「亦得超生」，恰恰是封建文人之作的思想侷限性的反映；這種隱晦曲折的
藝術手法，也正是有別於藝人演唱的文人創作的特色。

---

37 張竹坡：《金瓶梅》第 100 回批語。

附　錄

一、周中明小傳

　　男，漢族，1934 年 4 月出生，江蘇省揚中市人。1961 年畢業於北京大學中文系漢語言文學專業（五年制），此後一直在安徽大學中文系從事元明清文學的教學與研究。歷任安徽大學教授，校學術委員會委員，省文聯委員，中國紅樓夢學會常務理事，《紅樓夢學刊》編委，中國金瓶梅學會理事，《金瓶梅研究》編委等職。

　　在教學上兢兢業業，一絲不苟，先後給本科生和研究生開過八門以上課程，參與主編並出版了《簡明中國文學史》等教材。在科研方面成績卓著，先後於《文學評論》《紅樓夢學刊》等刊物發表論文百餘篇；出版專著《紅樓夢的語言藝術》，分別在大陸和臺灣三次再版，被美國哈佛大學韓南教授列為研究生必讀參考書；《紅樓夢——迷人的藝術世界》獲安徽省社會科學優秀成果一等獎；《中國的小說藝術》獲安徽省高校人文社會科學優秀成果一等獎；《金瓶梅藝術論》獲安徽省哲學社會科學優秀成果二等獎；《桐城派研究》由國學大師錢仲聯先生作〈序〉，讚其「持論精闢，史實可信」，「壽世可必」；《紅樓夢的藝術創新》由著名紅學家李希凡作〈序〉，稱其為「小說本體研究的力作」，「是目前《紅樓夢》小說本體研究中不可多得的一本好書」；最近又由安徽大學出版社出版了他的《姚鼐研究》。此外他還出版有《子弟書叢鈔》上下冊，《西遊記》新校注本上中下三冊，《賈鳧西木皮詞校注》，《四聲猿》附《歌代嘯》校注，《聊齋志異精選》校點，《小說史話》，《寓言精華評析》，《姚鼐文選》選注評點，主編《中國歷代民歌鑑賞辭典》等。

　　鑑於其成績傑出，1992 年起被國務院授予終生享受政府特殊津貼專家待遇，1995 年被國家教委和人事部授予「全國優秀教師」稱號，並頒發獎章。

二、周中明《金瓶梅》研究專著、論文目錄

(一)專著

1. 《金瓶梅》藝術論

   臺北：貫雅文化事業有限公司 1990 年。

   南寧：廣西教育出版社 1992 年。

   臺北：里仁書局 2001 年。

(二)論文

1. 更新觀念，獨創奇格——論《金瓶梅》作者的藝術構思

   《金瓶梅學刊》（試刊號）。

2. 青勝於藍——論《紅樓夢》的語言藝術對《金瓶梅》的繼承和發展

   《紅樓夢學刊》，1986 年第 4 輯。

3. 論《金瓶梅》的語言藝術

   《文史哲》，1987 年第 5 期。

4. 《金瓶梅》對中國小說語言藝術的發展

   原載《《金瓶梅》研究集》，濟南：齊魯書社 1988 年。

   山東人民出版社 1992 年出版的《名家解讀《金瓶梅》》及團結出版社 2007 年出版的《雪夜煮酒話金瓶》選入。

5. 論《金瓶梅》中運用俗語的藝術

   《徐州師範學院學報》，1989 年第 1 期。

6. 論《金瓶梅》的近代現實主義特色

   《安徽大學學報》，1989 年第 1 期。

7. 論《紅樓夢》與《金瓶梅》是兩種文化

   《紅樓夢學刊》，1989 年第 3 輯。

8. 論潘金蓮的形象結構及其典型本質

   載本人專著《中國的小說藝術》，臺北：貫雅文化事業公司 1990 年；南寧：廣西教育出版社 1992 年。

9. 《金瓶梅》藝術特色之謎

   《金瓶梅之謎》，北京：書目文獻出版社 1989 年。

10. 論《金瓶梅》的心理描寫

    《金瓶梅藝術世界》，長春：吉林大學出版社 1991 年。

11. 關於《金瓶梅》編年的「隱喻」問題——敬復魏子雲先生
　　《安徽大學學報》，1991 年第 3 期。

12. 我是艱難跋涉的跛腳鴨——周中明自述
　　《我與金瓶梅——海峽兩岸學人自述》，成都：成都出版社 1991 年。

13. 歸真返樸，神酣意足——論《金瓶梅》的人物對話藝術
　　載本人專著《金瓶梅藝術論》。

14. 傳情寫意，質樸無華——論《金瓶梅》的白描藝術
　　載本人專著《金瓶梅藝術論》。

15. 百面貫通，嚴整有序——論《金瓶梅》的結構藝術特色
　　載本人專著《金瓶梅藝術論》。

16. 評價《金瓶梅》應該實事求是——答張兵先生
　　《金瓶梅研究》第 5 輯，瀋陽：遼瀋書社 1994 年。

17. 評《金瓶梅》「崇尚現世享樂」說
　　《安徽大學學報》，1998 年第 5 期。
　　《金瓶梅研究》第 6 輯，北京：知識出版社 1999 年。

18. 藝術創新，成就卓著——談《金瓶梅》的藝術特色和藝術成就
　　《古典文學知識》，2003 年第 3 期。

後　記

　　我對於《金瓶梅》的研究，可歸結為「一個中心，兩個立足點」。

　　我是以研究《金瓶梅》的藝術特色、藝術創新及其歷史貢獻為中心。愚以為這是《金瓶梅》在當今的主要價值所在，也是我研究的興趣所在。至於《金瓶梅》的作者、版本、成書過程、時代背景、思想內容等諸多方面的研究課題，雖然都很有價值，也都很重要，對這些方面的研究成果，我極其尊重，給予高度關注，但是我的時間和精力、興趣和知識都十分有限，我不能一心二用，只能把我的研究集中在我所選定的這一個中心上。

　　圍繞這個中心如何著手從事研究，我抓住兩個立足點：

　　一是立足於把《金瓶梅》放在中國小說發展的歷史長河之中，看它有哪些新的藝術特色和成就，有哪些新的創造、發展和貢獻。由此我發現《金瓶梅》前十回之所以從《水滸傳》中的武松打虎和西門慶與潘金蓮的故事寫起，絕不是簡單地抄襲《水滸傳》，而是通過使武松由《水滸傳》中的主角之一變為《金瓶梅》中的配角，使西門慶、潘金蓮由《水滸傳》中的配角變為《金瓶梅》的主角，為我國古代小說創作另闢蹊徑：由描寫歷史上的重大政治軍事鬥爭和民間傳說題材，變為直面殘酷、黑暗的社會現實，寫普通家庭日常生活等社會現實題材；由著力塑造和歌頌為民除害、救國救民的英雄人物，變為揭露社會的腐朽黑暗迫使人們對英雄人物的幻想破滅，從而著力描寫真實的普通的小人物；在創作方法上不再是追求理想、誇張的傳奇性，而是赤裸裸地寫實，以反映現實生活的真實性、生動性、豐富性和深刻性取勝。這個另闢蹊徑絕不是偶然發生的，其價值和意義，絕不可等閒視之。它反映了明代的封建統治階級更加腐朽墮落和市民經濟的發展，市民階層已經初步形成的新的時代要求和新的小說創作特色；它為小說藝術反映生動活潑、豐富複雜的社會現實生活，找到了真正取之不盡、用之不竭的創作源泉，為我國小說的健康發展開闢了充滿生機、無限廣闊的道路。

　　由於直面封建統治階級的更加腐朽墮落和市民經濟、市民階層的新生活，所以作者才能在藝術構思上打破許多封建傳統的價值觀念；才會由歌頌美為主，變為著力赤裸裸地揭露醜；才能在人物形象塑造上創造出典型環境中的典型人物，使人物形象實現了由類型化到性格化的轉變，從注重人物的行動描寫，變為同時注意人物的心理描寫，並從對人物一般的心理描寫，變為對人物內心感情的充分抒發，從描寫人物表層的正常心理，

發展到寫人物的潛意識和變態心理，從寫受封建倫理道德規範的群體心理，發展到寫超越封建規範的獨特的個人心理；才能在創作方法上，開創了近代現實主義的新紀元，在諷刺筆法的運用上，則開啟了《儒林外史》的先河；才能在語言藝術上，由粗略化變為細密化，由理性化變為感性化，由單一化變為多面化，由平面化變為立體化，使語言風格一反求文求雅的傳統，而變為充分地口語化、市井化，完全以俗為美，給人以別開生面、耳目一新之感；也才能在藝術結構上，打破由單個故事或人物拼湊的短篇連環結構，變為以主要人物為中心，幅射上上下下社會各階層人物的網狀有機整體結構，使小說藝術反映社會生活的廣度和深度都得到了空前的極大開拓。

筆者以無數事實說明，在中國小說發展史上，《金瓶梅》的藝術特色是嶄新、鮮明的，其藝術創新是全面、系統的，其歷史貢獻是巨大、卓越的，具有劃時代的偉大意義。它雖有導致色情淫穢小說泛濫的負面影響，但其積極影響卻是主要的，它為《儒林外史》《紅樓夢》的創作提供了極大的正能量。沒有《金瓶梅》就不會有《紅樓夢》，這幾乎已成為人所周知的共識，儘管《紅樓夢》的偉大成就遠非《金瓶梅》所能比肩的。

二是立足於從《金瓶梅》的實際出發，以冷靜、客觀的科學態度，以一分為二、唯物辯證的方法，對其藝術特色和藝術創新作實事求是的具體分析，力求獲得符合客觀實際而非主觀武斷、全面而非片面的認識。例如有人指責《金瓶梅》是「自然主義的標本」，[1]筆者以大量事實予以批駁，論證《金瓶梅》是現實主義的傑作，同時又指出其確實存在某些自然主義的弊病；筆者雖然對《金瓶梅》的藝術特色和藝術創新予以高度評價，肯定其在許多方面打破了傳統的價值觀念和創作模式，表現出市民經濟和市民階層所特有的新觀念和新模式，但是筆者又絕不贊同那種對《金瓶梅》恣意美化，把它捧上天，說它是「中國小說發展的極峰」，說「只有《金瓶梅》」才「徹頭徹尾是一部近代期的產品，不論其思想，其事實，以及描寫方法，全都是近代的。」[2]筆者認為，《金瓶梅》雖有「近代的」成分，但絕非「全都是近代的」。作者的基本立場絕不是要推翻封建統治，而是從維護傳統的封建統治秩序出發的，明顯地帶有封建階級內部自我批判的性質。」[3]因此他不是把代表「近代的」市井商人西門慶，寫成代表先進生產力的新興市民階層的典型，而是寫他身上具有濃烈的封建腐朽性，寫他的發跡不是靠商業競爭，而是靠勾結封建官吏，甚至通過買官，自己也當了封建官吏，面對同樣也開生藥店的蔣竹

---

[1]　徐朔方：〈《金瓶梅》的成書以及對它的評價〉，見《金瓶梅論集》（北京：人民文學出版社，1986年）。

[2]　阿丁：〈《金瓶梅》之意識及技巧〉，見蔡國梁選編：《金瓶梅評註》，頁332。

[3]　周中明：〈論《金瓶梅》作者的藝術構思〉，見本書。

山，他不是通過競爭的手段來把人家擠垮，而是以雇傭流氓充當打手的封建暴力手段，迫使其關門歇業，寫他的人生最大追求和最大樂趣，不是發展資本經營，而是不擇手段地四處霸占人妻，千方百計地玩弄婦女，沉湎於荒淫無恥的性生活之中，直至為此而葬送了自己年輕的生命。《金瓶梅》的主人公西門慶就是這樣一個市井商人與封建官僚、流氓惡棍、荒淫色鬼相統一的中國封建社會腐朽沒落時期所產生的畸形兒，豈能把這一切說成「都是近代的」呢？與其說它是「近代的」，不如說它這個「近代的」是自覺自願、積極主動地被封建腐朽勢力扼殺於搖籃之中，其自身不只是封建腐朽勢力的犧牲品，更是封建腐朽勢力的代表者之一，因此其立身行事和荒淫夭亡的下場，令人感到不是同情和欽仰，而是可笑！可鄙！活該！

在《金瓶梅》中還大量引用了他人的詞曲，甚至把詞曲用於人物對話。這不僅與小說的敘事體裁很不協調，而且也有損於人物描寫的真實性。還有不少段落和人物描寫是抄自其他書上的，留下不少陳舊俗套的痕跡，說明作者自身獨立創作的能力仍不足。在語言上也有一些前後重複的陳詞濫調，有的則屬於過分粗鄙的詞語堆砌，卻非表現人物性格所必需。在情節結構上，也有一些前後矛盾、不夠嚴謹、甚至漏洞百出之處。

這一切說明，《金瓶梅》不僅在過分沉湎於性描寫方面存在嚴重的缺陷，而且在藝術構思、創作方法、人物形象塑造、創作素材、語言藝術、結構藝術等等各方面的藝術創新，也都是很不成熟、不完美的。它分明尚處於稚氣未脫的起步階段，豈能一步就登上「中國小說發展的極峰」？

筆者在充分肯定《金瓶梅》藝術成就的同時，一一指出其不足和缺陷，這對於我們全面、正確地認識和評價《金瓶梅》，充分吸取其成功的經驗和失敗的教訓，是完全必要和有益的。

本書以拙著《金瓶梅藝術論》為基礎，因篇幅限制，刪去其中的四篇，增補一篇。所選入的文章都是旨在說明《金瓶梅》在中國小說發展史上的藝術創新和卓越貢獻及其所存在的不足和缺陷。此外，另有兩篇文章，筆者自認為值得一讀。一是發表於《安徽大學學報》1991 年第 3 期的〈關於《金瓶梅》編年的「隱喻」問題〉；一是發表於《金瓶梅研究》第 6 輯的〈評《金瓶梅》「崇尚享樂」說〉。因與本書的主旨無關而未選入，請有興趣的讀者自行查閱。

筆者才疏學淺，難免有謬誤和失當之處，尚祈時賢和讀者不吝賜教。

周中明
2014 年 1 月 28 日於合肥安徽大學文學院

國家圖書館出版品預行編目資料

周中明《金瓶梅》研究精選集

周中明著. – 初版. – 臺北市：臺灣學生，2015.06
面；公分（金學叢書第 2 輯；第 4 冊）

ISBN 978-957-15-1653-0 (精裝)

1. 金瓶梅 2. 研究考訂

857.48   104008043

周中明《金瓶梅》研究精選集

著　作　者：周　　　　中　　　　明
主　　　編：吳　敢、胡　衍　南、霍　現　俊
出　版　者：臺　灣　學　生　書　局　有　限　公　司
發　行　人：楊　　　　　雲　　　　　龍
發　行　所：臺　灣　學　生　書　局　有　限　公　司
　　　　　　臺北市和平東路一段七十五巷十一號
　　　　　　郵 政 劃 撥 帳 號 ： 0 0 0 2 4 6 6 8
　　　　　　電　話 ： (0 2) 2 3 9 2 8 1 8 5
　　　　　　傳　眞 ： (0 2) 2 3 9 2 8 1 0 5
　　　　　　E-mail：student.book@msa.hinet.net
　　　　　　http://www.studentbook.com.tw

定價：精裝 30 冊不分售
　　　新臺幣 45000 元

二 ○ 一 五 年 六 月 初 版

金學叢書 第二輯